CB045703

Parte da solução

ULRICH PELTZER

Parte da solução

Tradução
Marcelo Backes

Estação Liberdade

Título original: *Teil der Lösung*
© 2007 Ammann Verlag & Co., Zurique
© Editora Estação Liberdade, 2010, para esta tradução

Preparação de texto	Peterso Rissatti
Revisão	Estação Liberdade
Composição	B.D. Miranda
Capa	Nuno Bittencourt / Letra & Imagem
Imagem de capa	*Sony Center*, Berlim, 2007. Foto de A. Bojadsen
Editores	Angel Bojadsen e Edilberto F. Verza

CIP-BRASIL. CATALOGAÇÃO-NA-FONTE
Sindicato Nacional dos Editores de Livros, RJ

P449p
Peltzer, Ulrich, 1956-
 Parte da solução / Ulrich Peltzer ; tradução e notas Marcelo Backes. - São Paulo : Estação Liberdade, 2010.

Tradução de: Teil der Lösung
ISBN 978-85-7448-191-3

1. História de amor. 2. História de suspense. 3. Ficção alemã. I. Backes, Marcelo, 1973-. II. Título.

10-5163.   CDD: 833
CDU: 821.112.2-3

A PUBLICAÇÃO DESTA OBRA RECEBEU INCENTIVO DO PROJETO LITRIX.DE, UMA INICIATIVA DA FUNDAÇÃO FEDERAL DE CULTURA DA ALEMANHA, EM COOPERAÇÃO COM O GOETHE-INSTITUT E A FEIRA DO LIVRO DE FRANKFURT

Todos os direitos reservados à
Editora Estação Liberdade Ltda.
Rua Dona Elisa, 116 | 01155-030 | São Paulo-SP
Tel.: (11) 3661 2881 | Fax: (11) 3825 4239
www.estacaoliberdade.com.br

Sumário

Sony Center	13
Primeira parte	27
Segunda parte	139
Terceira parte	339
Belleville	457

Para Kathrin

Vivemos assim como sonhamos — sozinhos.

JOSEPH CONRAD

NOTA DO TRADUTOR

O título do romance é uma citação reelaborada de uma conhecida frase de Holger Meins, membro da RAF, que especula sobre as motivações da guerrilha urbana: "Ou problema, ou solução. No meio não existe nada."

Sony Center

A silhueta do homem se desenha com nitidez diante dos monitores. Ao que parece na penumbra ele tem a cabeça levemente reclinada para trás. À sua direita, um fio estreito de fumaça sobe de um cinzeiro sobre o console, uma mesa alongada sem enfeites com dois teclados embutidos. Cigarros mentolados, um jornal amassado pela leitura. Debaixo da mesa de controle estão os dispositivos de armazenamento de dados, receptores e computadores conectados, cujos diodos se destacam na sombra como olhos em chamas. Tudo está em silêncio, uma sala sem janelas na qual se ouve apenas a si mesmo e, mais ao longe, somente o ruído do ar condicionado. Os monitores estão mudos, nenhum som, nem mesmo um estalar agrupa as cenas num todo: aquelas pessoas lá fora, seus movimentos junto a vitrines e terraços de cafés lotados, indo em direção àquela grande fonte no meio da piazza coberta, são transmitidos ali para dentro. Elas podem ser vistas sentadas à borda do tanque de aço inoxidável, lançando olhares cansados em guias de viagem e folhetos de papel couché do Youth.lounge da Volkswagen, olhando pelos visores de suas câmeras fotográficas, telefonando. Outros cruzam a imagem e encobrem a vista da câmera por um momento, corpos e gestos. Dois garotos brincam chapinhando na água, molhando um ao outro, enquanto uma mulher em segundo plano os filma para um vídeo digital caseiro. Ela move a camcorder para cima, até a ponta do telhado agudo, que, como um toldo de circo gigantesco em fibra de vidro e lona branca, se estende sobre a abóbada arredondada do prédio, com dez ou doze andares de altura. Espetacular, é o que se diz, e também vertiginoso, quando se arrisca algumas piscadelas do chão para cima, em direção ao vazio, envolvido pelas fachadas de vidro do átrio, painéis de neon, um ressoar abafado e elástico feito de retalhos de conversas, música baixa, informações.

Ali está pendurado o Homem-Aranha. Gigantesco no tamanho, diante da fachada do cinema Multiplex, em seu traje azul e vermelho recoberto de teia, pronto a saltar a qualquer momento. Voar pelos ares a fim de salvar o universo. Horrores por toda parte. Num palco ao lado do Youth.lounge é preparada uma representação, de tempos em tempos holofotes coloridos lançam seus fachos de luz sobre uma tenda brilhante que envolve um automóvel, três, quatro moças em *tailleurs* idênticos estão paradas, juntas, e anotam as últimas ideias. Um punhado de curiosos ansiosos já se aproxima, folhetos nas mãos, distribuídos por alguns auxiliares diligentes. Enquanto um grupo de turistas deixa a megastore na passagem que leva à Potsdamer Strasse, a lotação de meio ônibus desliza de andar em andar pelas fragilidades das vitrines, miniaturas tecnológicas que ninguém julgava possíveis expostas em almofadinhas de plástico rosa choque, notebooks do tamanho de cadernos escolares e celulares pouco maiores do que um saleiro. Todos sussurram números uns aos outros, detalhes surpreendentes, que uma piada canhestra procura libertar de seu poder mágico. E então os olhares se perdem na multidão, buscando algo histórico debaixo de uma proteção de vidro resistente, o andar térreo de um hotel destruído durante a guerra, conforme se explica no quadro reluzente de tão limpo ao lado e mais adiante, num movimento aleatório, daqui para lá e de volta, atraídos por nada e por tudo ao mesmo tempo.

SONY CENTER

Um esvazia cestos de lixo, outro junta pontas de cigarro e pedacinhos de papel com uma pinça gigantesca, vestidos de forma elegante, barbeados com cuidado, como se estivessem com os visitantes em suas diversões. Em lugar algum se veem mendigos ou bêbados, apenas o que é padrão em todas as telas, nada de correria e nada de velocidades irregulares.

O homem curva-se para a frente em sua cadeira giratória e apaga o cigarro. Esbanjamento deixá-lo no cinzeiro, queimando sozinho, ocupado com outra coisa, pensamentos, que de algum jeito não se consegue definir com exatidão. Talvez porque ali não se alcance a concentração necessária para outras coisas, ainda que a observação funcione como por si mesma. Mergulha-se em tudo aquilo com uma espécie de automatismo, que começa pontualmente no início do trabalho, ao abrir a porta, quando o olhar cai sobre os monitores opacos que não se perdem de vista pelo resto do dia. Um saber que se acumula e que todo mundo chama de experiência, exercício de reconhecimento meditativo. Zooms e movimentos vagarosos para seguir uma pessoa que atravessa o átrio até chegar à luz do sol, aproximar-se dum rosto, duma cena, cujo desenlace parece interessante. A garçonete no café Josty. Um casal de idosos que se beija. Uma menina de óculos estranhos dá meia--volta dançando. Um *bobtail* puxa seu dono pela guia esticada, desaparece com ele da imagem e volta a aparecer em outra, uma fileira mais acima, ainda fazendo os mesmos movimentos, mas agora diante do cenário da fonte. Espaço dividido, um grande quebra--cabeça que ato contínuo adquire nova configuração em campos de cinco por cinco, perspectivas cambiantes sem começo nem fim, da esquerda, em cima, à direita, embaixo, numa série de focos e detalhes computadorizados.

Levemente inclinados, os monitores pendem de uma estante de metal que ocupa a parede sobre o console e chega até o teto.

PARTE DA SOLUÇÃO

A sombra do homem sobre o qual cai a luz dos aparelhos se estende longamente atrás de suas costas, cabeça e ombros como uma escuridão sem contornos sobre a porta de aço corta-fogo. Adesivos cobertos de números presos às travessas da estante, por último o número 25, abaixo de um plano total da piazza em formato miniatura, filmada bem do alto, de modo que tudo tenha a aparência de brinquedo, uma casa de bonecas animada. Bem pouco real, também porque as imagens são planas, não têm profundidade, como se o que importasse fosse apenas o primeiro plano. Primeiros planos, em quadrados que se empilham, se encobrem, se completam, sem deixar sequer uma mancha cega, um espaço para a especulação. Ele esfrega seus olhos, que como sempre começam a arder depois de três ou quatro horas, mesmo quando se cumpre a pausa prescrita. Levantar, se esticar, livrar da carga excessiva a memória dentro do cérebro. Para não se desligar por completo e perder o mais importante. O que realmente conta no cerne discreto da espera, uma irritação relampejante que de repente prende a atenção, um impulso de medo que, surgindo do nada, eletriza o espírito. Como se o tivéssemos previsto segundos antes, uma sensação estranha, que de súbito se adensa a ponto de virar certeza, o cara com o chapéu-coco no monitor 12. Agora ele tira seu chapéu fazendo uma mesura e se inclina, reverente, em direção à câmara. Igual a um diretor de circo, ele abre os braços, sorri fazendo troça, enquanto aparecem na imagem duas bailarinas segurando cartazes, nos quais há algo escrito, em letras bojudas e negras: *Tudo apenas um jogo!* e: *O mundo não é belo?* Elas cedem seu lugar a um palhaço, que chama pessoas acenando com um par de enormes mãos de borracha, cambaleando para cá e para lá, como se estivesse num navio bordejante. No corredor há ruídos, a porta é aberta e um feixe de luz ilumina por instantes as paredes nuas. É Fiedler, que fora buscar café, e sem dizer palavra bota os copos de isopor ao lado do jornal

e do teclado. Enquanto isso, o palhaço organiza num semicírculo os espectadores que se juntaram, crianças na frente. As bailarinas o ajudam, sem muito jeito, se equilibrando na ponta dos pés. Coisa que parece divertir a todos, as primeiras crianças já tentam imitá--las, braços dobrados e mãos unidas acima das cabeças. O quarto membro da trupe mais uma vez botou seu chapéu-coco e, quando ele se volta num dado momento, vê-se a inscrição na parte de trás de sua camisa branca: *Você não deve rir.*
— O que está acontecendo aí?
Nenhuma resposta.
— Ei, Kremer, estou falando com você.
Kremer aponta com o indicador ereto para um monitor da terceira fila, Fiedler se inclina sobre a mesa de controle e aperta os olhos.
— O doze.
— Claro, estou vendo que é o doze.
— Então não pergunte.
O palhaço abre uma velha mala que as bailarinas apresentaram ao público como se fosse uma arca de tesouro e, fazendo caretas, ergue de uma pilha de cartazes aquele que está mais em cima.
— Aproxime mais — diz Fiedler. A pressão nos teclados propagada pela fibra óptica persegue os acontecimentos, feições se tornam mais nítidas, as manchas ridículas de maquiagem vermelha nas faces das mulheres, em seus trajes com saiotes de tule sobre calças comuns. Certas medidas a serem tomadas, os procedimentos são conhecidos. Há manuais e seminários, cadeias de comando e normas de segurança pública, os níveis complexos da confiança.
— O que você sabe disso aí?
— Nada — diz Kremer, olhando fixo para a frente. — Não sei de nada.
O novo cartaz traz inscrições de ambos os lados; enquanto o palhaço o mostra a todos e o vira para lá e para cá, as bailarinas

PARTE DA SOLUÇÃO

batem palmas, graciosas. Na parte da frente se lê: *Proteção para todos*, e atrás: *Obrigado-obrigado-obrigado*, cada uma das linhas emoldurada por olhos pintados com pincel grosso. Não muito diferente de uma figura de desenho animado, o homem do chapéu-coco agora começa a distribuir panfletos que são aceitos prontamente. Faz suas reverências e espia para o alto com expressão estranha. Maliciosa, essa é a palavra.

— Eu aviso — diz Fiedler, e se levanta. Dois estojos com telefones celulares estão presos a seu cinto, ele pega um deles e disca. *Vocês estão na mira*. Enquanto espera, ele mordisca na unha de seu polegar, o que soa desagradável. Mas Kremer parou de se queixar, o outro, assim como acontecia com muitos, não conseguia se controlar muito bem.

— Quem? Sim, eu. Vá até as arcadas... O quê? Não, lá têm alguns, está vendo? Não... não confere. Muito bem.

Placas, cartazes, que são tirados da mala e acenados em volta em movimentos cada vez mais rápidos, grandes cifrões de euro podem ser vistos, ao lado deles pictogramas, câmeras e alvos, em cujo meio está escrito *Pobreza*, depois mais uma vez apenas inscrições, *Obrigado pela compaixão*, *Quero minha imagem de volta* ou *Filmar mais bonito* em um balão de diálogo sobre uma cabeça com boné de uniforme, por fim os três caem de joelhos, juntam as mãos como se fossem rezar e se inclinam diversas vezes, antes de todos estenderem o braço direito, e apontarem para o alto, direto para o monitor.

— Chamado de alerta — diz Kremer, sussurrando.

— Deixa comigo — diz Fiedler, e aperta uma tecla de seu telefone. — Tô saindo.

Quando a porta se fecha, corta uma voz que dá indicações, reorganiza, convida a vir, um programa que se desenrola como sempre, que foi treinado, imponderabilidade e psicologia. Homens que se lavam à borda da fonte, mesmo no verão vestidos com sobretudos de bolsos abarrotados, outras tralhas enfiadas em sacolas plásticas, grupos de adolescentes que dão encontrões em passantes, figuras que vagam pela multidão em paletós mal cortados, em duplas, trios, procurando coisas não vigiadas, aparelhos largados por aí, compras, mochilas, um exército espalhado pela Europa, cuja clandestinidade tribal é necessário combater a qualquer hora e em qualquer lugar. Com movimentos amplos de braço, o homem do chapéu-coco dirige os espectadores e atores para fora da imagem, depois desaparece ele mesmo, para em seguida aparecer de repente em primeiro plano no monitor 16, encabeçando um cortejo junto com o palhaço, as bailarinas, adultos e crianças, que formam um grupo denso à sua volta. Outros cartazes são puxados para fora da mala: *Ei, nós estamos aqui* e: *Tudo certo, senhor comissário?*, além de mais caretas e pantomimas. Os colegas já deviam estar nas proximidades, pensa Kremer, era necessário que tentassem se acotovelar entre as pessoas até o centro do círculo para dar um basta à manifestação. O que é permitido, está escrito; a primeira pergunta, sempre pela autorização, a resposta é sempre que não há, ambulantes com joias e vendedores de sanduíches. Na maior parte das vezes acabam atendendo logo ao pedido, apontando o regulamento interno, às vezes um tanto nebuloso, para que deixem o local; são bem poucos os que oferecem resistência. Um, em março, com uma faca, foi posto fora de combate com spray de pimenta. Existem atribuições, existem limites, existe cooperação. O distrito policial mais próximo é o da Friedrichstrasse.

Do alto, tudo lembra uma maquete, casas e árvores de plexiglas e plástico, de pau-de-balsa envolvidas em películas de brilho prateado. Com um balão cativo pode-se ir até o alto e ter uma visão de conjunto; na gôndola, guias turísticos explicam a situação, a história e os investimentos. Durante décadas, não havia ali mais do que estepes arenosas, que um muro correndo em zigue-zague dividia ao meio. Nuvens de poeira sopravam pelo imenso terreno no verão, e quando chovia tudo se transformava num campo pantanoso. Raros animais diminutos e liquens, como que para a eternidade, um planeta calcinado às margens do universo. E então aquele rasgo, aquele raio, lágrimas mandadas ao mundo aos milhões por televisões. Uma explosão cósmica, pela qual o presente voltou a tomar conta do lugar. Visões de futuro, o novo, um sonho. Guindastes solenemente iluminados na escuridão, que se erguem aos céus como esculturas sobre gigantescos canteiros de obras, envolvidos por aldeias de contêineres para os trabalhadores e plataformas protegidas contra o vento para operários vindos do mundo inteiro. Dragas e niveladoras, buracos abertos pela água e drenagens em turnos seguidos. Esqueletos de cimento cresceram ao alto, enormes estruturas de uma fantasia de importância e grandeza. Enquanto ainda não estavam revestidas, sem fachadas nem fundos de vidro, sem imitações de tijolos e quinas de metal, sinuosidades como as de naves espaciais ou ângulos salientes como nos bastidores de filmes expressionistas, podiam ser tomados por simples monumentos ou memoriais abstratos, sublimes como as pirâmides envoltas em certa beleza metafísica. Mais tarde tudo mudou e o que se viu foi apenas um bairro fincado no coração da cidade em tempo recorde, shoppings e hotéis ao lado de sedes administrativas que se erguem em torres. Andares de estacionamento dos quais numerosos elevadores furtivamente deslizam levando pessoas às compras. Lá em cima, onde há peças de arte e chafarizes, um zumbir constante atravessa a atmosfera, mas que depois de alguns poucos passos não se ouve mais.

 No verão, muitas das vias e ruelas entre os prédios altos estão sombreados, de modo que apenas na ampla área da Potsdamer Platz ou do outro lado, junto à Staatsbibliothek[1], se volta a ter a sensação de estar de novo a céu aberto na luz resplandecente de um dia de junho, nenhuma nuvem a turva. Em milhares de reflexos multifacetados nas vidraças da torre semicircular, que fica ao lado do átrio com seu telhado de toldo, tudo fere a vista quando o olhar interessado vagueia pelas fachadas, pelas ousadias de uma estática calculada pelo computador, diligente trabalho eletrônico em chips de silício. Sem parar, visitantes chegam aos turbilhões à piazza, a atração principal, conforme consta duma brochura exposta em recepções de hotel, passando devagar no foyer demasiado frio da sanofi~synthelabo, pela loja da Dunkin' Donuts e por um internet-café da Easy, ainda batem uma foto às pressas saindo pelo pórtico que dá para a rua que leva até a Torre de Televisão. Um amontoado de gente chama a atenção. A troca ofensiva de palavras chega mutilada até ali fora, onde é cada vez maior o número de curiosos, cujas perguntas são respondidas com um dar de ombros. Uma menina em idade pré-escolar no braço de sua mãe tatuada na nuca cacareja acima das cabeças, ela quer ver o palhaço, ali tem um palhaço, mamãe, um palhaço engraçado.

— Me deixem passar — diz um homem vestindo um casaco de nylon preto que vai até abaixo da cintura, e que apresenta nas costas um retângulo dourado com a inscrição PROTECTAS, abrindo caminho em meio à multidão, — mas afinal me deixem passar.

Crianças pela mão, as bailarinas dão piruetas, enquanto seus acompanhantes argumentam com Fiedler e outro que também usa um daqueles casacos. Pelo menos é o que estão tentando. Alguns dos que estão parados em volta leem o panfleto e depois olham para o alto, como se lá houvesse algo especial a ser descoberto.

— Espaço público — diz o palhaço. — Temos o direito.

---

1. Literalmente, Biblioteca do Estado, a grande biblioteca pública de Berlim com famoso projeto do arquiteto Hans Scharoun, e retratada entre outros por Wim Wenders em *Asas do desejo*. [N.E.]

— Isso aqui não é espaço público — diz Fiedler, e aponta para o chão. — Isso aqui é área privada.

— E onde estamos?

— Aqui, por toda parte — diz Fiedler, seco — o senhor não está me ouvindo?

— Estamos em Berlim — diz o jovem do chapéu-coco, abrindo seus braços como um pregador religioso. — Capital da República Federal da Alemanha.

— Pela última vez, vá embora daqui.

De algum lugar, as bailarinas aparecem de repente munidas de câmeras digitais, com as quais passam a filmar a situação, aparelhos que parecem delicados, que elas mantêm à sua frente, à altura do peito. Como se já estivessem vendo no display o filme que só agora passa diante de seus olhos.

— Os senhores já conhecem essa história? — pergunta o palhaço, e se volta para o público.

— Agora basta — diz Fiedler, enquanto dois outros guardas, ambos vestindo casacos com a mesma inscrição, ficam diante das meninas para impedi-las de continuar filmando.

— Não toque em mim — grita uma delas.

— Não se preocupe, ninguém vai tocar na senhorita — diz Fiedler num tom que pende entre o desprezo e a raiva reprimida, testemunhas às dúzias, uma situação confusa. As pessoas esperam por algo, material para suas lentes famintas. Para depois tocá-lo em projeções infindas em seus players, dando uma pausa aqui e aplicando uma câmera lenta ali, à procura de um momento cativante, no qual se revela o peculiar.

Fiedler faz uma ligação. Diz pouca coisa, ouve algo, parece que apenas repassa uma senha. Quando uma das bailarinas a filmar se aproxima dele, ele a afasta com o braço esticado, cuidando para não lhe dar motivo de assumir o papel de vítima. Todo mundo conhece o esquema, ataques histéricos, berreiro, ferimentos fingidos para alcançar compaixão. Mendigo que rola no chão depois que alguém lhe lança um olhar mais agudo.

— E por isso, minhas senhoras e meus senhores — diz o palhaço —, olhem sem inibição à sua volta, na lente de uma câmara somos todos iguais.

— Iguais — concorda o homem do chapéu-coco —, isso é que é democracia.

Eles parecem querer levar as coisas às últimas consequências, pensam contar com o apoio dos espectadores, que acreditam estar ao seu lado em concordância espontânea. Quando nas bordas do grupo começa um empurra-empurra entre uma das bailarinas e um dos colegas da PROTECTAS, Fiedler intervém, a fim de manter a situação sob controle.

— Vamos ficar calmos — diz ele, e se coloca entre os dois. — Vamos terminar isso aqui com toda a calma.

— Lá em cima — diz uma mulher, depois de ter lido o panfleto, e toca a mulher que a acompanha, enquanto bota a mão à testa para proteger-se dos reflexos do sol. — Aquela coisa ali deve ser uma.

Outros se comportam da mesma maneira, como numa reação em cadeia. Com o mapa esboçado no panfleto não é difícil descobrir as câmeras, cilindros alongados presos debaixo de proteções, em colunas, sobre portas giratórias ou simplesmente sobre uma armação de metal numa das paredes do prédio, na maior parte das vezes a cinco, talvez seis metros de altura. Pequenos canhões refletores que se movimentam sobre seu próprio eixo de forma abrupta e sem fazer barulho, como robôs em fábricas totalmente automatizadas. Começam a contá-las, reconhecem as diferentes perspectivas e ângulos de gravação, que o mapa esboça em fachos na forma de cones. O círculo se afrouxa um pouco, também porque alguns agora procuram câmeras mais distantes com a ajuda do panfleto fotocopiado, como se brincassem de caça ao tesouro pelo local, esperando apenas por algo que os arrancasse de sua rotina turística, por experiências de metrópole, conhecimentos novíssimos. Nos monitores, podem ser vistas as pessoas, como elas perambulam por aí, param, apontam para o alto e se informam gestualmente sobre sua localização: ali a passagem para a Bellevuestrasse, lá a fonte com suas bordas lisas de aço inoxidável, mais atrás o Youth. lounge e um elevador para o estacionamento. Alguns, inclusive, filmam as câmeras para em seguida girar a objetiva para onde está a aglomeração agora mais frouxa de pessoas, Fiedler e os outros.

— Acho que estamos de acordo — diz o policial robusto, em cuja testa brilham gotas isoladas de suor. Assim como sua colega, sob cujo quepe aparece um rabo de cavalo cacheado, ele veste uma camisa de mangas curtas, bege-esverdeada, um cinto largo de couro com coldre e pistola, algemas, bloco de anotações, cartucheira.

— De jeito nenhum — diz o palhaço, e levanta suas mãos de borracha num gesto de defesa. — Até ali em frente é privado, aqui nós estamos fora dos limites da área.

— A calçada faz parte — diz Fiedler, no tom de um homem que sabe melhor das coisas e não parece disposto a discutir. — Fim do comunicado.

— Vocês por acaso têm uma declaração permitindo sua ação? Ou manifestação, ou como quer que chamemos isso agora.

— E, além disso — diz Fiedler, se aproximando — eles estavam lá dentro, justamente na sala imperial.

— E desde quando nos chamamos por você? — pergunta o jovem homem do chapéu-coco. — Mas tudo bem — e, estendendo-lhe a mão — meu nome é Robert Bresson, mas você pode me chamar de Robbie.

— Sugiro que vocês juntem suas tralhas e por mim as coisas ficam resolvidas.

Apenas um pouco mais velho do que os quatro que ali jogaram seu joguinho, o policial sorri, condescendente, uma exibição maior não seria adequada no momento. Alguns ativistas a favor ou contra isto ou aquilo, que não parecem estar dispostos a encarar um confronto. Seus disfarces parecem mostrar que se preocupam apenas com o público, trabalho de esclarecimento, que agora já foi feito. Ele olha para as bailarinas, depois para os olhos do palhaço, com as sobrancelhas erguidas, em sinal de conciliação.

— O que o senhor acha disso?

— Acho que o senhor não tem razão, mas nos curvaremos ante a força da lei. Viva a lei, que nos protege e nos mantém.

— Faz bem ouvir isso.

O palhaço pega a mão direita do policial e a sacode em profusas reverências, os espectadores aplaudem. As bailarinas fazem mesuras para todos os lados. Com a velha mala presa debaixo do braço, Robert Bresson caminha como havia imaginado, até o meio dos dois, protegido por seu chapéu-coco.

— Fiquem atentos, minhas senhoras e meus senhores, e se ocupem de suas gravações.

Virado para Fiedler, ele diz em voz tão alta que todo mundo o ouve:

— Mande-nos, por favor, uma cópia da fita, não a venda em segredo como costumam fazer.

— Vá embora daqui — retruca Fiedler —, do contrário abro queixa.

Em fila indiana, o palhaço na frente, eles vão embora acenando em meio às pessoas, uma das bailarinas joga beijinhos em todas as direções. Na rua, está estacionado o BMW verde-prateado da polícia, cuja luz azul continua piscando sem ruído no ar cintilante e parece pálida, como que descolorida pelo calor do meio-dia. O telhado de aço escuro e plano da estação de trens suburbanos, para a qual eles se dirigem, se embaça à distância, como se as quinas desfocadas aos poucos se soltassem de seus apoios. Ereto e alto, à direita, um prédio de fachada de tijolos vermelho-ferrugem lembra um arranha-céu americano dos anos vinte, da época heroica da linha de montagem e dos filmes de gângster; em frente, a torre semicircular de vidro; atrás, um hotel de luxo à maneira de templo babilônico se afunila abruptamente para o alto. Caixas eletrônicos, butiques e barzinhos. Carros de luxo em showrooms sofisticadamente iluminados e pizza à mão, bombons e jogos de computador, escritórios sobre escritórios nos andares que sobem ao céu. Alguns visitantes continuam ocupados com as câmaras, tentam descobri-las em suas posições, conferindo com um entusiasmo minucioso a lista numerada do panfleto. A maior parte deles quase já esqueceu o incidente, e anda em busca do próximo agito que por certo está à espera em algum lugar. Somente alguns adolescentes, quase crianças ainda, livres do tédio de um passeio escolar, fazem caretas para uma lente, posam como modelos, pegam uns nos ombros dos outros. Mostram seus músculos e balançam seus quadris num concurso imaginário de talentos. Naturalmente não há nenhum professor à vista. Idiotas, pensa Kremer.

Primeira parte

— E então?
— Informações básicas.
Sem olhar para ele, Christian sabia que Jakob agora franzia a testa e olhava brevemente para o teto. E sacudindo de leve a cabeça, ainda por cima, cético, como aliás se mostrara desde o princípio. Já ao telefone, ele afirmara que parecia mais se tratar de uma quimera, ele dissera fantasma, fazendo troça, a fim de desafiá-lo. Exageros acadêmicos, aos quais é melhor nem reagir, mesmo nesse caso.
— Quando aconteceu?
— Na primavera de setenta e oito.
— Ainda resta alguma lembrança disso?
— Éramos onze.
— Doze —, disse Jakob, e tomou um gole de cerveja. — Mas deixe o filme prosseguir.
Christian se inclinou para a frente e tateou o assoalho ondulado com a palma da mão. Algumas das tábuas haviam se abaulado, um vazamento antigo, pelo qual ele não era responsável. Carolin encarregaria alguém de arrumar tudo antes de entrar, em setembro, outubro, pelo menos ela já anunciava trabalhos de reforma dos mais abrangentes a cada visita, o piso, o termostato assoviante do banheiro, toda a fiação elétrica. Pintores, ladrilheiros e pedreiros, o espectro completo da arte manual romeno-polonesa.
— Você está com o controle remoto?

— Como todo mundo sabe, eu coleciono esses troços.

Christian escorregou no futon, que podia ser aberto para dormir, e espiou debaixo do estrado, depois debaixo de uma mesa de três pernas, com tampo de azulejos coloridos, para enfim (praguejando em voz baixa) se levantar e empurrar com o pé uma pilha de jornais para o lado — coisa que no entanto mais pareceu uma ação fortuita do que realmente o gesto de uma procura que prometia algum sucesso.

— O bolso do casaco — disse ele de repente. — I-na-cre-di-tá-vel.

— Está quente demais pra usar casaco. Por que você ainda está de casaco?

Christian voltou a se sentar. Enquanto a tela retomava seus movimentos em listras piscantes, ele se esticou até a mesa por cima do joelho de Jakob e pescou a última garrafa de Budweiser. Usando o isqueiro como alavanca, num gesto rápido fez a tampinha saltar descrevendo uma curva e rolar sobre o piso de madeira danificado até a sacada, onde havia um projetor, cuja luz halógena presa num dos parapeitos lançava um foco oval ofuscante ao teto pintado em vermelho rubi. Ininterruptamente, o barulho de sirenes, sons breves de buzina tomando cada canto do ambiente praticamente vazio. Carros de polícia e ambulâncias, que com seus giroscópios azuis ligados atravessam a metrópole, ruas congestionadas, nas quais seguem adiante sobre as calçadas, pedestres em pânico, correrias e gesticulações. Uma, duas vezes passam pelos espectadores atrações turísticas que constam do guia de viagem Baedeker, monumentos fugidios nas imagens de um filme arranhado em vídeo. Matilhas de repórteres diante das portas trancadas de uma sala de reuniões, deputados saem apressados e não se mostram dispostos a dar sua opinião, tumultos no parlamento, manifestações. Pedras e gás lacrimogêneo, policiais com metralhadoras e coletes à prova de balas revistam uma longa fila de carros, detidos com as mãos cruzadas à nuca, legendas passando na borda inferior do monitor como se fossem cotações da bolsa.

— Você fala italiano?

— Nem uma só palavra.

— Pois então — disse Jakob em voz baixa, o que no entanto não pareceu a Christian ser o comentário a um plano sem possibilidades de sucesso. Como se algo ainda pudesse dar certo, afinal de contas. Nunca se sabe.

A foto de um homem de cabelos grisalhos que segura um cartaz diante do peito, letras bojudas coladas no papelão e uma estrela de cinco pontas. Em seguida, imagens agitadas, gravadas do banco do carona de uma motocicleta, em curvas perigosíssimas, numa velocidade infernal através de um trânsito que ameaçava congestionar, até que, depois de uma freada brusca, a câmara passa a filmar uma ruela lotada de gente, cartazes nas paredes carcomidas dos prédios, gritos, vozes em pânico. Um braço estendido abre caminho para a câmera até o ponto principal do empurra-empurra, em volta do qual se apinha toda aquela gente em polvorosa, um carro com o porta-malas totalmente aberto. Instantes de reconhecimento doloroso se estendendo em câmera lenta.

— Primeiro-ministro?

— Presidente do partido. Mas o homem que controla tudo, no fundo.

A cabeça do homem que está deitado de pernas encolhidas no espaço estreito atrás do banco traseiro resvalou frouxamente para o lado, seu rosto está parcialmente oculto. Como se sentisse vergonha de se mostrar naquele estado ao público. Veste um sobretudo escuro, abaixo de cuja gola se pode ver um pedaço da camisa branca, sua mão direita descansa à altura dos quadris em cima do sobretudo, as mãos estão cerradas. O primeiro tiro, notícia uma voz que se sobrepõe sincronicamente ao italiano do original, arrancou a unha de seu polegar, antes de a bala penetrar no pulmão esquerdo, depois se seguiram outros tiros de uma metralhadora Skorpio e de uma Beretta 9 milímetros. Provavelmente a morte tenha vindo imediatamente em razão de uma hemorragia, provavelmente já na garagem subterrânea escolhida para a execução. Depois disso o carro, um Renault 4, foi levado para o centro e estacionado numa rua transversal, a apenas alguns passos do quartel-general do Partido Comunista. Cinismo terrorista, diz o locutor, deixar o carro com o cadáver exatamente aqui, quase à mesma distância da sede dos democrata-cristãos, a outra força que domina o país. Dois fotógrafos envolvidos pela multidão começam a bater suas fotos, flashes lampejam sobre o cenário, o homem no porta-malas, o cobertor de lã no qual o enrolaram é afastado, correntes para a neve, uma sacola de plástico. Ao perceberem que o número de pessoas chegando de trás aumenta cada vez mais, os *carabinieri* e os soldados formam um círculo de braços dados para mantê-las longe, o horror, a curiosidade. Como um rastilho de pólvora, a notícia se espalhou, o digno homem havia sido encontrado, na cidade, nas províncias, na Europa inteira, um susto chamado Brigadas Vermelhas, por todo o lugar cartazes de procura-se, batidas policiais em casas, trocas de tiros.

— Narrativas que entram chutando as portas — disse Jakob.
— Como pivô de tudo.
— O que não agrada a você?
— O fato de se saber desde o princípio no que tudo vai dar.
— Por favor, sim, isso é um documentário, primeiro todo mundo conhece o final da história, pelo menos todos aqueles que são mais ou menos informados, e, segundo, ouça bem, com a palavra narrativa você só vai ganhar pontos comigo.

PRIMEIRA PARTE

— Muito obrigado — disse Jakob, e acendeu para si um dos cigarros de Christian que ele antes, sem perguntar ao outro, havia puxado com dedos ágeis do bolso superior de seu casaco. — Gentil da sua parte.

Na tela, corpos dilacerados, sobre os quais são inseridos data e lugar, rastros de sangue no guichê de um banco, transparências aparecendo na neblina fantasmagórica de um dezembro milanês, e milhares de manifestantes envolvidos pela neblina, pelos quais esperam tropas policiais munidas de escudos e cassetetes. O princípio dos anos setenta, reporta a voz do narrador, teria sido marcado por aquele atentado a bomba, pelo qual os anarquistas foram responsabilizados, ainda que na realidade tenha sido perpetrado por um grupo radical de direita a fim de abalar o Estado em suas estruturas. Como consequência dos acontecimentos, nas fábricas do norte da Itália, na Fiat e na Pirelli, formaram-se células de militantes esquerdistas que começaram com seus primeiros atos de sabotagem.

Vê-se um portão de fábrica vigiado por trabalhadores, na cerca gradeada que envolve o terreno há panfletos pendurados, lençóis cheios de inscrições, ramalhetes de flores, depois se seguem pancadarias e discussões, ambientes completamente lotados e enfumaçados, homens e mulheres erguendo seus punhos, pichações nas paredes, foice e martelo, lemas incitando à luta. Também podem ser reconhecidos homens discursando, e as massas que se movem pelas ruas, acima delas folhas que se soltam de um calendário, uma após a outra, e voejam atravessando a imagem até que se chegue ao ano de 1978.

— Para salvar o país — disse Christian, democrata-cristãos e comunistas pensam num governo de coalizão, também conhecido por nós, os iniciados, como compromisso histórico.

— Vocês ainda aceitam novos membros? Ou se trata antes de um grupo fechado?

— Ritos de iniciação — disse Christian, meio sentado, meio deitado sobre o futon. — É necessário passar por várias provas.

— Ficar durante semanas sozinho na floresta, abstinência, encontrar um fio que conduza aos deuses.

— Ninguém poderia formular a coisa melhor. De qualquer modo, também há resistência contra a planejada coalizão, contra a ideia de que os comunistas de repente farão parte do governo. Estados Unidos contra, OTAN contra, para não falar dos ultraconservadores italianos. Por outro lado, o sistema inteiro estava ameaçando ruir, guerra civil, revolução. Por consequência, a questão passa a ser qual o mal menor, já que, e isso é muito importante, o partido, o Partido Comunista, há tempos havia selado sua paz com o capitalismo. Na verdade eles já na época eram, coisa e tal, humm, social-democratas.

— Lobos em pele de cordeiro.

— Absurdo. Verdadeiros patriotas, se é que você sabe o que isso significa. Eis que agora o mais importante defensor da coalizão é Aldo Moro...

— O homem do porta-malas.

— Exatamente ele, a eminência parda da democracia-cristã, e sua real preocupação com os destinos da república. As negociações andam bem, já se está praticamente à beira de uma conclusão, e pá, eles o agarram. Olhe só para isso.

À primeira vista, uma batida por trás, o calçamento coberto de estilhaços de vidro, diversas limusines que acabaram batendo num cruzamento. Incomum é apenas a multidão de curiosos, grupos de pessoas atrás de carros da polícia e patrulhas civis que chegam às pressas e bloqueiam o local do acidente. Dúzias de uniformizados no interior daquela fortaleza de carros, enfermeiros, homens de sobretudo que parecem perdidos e se juntam em torno da batida, e apontam para isso e para aquilo, ficam de cócoras a fim de avaliar

PRIMEIRA PARTE

algum detalhe. Estendido sobre um corpo, um lençol branco que deixa livres uma mão e dois sapatos, pés usando sapatos, que brilham como se tivessem sido engraxados meticulosamente ainda há pouco. A maior parte dos vidros das limusines apresenta rachaduras, restos de vidro nas molduras da porta formando desenhos bizarros, linhas denteadas como em placas de gelo, um close agora os traz em primeiro plano, se move em volta de uma porta batida, buracos na lataria, estofamento rasgado, um braço que pende sem movimento do corpo de um homem. Sem movimento como o próprio homem, em cujo peito se aninha a cabeça de outro homem, enquanto a sua própria, era o motorista, aparece caída para o lado sobre a outra. O sangue corre pelo rosto de ambos, fios de sangue, que saem dos cabelos, do nariz, de pequenos buracos escuros nas faces e nas têmporas. Eles teriam morrido logo, ouve-se o locutor dizendo, assim como um funcionário da escolta no carro da frente, o segundo ainda teria conseguido disparar alguns tiros, o terceiro morrera ao meio-dia no hospital, sem conseguir recuperar a consciência. Ao todo, mais de noventa disparos de armas automáticas, uma testemunha adolescente declarou mais tarde que pensou haver, no cruzamento, trabalhadores lidando com martelos de ar comprimido. Na verdade parecia inacreditável que Moro, que havia sido arrancado do banco traseiro de seu Fiat 130 em meio à tempestade de balas, tenha escapado sem o menor arranhão. No asfalto, jaz uma pasta envolvida por um círculo de giz, um boné oficial, também envolvido por um círculo de giz, um monte de cartuchos vazios, manchas de óleo e sangue, que não podem ser distinguidas no monitor.

— Eles pegaram de jeito.
— Quatro criminosos em macacões de piloto da Alitalia.
— Também faliu, não?
— Não sei.

— Por mim pode desligar. Já conheço o final.

Rangendo baixinho, o videocassete estacou e congelou a última cena, depois tudo ficou preto, apenas interrompido aqui e ali por cintilações de pontinhos brancos que saltavam para lá e para cá entre as linhas da imagem. Senhas e contrassenhas.

— Ficaram cinquenta dias com ele — disse Christian. — Agora tudo parece mostrar que eles jamais pensaram numa troca a sério.

— O mesmo joguinho que aconteceu na Alemanha, na época.

— Já estava esperando por esse comentário — disse Christian.

— Por onde quer que eu comece?

— Talvez melhor irmos logo ao essencial.

— Os estudantes gostam de você? Suspeito que eles briguem para ter aulas com você.

Jakob soprou anéis de fumaça para o alto.

— Logo me encontrarei no café com aqueles que não cairão fora.

Christian se ergueu e cruzou as pernas. O fato de estar de pés descalços, mas usar casaco, fazia com que ele parecesse ter sido surpreendido em alguma atividade secreta pela chegada de Jakob e quisera manter a forma nos dez segundos que separavam o interfone da porta do apartamento, no primeiro andar. Um representante da companhia de seguros Allianz, que pretendia cobrar dívidas, o síndico ou talvez casos do passado que sempre aparecem no momento mais inadequado: estava passando e resolvi tocar a campainha.

— Comparações sempre são capengas, sobretudo no que diz respeito ao terrorismo.

— A dimensão — disse Jakob. — Sei muito bem onde você pretende chegar.

— Nada mal como ponto de partida. Ordens de grandeza e turbulências. Houve uma parada no recrutamento das Brigadas Vermelhas, porque o número de interessados era demasiado grande.

— E daí?

— E daí o quê?

— Seu interesse pela história é louvável... mas aonde você pretende chegar?

— Primeiro. Na Itália houve novos atentados com a assinatura das Brigadas Vermelhas. Quem são eles? Segundo. Manifestações em massa, crítica ao curso neoliberal do governo. Terceiro. Estão tentando estabelecer conexões onde elas não existem, por exemplo dizendo que a esquerda é controlada de longe, de Paris. Quarto. A cada um que eles trazem de volta, o primeiro-ministro é festejado em sua mídia como o único capaz de encarar o caos que ameaça o país. Campanha eleitoral ininterrupta. E, quinto...

— Parece um daqueles textos que tomam coincidências por causalidades. — Jakob sacudiu a cabeça. — Um prédio cai em Nova York durante uma reunião de gabinete em Israel. Num dos hotéis junto ao lago de Genebra, alguém entra na banheira, enquanto no que fica ao lado acontece uma conferência de traficantes de armas. Por que X e Y vão justamente no mesmo dia à ópera, ainda que ambos achem óperas uma merda? Será que preciso ser mais claro? No laboratório de X é desenvolvido um soro que interessa ao serviço secreto americano ou chinês, e Y já esteve a negócios em Xangai uma vez. Claro que também já esteve uma vez nos Estados Unidos, onde visitou um salão de massagens no qual trabalha uma mulher cuja irmã é casada com um agente da CIA. Acaso? Sim, distribuição aleatória no espaço, sem, necessariamente, uma lei geral que a justifique. Trace uma linha que leve de cá para lá e o enigma estará solucionado. Finalmente você compreende quem está sentado comandando as ações dos bastidores decrépitos.

— Isso eu sempre soube — disse Christian. — Ainda assim, várias perguntas continuam sem resposta. Por que agora, e por que com tanta dureza? Além disso, existem boatos que giram em torno dos mandantes do sequestro de Moro.

— E você será aquele para quem eles vão abrir o coração, botar tudo em pratos limpos antes de apodrecer nos cárceres do regime?

— Bobagem. Mas uma grande entrevista, que se ocupe dos antecedentes, depois o presente, eu consideraria bem picante. Existe um buraco horroroso no tempo, que ameaça nos devorar. Professores, assistentes sociais, médicas, depois de duas décadas voltam a desaparecer no subterrâneo do qual surgiram tempos atrás. Esconderijos na casa de amigos, amigos de amigos, velhas redes que são reativadas. Ninguém volta à prisão por vontade própria, nem permite que um palhaço da política o apresente como troféu. Capítulos não escritos do passado, que de repente nos confrontam com a própria sombra, com algo que a gente havia reprimido minuciosamente. E os cúmplices do passado hoje estão no parlamento, são redatores-chefes, empresários. Bem tratada, pode-se fazer uma bela história disso, há todos os ingredientes dentro dela, acontecimentos não esclarecidos, política atual, envolvimentos pessoais. Veja só, aqui temos alguns que foram eleitos pra pagar por sua geração, por erros que quase já haviam se tornado consensuais. Na Alemanha, é necessário apenas dar a embalagem certa para tudo isso.

Ele afastou os cabelos da testa e ajeitou os óculos na base do nariz, gestos nervosos que se tornaram sua segunda natureza e acabaram ganhando sua própria coreografia. Um jeito determinado de assentir comentando, antes de voltar a pedir a palavra, o toque automático no cigarro ao esperar uma ligação. No telefone.

— A opinião pública europeia — disse Jakob —, isso poderia interessá-la. O exemplo do bode expiatório, em vez de uma reconciliação com ponto final. Além disso, uma geração de filhos atingida, isso talvez desse certo.

PRIMEIRA PARTE

Um problema de organização, com o qual outros grupos acabaram lucrando, a concorrência no mercado da revolução armada. Um mercado dos mais florescentes no final dos anos setenta, princípio dos oitenta. Centenas de pessoas com as quais lidar e fronteiras fluidas entre vida normal e ação ilegal. Carros queimados, pilhagens, tiros no joelho para o inimigo do povo nas regiões.

— E as massas indolentes simplesmente não querem entender, enquanto nós, os revolucionários, aumentamos dia a dia.

— Abreviações marciais e dúbios exércitos das sombras lutam pelos favores da opinião pública. Sempre novos ataques, panfletos de uma página. Ao lado de tudo isso, os agrupamentos ainda mais ou menos legais, grupelhos, panelinhas, dos quais alguns, ou algumas, já que o percentual de mulheres é extremamente alto, em algum momento mudam para a clandestinidade, dão meia-volta ou continuam agindo como antes. Muitos deles jamais apareceram em listas de procurados, porque jamais foram reconhecidos, outros foram condenados por todo o tipo de coisas, de furto a assassinato, de sequestro a formação de quadrilha.

— E de vez em quando a coisa não dá certo — disse Jakob, e jogou o toco de seu cigarro num cinzeiro comprado no mercado de pulgas, que tinha escaninhos nas bordas como a bacia de uma roleta. Modelo felicidade das donas-de-casa.

— Os processos, as testemunhas principais, os indícios na abundância dos delitos muitas vezes terem sido duvidosos, podem ser dados como certos. Não estou me referindo ao criminoso principal, mas sim a todo esse caudal de simpatizantes, apoiadores e culpados em menor grau. Muitos deles ainda bem jovens, talvez oito ou dez anos mais velhos do que nós, loucura aguda de secundaristas.

Um guinchar metálico e agudo penetrou nos ouvidos, faíscas voando diante das janelas da sacada, depois um breve estardalhaço, como se um fragmento de rocha caísse rolando sobre um leito de cascalhos. Ruídos rangentes de um sistema hidráulico danificado, ao qual se seguiu imediatamente a confusão de vozes que podia ser distinguida com nitidez no barulho do trânsito cada vez menor de um anoitecer já tardio. Jakob olhou para Christian, incomodado.

— Não é exatamente um spa.

— Mas, em compensação, o apartamento foi barato. É o que diz Carolin, ainda que não tenha me dito o preço. Além disso, dois quartos dão para o pátio. Melhor para dormir e tudo o mais?

— Quantos metros quadrados?

— Cento e trinta, cento e quarenta, não cheguei a medir. Um pouco acabado, esse teto perverso em vermelho, mas as reformas já estão encaminhadas.

— E você?

— Eu o quê? — perguntou Christian, enquanto o bonde mais uma vez partia; perguntou com agressividade, pois o tom da voz de Jakob lhe era familiar. Como se ele não soubesse o que sabia, e apenas estivesse se informando como ele estava, sobre suas intenções e planos, por causa da velha amizade. Um rastro de hipocrisia que se camuflava nas cores da compaixão.

— Sua permanência aqui tem prazo de validade — disse Jakob, e cruzou os braços tranquilamente diante do peito. — No mais tardar quando Carolin voltar a Berlim, você precisará de uma casa. Ou seja, em breve.

— Em breve é uma expressão grandiosa. Digamos que... até setembro.

— Você está procurando?

— De qualquer forma não volto a morar no escritório. Vou me ocupar disso, sério.

— Naquele site, Immobilienscout 24, você arranja tudo.

— Obrigado. Sozinho, não teria pensado nisso.

— Não há de quê.

PRIMEIRA PARTE

Por um momento ausente, assim pareceu a Jakob, Christian fitava a sacada envidraçada, onde luzes brancas e amarelas se desenhavam sobre o vidro escuro das janelas que iam quase até o teto, um risco difuso em verde vindo do letreiro em neon da lanchonete do outro lado da rua; em vermelho, um borrão fibriloso lançado ao alto pela propaganda luminosa da filial do banco Sparkasse, na Schönhauserallee, esquina com a Kastanienallee. De quando em vez, um piscar azul perambulava pela vidraça, sublinhando apressadamente os giroscópios da polícia. Em algum lugar nas proximidades havia uma delegacia, dava até para acertar o relógio segundo os chamados, pancadarias e acidentes de trânsito em intervalos de meia hora. Quando Christian não fez menção de prosseguir a conversa, Jakob disse:

— Não estávamos prontos ainda, estou ouvindo.

Christian deu de ombros e se voltou incomodado para Jakob, que apontou para a tela sem imagem: segundo tempo.

— E do que se tratava?

— Indícios duvidosos.

— Claro, exatamente. Procedimentos questionáveis, que na maior parte das vezes terminavam em punições draconianas, nada de erros da justiça, na verdade julgamentos políticos. Dez anos de cadeia por participação, sem que fosse possível provar qualquer outra coisa em particular. Nem sempre se tratava de processos de assassinato.

— Deles dá pra escapar.

— Se mandar para a França. Ao todo, duzentos e cinquenta a trezentos que botaram sebo nas canelas. Alguns conseguiram até mesmo fugir da prisão.

— E os franceses os aceitaram?

— A condição era não estarem envolvidos em atentados fatais.

Gorgolejando ao engolir, Christian secou sua garrafa de cerveja, segurando-a contra a luz e examinando-a, para em seguida arrotar alta e longamente.

— *Enchantant* — disse Jakob, e recuou simbolicamente se afastando dele um pouco. — Eis que alguns dos seus problemas ficam de repente claros para mim. Sobretudo as mulheres gostam disso.

— Um choque e tanto, o mundo em cacos.

— Cálculos errados, que dificultam de forma considerável a vida. Mais uma vez se deixaram enganar, chuva de granizo em censuras e desespero. Mamãe sabia disso desde o princípio.

— Tem certeza disso?

Jakob riu. Assim como estava sentado ali, sobre o futon, alto e cheio de confiança, ele dava a impressão de estar à altura de suas tarefas, de ter se decidido certo dia e não ter se arrependido da escolha até hoje. Havia Séverine e os dois filhos, o instituto, amigos e viagens, havia um objetivo para o qual ele trabalhava. Imaginar Jakob na companhia de outra mulher era exatamente tão impossível quanto o pensamento de que ele não mais desse aulas, não participasse mais de conferências, não escrevesse mais textos sobre Foucault e o Romantismo alemão. Solicitude que podia intranquilizar e invocava réplicas, quase chegando a brigas sem motivo. O fato de o mundo poder ser um corpo estranho.

— A assim chamada doutrina Mitterrand — prosseguiu Christian. — Tolera-se a estada, porque de alguma forma são perseguidos políticos. Uma zona pouco nítida na qual a gente se ajeita, além disso a obrigação de abrir mão da luta armada. Coisa que se respeita, vinte anos de discrição na vida burguesa, profissões, famílias.

— Estamos falando de ressocialização, ser amado pelos vizinhos, defensores engajados da natureza.

— Até que o governo muda, Berlusconi na Itália, Chirac na França. Berlusconi exige a extradição e Chirac, que não se sente preso a acordos fechados por Mitterrand, começa a extraditar as pessoas.

— Paris — disse Christian, enquanto começava a calçar um par de tênis que estava debaixo do futon. — Se é que ainda estão por lá.

Luz azul e sirenes, deslocando-se para o leste a caminho da Danziger Strasse, onde se dissipavam. Diversos ruídos de buzina chegavam ao apartamento. Alguém trancava o caminho do outro. Em Wedding, um sujeito perdera a cabeça na semana passada e sacara uma pistola, seu adversário o fotografara a sangue-frio com o celular, uma imagem pouco nítida na seção de notícias locais.

— Depende de você ser mesmo digno de confiança a ponto de chegar até eles — disse Jakob. — Da serventia da história, de seu senso econômico, sem pensar ainda na mídia que se oferecer. Mas e o romance que você estava escrevendo?

— Chegar ao ponto no qual não se diz mais eu. Frases nas quais o ego se dissolve. Preciso ser mais concreto?

— Perdi o fio da meada. Onde havíamos parado?

— Um mensageiro entra no labirinto onde eles estão e se aproxima. Se estabelece uma ligação cuja capacidade de sustentação é bem clara. Não tenho nada a esconder, nenhum obstáculo para o contato direto. Me comprometo a apagar todos os indícios que possam levar ao seu esconderijo, nenhuma palavra sobre a cidade, a rua, o prédio, o apartamento. Minhas referências jornalísticas são impecáveis, nada de suspeito. Dou uma chance a vocês, vocês me dão outra.

— E quem é o mensageiro? O portador da mensagem?

Christian hesitou. Depois disse:

— Brenner.

— Você não está falando sério.

— Estou.

Os dois se olharam em silêncio, Jakob com uma expressão que conferia rigidez a suas feições. Uma fronteira velada que Christian transgredira com a menção do nome, narrativas noturnas de Carl num bar que não tinham o intuito de ser arrastadas para a luz do dia. *Entre nous*, assim havia sido no passado.

Christian levantou as mãos num sinal de paz.

— Não se preocupe, minha discrição é garantida.

Jakob suspirou. Não estava claro se pelo arrependimento de tê-los apresentado um ao outro, ou se porque conhecia Christian muito bem e há tempos, sua teimosia, seu talento inesgotável para se deixar cativar pelas próprias ideias, seus sucessos e seus fracassos gloriosos. Ele desviou a cabeça e olhou para a sacada exatamente como Christian fizera havia alguns minutos.

— Vou perguntar algo a ele e ele pode responder o que quiser, não sou nenhum tira.

Jakob não disse nada. Provavelmente pensava em sua relação com Brenner, dificuldades que ele poderia ter, aspectos morais e confiança traída. Seria possível o contrário? Pelo menos imaginável, também imaginável, que Carl reagisse positivamente, com curiosidade e apoio comedido. Simplesmente observar a questão de uma perspectiva de boa vontade. Ele se levantou e deu alguns passos.

— Não pode parecer que você esteja usando conhecimentos que não podem chegar a ouvidos estranhos. — Com as mãos nos bolsos de seu jeans preto, voltou-se para Christian. — Conhecimentos que em determinadas circunstâncias poderiam ser prejudiciais não apenas para um professor universitário. Você deve saber muito bem como essas coisas funcionam. Qualquer detalhe que ao vazar acaba aumentando de forma descontrolada, sendo verdade ou não. Cautela, se é que algum dia você já ouviu essa palavrinha, tem um papel bem importante nesse contexto. Também poderíamos chamá-lo de tato. Não posso fazer muito mais do que pedir que você tenha cuidado.

Christian se levantou. Pegou seu isqueiro da mesa e um molho de chaves.

— Palavra de honra, acredite em mim.
— Fácil falar.
— Ah, meu caro Schüssler, preste atenção. Por que será que estou colocando você a par de tudo?
— Não faço ideia. A gente adquire experiência. A gente aprende. Antes de tudo a gente nunca para de aprender.
— Você tirou as palavras da minha boca. Será que agora podemos fazer as pazes?
— Cuzão.
— Vamos tomar umas por aí? Gente bacana, música boa, cadeiras confortáveis.

Jakob sacudiu a cabeça. Talvez fosse melhor avisar logo o Carl. Uma tentativa de esclarecimento, um dar de ombros. *Sub sigillo confessionis.* Cavou o bolso da calça tirando um relógio sem pulseira, olhou para o mostrador rapidamente e voltou a sacudir a cabeça.

— Pra mim já está tarde.
— Só meia hora.
— Vou para o metrô. Passo por sete estações, ando quinhentos metros e deito na minha cama. Uma criança que chora, uma criança que precisa ir à creche. Uma prova. Um colóquio. Quase perder a cabeça no Penny Markt, duelos mortais no balcão de descontos do supermercado. Digerir essas histórias doidas que você contou.
— Fernet no gelo, hoje pago sua conta.
— Gosto disso, mas fica para a próxima.
— Você é quem sabe — disse Christian, e desligou o projetor halógeno na sacada envidraçada. As luzes coloridas de fora, os semáforos no cruzamento, os postes iluminavam o quarto o suficiente para poderem encontrar o caminho que levava ao corredor sem tropeçar nem tatear.

— Onde fica o interruptor? — perguntou Jakob depois de ter chegado às escadarias.

Na butique do prédio vizinho inaugurada há alguns dias, tubos de neon verdes e azuis lançavam um clarão fantasmagórico sobre cabides de roupas com blusinhas e biquínis, no interior de dois refrigeradores americanos havia tecidos, nos congeladores chinelas e alpercatas enfiadas. Bolsas de Tetra Pak e camisetas com antigos logotipos de marcas famosas no peito. Gritavam-se nomes, ouviu-se o estilhaçar de uma garrafa, gargalhadas e vozerio, música. Da cervejaria no Prater aos terraços dos restaurantes indianos que ofereciam suas salsichas ao *curry* a preços desleais, *hot dogs*, comida tailandesa, croissants frescos 24 horas por dia. Punks mendigavam diante da filial da Sparkasse, um deles tocava violão enquanto sua namorada chamava com a mão estendida todos os passantes alguns metros ao lado. No semáforo de pedestres, Jakob e Christian pararam.

— Para onde você vai?

— Descer a Schönhauser — disse Christian. — Sair dessa loucura.

— Eu conheço o bar?

— Nunca estivemos lá.

— Lembre-se, fernet no gelo.

— Confie em mim.

— Tudo bem — disse Jakob, e pegou a mão que lhe era estendida. — Posso confiar em você.

Depois atravessou a rua e desapareceu na entrada da estação de metrô.

Pouco a pouco, a fúria das coisas arrefeceu, aquela torrente cintilante de prazeres e tino comercial, esboços de roteiros e carreiras de modelo se amainou às costas de Christian, até restar apenas

PRIMEIRA PARTE

a escuridão, de quando em vez interrompida por faróis de carro e num dado momento pela janela ofuscante de um trem suspenso. Voltara a mergulhar no subterrâneo do corredor central daquela larga alameda, enquanto na direção contrária outro emergia lá de baixo, a beleza quase palpável do mundo mecânico. Projetores de filme matraqueando ou o rascar da agulha no final de um disco. No passado, ainda se podia comprar Hüsker Dü e Gun Club em vinil, pouco mais tarde, já em CD, o primeiro Public Enemy e *Daydream Nation* do Sonic Youth — meses, se não anos, feitos apenas de drogas e ócio, teorias da velocidade e do sentido, provas gramatológicas. Embriaguez de vodka e anfetaminas em apartamentos abaixo de qualquer padrão. Apenas dez anos e parece que foram cem. O presente tão estranho.

Uma sequência de degraus gastos levava a um porão em cuja porta havia uma placa de vidro com a inscrição *Bierbar* mal iluminada, as vidraças em moldura de madeira diante das duas janelas haviam sido baixadas, nenhum som se precipitava para fora. Como se o bar quisesse se esconder para não ser fechado, último exemplar de uma espécie ameaçada de extinção que na realidade deveria estar sob proteção ambiental. Onde se podia comer ovos cozidos em conserva e beber cerveja com aguardente de cereais em mesas altas montadas sobre barris, atrás do balcão uma garçonete num pulôver dourado de lurex que mal conseguia manter suas formas abundantes na malha. Christian teve de sorrir quando passou pelo bar à sombra das grandes árvores, talvez tivesse sido no passeio com Jakob e Carl que acabaram naquele *Bierbar*, ele entre um punhado de bêbados, já metido no corpo-a-corpo com a mulher, antes de Jakob puxá-lo para a rua. Jakob Schüssler, que jamais perdia o controle, mesmo nos últimos minutos de uma noite regada por torrentes de bebida alcoólica.

Ainda estava bem quente, o casaco era mais que dispensável. Quando Christian quis tirá-lo e amarrá-lo na cintura, sentiu o controle remoto do videocassete num dos bolsos, sacudiu a cabeça, incrédulo, possivelmente alguma doença ainda desconhecida. Qualquer dia temos um surto e esquecemos onde moramos, como nos chamamos, porque nos pusemos a caminho. O destino de milhões, o melhor mesmo é trazer todos os dados pessoais numa pequena cápsula em volta do pescoço, tipo sanguíneo e sexo, a permissão para doar órgãos. Memento. Chutou uma latinha que rolou matraqueando sobre a calçada até parar e ser chutada de volta por um homem que vinha a seu encontro. Pouca pontaria, acabou na sarjeta.

— Treino.

— Me machuquei tempos atrás — disse o homem com seu penteado rastafári todo descabelado e um anel de ouro na asa do nariz.

— No Mauerpark.

— Pois é — disse Christian. Quem joga futebol por lá? Os cães e as toupeiras? Acendeu um cigarro, procurou dinheiro nos bolsos da calça. Moedas e duas notas de dez, seria o suficiente para aquele dia, pedir dinheiro emprestado a Jakob de novo não teria causado boa impressão, ainda que, sem contar um resíduo insignificante, toda a dívida havia sido quitada. A moral do pagamento sempre deixa a desejar, mais tardar no dia seguinte os e-mails de advertência tinham de ser enviados: *querida, querido — infelizmente ainda não recebi o dinheiro pelo artigo do dia 12, pela palestra do dia 14, pela conferência do dia 26. será que o seu financeiro não poderia ser um pouquinho mais pontual? a crise tá pegando geral. cordialmente, c.* Diante dele, na calçada, havia um grupo de pessoas espalhadas, uma nuvem zumbidora de vozes que acentuava a música com cara de jazz (bebop) que escapava pela porta do clube para fora. Quem não estava em pé bebendo cerveja, sentava em cadeiras de camping, para-lamas, duas ou três lambretas estacionadas, um garçom recolhia garrafas agachado. Christian se enfiou na multidão até chegar à entrada, havia um cartaz na porta indicando que houvera ou ainda haveria um concerto. Estampados no cartaz um tecladista em casaco de smoking branco e uma cantora de vestido de festa coberto de lantejoulas, um gênio do grafismo havia escrito com pincel atômico preto nas lapelas do homem, *ten* (à esquerda) *bucks* (à direita). Antes que Christian pudesse perguntar lá dentro, alguém o agarrou pelo braço e o virou.

— O que é?
— Estou sonhando ou estou acordado?
— Sei lá — disse Christian, bruscamente, e se livrou das mãos do outro, que era mais ou menos uma cabeça mais alto e bem musculoso em sua camisa turquesa de manga curta, em cujo bolso do peito havia três canetas enfiadas, e suas calças de veludo e sandálias havaianas. Rindo, pegou Christian pelos ombros e o sacudiu de leve, como se assim a ficha fosse cair. E caiu, lenta, mas caiu.
— ... Jens!
— Schillings. Se é que você precisa de mais uma indicação.

Enquanto se davam as mãos (as patas de Schillings), Christian disse:
— Achei que você estava em Chicago.
— Já terminei.
— Parabéns, ou?

Jens assentiu, como se ele mesmo estivesse se certificando de ter concluído seu doutorado e não estar mais nos Estados Unidos, de ter viajado, ter voltado, estar fazendo algo novo. Mandar currículo, ficar pendurado ao telefone. Períodos de vacas magras e ambições. Christian tentou se lembrar onde e quando haviam se visto pela última vez e que aspectos da emigração Schillings havia pesquisado nos arquivos e por que logo em Chicago. Brecht no Santa Monica Boulevard, Oskar Maria Graf em excessos cervejeiros da Bowery, havia uma fotografia grotesca onde estavam sentados diante de canecas de cerveja gigantescas, o magrelo Brecht em seu uniforme de trabalhador e o musculoso Graf em seu traje típico, duas almas perdidas em uma cervejaria nos Estados Unidos.

— E você está bem?

Christian levantou o queixo e os ombros, fugidiamente, depois fez um movimento com a cabeça já inclinada, que poderia muito bem ser interpretado como uma anuência.

— Li algo seu — disse Jens. — Há uns dias.

— E?

— Congresso ou algo assim. Mutantes na cultura popular.

— Merda — disse Christian, e riu baixinho. — Eles escavaram filmes dos anos sessenta, pérolas do cinema B italiano. Gladiadores de sandália e saiote lutando contra invasores marcianos, papel machê e escravas seminuas. Bem *trash*.

— Escravas seminuas. Parece interessante.

— Dança do véu. E os caras todos fisiculturistas do subúrbio, sempre ocupados em ajeitar as perucas escorregando. Difícil ver algo tão fantástico. Ai...

Para não perder o equilíbrio, Christian deu involuntariamente um passo à frente, parecia um punho em suas costas. Quando se virou com raiva, viu que era o cotovelo de uma moça que agora ela esfregava com a outra mão, lançando para ele um olhar de dor e pasmo ao mesmo tempo. Como se *ela* tivesse acabado de se machucar.

— Vem cá, tá ficando louco?

Perguntas para as quais não existe resposta, mas ela não se mexeu.

— Desculpe — disse Christian. — Espero não ter machucado você com minhas costas.

— Quem manda ficar parado na porta — disse ela, e sacudiu seu braço. Seus cabelos louros estavam atados num rabo de cavalo; no rosto, óculos sem aros quase não eram percebidos; um rosto cheio e redondo com lábios moles; bem baixa em seus quadris uma calça camuflada salpicada em verde, sobre a qual ela usava uma camiseta branca e apertada, cuja estampa em letras vermelhas ficava espremida entre os seios pela alça de sua bolsa. Ao que parece estava sozinha, ninguém que se aproximasse dela ou interviesse com um "O que está acontecendo aqui?"

— Não foi nada — disse Christian, que de repente passou a se sentir corresponsável pelo choque. Sem desviar seus olhos dele, enérgica, ela ajeitou a alça de sua bolsa, depois se curvou para levantar a barra direita da calça até a panturrilha.

— O que vamos beber para passar o susto? — perguntou Christian, assim que ela se levantou.

— Obrigada pelas flores, disse ela num tom inequívoco, e foi até sua bicicleta sem se dignar a olhar para ele novamente.

Azeda, pensou Christian, isso se chama azeda, preparada para os estudos em sua forma mais pura. Assim a gente se dá muito bem na vida.

Ao lado de Schillings agora havia uma mulher que ele envolvera com seu braço, exatamente tão alta quanto ele, com certeza mais de um metro e noventa e cinco. Os dois sorriram, como se o incidente confirmasse uma teoria que eles haviam forjado numa hora cheia de intimidade e dissesse respeito a todo mundo menos a eles.

— Essa é Britta, esse é Christian, você já sabe.

O que ela sabia, ele agora gostaria de ficar sabendo, histórias nas quais ele por certo havia desempenhado um papel. Organizar uma assembleia geral contra isso, distribuir panfletos denunciando aquilo, história e estudos literários de mãos dadas. Seus interesses são nossos interesses.

— Não temos mais muito tempo — disse Jens, e apertou Britta junto a seu corpo. — Amanhã você está livre?

Christian deve ter causado uma impressão indecisa, pois Jens prosseguiu:

— Você já ouviu alguma coisa sobre o *Guia Gastronômico de Lucia*? Bem pago e praticamente sem nenhum esforço.

Christian sacudiu a cabeça.

— Moleza total. Vinte linhas por restaurante, basta deixar o proprietário satisfeito com o texto. O que você acha daquele café na Schwedter Strasse?

— Esquina com a Kastanienallee?

— Isso mesmo. Digamos às cinco. Não consigo mais dar conta disso sozinho.

— Combinado — disse Christian. 'Bem pago' soava para lá de atraente, sobretudo se combinado com 'praticamente sem nenhum esforço'. Somente a responsabilidade pessoal seria, como sempre, um pequeno problema. Algo em que era melhor não ter sido visto, honra profissional colocada à prova. Os sortudos se despediram e ele entrou no clube, entre sofás e mesas de mármore baixinhas e luminárias de pé vermelhas. Ainda que o lugar estivesse quase vazio, o ar era abafado e podia ser literalmente cortado. Ao que parecia, o concerto já havia acontecido; na parte de trás, diante do balcão no ambiente contíguo um piano elétrico e um tripé de microfone, ao lado um banquinho de bar para a cantora, água mineral, copos de plástico. Um homem que por sua camisa plissada e sua calça de smoking poderia ser facilmente identificado como o tecladista do duo enrolava os cabos num carretel, depois rasgou fita de um rolo com os dentes a fim de juntar os plugues. Não havia motivo, mas Christian se sentiu deslocado, no lugar errado na hora errada, como se tivesse entrado numa peça cujo texto não lhe ocorria mais, em cenários que haviam sido preparados para uma apresentação sem ele. Foi comprar uma cerveja no balcão do bar; ao sair, cumprimentou com um menear de cabeça um ex-colega que trabalhava agora como assessor de imprensa (governo estadual? Partido Verde? Schering? — procure outro a quem você possa convencer com suas balelas) —, e quando estava fora se virou à direita para dar uma volta pelo bairro voltando em direção à Eberswalder Strasse, pensar em mais algumas linhas no computador, material para seu romance.

Sombra, ele pensou, que ao andar se arrasta sobre as sombras imóveis de prédios e árvores e carros estacionados, ouve-se os próprios passos e, sem parar, o ruído noturno da cidade ao fundo. Então escreveu a frase e ainda outra que lhe ocorreu imediatamente a seguir, coisa que — para seu gosto — acontecia muito raramente. Um fino filme de suor, leu em voz alta, cola sobre a pele, que apenas uma corrente de ar inesperada vinda da entrada de um portão torna perceptível, no pátio sombrio envolvido por muros de tijolos se reconhece um pontudo portal de igreja, trancado com uma pesada corrente. Muito bem, e agora? Placas de metal na fachada em parte cobertas por pichações, dispensário de sopa aos pobres e distribuição de roupas, ajuda para os sem-teto e aconselhamento familiar. Calçamento irregular em seguida, no caminho em leve declínio na direção da Alexanderplatz, à direita uma construção grande dos anos cinquenta em forma de "u", que abriga uma escola e uma creche, reboco uniforme de cor bege jamais renovado. Um pouco mais adiante, em frente a uma ala parcialmente arruinada, há uma placa fincada no chão, na qual se vê a imagem gerada por computador de um complexo de escritórios, já há anos um sonho sintético desbotado pelas intempéries. Rumo ao centro da cidade se desenha a silhueta da Torre de Televisão diante do céu azul e preto, por sobre os telhados relampejam sinais brancos, como se fossem mensagens cifradas vindas do espaço.

PARTE DA SOLUÇÃO

Christian se curvou para o lado a fim de verificar uma pilha de CDs que estava perto de seu notebook, sobre a longa mesa dobrável que ele colocara num dos quartos dos fundos diante das janelas que davam para o pátio: Lennie Tristano, Kimya Dawson, Beck. Marylin Manson, Björk, Vincent Gallo. Talvez Tristano, talvez Andrea Parker seja melhor. Quando as primeiras notas saíram do computador, ele teclou na seta que indicava o campo volume até que o baixo estalar do teclado fosse abafado pela música, *Melodius Thunk*. Numa quente noite de verão, andar pelas ruas com uma música na cabeça que sai de tudo que é cidade, de seus prédios e porões e parques, cantos escuros e blocos de luz ofuscante, som feito de sono e sussurro e grito e gemido, três, quatro pontinhos, rondando seus corpos em busca de nada, várias vezes a tecla de espaço, quatro, cinco, seis pontinhos. Ele botou a frase entre parênteses e a deslocou para a borda inferior da tela a fim de revisá--la mais tarde. Depois trocou o disco, muito *soft*, choroso demais, e botou Marilyn Manson, voltando a espantar o cansaço que já vinha. Na verdade uma vergonha de estar em casa, uma agitação para sair bem nítidas que ele sentia. Combinações e possibilidades infinitas, o improvável que de repente acontece, um olhar, um gesto que levam ao compromisso silencioso de se ficar junto por algumas horas, não há dia seguinte, apenas um abraço no romper da aurora. No passado, defronte ao botequim Ankerklause, nada mais do que a pergunta: vamos ao Prinzenbad? e depois de breve hesitação uma anuência em resposta, o rastro de um sorriso que tornou seu rosto ainda mais sedutor à sombra das árvores junto ao canal. *Personal Jesus* martelava nas caixas de som do computador, em sua versão cover muito melhor do que a original, latidos dum cão a distância, ecos de guitarra e a rouca voz limando as sílabas daquele que encarnava o horror fantasiado de todos os pais. *Take the oxygen mask and close your eyes.* Ainda que uma cerca gradeada enorme envolvesse o parque aquático como se fosse uma propriedade a ser protegida a todo instante da entrada não autorizada, conseguia-se com algum esforço e ajuda mútua entrar com facilidade no terreno (uma árvore torta servia de apoio para subir); depois era só correr meio agachado até piscina de cinquenta metros, separada do gramado dos quiosques e dos vestiários abandonados por um murinho para ainda fumar um cigarro juntos na proteção desse murinho, *reach out and touch faith*, como se de outra forma não fosse possível se desnudar diante do outro, sem esse ritual, dois inominados, que até agora jamais haviam se encontrado.

Christian se levantou e foi até a janela. Não havia mais luz no pátio, apenas o telhadinho de plástico amarelado sobre as bicicletas conferia alguma claridade num ambiente de listras e trechos escuros, cantos e cavidades. Passou a mão nos cabelos e enfiou os punhos cerrados nos bolsos fundos da calça do terno. Ele sabia o que tinha de fazer nos próximos dias, já amanhã, mas não conseguia ordenar as coisas numa sequência prática, onde começar e como prosseguir. Ler e-mails, mandar e-mails. Passar na sala da universidade onde Jakob trabalhava. Encontrar Constanze no caminho até ele ou encontrá-la na volta. E depois Jens e seu guia de restaurantes, a vernissage e, à noite, o artigo. Buscar informações na internet, o que a princípio também poderia ser feito pela manhã. Voltou para a mesa, fechou o arquivo e desligou o computador. A música foi interrompida, o drive do CD rangeu até parar. Quando chegou ao longo corredor, ouviu no apartamento de cima um trotear de pés como se uma criança corresse de lá para cá. Estacou e espreitou. O ruído cessou, bem estranho, pois vivia ali apenas um casal velhíssimo de aposentados que ainda não fora expulso. Através da cidade, através da noite. Só percebeu que a porta do banheiro estava aberta quando já era tarde demais e sentiu uma dor queimar a pele sobre o olho esquerdo. Que pancada, no espelho um pequeno corte vertical que sangrava, não muito, mas o suficiente; os óculos felizmente estavam intactos. Rasgou um pedaço de papel higiênico do rolo e o pressionou dobrado sobre o ferimento, um segundo e um terceiro pedaço, até o sangramento estancar. Numa sacola do supermercado Lidl em cima da máquina de lavar, ele encontrou, além de cotonetes, lâminas de barbear, camisinhas, escovas de cabelo, pasta dentifrícia e lixas de unha, um pacote amassado de curativos do qual tirou um, colando-o com firmeza. Sem dúvida um sinal para não voltar à rua, vá se sentar em frente à televisão, pensou Christian, até cair no sono, em algum lugar do nirvana eletrônico você encontrará um filme que preste.

Pouco antes do nascer do sol, não havia ninguém a caminho na avenida Kottbusser Damm, apenas um carro de quando em vez, um, dois táxis vazios, uma máquina varredora de ruas com suas escovas giratórias. Ruídos arrastados sobre o asfalto se afastaram lentamente para o sul. A maior parte das placas luminosas das lojas estava apagada, só o letreiro em neon na fachada da companhia aérea Türk Hava Yollari ainda ardia em vermelho e, do outro lado da rua, o letreiro azul de uma casa de apostas aberta dia e noite, a Megabet.de. Uma vitrine tapada com papéis grudados em várias camadas, raspados e colados novamente e por toda parte panfletos convocando para uma manifestação contra um comício de nazistas em Lichtenberg, em turco e alemão, um raio que partia uma suástica em diversos pedaços. Isso qualquer um que tenha um pingo de juízo compreende, espaço pra interpretações igual a zero. Ela tentou manter a tranquilidade, respirar com calma, repassou mentalmente a operação uma última vez. Nada muito chamativo, nada de manchetes, mas ainda assim era um começo. Saiu da entrada ao lado da vitrine e lançou um olhar fugidio à sua volta. Ver se alguém

PRIMEIRA PARTE

já se punha a caminho do trabalho, a reciclar lixo e fazer limpeza, botar cartas em seus devidos escaninhos. Uma lufada de vento fez farfalharem as páginas de um jornal que estava a seus pés sobre a calçada e afagou seu rosto afogueado refrescando-o. Ninguém à vista, nem mesmo um bêbado cambaleando para casa depois de sair do Ankerklause. Ela ajeitou um pouco a alça de sua bolsa que de repente começara a machucá-la, depois voltou a enrolar o fino lenço de algodão em torno do pescoço e enfiou suas pontas para dentro do colarinho de sua jaqueta jeans velha e puída descoberta na caixa cheia de tralhas do corredor na véspera, quando ela procurava por uma peça de roupa discreta, uma Levis entre milhões. Caminhando não muito devagar nem muito rápido, ficou atenta aos arredores e pelo canto dos olhos não perdia nada de vista — embora não houvesse nada que pudesse incomodar alguém, nem mesmo um entregador de jornal, algum insone com seu cão insone. Ela olhou para o relógio cujo mostrador de data ainda não havia mudado, dois minutos para fechar a hora, conforme havia sido combinado e repassado tantas vezes. Os dois outros estariam lá atrás na plataforma da estação, executando com movimentos iguais e apenas invertidos a mesma ação, separando-se depois de menos de cem segundos cronometrados. Quanto mais se aproximava das escadarias que davam para a estação de metrô da Schinkerstrasse, mais forte sentia seu coração batendo, seus passos ficando mais pesados. Não parar, ela pensou, seguir adiante como se nada tivesse acontecido, isso é apenas imaginação. Há obrigações às quais não se deve fugir, objetivos e interesses maiores. Ela respirou fundo e seguiu em seu caminho até chegar ao mezanino, cujo teto baixo era sustentado por quatro pilares. Tudo ladrilhado, um verde opaco que não recebia claridade considerável pelas paredes cinzentas, pela luz fraca vinda dos tijolos de vidro leitoso. Painéis para cartazes sem cartazes, pichações, um telefone público de moedas todo rabiscado. Silêncio, um silêncio no qual se julgava ouvir os próprios pensamentos, vozes que se misturam, baixas, legiões na cabeça. Quando alguém subiu as escadarias que davam para a plataforma, ela estremeceu, constatando em seguida, aliviada, que era Holger vestindo seu jaquetão preto de nylon, uma mochila nas mãos que ele jogou às costas apressadamente sem parar de caminhar. Um beijo sem palavras, um abraço rápido. Ela abriu sua bolsa, onde estavam a cola e o molde de cartolina.

— Tudo beleza — disse Holger. — Ninguém ali embaixo.

— Faz tempo que chegou?

— Com o primeiro trem, há pouco.

Ele revirou a mochila, tirou dela um celular, discou e ouviu de boca entreaberta. Em seguida murmurou alguma coisa e meneou a cabeça para ela. Voltou a fazer com que o aparelho desaparecesse, assim como o outro também desapareceu do outro lado da estação ferroviária. Movimentos sincrônicos.

— Estamos prontos — disse ela, embora não fosse claro se estava perguntando ou exigindo alguma coisa.

— Vá na frente — disse Holger, enquanto passava a ela uma lata de spray, voltando a botar a mochila nos ombros. — No último degrau eu vou erguer você.

Uma pedra martelava e pulsava em seu peito e suas batidas quase a sufocavam. É apenas simbólico, ela pensou, caracteres nos equipamentos. Como se fosse uma espécie de prova, uma picada de agulha com sua consequência. Ela esticou o braço esquerdo até alcançar a quina sobre a qual ficavam os trilhos de trem. Agarrou a quina como se quisesse saltar, ganhar impulso para o longo salto até a plataforma.

— Pronto?

— Pronto — disse ela em voz baixa. Holger a pegou pelos quadris, ela tirou a tampa da lata. E logo já estava no alto, apertava com força a válvula direcionada para a câmera na entrada do túnel. Que lá de cima gravava todos os que tocavam na tela da máquina de autosserviço em busca de um bilhete de metrô. Sibilando ela pintou a lente até que uma camada de tinta pingando a cobriu completamente, no vídeo ninguém mais seria capaz de ver o que quer que fosse, apenas um caos no disco rígido do computador. Ela saltou para o chão e estendeu o molde de sua bolsa a Holger e abriu ela mesma o tubo de cola instantânea. Seu nervosismo a abandonara de uma hora para outra. Na máquina de autosserviço ela enfiou a ponta do tubo na abertura das moedas e a espremeu até sair metade do conteúdo, o resto acabou na entrada destinada às cédulas, pondo em seguida o tubo vazio de volta em sua bolsa. Enquanto seu acompanhante segurava o molde com a mão espalmada contra o metal, ela cobriu as partes abertas da cartolina com o spray, uma sequência de letras recortada meticulosamente na cartolina com uma lâmina afiada: *Você ainda usa o metrô ou já anda a pé? Por uma tarifa zero nos transportes públicos!*, e em seguida dois traços grossos e vermelhos na diagonal sobre o monitor.

Do outro lado eles também deviam ter terminado, não se via coisa alguma, um vazio bocejante sobre a longa plataforma deserta entre os trilhos. Ninguém descendo da rua.

— Então tchau — disse Holger.

Nas escadarias, ela guardou o molde de cartolina e a lata de spray na bolsa a tiracolo, amarrando-a com cuidado, depois sorriu para ele. Pela euforia que demonstravam, tudo correra perfeitamente bem, tudo em cima. E a segunda travessura não demora. No mezanino, ele apontou para as duas saídas, à esquerda e à direita, como se eles ainda pudessem escolher. Como se não tivessem planejado todos os detalhes com o maior cuidado, ele ali e ela lá, ela com sua bicicleta pela Schinkestrasse até o canal, ele com sua lambreta na outra direção, Hasenheide e Südstern.

— Hoje à noite — disse ela. — Bebidas.
— Muitas bebidas. Às oito — e já ele havia desaparecido.
Quando ela subiu correndo os degraus que levavam para fora, sentiu o cheiro de solvente chegar ao nariz, em suas mãos havia tinta, pingos vermelhos em sua jaqueta. Pouco importa, ela a jogaria fora mesmo, em casa eliminaria todo e qualquer vestígio com aguarrás e algodão. Tomar um bom banho, ao meio-dia ir para o trabalho. Apesar da pavimentação de paralelepípedos, ela não andava na calçada com sua bicicleta, mas ficava na pista, afinal de contas nunca se sabe, sempre se pode encontrar dois policiais torturados pelo tédio em sua viatura. O que ela gostaria mesmo era de ouvir música, *Song for the Deaf* do Queens of the Stone Age, ou algo bem barulhento de Skunk Anansie. Na ponte Ohlauer dava para ver no céu a oeste, uma faixa esfarrapada cor de rosa por sobre as copas das árvores, o sol agora estava pouco abaixo da linha do horizonte, a qualquer momento ele surgiria. Calor e luz ofuscante, como ela amava aquilo. O mar, os lagos de sua terra natal.

A lata de café expresso estava vazia e claro que também não havia leite na geladeira. Christian já suspeitara na véspera que isso aconteceria, a lista de compras continuava em cima da mesa da cozinha, intacta. Café expresso, ovos, leite, salaminho e torradas integrais — mais do que ridículo ter de anotar aquilo para em seguida esquecê-lo. Ele foi ao banheiro e olhou o ferimento acima da sobrancelha, um pequeno corte, em dois ou três dias estaria curado. Será que alguém acreditaria que ele batera numa porta aberta em sua própria casa, ainda por cima sóbrio? Aquilo era tão pouco digno de crença quanto se ele contasse que na estação ferroviária de Fürstenwalde mostrara aos skinheads com quantos paus se faz uma canoa ou praticara alguma outra ação heroica do gênero desafios contemporâneos. Tomou uma ducha, fez a barba, voltou a grudar o curativo sobre o ferimento em sua testa. Depois caminhou por algum tempo fumando de cômodo em cômodo como se estivesse procurando alguma coisa, até por fim recolher suas coisas espalhadas por toda parte, caderno de anotações, celular, dinheiro, enfiar a camisa branca e limpa na calça do terno e sair, casaco sobre o braço, com os cabelos ainda molhados.

Pela manhã o bairro parecia sempre estar quase deserto, nada mais lembrava a agitação que reinara ali até de madrugada. Como se não houvesse outro lugar na cidade onde se pudesse saciar a sede de fama, a sede desses quinze minutos passageiros. Christian empurrou sua bicicleta pela Eberswalde Strasse, tomando impulso e subindo ao selim depois do cruzamento, fazendo malabarismos ao longo da Kastanienallee, passando entre os trilhos do bonde e os carros estacionados sem as mãos no guidão. Diante dos bares, limpavam as mesas, o lixo era varrido e recolhido, a vendedora da Blume 2000 ajeitava arranjos de flores na vitrine. Olhe por onde anda, disse-lhe uma voz, ao menos isso, já que não pode usar as mãos. Simone quebrara um dente incisivo ao enfiar o pneu dianteiro da bicicleta no trilho do bonde quando andava pelo Hackescher Markt, ligara para ele chorando e ele não viera socorrê-la. Não pudera sair porque tinha uma reunião importante com um cliente que acabara de fazer uma proposta irrecusável, 2.500 euros por um folder de turismo sobre a região do Uckermark. Christian viajara para lá algumas vezes na companhia de Jakob e Séverine para observar a paisagem, tirar algumas fotos e comer num restaurante típico do lugar. Ao escrever, tinha como apoio guias de viagem e um material antigo da Biblioteca Municipal de Berlim, reescrevendo tudo com jeito, até chegar a um resultado que o chefe da Secretaria Regional do Turismo chamou de "redondo". Provavelmente nem ele reconhecera sua região, chamada no prospecto de *paraíso do bem estar às portas da metrópole*.

O Letscho ficava num nível mais alto do que a calçada, um barzinho minúsculo com um terraço do tamanho de uma sacada, em cujo parapeito verde-musgo alguém pichara com letras brancas *LOVE GANG*. Ao que parecia, Christian era um dos primeiros clientes, os jornais ainda não haviam sido tocados, não encontrou nenhum farelo sobre as mesas altas do lado de fora. Expresso duplo, croissant com gergelim e passada de olhos nas manchetes do dia. Massas sem motivação, a indústria já via os cavaleiros do apocalipse despontarem no horizonte. Para não estragar seu café da manhã, abriu a página de esportes e se entregou à facticidade das tabelas de classificação, à ação benfazeja do resultado dos jogos, gols marcados, escalações.

— Ei...

Quem foi substituído em qual momento da partida e quem acabou entrando, quem fez gol e quem não fez. O drama de um encontro em números frios, o ser numérico. Superioridade em campo expressada em escanteios.

— Ei, você aí — ele ouviu mais uma vez a voz de uma mulher que estava na calçada com sua roupa preta desbotada e uma sacola de plástico cheia de objetos retangulares. — Precisa de livros?

Christian sacudiu a cabeça. Onde será que ela os havia roubado?

— Novinhos, nem foram lidos — prosseguiu ela no tom arrastado dos viciados em drogas, fazendo gestos, cambaleando e tirando um dos livros da sacola.

— Obrigado, no momento basta o que já tenho pra ler.

Como se suas palavras chegassem até ela com atraso, ela terminou de se abaixar antes de voltar a se erguer lentamente. Olhou para ele dissimuladamente, ele deu de ombros.

— Lamento muito.

— E algo pra comer?

Como se pode responder a isso, estendendo o resto do croissant a ela por cima do parapeito?

PRIMEIRA PARTE

— Ou alguns fênigues, eles me ajudariam um bocado.

Fênigues, ela dissera mesmo fênigues? Talvez ela parara numa das curvas do tempo e não conseguia mais encontrar o caminho. Depois de ter dado um euro à mulher, ela agradeceu com um gesto descontrolado e se arrastou Oderberger Strasse abaixo.

Parecia um daqueles dias de muito calor, nem uma única nuvenzinha no céu.

O lago de Griebnitz, pensou Christian, uma enseada gostosa, juncos, bebidas geladas.

Com uma mulher num lago, deitados sobre um lençol, aquele cheiro de protetor solar e suor e pele e água. Algo desse tipo. Ele tentou se lembrar quando avistara pela última vez o mar, podia ter sido mesmo com Carolin, uma semana chuvosa na ilha de Hiddensee, que acelerara o fim da relação. Tudo errado, desde o princípio, mesmo se fizesse um tempo tão lindo quanto o daquele dia. Noções incompatíveis de vida, amizade talvez, é assim que tudo acaba no melhor dos casos. Enfiou o resto do croissant na boca e esvaziou a xícara, agitando-a para dissolver os torrões de açúcar do fundo. Cigarro aceso, ao trabalho.

Escrivaninhas, impressoras, computadores, estantes de metal com papéis, folhetos, tralhas, dois ou três pôsteres nas paredes caiadas, um sofá de canto do Palácio da República. Sobre um tampo de madeira apoiado em cavaletes uma máquina de café, um televisor portátil ao lado de um computador C 64 antediluviano que alguém andara desmontando. Cadeiras dobráveis, uma dessas bolas de plástico gigantescas para pessoas com problemas nas costas, vitrola e aparelho de som que dividiam o espaço sobre um longo aparador de escritório que David ou Vera havia comprado a preço de pechincha em algum leilão, massa de liquidação. Christian foi para a sala dos fundos do grande escritório, onde ocupava seu lugar ao lado da janela gradeada que dava para o pátio, um gaveteiro com rodinhas e fechadura e pastas de plástico amontoadas, com folhas impressas, artigos, cartões de visita, cópias de textos que num dado momento lhe pareceram importantes o suficiente para querer usá-los em seu próprio trabalho. Quando procurou por algo para escrever na gaveta de sua mesa (tinha certeza que ali havia canetas, saco), ouviu alguém sair do banheiro para o corredor, alguém cuja presença por certo era o motivo para a porta de entrada estar aberta, sendo os equipamentos um convite exclusivo para os negócios escusos ambulantes.

Agora a música chegava aos seus ouvidos, baixa, vinda da sala em frente, baboseira eletrônica que se amontoava às toneladas no computador de David, tudo rangia e assobiava em *beats* estranhos — como se ele ainda estivesse sozinho no escritório para mexer em seus websites sem ser incomodado. Apresentações on-line para galerias, telas para o serviço de clientes de bancos, coisas confidenciais. Enquanto o computador de Christian ligava, ele rasgou e abriu cartas que lhe haviam mandado no escritório, o convite para uma festa, folhetos de propaganda e mais uma vez um desses ofícios desavergonhados da central de cobrança de impostos por uso de rádio e televisão. Tudo no lixo. Usuário: *Carpenter's Gothic*, clic, ding-dong, checar os e-mails. Mas por enquanto não o fez.

— Eu poderia me assustar, por exemplo.

— De manhã, às nove e meia?

— Vamos chamar de processos de... — David na soleira da porta abria uma garrafa de Evian — desmaterialização e rematerialização, nos quais você parece estar metido.

— Mas foi você que acabou de lavar as mãos.

— Fui cagar.

— Também serve — disse Christian, e se recostou a sua cadeira giratória, um belo modelo em madeira sem hidráulica. — Depois talvez, as mãos.

David bebeu, secou a água dos lábios com os punhos, voltou a fechar a garrafa, pensativo, como se estivesse fazendo um exercício para chegar à consciência dos procedimentos cotidianos. Christian ficou nervoso com isso.

— Você já sabe que dia é hoje?

— Estou bem orientado no tempo e espaço. Quer que eu faça um quatro ou ande sobre um risco branco?

— Talvez valesse a pena tentar.

Ele entrou na sala e se deixou cair sobre uma poltrona cujas molas rangeram. Em sua camiseta azul, o globo plano da UNESCO com a inscrição Pankow, Patrimônio Universal da Humanidade[2] em volta. Desengonçado, antigamente se chamaria um cara como ele de desengonçado.

— Nós já discutimos — David pigarreou — o suficiente sobre a associação funcionar apenas se todos respeitarem as regras. As regras básicas, isso era consenso. Do contrário, a coisa desce rio abaixo e acaba num estardalhaço e tanto.

— Isso não necessariamente me interessa.

— Pois bem, a mim também não. Mas não tenho vontade, entendeu, não tenho a mínima vontade de continuar correndo atrás de vocês todo final de mês com uma caixinha de coleta, uma pequena doação pra pagar a luz, por favor, talvez algo para a companhia de urbanização de Berlim-Centro, quem sabe alguns centavos para o gás. Eu já toquei no assunto em Karlsbad e qual o resultado? Nenhum!

Você está exagerando, pensou Christian, isso são atrasos normais. E além disso havia certa folga na conta, apesar do seu grandioso

---

2. Pankow é um bairro do norte de Berlim. Ficou famoso por ser local de residência de numerosos dirigentes da antiga República Democrática Alemã. [N.E.]

discurso de Karlsbad, querido David. Um projeto se dissolvendo em busca de si mesmo, Karlovy Vary[3] em março, neve endurecida, refeições opulentas no restaurante espelhado de um hotel de luxo imperial felizmente com preços civilizados, conversas infindáveis no bar, nos quartos. A bebedeira da última noite, ataque de enxaqueca na Estação Leste.

— Quero dizer — disse David sacudindo a cabeça (dando de ombros e abrindo as mãos ao mesmo tempo) — que uma coisa dessas acaba enterrando a motivação. Sempre um incômodo e tanto. Isso vale também para a Katja que, hum, que eu há dias não vejo mais por aqui.

— Stuttgart.

— Ah tá, aquele festival...

— Pergunte para mim. Curtas-metragens, ela faz parte da comissão de seleção.

— Júri — disse David. — Isso se chama júri.

— Júri de pré-seleção. É o que eu sugiro, pra entrarmos num acordo.

Remar de volta, fazer uma oferta, janelas que devem ser consideradas. Christian estimou as despesas, somou-as com a dívida atual — descontou o pequeno e simbólico aluguel pelo apartamento de Carolin —, contou os pagamentos por serviços que ainda faria e lembrou-se — mas isso aconteceu de forma automática — de uma conversa que tivera com o consultor do Volksbank naquele escritório de vidro, planos de quitação e percentuais de juro elaborados graficamente diante dos olhos, escadarias nas quais se é obrigado a descer aos poucos.

---

3. Karlsbad é o nome alemão da cidade tcheca de Karlovy Vary. O "Discurso de Karlsbad", mencionado anteriormente no mesmo parágrafo, é uma referência irônica à Conferência de Karlsbad, em 1819, na qual o príncipe Metternich cerceou violentamente a liberdade de imprensa em todos os Estados da União Alemã. [N.T.]

— Eu cuido disso.
— Quando?
— Se digo cuido, quero dizer que vou cuidar imediatamente.
— Tudo depende do advérbio, nesse caso.
— Mas é claro — disse Christian. Sempre a verdade, mas nem sempre a verdade. — Ainda hoje vou fazer uma transferência.
— Já ouviu falar de débito automático? Século vinte um, o espaço praticamente já foi conquistado.
— Sei disso, ponte-aérea para Marte.
— Daqui a pouco em voos semanais — disse David, e se levantou com sua garrafa de Evian nas mãos. Ossudo, pensou Christian, também cabe. Calça jeans larga na qual ele ameaçava desaparecer, a camiseta azul um número maior.
— A música incomoda você?
— Tudo bem, não sou o Stefan.
— É verdade — disse David (com o vestígio de um sorriso no rosto), e voltou para seu computador na sala da frente.

Eficiência corresponde a minimização de custos, a questão era apenas até que ponto os custos ainda podiam ser minimizados. Sem abrir mão do essencial, um escritório no qual se podia trabalhar melhor do que em casa.

Além das mensagens costumeiras, dicas de programação, circulares, havia dois e-mails na caixa de entrada cujos remetentes, por motivos bem diferenciados, despertaram a curiosidade de Christian. Ele abriu a primeira e leu: *Meu caro, Chantal Akerman filmou Proust* (justo ele), *um livro do* Em busca do tempo perdido (graças a Deus só um), *acho que isso poderia interessar a você* (como ela chegou a tal ideia?). *Semana que vem, terça-feira, às 14 horas, acontecerá a apresentação para a imprensa no Central, que tal?* (claro, claro) *Eu ficaria feliz se você voltasse a escrever algo pra nós aqui de Hamburgo* (já escrevi), *no máximo 9.000 caracteres* (sem problemas), *me diga até depois de amanhã se você topa. Saudações da sala de imprensa. Antje.* Perfeito, honorários exatos por esforços previsíveis, uma pincelada para a burguesia que jamais verá um filme desses. Mas não era problema dele, tinha outros. Christian concordou de imediato e depois clicou sobre *Martin.Pretzel* arroba *aol.com*, título: *Jogo final*, enviado de madrugada, às quatro horas e vinte oito minutos: *Pode deixar que vou dar uma olhada naquela merda, já que você está mandando. Mas com certeza vai ser a última vez. Uma escada vai ser empurrada para perto da janela, eu vou pegar o binóculo e o palco ficará negro. Ou verde. Por que não verde? Trata-se de sinais que eles combinaram* (que está acontecendo, será que voltou a beber?). *Será que eu sou mesmo uma dessas figuras que caminham em passo duro e cambaleante num cenário desmoronado, um cabeça de vento que esquece seu texto, tremendo de tanta superioridade...* (não tenho ideia, Martin, você está, como sempre, pedindo informações que não posso lhe dar). *Logo estaremos velhos, fantasmas que perambulam pelas ruas sem ser reconhecidos, almas carentes de salvação a peregrinar* (faça uma pausa, descanse uma temporada). *Quem vai me acompanhar? Até meu cachorro se desvia de mim, animal esperto* (ah, Martin, sério), *o pequeno bastardo inteligente. Se é que você tem de bater em mim, bata logo com o martelo. Eu vou acabar rindo disso. M.* Sem pensar muito, Christian digitou a resposta: *caro martin, nós ainda não estamos velhos, pelo menos não de verdade, e se temos necessidade de salvação, eu não sei. mas de jeito nenhum vou meter o martelo em sua cabeça, é bom que você saiba, você vai levar uma chave de braço até bater no solo com a palma da mão, conforme nossa velha regra. pirar é normal, as circunstâncias inclusive o exigem, em algum momento a gente se acostumou tanto a isso que todo o resto nos parece torto. isso não chega a ser trágico, eu acho. liga pra mim se você quiser, sou e continuarei sendo seu bom e velho christian.* take care. *ps: tenho lugar no momento e quatro horas de vagão-restaurante são suportáveis. c.*

PRIMEIRA PARTE

O teatro havia sido seu sonho desde que estivera sobre o palco no ginásio de esportes do centro escolar, Romeu vestido de punk numa banda que era o horror da cidade. Mas já na época ele não conseguia sentir prazer com isso, crítica que acabava não achando justa em princípio ou recebia como humilhação pessoal. Se entorpecer e rastejar escondendo-se, entregue à lástima de uma indústria que vive de subvenções e más-línguas, conforme as próprias palavras de Martin. Papéis em famosas séries policiais e diversos eventos televisivos, o príncipe de Homburg em Göttingen, totalmente louco no papel de Tito Andrônico.

Ao lado soou alta uma risada feminina que levava o nome de Vera Sellmann. Amedrontando a velocidade do pensamento, ao menos no caso de muitos homens que se atreviam a tentar algo com ela. Uma experiência de fato desagradável não conseguir estar intelectualmente à altura para ao final da noite ainda ser desafiado a acompanhá-la até em casa. Uma coisa assim acaba em dupla impotência, Christian dissera-lhe quando falaram sobre isso certa vez, você precisa deixar os caras imaginarem que eles são os tais, que são alguma coisa. E você, Vera lhe perguntou em seguida, *você* precisa poder imaginar isso? Não, ele respondera, e puxara o cobertor até o queixo, eu já aprendi um pouco a conviver com minhas múltiplas dificuldades. Em resposta acabou levando um cascudo.

Com duas sacolas cheias, uma bolsa a tiracolo, um notebook dentro dela, ela entrou correndo e descarregou as coisas em cima de uma mesa de reuniões no meio da sala. Suspirou de alívio enquanto se voltou para Christian, autoconfiança e energia contaminadas duas vezes ao ano por fases breves mas intensas de dúvida e desamparo que duravam noites. Como se ela pudesse alcançar uma das condições apenas ao preço da outra, procedimentos psicoeconômicos.

— Por que não temos chuveiro aqui?

— Você está ótima.

— Sabe a que horas acordei?

— A saia é nova, a blusa é nova.

Vera se apoiou à quina da mesa, inclinando-se para trás sobre os braços esticados. Dividira seus cabelos castanhos e lisos do lado e arranjara uma franja, a blusa de estampa colorida era tão justa que criava vácuos. Unhas dos pés pintadas em sapatos abertos, um vermelho bem claro.

— Deu de cara em alguma porta?

— Sim.

— Não acredito.

— Uma vez no Rijksmuseum bati minha cabeça num desses vidros à prova de balas que ficam diante dos quadros, um ruído alto e surdo que foi ouvido na sala inteira. Todos pararam para me olhar. Provavelmente pensaram que eu era um desses loucos de olho numa obra prima, com a diferença de que eu estava ali de mãos vazias. Garrafinhas de ácido ou faca são obrigatórias nesse caso, conforme se sabe. Depois fui ao banheiro pra olhar o galo na testa, por sorte era mais uma mancha vermelha do que um inchaço de verdade. Eu acho que não cheguei a vê-lo quando me inclinei à frente por causa da luz especial e da minha comoção, só pode ser.

— Mas você não foi ao Rijksmuseum ontem à noite, ou?

— Não que eu saiba. A porta do banheiro.

Vera sorriu. Histórias que Christian sabia contar, suas pretensões prolixas, infortúnios que lhe ocorriam.

— Simplesmente estava escuro demais para mim no corredor.

— Também dá pra acender a luz.

— Quando ela funciona.

— Uma ducha não faria nenhum mal aqui — ela começou a desempacotar suas sacolas —, porque já estou correndo por aí

desde as sete e meia, gráfica, correio, dificuldades de comunicação nos negócios.
— São as provas?
— Que eles mandaram ao endereço errado, dá para acreditar?
Vera, em sua condição de redatora de um amplo catálogo sobre arte contemporânea, havia providenciado para que também Christian estivesse representado com um texto no qual ele se ocupava de uma série de instalações na antiga fábrica de cabos Oberschöneweide. Ela arranjou as folhas de papel em pilhas individuais sobre a mesa e sobre cada uma delas colocou um objeto que encontrou ao alcance de suas mãos, perfurador, dicionário, cinzeiro, depois foi até seu lugar e ouviu os recados da secretária eletrônica. Uma voz feminina sintetizada anunciava três novas mensagens, das quais a primeira era apenas de estalos e assobios nos quais Vera botou um fim apertando rapidamente uma das teclas, a seguinte era a menção de um nome com a ordem concisa de entrar em contato por causa de uma fatura em aberto (o homem realmente ordenara "entrar em contato"), seu merda, murmurou Vera e apagou o aviso antes de deixar o aparelho lançar sua última mensagem, um certo Thomas que sugeria a ela em sotaque inconfundivelmente bávaro um passeio a Wolfsburg, no novo museu, pois é, ele nem chega a ser tão novo, disse ele, vídeos raros de Bruce Nauman, você não quer?
— Ruídos perturbadores, credores, casos, possíveis casos e casos em andamento. Nossa vida é uma rodinha de porcos da Índia.
— Por favor, Christian, ainda não sou capaz de aguentar tanta poesia às dez da manhã. Aliás, você não deveria tirar conclusões da vida dos outros pela sua própria e, terceiro, nesses casos é se fingir de surdo.
— Difícil, porque esses senhores falam tão alto que não resta alternativa.
— Você não tem o que fazer?

— Então o nome dele é Thomas?

Vera virou lentamente e olhou para ele com uma expressão que poderia ser descrita como indignada, visivelmente mordida — coisa que era sublinhada de forma exemplar pela mão dobrada em seu quadril. Como Mae West em 1932, Christian pensou, só que menos volumosa.

— E se o nome fosse Bruno, Leo ou Florian, isso não é da sua conta. Mas nem de longe. Seus abusos, e você sabe do que estou falando, são difíceis de suportar mesmo com muita boa vontade. Há limites no trato pessoal, especialmente entre nós, está ouvindo, que precisam ser respeitados e mantidos, do contrário as coisas não vão andar. Espero que agora a gente fale a mesma língua e você entenda a mensagem: uma questão de tato ou maneiras, nesse momento mais importante do que nunca.

— Com certeza — disse Christian. — De qualquer modo a minha pergunta, vamos chamá-la de pergunta, pretendia ser apenas, como posso formular, a expressão humilde do interesse que acredito poder reivindicar em sua vida (breve pausa), na condição de amigo e colega. Está bem?

Ela sacudiu a cabeça de modo quase imperceptível:

— Que você acredita poder reivindicar. Ora, ora, Christian, temo que você não vá aprender nunca.

— Vou tentar, pode ser?

Sem vontade de prosseguir a conversa, Vera se voltou para o seu trabalho em silêncio e, com um lápis apontado ainda há pouco na mão, começou a verificar a primeira das pilhas de papel, página por página, última oportunidade para fazer correções. Christian escreveu alguns e-mails nos quais cobrava honorários que lhe eram devidos, fazia sugestões (*eu acho que isso poderia ser bem interessante / me parece extremamente atual*), voltou a fazer com que pelo menos se lembrassem dele. Depois passou os olhos no resumo de notícias culturais e lançamentos no *Perlentaucher*, clicou aqui e acolá, até acabar num artigo da *New York Review of Books* sobre o tema serviço secreto, *The Secret History of American Counterinformation*. Vera não deu mais um pio, enquanto isso David desligara a música. Ou baixara muito o volume. Não haveria de ficar ali por muito mais tempo, era óbvio, primeiro Constanze e depois Jakob, talvez comer alguma coisa com ele na cafeteria. E também perguntar-lhe qual era a melhor maneira de se aproximar de Carl Brenner. Descobrir onde ficava seu escritório. Ou mandar Jakob na frente para fazer uma sondagem geral. Nenhum exagero, nada que pudesse deixar Carl inquieto. Depois de desligar seu computador, Christian apagou o cigarro que fumara pela metade e recuou na cadeira. Dizer mais alguma coisa? Mas não tinha do que se desculpar, logo não teria importância alguma.

Pegou sua jaqueta do encosto da cadeira e se voltou para a porta. Talvez fosse algo mais sério, daí toda a sensibilidade que ela mostrara. Plantinha frágil, tinha de ser protegida da mais ínfima corrente de ar, precisava de água diariamente e de adubo especial uma vez por semana. Experiências comuns como raízes exclusivas, períodos de provação que em pouco se tornam ramos de uma história incomparável e o final do processo sempre em aberto.

— Espere um pouco — disse Vera quando ele passava por trás dela. Ela se abaixou para tirar algo da bolsa. Um bilhete quadriculado, por certo arrancado de um caderno de anotações, com um nome e um número de telefone. Não de todo estranhos, mas no momento impossíveis de serem identificados por ele.

— Ele está procurando alguém para morar junto. É um belo apartamento na Metzer Strasse, jeitão de loft.

Antes de Christian poder comentar o *jeitão de loft*, ela acrescentou:

— Área gigantesca com cozinha central e dois quartos e banheiro no andar abaixo, com síndicos legais.
— E quanto custa?
— Trezentos e oitenta, sem calefação.
— De onde eu o conheço?
Vera deu de ombros; como se já tivesse dito tudo que tinha a dizer.
— Ah tá, ele trabalha naquele jornal da internet, será que eles precisam de mais alguém na redação?
— Pergunte pra ele — disse Vera, e voltou a lhe dar as costas. Agora ela realmente não estava para mais conversa.
Christian enfiou o bilhete no bolso e saiu.

Na lista de um guia da cidade recém-publicada, a lanchonete ficara em ótima colocação. Escalope, salsicha assada, batatas fritas, espetinhos de carne, molhos — quase tudo havia recebido nota máxima, óleo da fritura e limpeza, o charme austero dos atendentes. Diante das duas janelas corrediças sempre havia gente, a qualquer hora do dia, e todo mundo se empurrava para conseguir lugar nas mesinhas altas debaixo da marquise com a inscrição Curry 36 ou mandar embalar as bandejinhas de papel em folhas de alumínio para viagem. A maior parte dos clientes ficava beliscando a comida às pressas, com o corpo levemente inclinado para a frente, aqui e ali uma troca de palavras ocasionada até mesmo pelo empurra-empurra, muito menos fome do que uma avidez que os reunia de um modo bastante peculiar por alguns minutos numa nuvem de gordura, sal e nostalgia, maionese e ketchup. Distâncias diminuíam, as classes perdiam sua força segregadora.
— Posso? — disse o homem e, quando seu vizinho assentiu com um gesto de cabeça, empurrou uma garrafa de cerveja já pela

metade um pouco para o lado a fim de colocar sua bandejinha com duas salsichas da Turíngia cortadas em pedaços, com mostarda e pão, numa das mesas. O outro comia uma salsicha ao *curry* e batatas fritas com uma montanha de cebolas refogadas por cima. Algo assim precisava ser aprendido antes.

— Quente — disse ele, e se abanou mastigando.

— Quente e bom.

— Eu acho que vou buscar... o que o senhor quer beber?

— A garrafa não é minha — respondeu o homem ao seu lado sem levantar os olhos. Era mais jovem do que Klosters, não muito, mas dava para perceber. Os dois vestiam camisas de mangas curtas por cima das calças jeans. Klosters tinha uma cicatriz nas costas da mão, um traço largo mais claro que ia dos nós dos dedos até o mostrador de seu relógio.

— Como vão as coisas? — perguntou ele em voz baixa.

— Tão indo — disse o outro, que ele chamava de Índio, ainda que não fosse nada parecido com um índio. Incomodado, pensou Klosters. Como ele fala.

— Tudo — vagaroso, descontraído — na mais absoluta ordem. Silêncio. Confusão de vozes à sua volta, ruídos de trânsito.

— Está claro para nós que não se trata de sair atirando por aí — ele principiou mais uma vez — eu seria o último a ter a ideia de meter os pés pelas mãos. Esse nunca será o caso, ao menos para mim. E nisso, em princípio, concordamos.

Um movimento hesitante da cabeça que Klosters interpretou como uma forma de concordância. Índio era alguém que sempre tinha de ser animado, convencido a agir por um impulso moral, um sentimento de responsabilidade franco e não por motivos desonestos e de cunho pessoal. Pressão era o método errado no caso dele e mencionar as cédulas guardadas regularmente num envelope, totalmente contraprodutivo.

— O que o senhor conseguiu jamais se poderá elogiar de modo suficiente. Mas eu faço, pode acreditar em mim. Sobretudo porque não nos conhecemos ontem, sei quanto tempo se precisa, os nervos de aço e tudo que é necessário para se chegar aonde estamos agora. Ou seja, bem perto. — Ele espetou um pedaço de salsicha e o mergulhou na porção de mostarda à borda de sua bandeja. — A apenas um passo do lugar aonde queremos chegar. — E enfiou o bocado em sua boca.

— Tem alguma coisa acontecendo justo agora — disse Índio, e levantou a cabeça. Olhava para a frente, fixo, como se ninguém estivesse em pé a seu lado, ninguém com quem estivesse conversando. Mastigar e engolir.

— Não estou cem por cento certo, mas eles planejam alguma coisa para os próximos dias.

Nos próximos dias tudo bem, pensou Klosters, nos próximos dias era hoje mesmo. Na medida em que havia uma interseção, identidades. As informações dele apontavam para isso. O que Índio relatara até agora sobre os encontros do grupo prometia bastante, um círculo ampliado ao qual ele pertencia. Círculos e hierarquias que tinham de ser decifradas, sua prontidão em ultrapassar uma determinada fronteira. Precisava se tornar imprescindível, ganhar confiança, penetrar no interior da conexão. Dar exemplos que trouxessem à tona um novo estágio da resistência, do contrário não aconteceria mais do que o eterno discutir. Contra a tarifa no transporte público, contra as diminuições de salário por toda parte, ora, os ricos estão se mijando de tanto rir.

— Alguns, quatro ou cinco, têm contato mais estreito — disse ele, e levantou o nariz brevemente por diversas vezes, uma após a outra. — De alguma forma também se relacionam e promovem encontros extras.

Klosters imaginava aonde Índio queria chegar, mas refreou a próxima pergunta. Era exatamente disso que se tratava, ele pensou, os *extras*. Que decisões se toma, o passo que leva do panfleto, da vigésima manifestação, ao coquetel molotov. Ajudá-los discretamente, uma opção que precisa adquirir naturalidade. Deixou seu olhar passear sobre aqueles que comiam, escaneou rostos na fila diante das janelas da lanchonete. Um exame rápido que não teve nenhuma consequência, nada que lhe exigisse um olhar mais detalhado. Rotina de trabalho.

— Um deles nem chegou a perceber, anteontem, que eu já estava no corredor.

— E daí?

— Foi algo que aconteceu bem no início — Índio baixou sua cabeça como se estivesse com vergonha — falo do tempo que ele mencionou. Isso me pareceu bem... hum... anormal.

Será que um pouco mais de precisão não faria bem? Agradeceríamos por isso.

Klosters olhou disfarçadamente para o relógio. Quanto tempo é necessário no caminho entre A e B para uma salsicha com batatas fritas, cinco, no máximo sete ou oito minutos.

— Fiz algumas sugestões, quer dizer, dei a entender aonde devemos chegar na minha opinião. Suponho que vão embarcar, que ainda vão querer saber um pouco mais de mim e em seguida estarei dentro.

Índio secou sua boca com um dos guardanapos finos que podiam ser puxados de uma caixa metálica no balcão, olhou fugidio para a esquerda e para a direita no ritmo de seu gesto. Pesar tudo e chegar à conclusão de que se fez alguma coisa, mesmo que o dano permaneça insignificante. Ali existia alguém que aceitava desafios. Que não se deixava intimidar e agia, que diz: até aqui e não mais. Logística e coragem. Índio jogou sua bandeja de papelão no lixo debaixo do tampo da mesa, depois o guardanapo amassado e o espetinho de plástico com o qual palitara os dentes. Uma primeira ação conjunta e a pedra começa a rolar inevitavelmente.

— Hoje tá quente de novo — disse Klosters.

— E como — disse o outro, e repuxou a gola de sua camisa. — Até um pouco demais para o meu gosto.

— Para mim também. Aliás por mim podia vir uma bela chuvarada.

— Uma chuvarada, é mesmo.

— Nos falamos.

— Acho que sim.

— Entro em contato — disse Klosters, e se pôs a caminho do metrô. Burburinho humano na calçada, adolescentes mendigando no último degrau das escadarias. Sempre têm um cão consigo, pensou, um desses vira-latas de Wagenburg. Dono e dona de cabelos coloridos e enforcadores, dois rostinhos de criança dos quais quase sentiu pena. Será que ninguém se preocupa com eles, polícia ou serviço social? Alguém deveria se responsabilizar por eles.

Nômades são aqueles que na verdade não se movem. Não se movem do lugar onde estão. Na verdade é o espaço que os atravessa, suas tendas, seus acampamentos e suas lendas. Divindades do vento, da água, dos relvados, que perseguem palavra por palavra em histórias que jamais se transformam numa história. Caciques cujas tribos os impedem de se tornarem caciques, príncipes que são derrubados no momento de seu maior triunfo. Cavaleiros, cavalo e estribo como partes de uma máquina que se basta, além do Estado, inclusive além do épico e da guerra. Ventura ágrafa. Canção que se apaga sob o livre céu noturno, árvores genealógicas sem ancestrais nem filhos preferidos, amazonas, Pentesileia. Talvez até se pudesse começar a conferência nessa linha, só que aí o problema passaria a ser como voltar a Kleist e à peça. Ficaria em aberto de fato, mas o começo seria bom. Uma frase assim que não se espera, uma segunda faz com que todos agucem os ouvidos. A sociedade dos amigos do morto que o convidou a fazer o discurso de inauguração em sua assembleia anual; e quinhentos euros não eram algo que Jakob Schüssler conseguiria desprezar sem mais, quarto no hotel do castelo, bufê e passeio pelo rio Oder incluídos.

Ele tirou a chaleira elétrica da chapa do fogão e a esvaziou num bojudo bule de porcelana do qual pendiam os fios de três saquinhos de chá. O bule tinha uma longa rachadura já escurecida pelo tempo e todas as vezes que despejava água fervente dentro dele Jakob se perguntava quando ele estragaria de vez, se simplesmente quebraria ou primeiro começaria a vazar ao longo daquela listra parecida com um meridiano. Mas ele resistia, um achado que Séverine declarara inútil na última mudança e que a acompanhara durante sua vida de estudante, Grenoble, Paris, Berlim. Ela não queria mais vê-lo, sabe lá Deus por quê. Quando Jakob deixou a copa, ambiente estreito e sem janelas no final do corredor, o mesmo pensamento de sempre (ou seja, de duas em duas horas) lhe veio à cabeça, trocar enfim a lâmpada do forro, já que ninguém mais era capaz de fazê-lo, nenhum de seus caros colegas que pareciam não se incomodar em preparar seus pãezinhos, esquentar suas latas de sopa e até mesmo conversar, conversar longamente, no lusco-fusco de uma lampadazinha de quarenta watts, como se o programa de economia da administração universitária fosse útil a tais atividades, para não dizer que isso também incentivava contatos íntimos. Jakob não se sentia bem, parecia estar preso numa cela de cadeia, uma vez que seu próprio escritório era apenas um pouco maior. Ainda que mais claro, pelo menos isso.

À esquerda e à direita, portas com placas indicando nomes, algumas abertas, outras fechadas, quadros de aviso com impressos, horários de cursos, resultados de provas, no meio de tudo anúncios de procura-se moradia e os bilhetes de diversas associações estudantis, pós-fordismo e imposto Tobin, cartazes do programa Erasmus e propagandas tentadoras de cursos de idioma de todos os níveis em países de línguas neolatinas. O que se aprende por lá todo mundo sabe, acaba-se conhecendo alguém e este é o objetivo. Séverine na Cité Universitaire, uma necessidade atmosférica. Espécies que se reproduzem por si mesmas, interesses semelhantes e harmonia de opiniões. Que se espera do futuro. Ciência na qual se pensa conquistar um lugar.

Diante da secretaria, estudantes à espera, outros diante da sala de Harloff para se inscreverem para a prova final, sentados em três cadeiras, no chão, apoiados à parede lendo jornal... *Le Monde diplomatique*! Como já acontecera quando ele viera, apenas abriam caminho com hesitação para deixá-lo passar, por certo já seria pedir demais, pensou Jakob, quando passou com seu bule nas mãos por cima de uma moça que achou impossível encolher suas pernas, manifestação aguda de paralisia na presença de um professor, rigidez dorsal. E cabecear de sono na aula, sempre na esperança de que ninguém o perceba. Ele entrou em sua sala e deixou o bule sobre a mesa diante das janelas, ao lado do laptop e de uma pilha de livros abertos. Apoiou-se ao tampo da mesa com os braços esticados e leu em pé as últimas linhas que havia escrito: *O nômade está sempre em seu lugar. Sua suposta velocidade pode ser explicada da perspectiva dos sedentários que querem ocupar o espaço para erigir dominação e culpa em Nome do Pai, erigir um sistema de d. e c., estabelecer, estabelecimento de, etc.*

O *etcétera* era o problema, já era o problema antes de ele ter ido à cozinha e a breve pausa não o havia resolvido, nem mesmo um sinal. O caráter nômade das guerreiras amazonas, cujos inimigos naturais eram os estados urbanos. Uma obrigação arcaica diante dos troianos, rituais de enterro e de purificação, pó da estepe que deixa vermelhos seus corpos nus. Assim não, ele pensou, amazonas *são* guerreiras, você está cometendo erros. Tolices poéticas, moles como ricota.

Ele se ergueu e enfiou as mãos no bolso de seus jeans. Jogou a cabeça para trás e fechou os olhos. Estava esgotado, um cansaço ardente debaixo das pálpebras. Mathieu chorara a noite inteira, torturado pelas cólicas contra as quais não havia nada a fazer a não ser caminhar pela casa hora após hora segurando-o no colo, primeiro Séverine e depois ele. Incompreensível toda a energia daquele choro, daquele corpo minúsculo supliciado, em alguns momentos chegara a lhe parecer que a criança nem estava respirando mais. Catherine já havia sofrido com cólicas antes, os dois alimentaram a esperança de que Mathieu os pouparia disso. Irritabilidade pela manhã, casamento em estresse.

Jakob deixou que o discurso permanecesse discurso e virou para a esquerda, onde sobre outra mesa estava o computador de sua sala, um toque na tecla e o móbile colorido da proteção de tela foi substituído por texto, uma descrição de vaga de catedrático, uma carta. Sua qualificação estava aprovada, em Regensburg ele alugaria um pequeno apartamento, no mais tardar sexta-feira às duas da tarde estaria sentado no trem. De início, pensou consigo mesmo, no pior dos casos. *Cordiais saudações* e *Imprimir*. Depois de ter lido o texto mais uma vez, Jakob o enfiou num envelope e em seguida jogou o mesmo no arquivo destinado às cartas não enviadas sobre outro do mesmo tipo que havia sido endereçado ao setor de Nova Filologia Alemã em Mannheim. Os selos seriam pagos pelo senhor Humboldt, dois euros e oitenta e oito centavos de economia. E agora? Baixar músicas, se preocupar com o seminário, dar uma olhada no novo livro de Žižek sobre Lênin? Quando começou a procurá-lo em cima de sua escrivaninha, em algum lugar ele devia estar, um pequeno bilhete amarelo com nome e horário caiu em suas mãos, *Nelly 12h00*, e lhe deixou claro que ela queria discutir sua dissertação de mestrado com ele naquele dia, quer dizer, em alguns minutos, o esboço que lhe apresentara e lhe explicara rapidamente há duas ou três semanas. E onde teria parado aquele esboço? Jakob foi até a estante da parede ao lado da porta e vasculhou diversas folhas soltas que ficavam desarrumadas sobre uma prateleira de metal e logo o encontrou; não estava a fim de decepcionar sua melhor aluna.

— Olá, Constanze.
— Ah sim, o que é?
— Olá, Constanze.
— Se quiser comprar algo, os preços estão no parapeito da janela.
— Sentiu minha falta?
— Meu Deus, fiquei surda, tenho de ir agora ao médico.
— Posso esperar?
— Tem alguém aí?
— Não, acho que não — disse Christian, e pegou a lista de preços.

Nos dois ambientes da galeria havia seis fotografias em formato grande, banhistas num lago verde-turquesa, em volta deles dunas, as esteiras rolantes e as escavadeiras da paisagem gigantesca algo extraterrestre de uma mina de cascalho. As fotografias pareciam desbotadas, como se tiradas de um mundo artificial construído a partir dos restos da natureza com máquinas monstruosas. Christian conhecia o fotógrafo italiano, mas nunca conseguia se lembrar do nome dele; mal o lia e mais uma vez voltava a esquecê--lo. E que dimensões isso assume. Constanze telefonava logo em frente, falava francês com alguém que parecia querer saber de preços, ela mencionava valores, três e quatro mil euros, numa das vezes seis mil. Sempre se podia encontrar alguém para dar significado e valor de mercado às coisas, ganhar em dinheiro vivo o honorário para textos de catálogo antes da vernissage não seria o pior conselho que Christian poderia dar a um novato nesse tipo de negócio.

Enquanto segurava o telefone sem fio entre o rosto e o ombro, Constanze folheava uma espécie de prospecto na sala contígua cheia de livros e catálogos para afinal ler alguma coisa em uma das páginas, impossível de entender. Como se ela estivesse falando intencionalmente com voz abafada, círculo fechado, importante, importante. Era bem atraente, para não dizer sexy, logo à primeira, mas sobretudo à segunda vista. Muito esbelta, quase esquálida, quase sempre usava (aliás como hoje) saias de corte demasiado justo até os joelhos, uma peça escura colada à pele que muito antes punha seus seios à vista de modo quase discreto do que os ocultava, de forma que em algum momento todo mundo acabava se surpreendendo de olhos fixos neles. Suposições e desejos que seu comportamento vivaz (sobretudo depois de duas taças de vinho e um coquetel) alimentava fartamente — eu não a obriguei a vir junto, pensou Christian, nem ao Schönbrunn nem até minha casa, e a questão de como se deve proceder em relação ao dinheiro pago pelo texto talvez tivesse sido inadequada no primeiro (e último) café da manhã que tomaram juntos, mas a seus olhos não chegava a ser um motivo para soltar os cachorros como uma lunática, berrar por aí como se tivesse acabado de se descobrir o maior dos filhos da puta de todo o cosmos, um misto de estuprador e usurário.

Quando encerrou a conversa, Constanze voltou a seu lugar perto da entrada, sobre o vidro acrílico da mesa nada mais do que uma fina pasta marrom e um caderno de endereços ao lado do qual ela pôs o fone.

— Estou muito bem — disse ele.

Opções de programa: tratar como se fosse invisível, ignorar intencionalmente. Não me interessa nem mesmo a sujeira que vai debaixo das suas unhas.

— Você também, espero.

O que se poderia fazer, por exemplo, seria abrir a pasta e começar a ler uma carta.

— Se você viajar à Bienal este ano, devemos combinar um lugar totalmente seguro para nos encontrarmos. É fácil se desencontrar por lá.

Na parte traseira da carta, esboçar uma resposta.

— Posso ser sincero?

Poder não era o problema nesse caso.

— Eu acharia muito legal, nós dois em Veneza.

— Você tem um parafuso a menos? — Isso pode ser dito sem interromper a atividade, riscar, começar de novo. Ainda que provavelmente se trate de um erro.

— Eu até andaria de gôndola com você. À noite no Canale Grande e o homem de blusão apertado, atrás, cantando algo pra nós.

— Meu sonho já há muito tempo — como é que se pode soar casual, irônico e ausente ao mesmo tempo? — mas de preferência com outra pessoa. — Próximo erro.

Christian pegou o maço de cigarros do bolso de sua jaqueta e ofereceu-lhe um.

— Aqui é proibido fumar.

Ele voltou a guardá-lo.

Negócios diários que tinham de ser encaminhados. Reuniões e cartas pessoais.

— Como se só existissem mais repetições. Citações de citações, mesmo quando não se conhece mais a versão original. Sabe o que estou querendo dizer?

Ela levantou a cabeça e mostrou uma expressão na qual não se podia ler nenhuma emoção, nenhum sentimento, nem mesmo um pensamento. Dos cabelos loiro-acinzentados presos ao alto lhe caíam no rosto duas mechas encaracoladas à esquerda e à direita como que sem intenção e que, apesar disso, nunca erravam no efeito desejado, muito provável que não se escapasse a isso, que se ficasse ajustado desse jeito. Qualquer combinação de sinapses.

— Na verdade o importante é superar as próprias expectativas.

— Para isso é preciso ter alguma primeiro.

— Esta é justamente a questão, como sempre. Gôndolas em Veneza é a mesma coisa que atravessar Viena de carruagem, só que a gente não ousa.

— Procure alguém pra fazer isso, acho que você consegue.

— Não é o que desejo — disse Christian, e olhou sério para ela. — Só com você.

Há um jeito de sacudir a cabeça que quase não se percebe, mas se sente com maior nitidez e Constanze o domina. E então?

— Talvez tenhamos de esperar um dia para tomar a decisão, algo assim deveria vir do fundo do coração.

— Talvez devamos esperar cinco anos, para ter certeza absoluta.

— Ou seis. Do contrário poderíamos acabar cometendo um erro que estragaria a vida de ambos. Brigas e baixarias que não acabam mais. Horrível, muito horrível.

— Você tirou as palavras de minha boca — disse Constanze, e o brindou com um piscar de olhos que sem dúvida deixava alguns desejos em aberto. Veremos o que vai acontecer, o melhor agora é ir embora.

— Até logo, seria um prazer para mim.

Ela manteve silêncio.

Quando ele se virou para ela mais uma vez na porta, ela disse:
— Aliás, você fica bem de curativo.
Christian saiu.

Turistas com mochilas no ombro e mapas da cidade na mão vinham ao encontro dele pela estreita ponte de concreto sobre o Spree, no fim da Monbijoustrasse; não podia ser diferente, ele teve de descer da bicicleta e empurrá-la. Um deles lhe perguntou onde ficava a sinagoga, Christian mostrou a direção ao homem suado e de rosto afogueado e seu grupo, sempre reto e *you'll find it behind the second corner*. Detectores de metal pelos quais se tem de passar, um dia só permitirão nossa entrada numa cidade fazendo uma radiografia completa antes, atenção, ali há uma sombra estranha no monitor: marca-passo ou bomba-relógio? Mais uma vez no selim, dobrou no Kupfergraben, o vento leve que batia em seu rosto era como o ar de um secador de cabelos em velocidade mínima, no céu pairavam véus de nuvens rasgados e de um branco fosco.

Bodemuseum, Museu de Pérgamo, Altes Museum. Quando ele chegou à Karl-Liebknecht-Strasse passou a andar devagar na contramão, ao longo da pista de ônibus até que se abriu um espaço para ele em meio ao trânsito — para em seguida repetir o joguinho na faixa central entre as seis pistas, sem tirar os pés dos pedais, enquanto se tenta chegar ao outro lado. Sorte grande, o senhor pode escolher o que quiser. Eu escolho o elefante de pelúcia violeta.

O Werdersche Markt diante do Ministério das Relações Exteriores estava fechado para o trânsito de carros com grades vermelhas e brancas, um pequeno tanque da polícia de fronteira estava ali, um micro-ônibus verde da Volkswagen e, por toda parte, policiais uniformizados em trajes de combate e coletes à prova de balas, segurando metralhadoras prontas a disparar. Trabalho alemão de alta precisão. Até o Gendarmenmarkt havia uma longa fila de sedãs pretos estacionados, todos da Audi, cujos choferes caminhavam ao longo da larga rua vazia para descansar as pernas, fumar, bater um papinho uns com os outros. O que estará acontecendo ali, uma conferência patrocinada pela marca de carros? Serviço de *catering* da KaDeWe[4] e prostitutas do Escort Service Government, com desconto pela aquisição de grandes lotes? Ao menos deixavam passar pela margem do canal até a Leipziger Strasse, carros que vinham à toda do túnel sob a Alexanderplatz em sentido inverso corriam alucinadamente nas várias pistas da galeria subterrânea.

Conseguiu. À esquerda, prédios bordejavam a pista de corrida (à direita as construções mais pareciam barras). Peças de mostruário, ainda dos tempos da Alemanha Oriental. Lukas conseguira um apartamento no décimo quinto andar no ano passado, de sua sacada os fogos de artifício do Ano Novo eram como um espetáculo refulgente dos céus sobre a cidade inteira. Semi-arranhacéus socialistas sobrepujavam a torre do grupo Springer[5], ali do outro lado do mundo. Capitalismo fácil de ser derrotado, vitória de nossa engenharia profundamente humanista. Terrenos baldios nas proximidades, ruas que não sabiam ao certo para onde ir e por que, ladeadas por prédios de escritórios isolados e caros condomínios desconjunturados, algo como uma cidade, mas que antes lembravam os componentes de uma maquete cuja forma final ainda não se podia prever.

---

4. Sigla de *KAufhof DEs WEstens*, a maior e mais luxuosa loja de departamentos de Berlim (Ocidental), durante muito tempo símbolo do capitalismo às portas da R.D.A. [N.T.]
5. Importante grupo de mídia alemão, fundado em 1946 por Axel Springer; controla jornais, canais de televisão, revistas, e o tabloide sensacionalista *Bild*, de enorme tiragem. [N.T.]

PARTE DA SOLUÇÃO

Contudo a Mossehaus, na esquina com a Jerusalemer Strasse, estropiada na guerra, havia sido reconstruída. O entorno era todo contemporâneo, blocos de três ou quatro andares, um ginásio de esportes com telhado Eternit em ondas angulosas, um barracão pintado em marrom-ferrugem, no qual havia um clube totalmente detonado. Do outro lado, incontáveis bicicletas diante dos imóveis alugados para a universidade, uma rampa para cadeiras de roda, portas de vidro cobertas de manchas de gordura que se abriam com um pontapé, delicadamente. Decididos, estudantes passavam por Christian, a maior parte deles carregava algo debaixo do braço, livros, papéis, pastas, arquivos, como se fossem peças de prova de um processo, pensou, coisas nas quais se pode agarrar em momentos críticos. Alguns copiam e outros ficam desenhando, alguns gaguejam e outros aproveitam cada comunicação para fazer uma palestra sem fim, se fui diligente na leitura, também tenho de mostrar para todo mundo. Se havia conseguido terminar a faculdade era apenas por causa de Jakob, que lhe dera uma mãozinha para costurar um trabalho de conclusão de curso de última hora que lhe rendera um título acadêmico com o qual não sabia o que fazer. Ou não queria, um diploma universitário era a última coisa que precisava em suas atividades e pretensões, nada mais estúpido do que um *Magister Artium* escrito no cartão de visitas depois do próprio nome.

Nas paredes espelhadas do elevador era possível ver a si mesmo de todos os lados, pareciam ter sido planejadas para o controle total de encontros de negócios, os cabelos estão bem, por acaso isso são manchas na lapela? O curativo não era bonito, mas indispensável ao menos por hoje. Fez uma careta para a imagem no espelho quando as portas se abriram no terceiro andar. Uns alunos parados e sentados no corredor, lendo jornal, cochilando sobre os livros e celulares. A cena o fez lembrar a Agência de Trabalho, setor de empregos na imprensa que ele visitara certa vez para nunca mais voltar, um consultor atrás de um computador gigantesco que lhe perguntou a sério se ele não queria participar de uma medida de incentivo, algo que decerto não seria nada ruim para uma nova qualificação. Redator-chefe da revista sobre padarias *Bäckerblume*[6], repórter-chefe da revista do plano de saúde AOK. Ninguém abria espaço espontaneamente, as damas e cavalheiros da Literatura Alemã e da Linguística, contato visual apenas depois de um leve toque. Por favor, será que eu poderia passar? A formalidade era bem-vinda, acentuava a distância. Há situações nas quais a gente de algum modo se sente melhor. Na frente da sala de Jakob ficou em pé e ergueu a mão, o indicador dobrado como se fosse puxar o gatilho de uma pistola. Não, ele não bateria, mas abriria a porta para surpreendê-lo naquilo que fazia; o que era, logo veria.

Da Baruther Strasse, onde ele estacionara o carro à sombra do velho muro alto do cemitério (só alguns passos pela Mehringdamm até chegar à lanchonete), Klosters dirigira ao longo do canal até Schöneberg, parou no estacionamento movimentado de uma loja de móveis de cuja fachada pendia um painel gigantesco: *Precisa de cozinha? Nós temos!* Pegou seu telefone e ativou o gravador. Memória. Se havia algo em seu trabalho que detestava de verdade eram os relatórios que tinham de ser escritos. Ele tinha tudo na cabeça, guardá-lo por escrito lhe trazia problemas, quer dizer, "trazer problemas" na verdade não era a expressão correta, tratava-se antes de uma espécie de contrariedade, a funda aversão de dar feição burocrática ou administrativa a suas fontes, à sua habilidade,

---

6 O *Bäckerblume* realmente existe; é publicado em Hilden desde 1954, e distribuído semanalmente — e gratuitamente — a 3.410 padarias na Alemanha inteira. São mais de 100 mil exemplares hoje em dia; na década de 1970 alcançou tiragens de 890 mil exemplares. [N.T.]

à psicologia de sua influência. Registrar todos os detalhes como um contador. Era incomparavelmente mais fácil falar o que lhe parecia mais importante em palavras-chave ao gravador do celular logo depois do encontro, pausa, adiante, pausa, adiante, horário e objetivo, lugar e duração do encontro. De uma série de palavras isoladas, construir frases inteiras no computador mais tarde, entabular contextos, fazer indicações. Ver se uma linha que seguimos se aproxima do objetivo por um caminho curto ou longo, os obstáculos que ainda precisam ser removidos, o estado mental do informante. Pausa, adiante, pausa. Índio, Curry 36, um ovo cru. Excluir gravação? Sim/não.

Ele saiu do carro para comprar uma coca-cola na banca mais próxima, dia após dia aquele calor bárbaro, verão do século conforme disseram no noticiário.

Não se abre nenhuma porta fechada sem bater. Não se entra num ambiente como uma força-tarefa, mãos ao alto, ninguém se mexa. Se algo pode acontecer, acontecerá.

Por sorte, Nelly já estava mais uma vez com sua bolsa pendurada ao ombro enquanto estava de braços cruzados diante de Jakob. Gentil como era, a acompanhara até a porta depois da conversa, ela conseguiria terminar o trabalho de maneira brilhante, não tenho a menor dúvida. Posso ou devo acreditar? É *preciso* acreditar nos professores, por isso, aliás, é que são professores. Desculpa, por um momento me esqueci disso, acontece. É lamentável, acontece um pouco demais, mas a quem estou dizendo isso? É, a quem está dizendo isso...

Sua bolsa de linho preta, que sorte, pois o metal do trinco arredondado acertou Nelly em cheio nos flancos — o que teria sido bem doloroso, se *Différence et répétition*, cópia de umas cem páginas do *Titan*[7], caderno e estojo não tivessem aparado a força do golpe, protegendo-a de um machucado e tanto.

Num único movimento livrou-se dos braços de Jakob, entre os quais acabara caindo aos tropeços, virou a cabeça num gesto rápido e chamou Christian de idiota.

— Você tá louco?

Acontece, pensou Christian, será que agora vai cair no meu pescoço por causa disso? Uma série casual de circunstâncias imprevisíveis.

— Me perdoe — disse ele, e afastou os cabelos da testa, atrapalhado. — Eu não sabia que...

— O que você não sabia?

Ela deu um passo na direção dele e o encarou, furiosa. Christian ficou mudo por um instante, sentia-se rendido à indignação dela, como se ela tivesse trancado ambos num quarto que não podia mais ser aberto por dentro e tivesse jogado a chave pela janela do oitavo andar. Qualquer explicação apenas faria aumentar seu ódio. Sobrancelhas unidas desenhavam uma ruga vertical no meio de sua testa, sobrancelhas finas sobre um par de olhos verdes. Diante deles, óculos sem aros que quase não podiam ser percebidos, verdes, ele pensou, os olhos são extremamente verdes. E deu de ombros, pois não lhe ocorreu nada melhor a fazer.

— Grande coisa — disse ela, jogando a bolsa às costas. — Não sabe de nada, absolutamente nada.

— Restos — disse ele, em voz baixa — o mais absolutamente necessário.

A cena lhe parecia estranhamente familiar, a imagem dum filme duplamente iluminado, o primeiro aparecendo um pouco atrás do segundo. Outro tempo, outro lugar, constelação idêntica.

---

7. Romance monumental do escritor alemão Jean Paul (1763-1825, na verdade Johann Paul Friedrich Richter), publicado entre 1800 e 1803. [N.T.]

— A técnica cultural de bater à porta — disse Jakob, tentando acalmar os ânimos, sem conseguir esconder certo deleite — precisa ser exercitada constantemente, não se bate uma vez e é isso que acontece.

— Prometo! — disse Christian, coisa que arrancou o traço de um sorriso inclusive do rosto dela.

Tinha cabelos loiros, atados num rabo de cavalo, entre os quais havia mechas castanhas, castanho claras, castanho escuras, pareciam queimadas. Blusa preta e saia laranja justa que lhe chegava quase aos pés, sandálias de couro com tiras bem finas. Conheço esse rosto, pensou, essa boca larga e nervosa, esses malares rasos, vivemos numa cidade que é menor do que pensamos ser.

— Machucou? — perguntou Jakob.

Ela sacudiu a cabeça, de olhos fechados.

— A bolsa — disse ela, para em seguida olhá-lo de repente. — Papéis e livros.

— Pelo menos servem para alguma coisa.

Mais uma vez aquela sala sem refúgio nem saída de emergência, quando o olhar dela se dirigiu a Christian, um olhar julgador, quase de desprezo.

— Sim — disse ela, rudemente — ao menos para isso.

Variação sobre o tema, apenas o ânimo dela não havia mudado — se mete o cotovelo nas costas da gente ou acaba sendo atingida, brusca e violentamente. Melhor não ser seu namorado, submeter-se àquilo todos os dias, da manhã à noite, simplesmente resmungando: *Não fique parado na porta*, em vez de pedir desculpas por seu atrevimento. E fazendo caretas ainda por cima, como se o incidente representasse um mal feito *contra ela* intencionalmente. Tudo acaba se equilibrando, mais cedo ou mais tarde. Será que a pessoa se lembra?

Ela se voltou para Jakob e disse:

— Então já vou.
Ele deu a mão a ela e disse:
— Vamos dar um jeito nisso.
Ela sorriu. Virou-se sobre o salto das sandálias e desapareceu pela porta aberta que fechou com todo o cuidado atrás de si. Ou não consegue ou não quer se lembrar, encontrões diários, um mundo de colisões.
— Se não fosse a bolsa, aiaiai.
— Nelly — disse Jakob. Ele vira os livros quando ela estava sentada a seu lado e procurava a folha na qual havia esboçado a nova estrutura de seu trabalho entre as cópias, o Deleuze em formato grande e um outro livro, um volume de capa azul-celeste. *Jean Paul na condição de catapulta textual, imaginação e excessos de uma criação titanesca.*
— Aluna?
— Começou a escrever, vai ficar muito bom.
— Mas é claro. Com o doutor Schüssler só estudam os bambambãs da ciência literária.
— É isso aí.
Christian foi até a escrivaninha e se curvou sobre a tela do computador.
— Quer um chá? Água mineral, um café expresso?
— É esse o ensaio sobre Kleist?
— Escombros. Fragmentos. Chamemos o troço de desespero.
— Se tiver água mineral aí — disse Christian, e se deixou cair na cadeira giratória estofada diante do computador de Jakob. Na parede do outro lado havia um pôster no qual podia ser vista uma moça de short branco que segurava nas mãos um revólver de grosso calibre, um sol gigantesco ao fundo, praia, ondas, e na frente a palavra *Mingau* colada no lugar do título do filme, Uschi Obermaier em *Rote Sonne*. Enquanto Jakob enchia dois copos,

Christian girou devagar sobre a cadeira, desde a sua última visita não registrava nenhuma mudança, o carpete cinza escuro, manchado como sempre (o que ele estava fazendo ali, aliás?), ao lado da porta a estante cheia de livros nos quais havia bilhetes enfiados, pastas, montanhas de papel e sobre a impressora tosca da universidade aquele cartaz verde da Volksbühne anunciando o show do *The Fall* em dezembro último, no qual Mark E. Smith esteve tão bêbado como sempre e mesmo assim fantástico, o teatro inteiro completamente alucinado.

— Obrigado — disse ele — muito amável de sua parte —, quando Jakob lhe estendeu um copo para em seguida se sentar à escrivaninha. — Você parece bem cansado.

— Mathieu gritou quase a noite inteira. Berrou. Será que existem palavras pra expressar algo ainda mais alto?

— Berrou a plenos pulmões. Como se estivessem lhe arrancando o couro.

— Como se estivessem lhe arrancando o couro, exato, e provavelmente também tenha se sentido assim.

— Não dá pra fazer nada contra isso? Contra as cólicas ou o que quer que seja?

— Mandar um Jim Beam duplo, quase fiz.

— Não quer ir até a cafeteria.

— Aqui não vende mais álcool.

— Tinha me esquecido, a gente sempre esquece de tudo. Eu.

Jakob botou dois dedos diante de sua boca, sinalizando que gostaria de fumar. Christian tirou o maço do bolso da jaqueta e o estendeu para ele. — O isqueiro está dentro.

Reclinado em sua cadeira, Jakob tentou soprar anéis de fumaça depois de duas ou três tragadas profundas, seguia os fios que subiam ao teto, ficou em silêncio. Seu trabalho, sua sala, suas preocupações. Computador de serviço e laptop, bloco de anotações, planos estruturais, livros com notas à margem e post-its. Pela janela a vista dava para outro prédio de escritórios, do outro lado da rua filas de janelas, um banner da empresa PRICE WATERHOUSE, sobre o qual, debaixo de um número de telefone, oferecia-se aluguel sem comissão de andares inteiros. Ensaios que ele escrevia ali, verbetes de enciclopédia, resenhas. Botar sua tese de livre-docência num formato que pudesse ser publicado, um novo projeto sobre literaturas de minorias no século XIX, diligência e genialidade. Christian tinha certeza que Jakob era um gênio ou, se não um gênio, algo parecido, alguém que de improviso era capaz de destrinchar nexos filosóficos complexos, sem gaguejos nem hãs e hums e fragmentos de frase pendendo no ar. Spinoza e Hume, Marx e a *Mille plateaux*, como se em sua cabeça houvesse um banco de dados bem espaçoso ao qual ele podia recorrer à hora que bem entendesse. Já na escola, o devorar insaciável de tudo que era impresso a lhe passar perante os olhos, livretos nos quais ele dava uma breve olhada para a cada peça musical ter na ponta da língua o nome dos músicos. Baixo? Greg Cohen. Até mesmo nas aulas de educação física ele não ia mal, esse Jakob Schüssler não era brilhante, mas um companheiro de time aceitável. Quem, se não ele, conseguiria se tornar catedrático de uma universidade?

— A princípio eu vim...
— Sei muito bem porque você veio.
— Será que posso terminar?
— Sou todo ouvidos — disse Jakob, e bateu a cinza do cigarro numa caneca de café usada; empurrou-a até Christian que nesse tempo também acendera um.
— A coisa precisa de um empurrãozinho. Um gesto, um indício casual que a bote em movimento. Os motivos são importantes. Precisam entender que não se trata de avidez pelo espetáculo, mas de um profundo interesse por uma situação. Sério, a história me toca,

não me pergunte como, não me pergunte por quê, simplesmente aceite de uma vez por todas.

— Você está se repetindo. Lembro bem da noite passada. Bebemos cerveja e vimos um vídeo. Você me falou de uma ideia, de um plano, com o qual você se ocupa no momento. Tenho papel coadjuvante nele, pois conheceu alguém por causa de mim, alguém de quem você quer algo determinado. Esse algo determinado é mais ou menos complicado. Toca num ponto que para meu conhecido, colega de mais idade, conforme sabemos, poderia ter consequências desagradáveis e até mesmo colocar seu emprego em risco, conforme as circunstâncias. As informações das quais dispomos são extremamente escassas e além disso vêm de um cérebro amortecido pelo álcool. Lembranças dos anos setenta, estadias mais longas na Itália à época de estudante, entra-se em contato com grupos que perseguem um objetivo que em sã consciência se pode apoiar. Ser de esquerda como uma categoria quase ontológica, inclusive a filologia românica virando uma disciplina na luta de classes. Alguém do grupo de trabalho Dante participa em algum lugar, a gente mesmo esconde isso e aquilo para ajudá-los, enterra armas e munição na horta dos mais queridos que não desconfiam de nada, diante dos portões de Perúgia. À noite, volta a desenterrá-las, passa-as adiante e basta. Loucura, leviandade, convicção numa relação variável de elementos diversos, uma farsa, mas farsa que bota em risco de morte todos os envolvidos. Algumas ligações se desfazem, outras se fortalecem, este vai para a cadeia, aquele se torna o baluarte da faculdade. Provas irrefutáveis não existem, o que temos são fofocas anedóticas com potencial para conduzir para lados diferentes. Apenas Carl sabe de fato em que medida e profundidade ele fez parte disso. Em termos ideais, materiais, com ou sem significado jurídico.

Jakob jogou a ponta do cigarro na caneca de café, onde ele se apagou sibilando.

— Aquilo que eu disse ontem a respeito do tema continua valendo, não preciso fazer nenhuma restrição.

— Você falou em discrição.

— Falei em tato.

— E você não me acha confiável nesse sentido? — disse Christian, e jogou sua bituca no mesmo lugar. Mais um sibilo.

— Não acredito que possa ajudar você.

— E eu não estava falando disso e também não é disso que se trata. Vamos ao que interessa.

Jakob jogou uma perna sobre a outra e cruzou os braços diante do peito. A secretária de Carl lhe dissera ao telefone que ele estaria em Bordéus até quinta-feira, respondendo à sua insistência com a menção de uma conferência. Mal-entendidos que seria melhor evitar, incômodos no trato pessoal e no trato universitário. Reduzir a expectativa, pensou, no fim das contas todos os receios se mostrarão infundados, como sempre aconteceu até agora. Responsabilidade exagerada, necessidade neurótica de garantias.

— Que você quer de verdade?

— Quero mantê-lo a par do que está acontecendo.

— Então me informará sobre de cada um de seus passos.

— Já expliquei a você do que se trata.

— E eu, pelo que parece, ainda não compreendi bem o que é.

Christian bebeu o que tinha em seu copo e passou a girá-lo para cá e para lá. Uma gota caiu da borda em cima de sua calça. Desatento, passou a mão sobre a mancha, depois olhou para Jakob sentado diante dele na mesma pose de sempre.

— Falou com Carl?

— Como eu poderia? — Sei lá. Pensei que fosse possível.

— Seria bom se dividíssemos as áreas de competência. De uma vez por todas. Você está atrás de uma história que não me interessa nem um pouco. Ou quase nem um pouco. Já disse a você o que tinha de ser dito da minha parte, pedindo, ao mesmo tempo, discrição de sua parte...

— Tato.

— Pedindo tato. Nesse sentido não farei nada, então não me pergunte coisas que teriam como resposta um simples não. A sala de Carl fica na ala da Filologia Românica, seu número está na lista telefônica, o endereço eletrônico no livreto com os cursos do semestre, por isso não existe segredo que eu tenha, queira ou mesmo possa ocultar. Se você precisa de uma espécie de resseguro, um *Te absolvo* para suas atividades, não sou a instância correta, nem teológica nem secularmente. *Just be careful, that's all.*

— Um telefonema, um encontro. Caso ele se deixar convencer e ainda tiver contatos. A gente conversa. Ninguém está interessado na opinião pública, em chamar a atenção do lado errado nesse estágio. Quem sou eu para causar desconfiança? Por acaso sou representante das instituições italianas ou francesas por aqui? Pareço ser a seus olhos? Sou jornalista e sugiro um negócio que pressupõe igualdade de direitos, com o qual cada uma das partes lucrará à sua maneira. No melhor dos casos e na verdade não existe outra possibilidade. Se é que chegaremos a alcançar o ponto que pretendemos nesse debate, uma longa entrevista com um dos clandestinos. Ou, por mim, com vários. Em algum quarto dos fundos, numa casa de férias da Normandia, numa garagem vazia. Se ganharmos dinheiro com isso, será bem vindo. Claro que tentarei, mas o dinheiro não é meu principal objetivo, isso é certo. Assim como estará certo tudo se acabar no caso de Carl dizer não. Se disser não me lembro de nada, do que você está falando?

Christian se levantou e empinou o nariz.

— Antes de começarmos a nos aborrecer, vou embora.

— Você não acha melhor baixar um pouquinho a ansiedade?

— Que ansiedade, que nada.

— Você está a cento e quarenta por hora.

— Sou a tranquilidade em pessoa.

— A cento e cinquenta por hora.

— Estou totalmente tranquilo e continuarei totalmente tranquilo.

— Isso é bom, já somos bem adultos.

— Com certeza, estamos livres e na metade de nossas vidas.

— Nós sim. — Jakob esticou as pernas, Christian ajeitou os óculos sobre o nariz.

— Você tem mais um cigarro para mim?

— Fumar pode matar.

— Mesmo assim.

Quando Christian lhe deu o pacotinho já todo amassado, Marlboro light em maço, Jakob disse:

— Desconfio seriamente de que Martin está mal das pernas mais uma vez.

— O que estava escrito na carta?

— Algo sobre exercícios aos quais ele está se submetendo. Ornados com algumas citações de Beckett. Quer dar uma lida?

Christian sacudiu a cabeça. Resmungão. Incomodado. E não de todo despreocupado, era claro. Havia sido ele que cuidara de Martin dois anos atrás e procurara uma clínica para ele com a ajuda do médico. Conversara com a direção, discutira tudo com o plano de saúde — grave esgotamento psíquico em combinação com álcool, primeiro a desintoxicação em internato, depois a reabilitação. Como se tivesse nascido de novo, disse Martin mais tarde, era assim que se sentia, seus medos praticamente haviam desaparecido, seu horror ao palco, depois de tudo se alegrava em logo poder se apresentar de novo.

— Talvez não signifique muita coisa. Pequeno deslize sem consequências, você está sozinho, é noite. Pelo menos é o que eu espero, espero muito, para o bem dele, do contrário terá de esquecer o teatro para sempre. Esse circo. Ou terá de ir de vez para a psiquiatria.

— Talvez precisasse se dedicar à dramaturgia. Algo assim. Trabalhar como diretor.

— Jamais. Ele precisa do público como um político precisa das câmeras, essa é justamente a doença. Sugeri que viesse me visitar pra descontrair. Mais do que isso não posso fazer, quer dizer, eu mesmo tenho problemas suficientes.

É verdade, pensou Jakob, *você* precisa de uma casa e com urgência. Uma namorada simpática em vez dessas eternas histórias nas quais se mete, além disso um emprego regular por algum tempo, que proporcione uma renda fixa. Prazos mais longos. Mas que, conforme sabemos, são um horror pra você. Saber hoje o que fazer amanhã, ter um programa, um objetivo, uma perspectiva. Ambição em proporções convencionais. Mesmo que pessoas como você fossem disputadas a tapa em algum lugar, você provavelmente não conseguiria se instalar por lá, seria pedir demais. Ou será que me engano e os problemas amoleceram você depois de tanto tempo? Quais são os seus sonhos? O que você pretende estar fazendo em dez anos, em quinze, em vinte? Vai escrever romances? Se não consegue terminar nem o primeiro, porque joga no lixo a cada meio ano o que tem nas mãos? Será que a gente pode continuar começando do zero pra sempre?

— Que foi?

— Desculpe, estou apenas cansado.

— Um conselho?

Jakob deu de ombros e jogou o maço de cigarros para ele.

— Ora, você é o sabe tudo.

— Deixa pra lá.

— Não posso ir agora até o Martin.

— E eu posso?

— Dê uma levantada nele, mande um e-mail, algo assim.

— Pode deixar — disse Jakob —, hoje à tarde mesmo.

— Está com fome?
— Sim, estou.

Os dois se olharam por algum tempo, até o primeiro sorrir, Christian.

— Sugestões?

— Ali na esquina tem um italiano barato. *Happy hour* o dia inteiro, nenhuma massa custa mais de cinco euros.

— Boa pedida.

Jakob se levantou e enfiou a carteira que estava ao lado do laptop no bolso. Quando estavam na porta ele disse:

— Sexta-feira tem uma festinha lá em casa. Vai se lembrar, não?

—Sei lá. Você sabe dos meus problemas.

— Ginseng — disse Jakob. — Experimente. Pode consegui-lo em extrato ou pílula.

— Aniversário?

— Merda, esse aí vai se mandar logo.

— Vai fazer aniversário.

— Imagine.

— Você vai fazer uma festa de aniversário. Música bacana, drinks bacanas, meninas bacanas, maravilha.

Jakob olhou para ele de soslaio e girou o dedo ao lado da cabeça. Depois continuou sacudindo a chave que parecia estar presa no cilindro.

Ela não costumava entrar tanto para o lado oeste da cidade. Quando vinha algum pacote um pouco maior, acrescentava mais uma tarde, a terceira na semana. Apenas desempacotar e ordenar o material às vezes demorava horas. O que uma paixão dessas podia custar, quase uma compulsão. Além de Walter Zechbauer, ela não conhecia ninguém que morasse numa mansão em Berlim e mansão era a designação correta para sua casa. Um bloco da era dos aristocratas, num bairro cujas ruas sossegadas eram bordejadas por árvores antigas, bem próximas, uma cerrada abóbada verde, altaneira, sobre o calçamento irregular. Como se podia juntar tanta riqueza não era mistério para ela, mas era um mistério maior como conseguir gozar essa mesma riqueza tranquilamente. A não ser que se tenha ganhado na loteria ou, assim como Zechbauer, faturado seu dinheiro em Hollywood, onde representara os alemães em filmes e produções televisivas. Cenas que via de regra não chegavam à luz das salas de cinema da Europa Central — para o bem da humanidade, conforme ele dissera a ela certa vez. E jamais fiz papel de nazista, acrescentou, apesar de todos aqueles dólares sedutores. Hoje em dia ele podia ser visto de vez em quando ao zapear na televisão em algum filme policial barato no Sat 1, com o que conseguia pagar suas despesas correntes.

 O arquivo ficava no subterrâneo gradeado da casa, há algumas semanas tinha sua própria chave para poder trabalhar com independência. Quando ele saía para gravar ou sua mulher ia para seu escritório no centro da cidade. Nelly sentiu-se valorizada quando certa tarde Zechbauer veio até ela e lhe entregou a chave, afinal de contas a coleção tinha um valor considerável, além de sua biblioteca com as primeiras edições autografadas e edições especiais. No primeiro cômodo, as revistas e os quadrinhos, no segundo os discos de vinil, CDs, DVDs e vídeos, nos outros mais livros e cada vez mais livros em caras estantes de madeira que chegavam ao teto, o que era mais valioso na parte de cima, numa caixa-forte, manuscritos de Robert Walser e Max Holz, de Robert Desnos e E. E. Cummings. Botar tudo aquilo em ordem alfabética e digitalizar, transformá-lo num arquivo eletrônico que, ao teclar um verbete qualquer imediatamente cospe anotações de controle e dados de publicação,

PRIMEIRA PARTE

a formação das bandas e os estúdios de gravação, índices e lugares de impressão, um trabalho do qual cuidava uma amiga antes dela e, depois dela, outro teria de fazer e só a morte de Zechbauer é que poderia dar o trabalho por terminado. Ou ele de repente perder a vontade de receber dúzias de assinaturas, encomendar discos em quantidades gigantescas, livros, revistinhas, comprar o que lhe agradava em sebos alemães, franceses e americanos. Coisas no valor de vinte a trinta mil euros por ano, no mínimo. Melhor seria nem calcular com tanta exatidão, era o que Nelly sempre pensava, mas outros botavam seu dinheiro em carros. Nesse caso, melhor assim.

Ela abriu uma janela e ligou o computador, programa Allegro C modificado para as necessidades de Zechbauer. Uma onda de calor chegou do jardim, de tempos em tempos o gorjear cansado de alguns pássaros, o canto de um melro que ela reconheceu. Sobre uma mesinha de rodas ao lado de sua cadeira havia duas pilhas de álbuns de Chris Ware e Matt Groening que tinham de ser catalogados. Em seguida, continuaria na biblioteca com uma lista impressa nas mãos, comparando dados. Conforme agora já sabia, a história de Zechbauer começou com a história de outros que no passado também queriam o novo para o cinema. Estudantes com câmeras manuais que filmavam sua própria retrospectiva semanal, canhões d'água, portões de fábricas. Era difícil acreditar que um apaixonado por Valéry (que ele naturalmente lia no original francês) teria tomado parte em tais atividades, logo aparecia como ator nos filmes de amigos que gostavam dele como tipo diferente, que não podia ser compreendido assim, à primeira vista. De origem pouco clara e estranhas inclinações. Foi então que acabou aceitando um convite bastante inesperado dos Estados Unidos e outros se seguiram. No papel de coronel da Stasi que conduz um núcleo de agentes em Washington. No papel de compositor russo no crepúsculo da carreira, como cientista judeu em fuga. Além disso, Zechbauer escrevia prefácios para edições rebuscadas e passava o tempo ocupado com textos de autores difíceis, o que lhe auferia uma invulnerabilidade que permitia ignorar toda a porcaria da qual ele participava como ator. E, claro, Susan Sontag também já tomara um cafezinho com ele.

Nelly ergueu os braços acima da cabeça e distendeu o corpo. Suas costas doíam, estava cansada, o calor era grande. O pensamento de que precisava voltar a fazer ginástica a incomodava, mas as dores nos últimos tempos aumentavam de novo. Sempre quando ficava sentada por muito tempo no mesmo lugar, ainda que agora estivesse ali havia apenas meia hora e ainda tivesse de ficar mais cinco ou seis, resolver o problema dos quadrinhos e em seguida continuar com os livros. Mas para isso ela poderia ficar em pé, o que seria bom. Bom também porque não se percebe tanto o cansaço quando se está em pé, caminhando por aí, aquela necessidade de deitar e dormir agora mesmo. A tensão era tanta que quase não conseguira pregar olho, até enfim se vestir e esperar pelo zumbido do despertador na cozinha. Beber um copo de leite frio, comer alguns biscoitos. Se distrair com Jean Paul havia sido impossível, com um jornal do dia anterior, ouvir música baixinho, pelo menos Kimya Dawson a acalmara um pouco. *Wandering Daughter, talking earnest*. Mais tarde, ela tomara café e se preparara para o encontro com Jakob, repassara ponto a ponto a nova estrutura de seu trabalho que pretendia apresentar a ele. Um subcapítulo para Kleist, o furor do corpo e o vicejar da escrita, nos quais podiam ser desenvolvidos paralelos e distanciamentos em relação às propostas do *Titan* de Jean Paul. Eles pelo menos podiam ser insinuados, a errância, a ira. Melhor aposentar essa ideia, Jakob lhe dissera enquanto tomavam uma xícara de café no escritório dele, acho que se você insistir na ideia se desviaria demais do projeto original, você me entende, até pela extensão do trabalho. Ele não deixou que a discussão continuasse e ela engolira suas objeções (rangendo os dentes). Sabia que ele tinha razão, mesmo assim por um momento se sentiu rechaçada. Parecia-lhe que a digressão era plausível. Que a escrevesse então para si mesma ou pelo menos não a entregasse à avaliação de Jakob, agora não mais.

Ela se inclinou para o lado e pegou uma garrafa de água de sua bolsa. Já era o segundo litro naquele dia, teria de fazer compras para a casa, enfim se livrar das garrafas vazias. Arrumar a escrivaninha, ir à lavanderia com urgência. Além disso, estava mais do que na hora de telefonar para o Marcello e lhe dizer de uma vez por todas que ele parasse de mandar cartas, telegramas, e-mails, não faz o menor sentido, não leio uma linha sequer. É só dar o dedinho para eles que já querem o braço, fantasiam, acham que é amor, pior do que qualquer outro. Grudentos ou teimosos, como se algo entre as duas possibilidades fosse impossível.

A bolsa, ela se lembrou, se eu não estivesse usando a bolsa.

Ela bebeu um gole, pensou um pouco, depois voltou a botar a garrafa na boca.

Estou acabada, por favor. E ainda por cima esse encontro hoje à noite.

Quando a água começou a escorrer pelo canto de sua boca, ela se encolheu e tentou aparar o que caía usando a mão livre.

Será que chegou a pingar na mesa, na revista em quadrinhos? Nada.

Ela tampou a garrafa e a botou no chão.

Work is Hell de Matt Groening, publicado em 1985 pela Pantheon Books, um título que não poderia ser mais preciso, Akbar e Jeff mandam pro espaço toda e qualquer *business opportunity*, outros homens-palito com penteados cômicos iguais aos que os Simpsons teriam mais tarde, coelhinhos falantes, chefes de escritório de olhos ameaçadores.

Ele teria batido a porta de cheio em mim, o imbecil. É provável que quisesse fazer uma surpresa a Jakob, terrivelmente original, inacreditável.

Ela ouviu passos vindos de trás, alguém estava mexendo nas estantes.

E usando terno naquele calor, um terno preto, e a camisa branca três botões aberta. A mesma roupa de ontem à noite, como se tivesse ido direto de um lugar para o outro. Bloqueiam a entrada, esquisitões, sem se preocupar se a gente está com pressa ou não. Onde estamos é o umbigo do mundo.

— Não se assuste — ela ouviu a voz de Walter Zechbauer falando no quarto contíguo, o das fitas de áudio e vídeo (sua frase quando ela se apresentara a ele, recomendada por Eva) — sou eu.

Nelly se virou, o braço esquerdo sobre o encosto estofado da cadeira. Ele ficou parado na soleira da porta e acenou para ela com um caderno de anotações nas mãos. Em frente ao peito, óculos de sol pendurados num barbante, ele vinha do jardim. Pés sem meia calçando alpargatas, uma calça larga e confortável, na gola aberta da camisa listrada e bem cuidada havia um lenço de seda.

— Estou à procura —, disse ele sorrindo. — Desde hoje de manhã. Ali onde deveria estar, não está. Não tenho a menor ideia de onde possa estar nesse momento. Uma suspeita me diz que o deixei atirado por aí. Uma suspeita que nas últimas horas de algum modo ficou mais forte, só me pergunto por que o hotel nem sequer ligou.

— O senhor pode me dizer o que está procurando?

— Desculpe, Nelly, bom dia.

— Um belo dia.

— Você tem o que beber aí? Na cozinha há chá gelado, fresco, pegue um copo pra você.

— Obrigada.

— Não precisa ser tão tímida. Pode pegar o que quiser.

Ela assentiu. Viera até ali para trabalhar e não para servir de companhia. Separar uma coisa da outra era importante para ela, dois âmbitos que muitas vezes se tocavam de modo desagradável. Ainda que ele por certo não pensasse assim.

— Os fatos por trás da falsificação — disse Zechbauer, e se aproximou. — Um volume com observações sobre *The Recognitions*. Tanto a edição alemã quanto a americana — simplesmente desapareceram. Pelo menos uma delas deveria estar em seu lugar, com certeza não carreguei as duas comigo na mala.

— Quem sabe.

— Caso você esteja querendo se referir à minha idade avançada e aos males ligados a ela, não seria muito simpático de sua parte.

— Jamais.

— Aliás, você teria todo o direito de fazê-lo, mas eu acho que nesse caso se trata de uma simples falta de atenção da minha parte. Coisas que um dia se descobre atrás da calefação ou que estão na frente do nosso nariz e a gente se mostra cego para elas. Como a carta comprometedora no conto de Poe que o rei não encontra porque a rainha nem sequer se preocupou em escondê-la. Perfeitamente disfarçada em sua visibilidade sobre a mesa. Lacan fez todo um seminário sobre isso.

Ela deu de ombros.

— Perdão por mencionar o nome em sua presença, como pude esquecer que você é uma antilacaniana ferrenha. Está vendo, talvez no fundo seja mesmo algo que tenha a ver com a idade.

— Simples falta de atenção — disse Nelly, e retribuiu o sorriso dele. — O senhor quer que eu pesquise no computador?

— Ah, como assim? Primeiro, sabemos onde os livros estavam e depois eles desaparecem. E desapareceram porque eu devo tê-los levado a algum lugar e, ao que parece, ambos. Coisa que eu compreendo apenas parcialmente, uma vez que a edição alemã, não contado o prefácio, é uma cópia da americana. Você pelo menos chegou a levar em consideração o que ponderei?

— O senhor está falando de Gaddis?

— Vou lê-lo para um programa de rádio — disse Zechbauer, e balançou o caderno de anotações no ar em movimentos curtos e enérgicos. — Todas as manhãs, meia hora do *fabulous* William, *A Frolic of His Own*.

Ele olhou para ela com uma cara que parecia esperar uma reação imediata da parte dela, entusiasmo, agradecimento. Eva preparara o espírito dela para isso, dizendo que ele não se cansava de louvar seus ídolos, os recomendando com profusão, dando de presente, fosse Roussel ou Alberto Savinio para, no caso do velho de Long Island, emendar pequenos discursos aos quais se escapava apenas alegando que se estava ali pra trabalhar. Mas tudo fica em limites aceitáveis, dissera Eva, e nem de longe era um galanteador; e tinha razão.

— Uma farsa da justiça, um *grand guignol* do senso de justiça. Todo mundo processa todo mundo até que no fim das contas a gente se encontra consigo mesmo no tribunal. Em consequência de reivindicações que estão longe de poderem ser atendidas, não nesse mundo, uma vez que a vida é algo diferente de uma série de parágrafos que garante assegurar seus riscos. Nem sempre a escada tem culpa, quando se cai de cima dela. Na verdade nunca, motivo pelo qual não se deveria processá-la por danos materiais.

— Além disso, escadas na maior parte das vezes têm bons advogados e disso a gente muitas vezes não se lembra.

— E aí se acaba pagando o pato e tem de providenciar uma aposentaria para a escada, que vai gastá-la prazerosamente nas Bahamas.

— Lá é um paraíso de escadas.

— É mesmo — disse Zechbauer — pouco conhecido em nosso país.

Uma mão no bolso das calças, ele bateu de leve em seu peito com o caderno de anotações. E agora? Será que ainda vai dizer uma de suas frases inteligentes, será que quer papear? Tomara que não, hoje não. Ela tirou seu braço do encosto da cadeira e se virou para a mesa com as revistas em quadrinho. Entendido?

— Acho que é melhor deixar você sozinha — ele entendeu o recado — vejo que está muito ocupada.

— Os trabalhos antigos de Groening e Ware — disse Nelly, e apontou para os álbuns.

— Semana que vem deve chegar a encomenda da Dalkey Archives, já está sabendo?

Nelly assentiu. Ela havia feito a encomenda para ele na internet, seguindo sua lista, clicara sobre os livros na página eletrônica da editora: *hundred for five hundred — take your choice*. E iria de táxi até a alfândega para buscar aquele as coisas, a autorização já estava pronta.

— Bill Gaddis — disse Zechbauer, e botou seus óculos de sol. — Não se arrependerá de ler nenhuma linha.

— Com certeza.

— Fique bem e até logo, até depois de amanhã.

— Até quinta.

Ela ouviu ele se afastar até a parte de trás, atravessando a biblioteca em direção a uma porta que as estantes de livro quase encobriam. Como uma dessas portas secretas de romances policiais antigos que se abrem sem fazer ruído. Câmaras misteriosas nas quais há tesouros, arcas cheias de ouro. Ou esqueletos, coisas assustadoras. Mas ali em cima nada havia de assustador, apenas objetos esmerados, escolhidos com todo o cuidado por ele e sua esposa. No vestíbulo, um belíssimo armário chinês com guarnições de cobre, na sala de estar e na sala de jantar, quadros das últimas duas ou três décadas. Uma gigantesca pintura do muro de Berlim à luz sulfurosa dos postes, outra com nadadores nus numa piscina cintilante. Ela preferia não imaginar como era a vida entre aquelas coisas. Tinha tentado, mas sem sucesso. Em algum momento, pensou Nelly, a gente acaba se acostumando ao luxo, se torna algo cotidiano possuir tanta coisa, ter espaço suficiente para se mover em liberdade. Não mais cair da cama na escrivaninha, quatro metros e meio quadrados. Voltar a ter um jardim, um jardim com árvores frutíferas e touceiras de amoras silvestres, grama que ela deixaria crescer sem cortar. Papoulas e pés-de-coelho, cravos e sálvia. Como se consegue chegar à ideia de cortar a grama de um jardim, acabar com todos os pequenos cardos usando veneno? Estão mesmo todos prontos para ir para o hospício. Um país inteiro que não suporta quando algo se desvia um centímetro sequer do caminho normal. Mas mandar costurar seus tênis no Vietnã por salários de fome, em fábricas sem ventilação nem luz, com isso eles não têm nenhum problema.

Ela jogou a cabeça para trás e fechou os olhos. A ventoinha do computador zumbia baixo; lá fora, o melro continuava a cantar. Ela apoiou suas mãos nos quadris e se curvou primeiro para a esquerda, depois para a direita. E mais uma vez, muito bom para as costas. Nelly sentia como a dor diminuía. Operar de jeito nenhum, aquele pilantra do ortopedista que logo começou a falar a respeito mal ela havia se sentado. Deixou a cabeça pender, depois a ergueu, deixou-a pender novamente. Precisava fazer os exercícios regularmente, todas as manhãs depois de levantar e durante o dia. Nadar mais vezes, o ginásio da esquina ficava o dia inteiro aberto e ao meio-dia quase ninguém usava a piscina. *Domani*, ela pensou, *domani vado in piscina*, atravessá-la cinquenta vezes sem fazer esforço, meia hora já basta. Telefone, *telefonino*. Quando pegou o celular da bolsa, Nelly olhou para o display — ligaria ou não? Por sorte parecia não ser Marcello Gattuso.

PRIMEIRA PARTE

Christian apertou o botão de 200 euros. *Seu pedido está sendo processado.* Nenhum ruído, como se a máquina tivesse começado a pensar. Contando em silêncio — sobe um, noves fora. Realista seria a tecla de 20 euros, realista teria sido dar uma olhada no saldo da conta antes. Curvar-se às circunstâncias. Lembrou-se de um indiano especialista em serpentes que aparecera na TV dia desses e à pergunta de como se deveria tratar uma picada de cobra-real havia respondido: apoie-se a uma árvore e morra em pé como um homem. De repente, o caixa automático começou a matraquear, um matraquear extremamente promissor dentro dele. Como não, por que sempre excluir possibilidades? Por exemplo, a possibilidade de alguém ter pago finalmente, de o dinheiro já ter sido creditado e agora algumas notas de maior valor serem entregues a ele pela portinhola do caixa automático. E ali estavam elas, novinhas, lisas, quase intocáveis. *Believe it or not.* Fazer com que no futuro o pagassem em dinheiro vivo como se fosse uma prostituta não agradaria a ninguém, mas seria uma solução. Retorno à economia natural, todo o resto apenas turva e serve para enganar. Só de pensar nos juros que se perde, são três euros e oitenta centavos por ano.

A televisão era o elo com o mundo exterior, dava ao escritório um grau de cosmopolitismo e importância. Ainda mais por estar ligada sem som, apenas imagens com uma listra em azul piscando na parte de baixo: cotações das bolsas e notícias esportivas, notícias frescas. A todo instante era possível fazer um link com um correspondente diante da Casa Branca, gravações amadoras tremidas no Sudão. Depois, comerciais de portas de garagem automáticas, alguém discursando no parlamento. Talvez a palavra 'revigorante' descreva o efeito atingido por Eberhard Seidenhut quando às vezes lançava um breve olhar ao monitor do canto. Uma televisão em sua sala que ficava ligada mesmo quando ele tinha uma reunião com alguém, a necessidade de estar absolutamente informado. Para não ser surpreendido por acontecimentos políticos que lhe comunicavam por telefone, dos quais ele ficava sabendo pelos e-mails internos de assessores e analistas.

— Não encontrou mais nada?

— Nenhum bilhete, nenhum panfleto. Só a senha.

— Eles trabalharam com um desses moldes — disse o terceiro homem que estava na sala usando uma camisa polo verde da Fred Perry, um jogador de tênis.

— Então são dois pelo menos — disse Seidenhut, que estava em pé ao lado de sua escrivaninha. — Um na frente e outro atrás. — Com um movimento de mão, pediu a seus convidados para se sentarem.

— Na verdade dois grupos, portanto quatro pessoas pelo menos. As câmeras pararam de funcionar ao mesmo tempo.

O que estava de camisa polo olhou para o outro como se não entendesse a ligação. Que relação havia no número de possíveis criminosos com o fato documentado de que as imagens da plataforma ficaram pretas sincronicamente? Com o fato de as lentes terem sido pichadas quase sincronicamente?

— Sem escada não dá pra subir ali. Ninguém corre à noite pela cidade com uma escada nas mãos. Devem ter se ajudado para chegar até as câmeras.

— Qual é o nome que se dava a isso antigamente? —, perguntou Seidenhut. — Fazer escadinha, não é?

— Não sei, é, pode ser.

Fred Perry, cujo sobrenome oficial era Witzke, Klaus Witzke, voltou-se rapidamente para o jovem colega. Se a expressão de seu rosto pudesse ser congelada, teria de ser caracterizada como aborrecida, sinais de contrariedade em sua cara alongada. Da prática não tem muita noção, é um viciado em computador que acredita que tudo é uma questão de arquivos e dados, combinações matemáticas secas. Oliver Damm, o controlador fodão.

— Quatro já formam um bom grupo — disse Seidenhut. — Conceitualmente.

— A estação está às moscas a essa hora — disse Damm. — Antes das quatro e meia da manhã. O primeiro trem acabou de passar.

É mesmo?, pensou Witzke. Será que eles não costumam esperar a hora do rush?

— Podemos partir do pressuposto de que não se tratou de uma ação espontânea.

Também estamos longe de cuidar de delitos por embriaguez.

— O letreiro, esse molde, era idêntico em ambos os caixas automáticos, talvez o senhor conheça essa frase dos comerciais.

Seidenhut pegou uma folha de papel que o outro estendia e ele perpassou com um olhar de perito.

— Pouco ortodoxo — prosseguiu Damm —, o fator diversão. Nada de intrigas e assim por diante, formulado de maneira simples e instigante.

— O que o senhor quer dizer com intrigas?

— A maneira com a qual eles normalmente justificam seus ataques, a grande conspiração dos superiores, páginas e páginas. Grandes grupos industriais, autoridades e política organizam de mãos dadas a repressão do povo.

Espertinho, pensou Witzke e assentiu, concordando.

— Na minha opinião, tudo está mais calmo nos últimos anos pela questão da ruptura das gerações, com a redefinição da situação global, de alvos de ataque e inibições que precisam superar mentalmente. Até a conclusão de que a alternativa de se tornarem militantes não pode mais ser rechaçada. Para a situação presente, a falta de nome desse grupo não deixa de ser sintomático, simboliza a recusa de atribuir qualquer identidade.

— Esquece — murmurou Witzke.

— O que o senhor disse?

— Não mesmo — disse Damm. — Deve ser um princípio de estruturas descentralizadas que não almejam buscar organização. Rigorosamente anti-hierárquicas e na maior parte das vezes sem contato mais estreito com pessoas com pensamentos semelhantes. A vantagem é o isolamento, o aspecto negativo é que se torna muito mais difícil encaminhar logisticamente histórias mais espetaculares. Se é que se pretende atuar nessa dimensão. Acho que no momento se trata mais de chamar a atenção, de ficar no nível das provocações. Compreendem o que fazem como uma resistência justificável, atividades que logo são percebidas. E que não são outra coisa, e aliás não pretendem ser outra coisa que não a expansão marginal de seu trabalho legal. É preciso esperar até onde eles ousam avançar.

— Não é preciso — disse Seidenhut. — O senhor tem novos números?

— O movimento continua bastante difuso, vai dos protestos contra a destruição do meio ambiente aos direitos da mulher, perdão da dívida para os países subdesenvolvidos, iniciativas contra a manipulação genética e, no meio de tudo, ainda os nossos velhos conhecidos ocidentais, ajuda a presos, etc. Pontualmente agindo em rede, mas difíceis de serem colocados sob o mesmo guarda-chuva ideológico. O que significa que a disposição para a violência varia, sobretudo porque falta, hum, porque falta um setor de coordenação que se proponha a orientação um pouco as coisas. E que por sua vez seria facilmente identificável de nossa parte.

— São jovens — disse Witzke como que de passagem; como se estivesse falando consigo mesmo. — São crianças.

— Tivemos alguns carros incendiados em abril — disse Seidenhut e levantou os olhos do papel em suas mãos.

— Um serviço de segurança que vigia o laboratório de animais em Dahlem — disse Witzke. — Círculo de criminosos não identificável, conforme se observa.

— Chegou a alguma conclusão?

Mesmo que tivesse chegado, não a apresentaria na presença de Damm. Isso você sabe muito bem, Eberhard, informações do setor operacional não são para os ouvidos dele, para os ouvidos de ninguém, trata-se de uma zona de sensibilidade elevada a qual sabemos muito bem preservar. Detalhes obscuros das profundezas da vida humana. Fontes são mantidas em segredo pelo maior tempo possível, métodos jamais são debatidos individualmente, o que conta é o resultado. Uma mesa com armas e explosivos, uma pasta com fotos e diagramas para o repórter e para o cidadão intranquilo. Além disso, nós silenciamos, um silêncio sobre nosso pessoal com o qual você mesmo, aliás, acaba lucrando, com as imprecisões com as quais um chefe de função pode contar para escapar de alguma comissão de inquérito. Que lhe facilitam a vida, um não-saber, um saber-apenas-um-pouco que, negado, está longe de configurar uma mentira e sobre a qual se pode inclusive fazer um juramento.

— Eu estou lendo relatórios. Tentando conseguir uma visão geral do cenário, chegar mais perto de determinadas figuras. Mas, na maior parte deles, trata-se de fichas completamente limpas. Virgens, principiantes.

Você não está me dizendo tudo, pensou Seidenhut, enquanto Oliver Damm mais uma vez tomava a palavra, mencionando considerações estratégicas, o seu tema. Está me escondendo fatos e acredita poder trabalhar por conta própria. Será que está pensando, meu caro Klaus Witzke, que eu não descobriria isso? Que você também não dá com a língua nos dentes mesmo quando estamos a sós e, em vez disso, se limita a fazer insinuações? Onde você pôs seus dedos, de onde vêm suas informações, do que eles se aproveitam e o que os impulsiona. Que ideias plantam na cabeça dessas crianças. Conta apenas fragmentos do todo, como se eu fosse maleável como qualquer um desses políticos. Um serviço no interior do próprio serviço que você domina há anos, que você quer dominar, pouco importando se sou eu ou outra pessoa que está na chefia. Precisa tomar cuidado, Klaus, para que um dia não lhe recusem a mão protetora, pois se isso acontecer você estará perdido.

— ... propriedades e pessoas — Damm concluiu seu resumo — que por isso poderiam se tornar alvo de algum ataque mais cedo ou mais tarde.

— Obrigado — disse Seidenhut. — Eu ficaria muito agradecido se o senhor pudesse me resumir tudo isso por escrito.

Damm assentiu e fez uma anotação.

— Existem boatos — disse Witzke de repente, e todos olharam para ele, surpresos. — Coisas que podem ser ouvidas em sessões plenárias. Fala-se abertamente em sensação de impotência, sobre não haver razão para continuar agindo como se agiu até agora, que isso não traz nada.

— Identificáveis?

— Vozes que se manifestam repetidas vezes. Estamos observando tudo.

Vocês fazem mais do que isso, pensou Seidenhut, vocês dão conselhos, estão metidos até o pescoço nisso. E jogam pensando que eu lhes darei cobertura em qualquer situação, por um indigno instinto de conservação. Em entrevistas coletivas, na comissão de inquérito. *Em que medida membros de sua repartição estiveram envolvidos na ação?* Perguntas que são acusações, vindas de pessoas que não têm a menor ideia como algo assim funciona. Como já de antemão se reconhece perigos e os evita.

— Observamos tudo bem de perto — disse Witzke num tom que parecia mostrar que não havia mais nada a acrescentar nesse momento, na constelação que pôde ser desenhada até agora. Quando for o tempo certo, Eberhard, nos conheceremos bem.

Pois bem, pensou Seidenhut, façam o favor. Assumo o que posso assumir, mas vocês não têm carta branca. Nada de carta branca sem que eu saiba. Ele olhou distraidamente para a tela que estava à direita, atrás dos dois. Um colorido mapa meteorológico do Caribe com uma formação branca de nuvens em forma espiral, que se movimenta devagar em direção ao Golfo do México, cenas de um píer no qual ondas gigantescas se quebram, fragmentos de espuma encobrem a câmera. Um especialista careca numa sala cheia de computadores, um catedrático, um meteorologista.

Dr. Fred Kariaki, conforme pode ser visto na inserção, *Fort Worth, Texas*. Sua voz soa cavernosa, eletronicamente distorcida, como se ecoasse sobre as cabeças dos visitantes. O mesmo acontece com outra voz, que o traduz em alemão, *pode-se contar... a few years... com isso*. O monitor de tela plana numa fachada do primeiro andar tem as medidas de uma tela de cinema, cintilação de notícias e comerciais. Acima dele, na diagonal, está pendurado o Homem-Aranha pronto para o salto, cabeça voltada para trás, para o perigo. Grupos de pessoas se movem pela piazza embaixo da estrutura da tenda, estão sentadas nos restaurantes e cafés, a borda do tanque com a fonte de aço inoxidável polido, fotografam, filmam com suas câmeras digitais. Imagens em movimento nas telas de seus celulares novos, escrituras do agora que podem ser enviadas com a rapidez do vento. Só alguns levantam os olhos para o monitor cujos ruídos em pouco tempo não se percebem mais; como se esses sons vindos de cima fossem parte orgânica da arquitetura do ambiente, uma quinta dimensão planejada desde o princípio. Uma experiência que acalma qualquer sentido humano, a altura do teto, as diferentes lojas, as exposições e apresentações pelas quais se passa devagar. Carros de corrida e cápsulas espaciais russas, paredes móveis e fotos de satélite com paisagens espetaculares. O Grand Canyon, a foz do Amazonas. A água do tanque é morna, mergulha-se a mão e sente-se o quanto é desagradável, automaticamente se pensa que é morna demais para refrescar o rosto, o pescoço, os braços nus, talvez para lavar as mãos grudentas de sorvete de casquinha, coca-cola e crepe. Curte-se o ambiente, cochila-se cansado. Fala-se ao telefone com alguém que precisou ficar em casa, manda-se torpedos a amigos e amigas, de vez em quando se olha para ver se alguém chegou. Ligações perdidas. Daqui de baixo parece que o Homem-Aranha olha para o imenso monitor, recebendo de lá as suas orientações. Um piscar de olhos do apresentador, uma palavra-chave, que o faria se soltar e saltar para onde for mandado. Lá fora, um caos; dentro, tudo normal. Nada de correria, nada de velocidade irregular.

— Só o inverno em Chicago é terrível.
— Onde não é.
— O lago — disse Schillings. — Sobre ele sopra um vento congelante vindo do Canadá, de atravessar os ossos, sem parar.
— Roupas de baixo térmicas.
— Você não tira o gorro nunca.
— Quero um café — disse Christian à garçonete que chegara à mesa na qual estavam.
— E eu uma cerveja pequena. O que vocês têm?

— Jever, Radeberger, Beck's — rápida como uma metralhadora. — Beck's de garrafa...

Como se a resposta dela em *staccato* o tivesse encabulado, Schillings hesitou.

— ...chope Jever e Radeberger. E cerveja de trigo, clara ou escura....

Ele pegou o cardápio como se precisasse verificar as informações dela antes de tomar uma decisão.

— ...E também temos Corona — e ela botou, decidida, um ponto final.

Jens Schillings levantou os olhos para ela.

— A primeira — disse ele. — Foi Jever, não foi?

Ela assentiu e se afastou.

— Eu já havia feito meu pedido?

— Por alto, sim — disse Christian. — Ainda que com certeza aqui haja uma margem hermenêutica.

— Margem bem restrita. Mas não insignificante.

— Margens nunca são insignificantes. Onde você morou?

— No Sul. Alguns quarteirões abaixo da South Side.

— Drogas, armas, miséria. Estou certo?

— Ali você não desce do ônibus por vontade própria. Sem querer exagerar, é um pouco parecido com aquele filme do Carpenter.

— *Escape from New York*. Um caso para Snake Plissken.

— Exatamente — disse Jens. — Kurt "musculoso" Russell.

— Encara até o apocalipse de frente, oferecendo a ele sua testa de aço.

— Aliás, um ator normalmente subestimado.

— Sem dúvida. Quem não sabe disso não sabe de nada.

— Ouvi tiroteios durante a noite, e não foram poucas vezes.

— Mas mesmo assim ficou tranquilo.

— Tampões de ouvido. Você fica realmente de pé na cama quando os tiros começam nas proximidades.
— Na condição de pacifista que a gente é. Por que você não se mudou?
— Consegui o apartamento pela universidade. Extremamente barato pelo que oferecia e apenas dez minutos a pé da biblioteca.
— Seu trabalho tinha a ver com a emigração, não é?
— Mais ou menos. Nos arquivos americanos havia muita coisa útil com relação a Kantorowicz, Baron, Arendt. Manuscritos, diários, cartas, singelas e comoventes, dizendo por que conseguiram se salvar ali. O espólio de Hans Baron em Chicago, um pesquisador do Renascimento. Você conhece?
— Deveria?
Schillings sorriu amarelo, depois sacudiu a cabeça. Compreensivo.
— Mundos humanistas opostos, esse era o tema. Modelos de erudição em tempos de barbárie. Você quer mais detalhes?
— Prepare um ensaio pra mim até a próxima vez.
— Tem um lápis aí?
— Se eu não tiver lápis, não consigo o ensaio?
— Isso mesmo.
A garçonete botou uma bandeja cheia de bebidas sobre a mesa deles, uma mesa de jardim verde-escura, de pernas forjadas em ferro, cruzadas.
— Pra você o café — disse ela, e equilibrou uma xícara transbordante em frente ao nariz de Christian — e pra você a cerveja.
— Jever — disse Jens.
— Jever?
— Nem Corona, nem Radeberger, nem Beck's.
— Algum problema?
— Nada — disse ele, e pegou o copo da mão dela. Levantou-o na direção de Christian, brindando, e bebeu até metade. Era mais

do que necessário — toda sua pessoa, seus dois metros incorporaram a sensação de bem-estar, de prazer numa tarde quente de verão. Estavam sentados na calçada diante do café à sombra de um guarda-sol que, assim como os três outros, trazia o emblema da Pepsi, uma onda em azul, vermelho e branco. À sua volta as pessoas liam revistas, comiam saladas, esboçavam projetos, um homem e uma mulher folheavam uma pasta de apresentação e comentavam alternadamente fotografias em formato grande — aparentemente imagens de moda.

— E Lucia nos recomenda mesmo esse lugar?

— É possível, eu cuido da seção dos restaurantes.

— A palavra cuido soa muito bem —, disse Christian.

— Você tem de imaginar um serviço compacto, o guia gastronômico Lucia não é o *Guide bleu*. E também não tem essa pretensão. É muito antes um serviço prestado a quem precisa tomar uma decisão rapidamente. Algo que se tem no carro, para o qual se dá uma olhada às pressas e fica mais ou menos informado. Estilo, preço, localização. E porcarias não são aceitas.

— A situação higiênica da cozinha...

— Para cada boteco um pequeno texto e uma ou duas opiniões de fregueses que naturalmente não devem ser muito parecidas. Os dados vêm do dono ou responsável, e isso nós transformamos num texto de quinze a vinte linhas apetitosas. A foto tem custo adicional.

— Quando se cruza a porta da Bodega El Sol, sente-se o calor do sol espanhol na pele. Cheiros carregados de sedução fazem reviver a lembrança de dias despreocupados ao sabor de sangria e *paella*. É natural que o violão seja tocado ao vivo quando se trata de Pepe e de sua temperamental equipe de garçons...

— Procuramos evitar rimas internas e aliterações, do contrário já poderíamos começar a trabalhar com o material. Aluguei um escritório no qual fica a redação especializada, ou seja, eu e talvez você. Se quiser participar, é claro. É mais prático na comparação dos textos que, hum, são distribuídos segundo os países de origem dos restaurantes; especialidades francesas, italianas, que eu saiba, mongóis ou outras.

— Não sei muita coisa sobre a Mongólia, você teria de ficar com ela.

— Essa parte já está pronta, não se preocupe.

— Pagamento por hora ou honorário fixo? Despesas? Prazos?

— Primeiro, término da redação no fim de agosto, segundo, ainda faltam algumas coisas, terceiro, por crítica de restaurante mais opinião de freguês, trinta euros.

— Os fregueses somos nós — disse Christian, cotovelos apoiados sobre a mesa, mãos pendendo tranquilamente. — É assim, não é?

— Depois da última edição algumas pessoas escreveram à editora, fizeram sugestões, dizendo o que ainda deveria entrar e por quê... Quer dizer, a princípio há um bom material à disposição, que necessita apenas de um pouco de tratamento... Com algum tato.

— Não é a primeira vez que me recomendam isso hoje, já posso me considerar um especialista.

— Melhor assim.

Jens bebeu o resto de sua cerveja e buscou a garçonete com os olhos, Christian cruzou as pernas e se apoiou ao encosto de sua cadeira. Digamos, cinquenta pequenos artigos, isso daria mil e quinhentos. Se calculei certo, e cem dariam o dobro. Para cada um deles seria necessária meia hora, mais ou menos, provavelmente um pouco mais, já que necessariamente haveria repetições. Ainda que, óbvio, ninguém vá ler o negócio do princípio ao fim, portanto pouco importa. *Uma paisagem de pendor histórico, feita para passeios descontraídos ou viagens de bicicleta aos destinos mais sensacionais.* Usar as palavras de tal maneira que coincidam com seus significados. E não vinculá-las a objetos para os quais se precisaria encontrar outras expressões. Diferenças mínimas que dão um novo sentido e transformam palavras em antimatéria, buracos negros de profanação e imprecisão.

— Também quer mais alguma coisa?

Christian se inclinou à frente, olhou para sua xícara, depois para o rosto de Jens que, apesar da sombra, estava vermelho e com cabelos suados.

— Que tal tomarmos mais uma juntos?

— Tem planos pra mais tarde?

— Vou para a casa da Britta — disse Schillings, e tentou atrair a atenção da garçonete erguendo o copo. — Vamos preencher uma solicitação de emprego para ela. — Quando conseguiu, levantou o indicador e o dedo médio de sua mão livre com elegância: duas claras para mim e para meu amigo.

— Pode ser, não?

Christian assentiu, não, não podia, mas que importa. Álcool antes das sete da noite não era bom para ele, conforme descobrira depois de uma tarde de maio, e passara a respeitar (mais ou menos) até aquele dia. Cinco semanas desde aquele tombo com Lukas e Benjamin que, para piorar as coisas, ainda havia providenciado *speed*, um troço que os manteve ligadões a noite inteira. A última lembrança vaga em cenas grosseiras na frente de um bar da Rykerstrasse, quando Lukas (ou Benjamin?) e uma mulher (Anka, a atriz?) começaram a brigar e a rasgar as coisas um do outro. Ou aquilo havia sido apenas o prelúdio para algo que tinha a ver com sexo, uma vez que ambos desapareceram juntos logo depois? De repente todos haviam desaparecido e o que veio em seguida foi um berreiro de criança que o acordou, encolhido num banco da área verde da Kollwitzplatz. ("Deixem o homem em paz, com certeza está muito cansado.")

— Se você pudesse me dar a resposta logo, eu ficaria feliz. Aqui, pegue.

Jens lhe estendeu um cartão de visitas sobre a mesa, no qual embaixo de seu nome, seu título e sua profissão (historiador), estava escrito a lápis o endereço de seu escritório, o número do celular e o endereço eletrônico.

— Preciso de um dia para pensar. Tenho de arranjar as coisas.

A expressão do rosto de Schillings o contradizia, muda, sobre a qual se sabe mais do que ele mesmo. Cujas possibilidades de escolha são limitadas, não venha me contar histórias. Seu cuzão, pensou Christian.

— Mas quais são seus planos para mais tarde?

— Você já não tem algo para fazer?

— Fiquei curioso.

Christian tirou o maço de cigarros do bolso de seu casaco. Ainda havia um dentro, Jakob bem que poderia ter comprado um maço novo pra ele. Quando Séverine estava grávida de Mathieu, ele parara de fumar de uma vez por todas, quando ela estava grávida de Catherine aguentara apenas até o nascimento. Agora os dois filavam com ele, algo que às vezes assumia feições ridículas; louco por um cigarro junto à janela da cozinha, neutralizar o cheiro com spray de ambiente. Como bêbados que chupam balas de eucalipto.

— Uma galeria reformada. Hoje é a abertura oficial.

— Vai escrever algo a respeito?

Christian jogou o maço amassado sobre a mesa. Olhou nos olhos de Jens e assentiu devagar, sim, claro, que mais seria.

— Talvez possamos passar depois.

— Fica atrás da Brunnenstrasse, quase na marca do muro. Com certeza vai ter muita gente parada na porta.

— Meu substituto chegou — disse a garçonete, enquanto botava duas cervejas diante deles. — Preciso fechar meu caixa. — Com a ponta de seus longos dedos, tirou um cupom que estava debaixo do copo de Schillings e perguntou: — Tudo junto?

PRIMEIRA PARTE

— Fica por minha conta — disse Jens. Lançou um olhar ao bilhete e deu a ela uma nota de dez dobrada ao meio. — Está certo assim.

Sem cumprimentar ou agradecer, ela se virou para a mesa ao lado.

— Por acaso foi pouco?

— Não faço ideia — disse Christian. — Você não está mais nos Estados Unidos.

— Quase teria esquecido disso. Mas por sorte sempre volto a ser lembrado. — Ele levantou seu copo, e propôs um brinde a Christian. — É um belo trabalho, garanto.

— Sei disso. Para não dizer sorte grande.

— Ouça bem, eu já fiz coisa muito pior.

— Eu também.

Quando Schillings foi embora, Christian olhou para o relógio. Ainda faltavam mais de duas horas para as oito. Sentar agora à escrivaninha no prédio logo ali em frente provavelmente apenas levaria a um novo encontro com David que, na maior parte das vezes, encerrava seus trabalhos apenas às nove, nove e meia. Será que ele está de namorada nova? Se for o caso, deve ser uma dessas que aceita isso, que ganha seu dinheiro no mesmo ramo e não faz questão de passar pelo menos uma noite por semana juntos. Passeios dominicais de bicicleta com coisas de piquenique até Buckow, até Rheinsberg, programas normais de casal. Noções às quais se procura dar vida, a frase que ela começa ele termina. Como prova de uma afirmação da qual ninguém duvidava mesmo.

Ele empurrou o copo de cerveja pela metade até o centro da mesa. Da Kastanienallee vinha música que soava como se fosse a trilha sonora de um filme de Kusturica, acordeão, trompete, baixo e violino. Que gente é essa, ciganos, albaneses, sérvios? Mostram-se tão incansáveis durante o verão, andando de café em café com sua algazarra balcânica, muitas vezes tocando enquanto andam, como se não pudessem parar depois de ter começado a bagunça. Bom humor vindo de Prístina e logo já se tem um copo de plástico com moedas tilintando debaixo do nariz. Christian sacudiu a cabeça. Em meia hora chegam os colegas que também não vão ganhar nada. Por que eu acho essa música um nojo, por que ela me deprime, por que eu estou longe de ter paciência para o slibovitz[8] destilado em casa e para tiros de alegria para o alto, esses folclores *ethnic cleansing*. Estou sendo injusto? Mas é isso que acontece de vez em quando. Depois de quatro ou cinco minutos, o grupo entendia e se afastava em direção à Choriner Strasse, festejando.

— Ainda vai beber a cerveja?
— Acho que ela já esquentou.
— Quer que traga outra?

Uma vez que ele não respondeu logo, o garçom deu de ombros, recolheu o copo vazio de Schillings e virou de costas para ele.

Páginas ilegais na internet que apenas esperavam para ser tiradas da rede e chegarem à superfície. Cartas assumindo autoria de crimes em diversas línguas, manuais para a construção de bombas. Misturas à base de clorato. Uma notícia seca de jornal retransformada num rosto, numa biografia, em política. Imagens tremidas, cobertas de listras de um velho filme que ressoa no pano de fundo de nossa memória.

A piscina era de fibra de vidro, dezenove injetores a jato, capacidade de sete mil e quatrocentos litros. O prospecto da Aqua Systems não prometera demais: *O Swim Spa combina, de maneira ideal, as*

---

8. Destilado de ameixas, popular na maior parte dos países do Leste europeu. [N.T.]

vantagens de uma piscina e de um spa. Graças a essa combinação você pode se exercitar e relaxar ao mesmo tempo. Display de LCD e três bombas com as quais a corrente contrária pode ser regulada numa escala que vai de ondas leves até a força de um rio selvagem. Uma grua giratória tirara a piscina do caminhão na rua, passando--a por cima do telhado da casa para em seguida descarregá-la no buraco aberto ao lado do lago ornamental, alguns belos corrimões de madeira em volta dela e pronto. Com fortes braçadas, Eberhard Seidenhut atravessou as águas borbulhantes e ricas em ozônio sem sair do prumo, não havia batida ou virada que pudesse tirá-lo do ritmo. Nunca havia sido um grande nadador, mas ali dentro ele se divertia, em alguns dias chegava a executar duas vezes a bateria de exercícios que impusera a si mesmo. Mais elegante e mais discreto do que praticar *jogging* ou se fazer de bobo caminhando com dois bastões de esqui na floresta. Depois de poucos minutos, perdia-se a sensação de estar fazendo esforço para conseguir avançar como se a gravidade não atuasse mais, e deslizava-se nadando contra a corrente artificial. Também os pensamentos ficavam mais leves até se dissolverem de todo e abrirem espaço para uma sequência de mundos de fantasia totalmente descontraídos, longe de qualquer realidade.

Sua mulher estava sentada no terraço e lia algum livro sobre os mistérios das pirâmides, sua filha mais nova que no ano seguinte entraria na universidade regava seus canteiros orgânicos na parte de trás do jardim. Abobrinhas ecológicas, morangas para o consumo doméstico. Depois de uma longa discussão, haviam conseguido convencê-la a não pendurar na janela uma dessas bandeiras com arco-íris — a maioria da família é estritamente contra —, mas não de decorar suas duas vidraças com símbolos da paz, pomba e estrela da paz pintadas no vidro em formas ingênuas. Não havia programa de notícias, nem imagem do presidente norte-americano que ela não comentasse. O mesmo acontecia com seu namorado, não havia comícios ou marchas silenciosas das quais ambos não participassem juntos. Segurança interna e defesa do Estado eram para eles algo de tal modo abstrato que até agora não haviam chegado a nenhum confronto sobre o trabalho que seu pai fazia, provavelmente pensasse que ele era uma espécie de diretor administrativo. Fora do âmbito de seu engajamento, fora daquilo que ela combatia diariamente.

Assim que seus pensamentos se diluíam aos poucos, Seidenhut mergulhava naquele estado quase incorpóreo no qual nada mais existe a não ser um movimento ao sabor das ondas do oceano de sua imaginação, praias imensas e vazias que ele percorria solitário e feliz, peregrino venturoso na solidão de uma charneca nas terras altas da Escócia. Tudo se transformava em puro espírito. Ele lera Sun Tse, cuja arte da guerra no fundo se baseava em movimentos espirituais em lugar de uma dureza paralisante feita de preconceitos. Ser apenas um nadador, tão somente um nadador e nadar sempre adiante, se fundindo nos elementos.

Depois de meia hora mais ou menos, ele sentia como músculos isolados começavam a se contrair, diminuía a força da torrente e se virava de costas, remando com as mãos. Um esgotamento agradável tomava conta dele. A compra do spa havia sido o melhor investimento que haviam feito na casa desde a construção da sauna no porão e não podia sequer ser comparado com nadar na piscina. Aliás, a piscina agora até poderia ser enchida de terra para aumentar a superfície do gramado. Mas sua mulher era contra, era uma dessas que batia os braços um pouco para cá e para lá e considerava isso saudável. Assim eram as coisas, ele pensou, cada louco com suas manias.

— Que está acontecendo com você? — perguntou Vera Sellmann.
— Sem vontade — respondeu David, e nem sequer desviou o olhar da tela do computador. — Um momento.

Vera chegou até o lado dele e olhou por cima de seus ombros. Leves *beats* eletrônicos no ambiente, de algum modo esféricos. Ele clicou uma linha marcada em preto e a janela do monitor se fechou.

— Que horas são?

— Sete e meia, acho.

David deixou sua cabeça pender sobre o peito. Depois recuou em sua cadeira com rodízios e se levantou. Cara, como você está magro, pensou Vera, as roupas dançam em volta do seu corpo.

— Com certeza vão sair para a farra hoje e encher a cara.

— Mesmo assim estou sem vontade. Acho que vou para casa.

— Desconfio seriamente que também haverá um bufê pra festejar o dia.

— Gente demais pra mim — disse David, e enfiou as mãos nos bolsos traseiros das calças. — Além disso não gosto dos trabalhos dele.

— Vamos beber alguma coisa, encontrar pessoas, conversar sobre tudo mais.

— Você — disse ele. — Você pode.

Vera sorriu para ele. David era sincero, nem podia ser diferente. Retribuiu o sorriso dela, e ao mesmo tempo sacudiu a cabeça, decidido.

— Também não gosto dos vídeos —, disse ela e jogou a bolsa no ombro. Singapore Airlines. — Só pensei que você poderia querer.

— Até amanhã — disse David, e deu um beijo em seu rosto antes de voltar a se sentar ao computador.

Já de longe podia ser vista uma multidão na calçada em frente à galeria, pequenos grupos cujos membros trocavam de lugar constantemente. Todos e todas com uma garrafa verde de cerveja nas mãos, uma taça de vinho. David não tinha razão? Vera diminuiu a velocidade de seus passos até ficar parada. Já não se conhece o suficiente esse empurra-empurra daqui para lá, beber e fumar apenas porque não se sabe onde meter as mãos? Será necessário conversar com alguém que poderia ser útil à gente, ainda que não se tenha a menor vontade de fazê-lo? Será que é mesmo necessário? Uma pergunta feita centenas e centenas de vezes não respondida. Por que não ir ao cinema, por que não ir para casa, por que não se embebedar em paz às próprias custas em algum lugar? Primeiro ir ao cinema e depois ao Odessa. Decidindo-se assim às pressas, ela deu meia-volta e correu em direção ao Hackescher Markt; ao seu ver, a decisão mais sábia do dia.

Walter Zechbauer caminhava para lá e para cá em seu escritório. Tinha um livro nas mãos e o lia em voz baixa. Quer dizer, lia em voz baixa para si mesmo as primeiras páginas que leria em voz alta no rádio no dia seguinte. Uma confusão de vozes à qual sua entonação dava plasticidade. Harry e Christina no corredor de um hospital, o pai dela quer processar a revendedora do carro depois de um acidente. "Estou falando de fascismo", Harry (nervoso), "é nisso que dá, essa mania de ordem. Todo o resto é apenas uma farsa ridícula." Christina (mais contida): "Não é simplesmente pelo dinheiro, não, o que as pessoas de fato querem é..." — "É pelo dinheiro sim, Christina, é sempre pelo dinheiro. Todo o resto não passa de uma farsa ridícula, ouça bem..." Com um lápis, marcava palavras isoladas, sublinhava sílabas, acrescentava parênteses ao texto. E recomeçava. "Justiça?" (Harry, zombando) "Justiça há apenas no além, aqui na terra existe apenas a lei." Foi até a estante onde ficava uma garrafa de água. Bebeu um gole. Baixar a voz em "na terra" e fazer uma pausa brevíssima — era isso, assim a cena funcionaria.

Tudo como se esperava. Os dois galeristas, sua nova atração, alguns curadores, jornalistas, inimigos íntimos e atrás, junto a uma coluna, Constanze. Depois que ela o vislumbrou na multidão, seu companheiro de papo (um redator qualquer) se transformou num homem ao qual ela não se cansava de dar a maior atenção possível. Você está exagerando, pensou Christian, e procurou algo para comer. Uma mesa longa, coberta com uma toalha branca que já estava vazia em boa parte de sua superfície; em várias bandejas de prata, restos de canapés e espetinhos de queijo. Pelo menos haviam providenciado bebida em quantia suficiente, uma moça acabara de encher os dois freezers iluminados por dentro que se encontravam diante de um balcão improvisado. Ele aceitou uma cerveja e se acotovelou entre a multidão até chegar a um monitor ao qual ninguém mais dava atenção. Garagem subterrânea em preto e branco, um preso com um capuz sobre a cabeça é empurrado para fora de um elevador, um carro que se aproxima passa ao lado dele e bate numa parede, fumaça, um homem deitado no chão dispara uma pistola em direção à câmera. Mais fumaça, o preso rasteja para fora da imagem, em seguida o vídeo começava de novo. Bem retrô em sua falta de nitidez no foco e na granulação bastante grossa, como se estivesse se tratando de *found footage,* material não captado pelo cineasta mas incluído no filme. Foi até Mika, um dos galeristas, para lhe pedir um catálogo.

— E aí, que achou?
— Legal — disse Christian. — Parece bem maior.
— *Está* bem maior depois da reforma, vá ver lá atrás.
— Vocês têm algo escrito?
— Passe semana que vem.
— Nada, então?
— Merda, nada, não ficou pronto a tempo.
— Maravilha.

— Fique calminho, está bem. Estamos fazendo uma festinha bacana aqui.

— Já estou totalmente calmo — disse Christian, e abriu espaço em direção à porta. Que Constanze Erdinger se divirta com quem bem entender, não vou mais olhar para ela.

Ele cumprimentou diversas pessoas, bebericou sua cerveja. Ainda estava claro, não havia sinais significativos do crepúsculo sobre os terrenos em escombros da Bernauer Strasse. Muros cobertos de cartazes, móveis velhos jogados ao lixo, um sofá de espaldares caídos. Como se tivessem lhe quebrado os braços. Do outro lado da rua, um daqueles grandes núcleos habitacionais típicos de Wedding, no estilo do final dos anos sessenta, construções de cunho social em forma de *bunker* rodeando estacionamentos, uma visão que não despertava as melhores lembranças. Visitas não anunciadas de uma assistente social que serviam apenas para intimidar, brigas noturnas da mãe com os vizinhos que se embebedavam com o seguro-desemprego fazendo o maior barulho. Medo, rabiscos de pincel atômico nas escadarias. Um período de transição.

— E aí? — perguntou Lukas que de repente estava em pé na frente dele. Inevitavelmente junto com Benjamin, como se um fosse a sombra do outro.

— Os comes terminaram — disse Christian.

— Não estou com fome — disse Benjamin, e empinou o nariz.

— Tá precisando?

Christian ergueu as sobrancelhas. Dependia, um fumo depois com certeza não cairia mal.

— Erva em oferta?

— Fumar maconha emburrece — disse Lukas e bateu com o dedo em sua fronte. — Isso qualquer riponga velho sabe quando não reconhece o próprio rosto no espelho pela manhã.

— Você ainda é bom de briga? — perguntou Benjamin.

— Mantenha-se longe de drogas que prejudiquem a saúde — disse Lukas —, esse é o conselho que eu gostaria de dar a você hoje.

— Mas olha só o cara, pensa que é sempre fácil para mim?

— De jeito nenhum. Mas você se preocupa de modo exemplar com ele.

— Espero que você tenha ouvido isso — disse Benjamin, e só agora botava no chão uma pesada mala de discos que segurava o tempo inteiro, pendendo para o lado; e sacudiu o braço.

— Vocês trabalham aqui?

Ele assentiu, assim como também Lukas assentiu em surpreendente harmonia.

— Nós botamo os cara pra dançá — disse, pronunciando as palavras intencionalmente de forma errada.

— Não contem comigo — disse Christian. — Eu estou inconsolável.

— Você não pode fazer isso conosco.

— Posso sim. Só vou terminar minha cerveja — esvaziou a garrafa e a largou no chão —, e aí vou para o escritório.

— Constanze por acaso está aqui? — perguntou Benjamin, sorrindo amarelo.

— A bela Constanze.

— Sabem de uma coisa? — (Num tom que sinalizava: agora basta.)

— Não sabemos de nada — disse Lukas. — Mas temos nossas suspeitas.

— Aquele abraço — disse Christian, enquanto olhava de um para outro com um sorriso.

— Não vá se meter em brigas por causa dessa aí — disse Benjamin, e bateu de leve no peito dele. — *No use.*

— Estou com cara disso?

— Você está bem — disse Lukas. — Gostosinho.
— Vão à merda. Até mais, está bem?
— A qualquer hora.
— Não antes da uma, por favor.

Poças de sangue, corpos debruçados em carros apertados, estilhaços de vidro e de metal, cadáveres na entrada de prédios e nos degraus de escadarias sobre os quais haviam estendido panos — lençóis de cama, conforme se podia ver, e cortinas arrancadas às pressas. Manifestantes, centenas, se não milhares de manifestantes de rostos mascarados, um no primeiro plano ergue uma pistola, outros com bastões em forma de lança, brandidos ao alto. Coquetéis molotov, capacetes de motocicleta. *La classe operaia va in paradiso*, está escrito num cartaz e numa faixa larga podem ser lidas duas linhas: *Avete pagato caro... non avete pagato tutti!* A classe operária vai ao paraíso, que queria dizer aquilo? Em lugar nenhum legendas para as imagens, mesmo em sites alemães, como se todo mundo entendesse italiano. *Guerra al fascismo*, à frente e atrás aquela estrela de cinco pontas estranhamente assimétrica, fotos de sequestrados, de libertados, de assassinados. Soldados guardam o portal gigantesco de um palácio da Renascença, diante dele vários micro-ônibus com grades de proteção entre os quais podem ser vistos homens em trajes negros, alguns carregam pilhas de papel amarradas debaixo do braço. Acusados numa jaula espaçosa que havia sido instalada na antiga e honorável sala do tribunal, cerram seus punhos e gritam algum lema, viva a revolução, o proletariado vencerá. Um texto longo que aparece logo após a gravação, esclarece tratar-se de membros fundadores das Brigadas Vermelhas, junho de 1976, Palácio da Justiça de Turim. Imagens que se parecem com as de outros processos em outras cidades, 1979, 1982, 1986, nos quais os acusados parecem cada vez mais novos em suas jaulas, cada vez mais próximos daquilo que a gente considera o presente. Camaradas da época, pensou Christian, errantes da História. Que acabaram aterrissando em seu lado mais obscuro.

Após poucos minutos de procura, encontrou uma espécie de diagrama que imprimiu, uma árvore genealógica cheia de nomes e abreviações, ladeada por uma coluna com os anos. Princípio e fim de uniões muitas vezes breves, uma palavra-cruzada com combinações de letras das mais potentes: BR, UCC (*Unione dei Combattenti Comunisti*), PL (*Prima Linea*), NAP (*Nuclei Armati Proletari*), NTA, NIPR, PCC (*Partito Comunista Combattente*) e assim por diante, setas angulosas que pretendiam tornar nítidos processos evidentes de cisão, pessoas que participavam tanto deste como daquele grupo ou se mudavam daqui para lá. Perfeitamente compreensível em sua complexidade apenas para os envolvidos, por certo, que ainda estavam em prisões, sob condicional, anistiados, clandestinos ou mortos. As palavras-chave Paris e Brigadas em alemão e italiano lhe abriram incontáveis sites com artigos de jornal, endereços de solidariedade, mandados de busca e entrevistas; em francês, em seguida, o protocolo de um breve telefonema com um ex-terrorista que há mais de vinte anos vivia de forma semilegal na França. Um homem que agora queriam ter em Roma, embora ele repudiasse todas as acusações como sendo invenções absurdas. Tanto que agora vivia escondido, citava Lawrence Ferlinghetti, para o qual a História era feita da mentira dos vitoriosos. Christian anotou seu nome, outros nomes, clicou num link de *documenti*. Cópias de cartas, panfletos, manifestos, datilografados em velhas máquinas de escrever elétricas com suas típicas letras de esferas. Estrelas, foice e martelo. Quando mandou traduzir eletronicamente um texto do italiano, o resultado foi o seguinte: *Comunicado dos primeiros militantes do front para a causa combatente dos proletários do partido provada perante os tribunais de Veneza e*

Milão. Talvez se precisasse de alguém que dominasse a língua, que em Paris naturalmente falarão francês. Num fórum virtual suíço, encontrou uma declaração gigantesca em alemão de um comando que ordenava o assassinato de um secretário de Estado em março do ano anterior, que salvou em seu disco rígido. Vinte e cinco páginas em letra pequena e entrelinhas reduzidas, quem lê algo assim a sério do princípio ao fim? Ao que parece havia os que liam, pois diferentes pseudônimos comentavam o palavrório, em parte furiosos, em parte cínicos. *Vocês precisam mesmo publicar esse tipo de delírio?*, estava escrito num dos comentários; e em outro: *mais uma vez um desses factoides lastimáveis de berlusconi e seus serviços secretos.*

    Ele foi buscar uma garrafa de água mineral no engradado que estava no corredor e atravessou o reino das sombras da sala da frente, bebendo até chegar a seu computador junto à janela gradeada que dava para o pátio. Abriu uma das folhas e apoiou a cabeça nas mãos. Ruídos de televisão, vozes, o estalar de panelas. E música que chegava aos seus ouvidos abafada, Elvis, com certeza, *when fools rush in*. O caminho ideal passa por Brenner, ele pensou, do contrário será apenas se perder em caminhos que no melhor dos casos andam em círculos. Se é que não terminam em ruas sem saída ou simplesmente acabam. Estabelecer uma relação de confiança que será a base de todas as investigações seguintes. Verificar quem talvez pudesse entrar com algum dinheiro, pelo menos para uma viagem a Paris. Talvez o cara da Spiegel que na festa de verão do Partido Social-democrata fofocara todo benevolente em seu ouvido algo que acabaria sendo ainda mais idiota do que pedir para Jutta providenciar um convite para aquela festa regada a cerveja bock. O cartão de visitas dele deveria estar em algum lugar entre os escaninhos, procuraria nos próximos dias. E mais uma vez Christian se voltou para a tela do computador, para os artigos, as fotos e as discussões cifradas que eram conduzidas dia e noite na internet, linhas que se combatiam, suspeitas notórias, desmascaramento de espiões e provocadores. De enlouquecer.

A lista dos nomes que escreveu em seu caderno de anotações não parava de crescer, até ele notar que estava se repetindo, já havia três que registrara duas vezes na mesma página, Ricardo Pagliuca, Elena Brentano, Ettore Andolfi. Como se estivesse registrando os papéis de uma ópera, invenções que soavam bem. Povo teatral, povo do gesto e da doidice. Por que não viajara mais vezes para lá no passado era uma pergunta sobre a qual valia a pena pensar. Com Jakob sempre viajara à França, Collioure. Christian fechou a janela. Viu mais uma vez seu correio eletrônico e uma nova mensagem havia chegado. *Trêmulos ouvimos vossas palavras, dai o perdão a um pobre pecador.* Isso é demais, Martin, você não quer mesmo entender? Que não posso fazer mais do que já escrevi a você hoje? Basta, basta e *logout*. Ele se levantou e vestiu o casaco que estava pendurado no espaldar da cadeira. Para casa? Ninguém havia ligado, como se tivesse caído fora do mundo. Larguem do meu pé, como larguei dos de vocês. E agora fora daqui.

Walter Zechbauer estava em pé no terraço de sua casa e olhava para o alto. As luzes da cidade, no leste, eram como uma cúpula amarelada sobre as copas das árvores. No céu, poucas estrelas, como se essa cobertura de névoa e irradiação absorvesse quase toda sua luz. Da Mullholland Drive, a silhueta noturna do centro da cidade. Uma estação espacial, uma refinaria iluminada de homens e sonhos. De dinheiro e crime, de burrice e cobiça. Tudo na tela larga, em Fujicolor.

Nelly não ficou por muito tempo. O que eles tinham a deliberar não era grande coisa e, além disso, suas costas estavam doendo. Um dano à postura que os exercícios de violoncelo haviam causado ou pelo menos piorado. Hora após hora em seu quarto no sótão, de cujas janelas se via o lago, no inverno uma superfície cintilante sobre a qual o sol se espelhava a ponto de queimar os olhos. Chostakovitch e Pärt, mas melhor ainda Alfred Schnittke. Daí vinha o problema de coluna, não tinha a menor dúvida. Em casa, botou a música no fone de ouvido em volume tão alto quanto possível, tempestade de guitarras. Baixo, baixo, baixo. Tocar as cordas com uma palheta de aço, metal sobre metal. Seu corpo inteiro tremia quando foi escovar os dentes. Ainda na cama, debaixo do lençol mais fino que encontrou, do contrário não dava para aguentar. Assim não, assim também não, mesmo nua.

Christian estava sentado em frente de sua mesa dobrável num dos dois quartos dos fundos e tentava escrever. Ao contrário de ontem, para cada palavra havia outra palavra que parecia igualmente boa e ele deletava e digitava e deletava, sem conseguir fazer com que o texto avançasse. Que bosta, ele pensou, o que é isso? Uma linha por dia significa vinte anos pra escrever um romance. Ele abriu o arquivo com o primeiro capítulo e o leu. Para seu alívio, até que estava tudo em ordem, a musicalidade, o tamanho das frases, sua sintaxe, aquilo que entendia ser literatura. Aquilo que compreendia como espaço e aceleração. Olhou para a parede onde estava pendurado o arcabouço do livro, um pedaço de papelão do tamanho de um pôster, cheio de quadradinhos e círculos numerados, nos quais estava escrito o que deveria acontecer naquele momento, lugares, personagens e enredo. Chegar ao ponto no qual não se diz mais eu, a narração fica a cargo de um "se" impessoal. Algo difícil de ser dominado, pelo menos mais difícil do que ele suspeitara a princípio. No pó dançante do visível, um murmúrio anônimo. Deixe-as simplesmente aí, as palavras, ele disse a si mesmo, talvez até amanhã elas se transformem nas expressões mais adequadas que alguém é capaz de encontrar, quem sabe.

Jakob jamais teria pensado que as coisas poderiam chegar tão longe, mas estava no fim de suas forças. E Séverine chorava descontroladamente no quarto. O pacotinho nos braços dele berrava de novo sem parar havia duas horas, sem previsão de parar. O fato de Catherine não acordar era um milagre para ele incompreensível. Como se consegue suportar uma coisa dessas sem enlouquecer? Ele caminhava para cá e para lá, embalava o pequeno de leve, murmurava, cantava em voz alta, falava palavras com a intenção de acalmá-lo, dirigia-se a ele como se fosse um homem, que ele aliás era, sentia um nó na garganta. Logo vou ter de beber um negócio, ele pensou, desesperado, e você também vai ganhar um pouquinho, vamos beber um Jim Beam juntos, Mathieu, em algum momento todo mundo faz isso pela primeira vez. Encher a cara de verdade até nada mais importar, companheiro, que tal?

Também deitada, ela sentia as dores. Você precisa fazer alguma coisa, pensou, há um bom tempo não piorava tanto. Ela ligou a lâmpada na prateleira sobre sua cama e logo voltou a desligá-la. Ler, nem pensar, força as costas. E relaxar. Se esticar. Puxar as pernas até o queixo, os braços para trás. Em algum momento, estava sentada ereta na escuridão e deixou a cabeça pender. A dor melhorou, só não dava para dormir. Ela sussurrou seu próprio nome, Nelly, sussurrou-o mais rápido e cada vez mais rápido até se transformar em duas sílabas sem sentido que não tinham nada a ver com ela. Nelly, Nelly, Nelly, Nelly.

PARTE DA SOLUÇÃO

O barulho no pátio fez Christian se levantar assustado. Havia deitado sua cabeça sobre o tampo da mesa e adormecido. Será que há gatos no prédio? Que correm pelos latões de lixo à noite? Mistérios da humanidade. Ele desligou seu notebook e foi para o quarto ao lado. Caiu sobre o futon e continuou dormindo, de calça e camisa.

Segunda parte

Encontrara o bilhete de entrada por acaso na semana anterior ao revirar uma caixa de livros. Não tinha a menor ideia de como o bilhete poderia ter ido parar entre as páginas (não lidas) de *Massa e poder,* de Elias Canetti. Mas Christian ainda sabia que não o jogara fora, há quase vinte anos, e sim o guardara como lembrança, Philipshalle Düsseldorf, The Clash. Na formação original com Topper Headon, Mick Jones, Paul Simonon e Joe Strummer, que em dezembro morrera de forma pouco heroica, de ataque do coração. *You can push us, you can shoot us, but aah, the guns of Brixton.* Junto com Jakob no meio da multidão, dançando música punk, diretamente em frente ao palco, *this is a public service announcement with guitar: know your rights.* Ter perdido o trem e passado o tempo na estação central até as quatro horas da manhã fez do primeiro concerto ao qual foram juntos um acontecimento memorável, dois garotos de quinze anos sob a luz neon de espeluncas e *peep shows,* tomando cerveja de latinha e fumando cigarros enrolados a mão, num estado de felicidade ainda desconhecida. Em Londres, em Nova York não seria diferente, em todas as grandes cidades de uma sociedade que já tinha o futuro atrás de si, ruas sem nome nas quais o lixo se amontoava e, no meio de tudo aquilo, eles, *outsiders* que sabiam para onde ir, rebeldes de nascença. *Oh my corazón.* As punições por terem ficado fora de casa sem justificativas durante a noite vieram a galope, a do melhor amigo foi um mês de prisão domiciliar, a punição de Christian se manifestou em censuras de caráter moral, que ele chamou de chantagens, escuta aqui, não sou a muleta da sua vida. Pouco me importa, então só não permitam mais.

Como presente de aniversário para Jakob, a fim de lembrar os velhos tempos, o ticket sobre a mesa da cozinha foi a coisa certa, além do disco dos Mescaleros que eles ainda conseguiram terminar pouco antes da surpreendente saída de Strummer. Material autorizado pessoalmente por ele, nada que tivesse a ver com pilhagem de cadáveres. Christian foi até o fogão, onde o bule de café expresso borbulhava baixinho, abandonado. Uma vez que não havia xícaras limpas, ele pegou uma pequena taça de vinho da pia e a encheu, tirando açúcar do pacote com cuidado, um cabo de faca para mexer. Seus utensílios domésticos, na medida em que além dos CDs e livros se considerasse a louça, os talheres, mixer e aquecedor de imersão, estavam nos porões de Vera e de Jakob, uma cômoda da Ikea desmontada, prateleiras de metal da Bauhaus, e ele se arrepiava ao pensar que teria de voltar a pegar essas coisas, como se fossem um peso morto do qual enfim tinha conseguido se livrar. Sentou-se à mesa e abriu seu caderno de anotações. O cartão de visitas de Schillings caiu em seu colo e ele o enfiou na sobrecapa do caderno, fazendo o mesmo com o bilhete que Vera lhe entregara no escritório. Gregor Conrad, quem se chamava assim, um dos ex-namorados dela? Aquele crítico de música com o qual ela viajara ao festival de jazz, em Montreux? Um cara bem simpático, de fino trato, conforme ela dissera depois da volta, mas lamentavelmente sem uma centelha de potencial para um relacionamento. Christian digitou o número escrito no bilhete e acendeu um cigarro. Quando a secretária eletrônica emitiu seu bip característico, ele deixou seu nome, o nome de quem lhe dera a informação de que havia um quarto a alugar e disse que tentaria ligar de novo mais tarde.

SEGUNDA PARTE

Trezentos e oitenta sem calefação era o máximo que ele poderia pagar no momento; na verdade era demais. Além disso, não dava valor nenhum à aparência, até porque não precisaria receber ninguém. Carolin havia informado que na semana seguinte viria com um arquiteto para medir o apartamento e lhe fazer sugestões de reforma. Diminuir a dispensa da cozinha e uma ducha à parte no banheiro, com piso azulejado, sem rebordas e levemente afunilado (férias na Espanha); juntar os ambientes da parte de trás da casa, fazendo um dormitório amplo no qual se poderia embutir um closet. Ela parecia ter ideias precisas ao caminhar de um ambiente ao outro na visita que fizera antes do feriado de Pentecostes, detalhando a ele seus planos. Dizendo, às vezes mais para si mesma do que para Christian: vai ficar bonito, vai ficar muito bonito. Percebia-se em seu rosto como estava feliz por ter sido transferida de Sindelfingen a Berlim — ou será que o nome que se dava a isso no padrão de emprego que ela conseguira era diferente?, transferir soava tão antigo —, na condição de assistente da direção, e que o pessoal de Roland Berger queria encontrar para uma conversa no vagão-restaurante entre Frankfurt e Leipzig. Uma empresa de médio porte, da indústria de metalurgia mecânica, procura alguém que conhece o ramo automobilístico para dirigir os negócios, perspectivas internacionais, participação nos lucros. Caso tenha perguntas, converse conosco, estamos à sua disposição a qualquer hora.

Ele colocou uma segunda dose de expresso e olhou pela janela. O prédio de trás, cujos locatários haviam sido despejados, com sua porta de entrada coberta de ripas pregadas. Há algum tempo haviam colocado andaimes, mas até hoje não começaram a trabalhar, arrancar os aquecedores, as paredes divisórias de gesso. Ele vivenciara tudo, cartas de ameaça e canos estourados. *You can push us, you can shoot us, but you have to answer to, ahh, the guns of*

Brixton. Na multidão diante do palco, infinitamente feliz, enquanto milhares de vozes embarcavam no refrão. *Know your rights*. Um milagre ele não ter perdido os óculos na época, pisoteado, quando voaram de repente pelos ares depois de uma cotovelada. Entrar no *mosh* de óculos, que ideia, caras de adolescente que fugiram sorrateiramente de casa, vinte anos atrás. A campainha soou. Mas Christian não reagiu, às dez horas da manhã não viria nenhuma fada anunciando que ele ganhara na loteria, isso era certo. Entregadores de propaganda, serviços de correio, o indiano com seu cardápio escrito à mão, cheio de erros de ortografia. Mesmo a palavra 'barato' ele conseguia escrever com dois erres, tudo parecia ter dois erres pra ele. Abra quem quiser, eu não abrirei. Na mesa, um rádio tocava música, ele aumentou o volume a fim de ouvir as notícias. PRIMA BOY 80. A campainha soou mais uma vez... *no centro e no Tiergarten pode haver engarrafamentos e trânsito lento*. Por quê? *A polícia recomenda que se use o transporte público*. E isso por acaso é uma notícia? Ele passou a mão na testa, uma crosta fina acima da sobrancelha. A primeira coisa a fazer seria comprar curativos novos, depois arranjar o disco, quase um programa para o dia todo.

Barreiras de concreto protegiam a embaixada inglesa, a americana, veículos blindados, policiais de capacetes também blindados e coletes de kevlar, metralhadoras. No canteiro central ajardinado da Unter den Linden havia sido instalado um acampamento de barracas e lonas que se chamava acampamento da paz, *Peace Camp*, conforme podia ser lido em letras coloridas num lençol esticado entre duas árvores. Adolescentes distribuíam avidamente panfletos entre os passantes, turistas os filmavam e fotografavam. Grades de isolamento em vermelho e branco barravam a entrada para o Hotel Adlon e para a Pariserplatz; homens de ombros largos com botões nos ouvidos, pelos quais qualquer um que quisesse passar por ali precisava se justificar de maneira convincente. Credenciais de imprensa, cartões com chip. Uma fila de sedãs negros andava em alta velocidade pela Französische Strasse, alguns com giroscópios piscando sobre o teto, motocicletas pesadas em volta deles. O barulho dos rotores de helicópteros no alto, um matraquear constante no céu que não podia ser localizado com facilidade. Pouco a pouco, sirenes que uivavam pelas ruas se aproximavam sem se tornar visíveis, distanciando-se depois de uma esquina. O bip de radiotransmissores, micro-ônibus em cujas carrocerias podiam ser vistos uniformizados em verde que haviam tirado seus capacetes por causa do calor, entre eles muitas mulheres ainda jovens. Diante das grades de isolamento, uma troca de palavras em voz alta por que alguém não encontrava suas credenciais, a coletiva de imprensa aconteceria sem sua presença. Detectores de metal manuais com os quais os colossos da segurança tateavam em volta dos que esperavam, pastas e laptops tinham de ser abertos. Impossível passar para chegar ao centro, perturbadores da paz e manifestantes contrários não tinham a menor chance. Alarme máximo. Tudo poderia acontecer, simulações dos comandos de operação para que a reunião anual da OCDE acontecesse sem nenhum incidente mais grave. As personalidades mais importantes da economia mundial estavam hospedadas na capital alemã, negociações e jantares de gala, o que fazer com o aumento do preço das matérias-primas. Em casa, poderia se contar algo, fotos impactantes que perpassavam as telas como um *slide show* nas telas.

— Isso não é muito — disse Witzke enquanto mexia seu café. Quanto tempo precisa um cubo de açúcar para se diluir sem deixar o menor rastro? Nenhum ruído da colher no fundo da xícara.

— Mas é só somar um mais um — disse Klosters, que tinha à sua frente um copo de água tônica.

— Não trabalhamos com probabilidades — disse Witzke, e levantou seus olhos abruptamente. (Aos quais era necessário resistir.) — Não trabalhamos com talvez e com um vago *sendo essas as circunstâncias*. Nos interessamos apenas por fatos.

Óbvio, nada de tolas séries de indícios e sim fatos passíveis de comprovação. Fatos com a ajuda dos quais se pode esboçar um cenário previsível.

— Um passo depois do outro, os anões também começaram de baixo.

Um sorriso no rosto de Klosters, ele assentiu. Witzke cheirou o café como se tivesse de se convencer de seu aroma primeiro, depois bebeu cautelosamente um gole. Estava bom, assim.

— Onde o senhor fez essa cicatriz?

Klosters olhou para as costas de sua mão e passou o polegar sobre a linha larga e clara. Por sorte o cara não acertara os tendões daquela vez, apenas abriu a carne. Também no braço, estava bêbado demais para ferir alguém de verdade.

— Resistência à força da lei. Fiquei totalmente surpreso ao ver que ele tinha uma faca.

— Isso não ser — disse Witzke, e mais uma vez bebericou de sua xícara.

— Barulho e perturbação da ordem, e eu um principiante sanguinário.

— Um principiante sangrando.

— Falta de experiência.

— Esse seu Índio... Peço ao senhor que tente explicar um pouco melhor qual é a dele.

Klosters empurrou o copo de água tônica para o lado como se precisasse de lugar. Botou o maço de Dunhill do lado dele, seu clássico isqueiro Zippo, depois de ter acendido mais um cigarro.

SEGUNDA PARTE

— É ele quem tem a visão, o controle. O que deixa as coisas claras quando alguém lhe pergunta. Os outros são simplesmente ingênuos demais, bonzinhos demais pra entender como as coisas se passam por aqui. Quem controla tudo, do princípio ao fim, imprensa, sindicatos, quase como se no caso se tratasse de uma espécie de assassinato secreto. Acho que me observa como alguém que poderia lhe proporcionar acesso aos que estão bem no alto, não tenho ideia do que ele acredita poder conseguir com isso. Talvez atenção para alguém que é capaz de reconhecer as relações. O que incomoda apenas é que ele sempre precisa de dinheiro, coisa que por consequência, hum, acaba causando certos desconfortos.

— Inevitável.

Ainda que não fizesse nenhuma careta, o tom sarcástico da voz de Witzke não pôde deixar de ser percebido, a primeira emoção desde que Andreas Klosters se sentara diante dele. O terraço movimentado de um café na Kufürstendamm, que correspondia de maneira ideal aos princípios de Witzke de nunca se encontrar com quem quer que fosse no trabalho, não ser visto por lá com ninguém. Um empurra-empurra confuso entre as numerosas mesas, garçonetes nervosas em aventais brancos. Com um movimento de mão fugidio, instou Klosters a prosseguir, a dar profundidade e contornos à imagem além dos autos.

— Por outro lado, ele imagina que age seguindo um sentimento de responsabilidade, que sua motivação é de natureza moral e não simplesmente o vil metal. Tento lhe dar força nisso, ele nos repassa informações importantes que encontram a reação merecida no posto mais alto. E ele já age há anos nos bastidores sem pertencer de fato a qualquer espaço determinado, sem ter ficado em qualquer grupo por muito tempo. Provavelmente sua presunção seja um problema, ainda que ele, conforme soubemos, até agora não tenha despertado desconfiança em lugar nenhum. Pra eles, não deixa de ser uma figura digna de crença, esses oito meses preso em Tegel por causa de perturbação da ordem pública. Por meio de uma dessas organizações de ajuda a prisioneiros, conseguiu contato com as pessoas que estamos observando e participa regularmente de seus encontros, beliches e móveis construídos com as próprias mãos, o de sempre. Consegue se virar com o seguro-desemprego e algum bico eventual e, como não é mais tão jovem, por certo é tomado de vez em quando pela impressão de que as coisas estão indo para o brejo. Então passa a se mostrar taciturno, até mesmo patético. Não tenho certeza absoluta, mas acho que ele gosta de alimentar um caça-níqueis, ouvir o tilintar de um fliperama. No que diz respeito ao repasse em espécie, no entanto, é preciso ter cuidado; ele tem seu orgulho, se alguém tentar no momento errado ele se mostra suscetível como uma princesa a quem se faz uma oferta indecorosa. No mais, porém, é capaz de coisas grandiosas, porque, hum, conforme penso, esteve bem perto nos últimos dias, agora está faltando apenas o derradeiro passinho pra ele ultrapassar a soleira da porta.

— Isso o senhor já disse. Uma conversa ouvida secretamente, um encontro, um grupo dentro do grupo. E eu disse ao senhor: isso não é muito. Saber quem encheu de cola um caixa-automático da estação de metrô não chega a provocar ondas de entusiasmo em mim. Pra ser honesto, pouco me importa, me importa tão pouco quanto o famoso aumento em uma saca de arroz na China. Mesmo que suas suspeitas venham a se confirmar, dá no mesmo para mim. Não teríamos mais do que um pé lá dentro. O senhor diz: ao menos isso. E eu digo: temos de penetrar o ambiente com o que sabemos, essa é a questão. Buscar pontos de contato, tornar mais nítido o espectro das possibilidades deles, daquilo que pensam, até haver apenas mais uma ramificação lógica. A necessidade de ousar o máximo.

— Oito meses de cárcere na verdade são a melhor recomendação. A princípio seriam doze, construção de barricadas na Heinrichplatz, arremesso de pedras. Alguém que faz as coisas a sério, alguém cuja experiência pode ser aproveitada, sua firmeza diante do tribunal. Ele se recusou à redução da pena em troca de uma confissão, ainda que o tivessem acusado de perturbação da ordem à mão armada, de formação e chefia de quadrilha, toda a gama disponível. Mas, diante disso, ele se limita apenas a balançar calmamente a cabeça e diz: não, meus caros, assim não vamos adiante. É muito claro em qual direção as coisas andam, os espaços legais da oposição começam a ser reduzidos, a ponto de queimar farol vermelho daqui a pouco ser considerado ato terrorista. Resistência pra sobreviver como ser humano, essas coisas. Eu estou pronto pra isso.

— É preciso ouvir o clique. E alguém tem de ir na frente.

Witzke, que hoje usava uma camisa polo azul, apoiou seus cotovelos na mesa e deitou o queixo sobre as mãos unidas. Ligue a televisão e você saberá o que estou querendo dizer, ouça os discursos deles, uma vez apenas, as lamentáveis frases feitas que não se cansam de martelar, como se estivessem se sentindo em segurança absoluta.

— Ele mesmo já tomou a iniciativa de falar sobre o tema — disse Klosters e, depois duma última tragada, deixou o cigarro cair debaixo da mesa, onde (na falta de um cinzeiro), o apagou com um pisão. — Sugerir a eles algo que os ocupe. Que não largue mais a fantasia deles, porque parece lógico. Um sinal com visibilidade, chamas que se levantam aos céus.

Klaus Witzke nem se mexeu. Ali sentado, imóvel, no empurra-empurra em volta deles como uma escultura, a cabeça ainda apoiada sobre as mãos unidas. Mais de um quarto de século de experiência num ramo que devorava vorazmente seus colegas e informantes, uma fome insaciável por vítimas em todos os níveis, da qual ninguém era poupado. Não se tornar passível de chantagem de jeito nenhum era a regra mais importante do jogo.

— Sei que ele dispõe de certas habilidades. Química, física, como se abre uma fechadura com ácido nítrico. Como se explora um terreno, diversos mecanismos de detonação. Praticamente me ofereceu tudo isso, algum curso que fez no início dos anos noventa.

— Esse é o seu homem — disse Witzke, e se libertou de sua rigidez. — Foi o senhor que o trouxe e terá um determinado orçamento sobre o qual ninguém fará perguntas nos próximos tempos, eu garanto. Arranje pra ele o que precisar. Vejo aqui um projeto com chances de crescimento, um grupo que em pouco deixará pra trás a zona das colas instantâneas. Acontecimentos realmente importantes lançam de antemão sua sombra. Uma vez que confiam cegamente em si mesmos, atacarão alvos que parecem inalcançáveis, operações complicadas.

Klosters assentiu. Convença-o de sua importância, ele pensou, convença-o de que é capaz de dominar sozinho uma tarefa dessa grandeza. Que ainda se trata de outra coisa, que vai além de esclarecer um simples dano material. Uma dimensão política que o lisonjeie, agindo a serviço de Sua Majestade, a rainha do reino soturno das sombras.

— Criar oportunidades — disse Witzke, e tirou sua carteira da bolsa. — Oportunidades, nas quais se coloca sua sinceridade à prova.

Ele enfiou uma nota de cinco euros debaixo da xícara. — O senhor paga, está bem?

— Pode deixar — disse Andreas Klosters, e seguiu com os olhos o chefe que serpenteava pelas mesas em direção à Joachimsthaler Strasse, desaparecendo num piscar de olhos entre os passantes. Um encontro que jamais acontecera, nem mesmo em sua lembrança.

SEGUNDA PARTE

Amanhã de novo, pensou Nelly quando terminou sua ginástica, apenas dez minutos depois de levantar e suas costas vão agradecer. Parece que tudo sempre precisa de um impulso de fora, por si só nada fica bom. Como ela era desleixada com sua saúde — até um dia enfim ser tarde demais e ela ter de entrar na faca. Disso ela tinha medo, medo do corte, medo da cicatriz, medo de se sentir meio aleijada aos vinte e três anos. No banheiro, girou o corpo para lá e para cá diante do espelho, se examinando, contorceu seu tronco a fim de ter uma imagem do que talvez seria dela em alguns anos. Já não tocava em seu violoncelo fazia tempo, mas por outros motivos.

A passagem tinha três saídas, entradas, ele pensou, saídas, enquanto contava seus passos ao mesmo tempo. De onde se vem, para onde se quer ir, mera questão semântica. Cinquenta passos igual a quarenta metros, correndo se precisaria de algo em torno de seis ou sete segundos naquele caminho. Agora, contornar o quarteirão de volta, subir a Joachimsthaler até o antigo café Kranzler, cuja cúpula não fora derrubada por preciosismo nostálgico; olhar em volta e em seguida mergulhar de novo na torrente de visitantes. Como se a gente fosse arrastado junto, apenas um dos que vieram para comprar, para olhar, para fotografar — a construção semicircular do outro lado do grande cruzamento que realmente parecia uma fortaleza, ou um desses poderosos templos arcaicos, cujos altares se escondiam atrás de uma fachada monótona de janelas e colunas de pedra verticais. Swissotel, era o que estava escrito em cima, na quina do telhado, provavelmente quartos climatizados, nos quais não entrava nenhum barulho, nenhum ruído da rua. Salas de conferência e bares, executivos no lobby com seus computadores sobre os joelhos, interfaces transatlânticas. Numa gigantesca tela eletrônica na parte frontal do hotel um spot comercial se seguia a outro, vermelho sintético e chamejante que se derramava sobre os carros e pedestres, torrentes de outras cores que também pareciam artificiais, cabeças falantes cujos lábios se abriam, mudos, paisagens de férias, telefones celulares, endereços de internet — *um clique em seus sonhos.*

Algum jovem que nada mais tinha a fazer (conforme se acreditaria), de jeans, camisa estampada, bolsa a tiracolo, desviou seus olhos em diagonal daquele negócio instalado há pouco, para em seguida passear em meio aos incontáveis pedestres da Kurfürstendamm, até chegar à galeria de lojas atravessando um complexo de vidro e aço que acabara de ficar pronto. Dois, três prédios como profissão de fé dos investidores no futuro do Ocidente, potencial urbano que criminosamente não era aproveitado. Atrações que se amontoavam, cujo princípio era a transparência (nada de pesos aqui, que nos sobrecarreguem sem necessidade), palácios de escritórios e de negócios com pátios e áreas verdes, cafeterias e butiques.

Ele ergueu a cabeça como se estivesse observando as fachadas longas nas quais o sol se espelhava. Semelhante à proa de um navio, aquela coisa logo ali, uma barra que subia cada vez mais fina e que parecia não ser composta de outra coisa a não ser de janelas. Totalmente vazia, um totem de espaço e dinheiro, meios dos quais se dispõe conforme o gosto. Meios que se esbanja como bem se entende, que não chegam a ser uma questão para nós. Não, para vocês não, trinta e nove, vocês podem, quarenta, exatamente quarenta e um passos dessa entrada até o saguão da companhia aérea, um pouco mais curto do que o trecho medido há pouco, mas com bem menos opções na retirada; saindo pela parte de trás, com a Vespa de Holger se estaria em poucos segundos no Tiergarten para se misturar entre os fregueses diante do Schleusenkrug[9]. Detalhes que

---

9. Literalmente "Jarro da Eclusa"; um famoso *Biergarten* (restaurante com cervejaria e jardim, ao ar livre), junto ao Tiergarten, um grande parque no centro de Berlim. [N.T.]

ainda têm de ser verificados minuciosamente, a questão de segurança, quais imagens do centro comercial eles recebem na central, se há pontos cegos. A câmera um ficava em cima, numa armação instalada sobre a porta giratória, a câmera dois nas vitrines, uma terceira ficava logo em frente, ao lado da propaganda da e-plus, a número quatro onde havia uma passagem subterrânea ao pátio interno com os grandes viveiros de pássaros. E, claro, no último prédio da passagem, uma câmera abarcava o plano geral e gravava o que se passava no conjunto do complexo em formato miniatura, à qual não se conseguiria escapar de jeito nenhum.

O saguão era coberto de mármore negro-acinzentado, um longo balcão na recepção feito do mesmo material, um exagero de luzes que envolvia as portas dos elevadores com seu brilho metálico como se fosse um fenômeno extraterrestre. Como se logo em seguida fosse acontecer um contato imediato de terceiro grau, eles estão aí, querem se comunicar conosco. No meio do ambiente, uma lousa vertical sobre a qual, escrito à mão, era oferecido um assim chamado pacote de negócios, primeira classe — promoção de última hora. Raios de luz ofuscantes sobre o chão polido, à esquerda e à direita bancos de couro caríssimos. Será que alguém se senta neles? Por favor, espere aqui até ser chamado para a sua deportação, enquanto isso talvez possamos lhe trazer um café, chá, pois bem, como preferir. Não há dúvidas de que as vidraças são blindadas e por certo o alarme reage ao menor toque, não mais do que um, no máximo um minuto e meio até a segurança chegar correndo. O máximo da confiança, o horror. Com uma mordaça na boca, enfiar as pessoas no avião e depois submetê-las ao porão das torturas em solo pátrio. Tirou o celular do bolso e bateu algumas fotos andando, no café depois da passagem subterrânea ele anotaria os detalhes mais importantes.

À noite por certo tudo é diferente aqui, pensou ele bebendo um cappuccino, sem a multidão de pedestres, os fregueses em frente aos bares, lá fora, toda essa gente sentada sobre os bancos de pedra do pátio interno e olhando para os pássaros no viveiro. Dúzias de aves batendo asas nas duas gaiolas metálicas, periquitos e patos ornamentais, pequenos faisões. O melhor mesmo seria atravessar a passagem mais uma vez à noite, hoje ou amanhã, como um casalzinho de namorados talvez, a fim de descobrir as posições dos homens da segurança. Aliás, caso tenham posições fixas. Esboços. Talvez, em caso de necessidade, também se possa passar pela terceira saída, a que leva à estação Zoologischer Garten, para depois pegar um trem regional e sumir. Os movimentos terão de ser coordenados respeitando até mesmo os segundos, sem permitir atrasos ou hesitações. Toucas ninjas, porque pelo menos três das câmeras estão viradas para as vitrines, a velocidade seria tão importante nessa ação como em nenhuma outra antes. E o risco também não podia ser comparado com o das outras investidas. Mas aqui o efeito simbólico seria maior, no coração da cidade em reconstrução, no cerne da visão de um sistema sem perdas por atrito. No centro nervoso do novo capitalismo. Mesmo que calarem a respeito, nós estávamos ali, nós viremos de novo, a consciência da humanidade.

Quando Christian passou pelo Friedrichstadtpalast, o telefone tocou no bolso de sua calça. Um toque vibrante, como se fosse o de um aparelho de um antigo filme de Hollywood, um ruído em branco e preto, plano fechado. Ele parou e atendeu:

— Eich.

Já haviam se encontrado, foi o que a voz disse do outro lado da ligação, depois de ter mencionado seu nome, nesta ou naquela oportunidade, só na redação no passado é que infelizmente não havia sido possível.

— Certo. Acho que agora está muito tarde.

SEGUNDA PARTE

O homem riu. Uma espécie de riso. Jamais se deveria dizer muito tarde, até porque todo o final também significava um novo começo. Se ele respirasse um pouco?

— Tenho um compromisso às doze — disse Christian, e olhou para o relógio. Bem plausível.

Está bem, e ele foi breve, uma revista, cujo tema central eram as artes plásticas. Como se sabia, a pintura estava vivendo um Renascimento, aliás, a arte contemporânea como um todo, o boom era sem precedentes e era tempo de abordar essa tendência com uma nova publicação. E a partir do projeto, amarrar a questão a temas que normalmente eram tratados na parte, que ele não se incomodasse com a palavra (que palavra?), na parte de *lifestyle*, mas de qualquer forma, e isso ele fazia questão de ressaltar expressamente diante dele, sempre no âmbito dum discurso atual, produtos orgânicos, empregos na internet, apenas para mencionar dois exemplos (e por um momento ele perdeu o fio da meada), portanto sempre no âmbito de debates prementes que poderiam ser apresentados mensalmente a um público amplo, claro que com as devidas sequências de imagens.

Christian passou as costas da mão na testa, secando o suor.

— O senhor está me deixando curioso.

Fazia bem ouvir isso. Mas o mais interessante era que o financiamento já estava arranjado e agora já passariam a correr a todo vapor para o número zero. Uma nova necessidade de orientação, um segmento surpreendentemente amplo que até agora não fora coberto por nenhum veículo impresso, *Art and Fashion*, *Art and Politics*. Se ele, Christian Eich, pudesse imaginar que chegaria a ponto de ingressar no projeto (formulação bem atraente), haveria abertura absoluta para sugestões de temas, uma reportagem, talvez uma entrevista com algum artista. Já estava pensando há tempo nele, mas sabia, por si mesmo, como eram as coisas, que o trabalho acabava consumindo a gente.

Concordar de cara com a proposta era proibido. Christian encostou a bicicleta a um poste. Diante do Revuetheater, do outro lado da rua, ônibus de viagem vindos do interior estacionavam, veículos novíssimos com vidros fumê. Matinês assim no meio da semana? Ele ouviu seu nome.

Ele ainda estava na linha, alô...?

— Estou sim.

Acabaram se entendendo sobre uma queda no sinal.

— Parece bem interessante. Quando começa?

Haviam estabelecido, o que Christian entendeu depois de um pigarreio, meados de setembro, que como prazo de publicação para o primeiro número, bem perto da feira em Berlim, era sem dúvida excelente, no momento estavam ocupando as novas salas da redação, dando os últimos retoques. Eventualmente, poderiam se encontrar.

— Claro. — (Esse daí tem dinheiro, todo mundo sabe.)

Que tal na próxima semana, será que Christian poderia dar uma olhada em sua agenda?

— Um segundo, eu poderia... — ele seguiu com os olhos uma fila de micro-ônibus cheios de policiais que com giroscópios azuis ligados, mas sem sirenes, seguiam em direção à estação do trem regional, alguma coisa estava acontecendo ali, por certo. — Segunda à tarde?

Perfeito, disse o outro, ele sugeria o Morena Bar, aquele café na Spreewaldplatz, por acaso o conhecia?

— Ao lado da piscina, não?

Haviam se estabelecido em Kreuzberg, porque apenas lá haviam encontrado espaço ideal para o trabalho, a começar pelo tamanho. Uma hora está bom?

— Uma hora no Morena Bar, aguardo ansioso.

Ele também, e depois um leve zumbido no telefone.

SEGUNDA PARTE

Decoração, pensou Christian, que se quer ver enobrecida, telas de acrílico sobre sofás de importantes designers. Como o cara chegou ao meu nome, será que estou tão mal assim? Manter uma tropa móvel de ataque que pode ser ativada em caso de necessidade. A questão era até onde se podia encarecer, cada palavra teria de ser muito bem paga. Quando nada mais importa, não há nem mais a reputação a perder.

Ele subiu em sua bicicleta, passou pela ponte Weidendamm, logo voltou a descer porque o trânsito se engarrafou; ao que parece, haviam bloqueado a rua diante da estação ferroviária. Na calçada, um amontoado de gente, pelo visto nem mesmo os pedestres podiam passar. Alguns motoristas estavam em pé ao lado de seus carros, outros buzinavam, enquanto mais à frente os primeiros já davam a volta e vinham ao seu encontro. Figuras esfarrapadas que haviam acampado na estreita faixa de grama junto ao Palácio das Lágrimas[10] pediam esmolas aos passantes, cachorros que fuçavam por todos os lados. Aquilo era uma oportunidade, valia a pena acordar da bebedeira na qual passavam seus dias e suas noites. Se suas roupas não estivessem tão rasgadas e eles mesmos não estivessem tão sujos, poderiam ser chamados de punks, punks que a vida na rua havia transformado em mendigos, alguns bem além dos trinta, alguns mal saídos das fraldas. Cintos cheios de rebites e botinas de cadarço pretas e pintadas, jeans que muitas vezes apenas continuavam unidos por seus buracos. Incontáveis garrafas espalhadas pela grama arenosa, sacos de dormir duros de tanta sujeira, embalagens plásticas, um fogareiro de acampamento. Latas vazias. Alguns dormiam como que anestesiados em meio a toda aquela confusão

---

10. O *Tränenpalast* é hoje uma casa cultural. É o nome que os berlinenses davam ao ponto de passagem entre a antiga Berlim Oriental e Berlim Ocidental, na estação da Friedrichstrasse (ainda do lado oriental). A origem da designação é o veto a viagens ao Ocidente, a que estavam submetidos os cidadãos da ex-RDA, que se despediam dos visitantes do lado ocidental nessa estação. [N.T.]

um homem de membros estranhamente retorcidos debaixo de uma lona verde que eles haviam estendido entre as árvores capengas. Papelão, uma cachorra que amamentava seus filhotes.

— Não tenho nada — disse Christian, quando alguém olhou para ele. — Ei, me deixe em paz.

Ele seguiu empurrando sua bicicleta através da multidão para enfim, como muitos antes dele, ser parado diante de uma corrente de policiais. Seus equipamentos — ombreiras estofadas e caneleiras, proteções brilhantes ao peito — auferiam aos homens e mulheres atrás dos escudos de plástico algo de inseto, seres de quitina, ali parados, imóveis, porque o comandante do espaço assim lhes ordenara. O barulho que se ouviu de repente foi como se alguém falasse ao megafone no saguão envidraçado da estação ferroviária sobre a Friedrichstrasse, depois soaram coros de vozes dos quais não se entendia uma sílaba sequer, bater rítmico de palmas. Precisam tomar cuidado para que os tiras não tranquem a saída por baixo, ainda que a estação fosse suficientemente grande para escapar por algum lugar, escadas rolantes, saídas para todos os lados.

Um policial com um radiotransmissor nas mãos respondeu com um não à pergunta se era possível passar por ali agora, não, pra trás.

— Só quero comprar um disco no centro comercial, ali na frente.

— Pra trás.

Ao que parece era difícil para ele falar frases inteiras, a tensão, o calor. Fazer manifestações justo num tempo daqueles, uma vergonha. E não adianta nada, no fundo, por experiência própria. Christian sacudiu a cabeça e deu meia-volta com sua bicicleta, ao longo do Spree sobre a Weidendamm, simplesmente ridículo, tanto esforço por nada.

SEGUNDA PARTE

Pela manhã, Jakob às vezes não sabia que dia da semana era, se tinha de dar aula ou não, se tinha de levar Catherine à creche ou não, enfim, de nada. Uma sensação de apatia, como se tivesse isopor dentro da cabeça, o pensamento mais simples demandava um esforço que lhe parecia quase insuportável. Morto de cansaço e acordado como nunca ao mesmo tempo minutos antes de o despertador tocar. Preparar o café da manhã, cuidar de Catherine, cuidar para que ela se vestisse enquanto Séverine ficava sentada no sofá da sala e amamentava o pequeno. Depois dessas noites, batia fome, não tinha jeito. Ele bebia um chá, cortava uma maçã em pedacinhos para Catherine, tostava duas fatias de pão branco para ele mesmo — que acabava não comendo, não naquele momento. Não, ele não leria nada para ela, não, nada de fita-cassete, sim, pode olhar o livro por mim, sim, as figuras são bem bonitas. A palestra, fazer as compras para a festa. Daria certo de algum jeito, ele dissera a Séverine, será que por causa de Mathieu teremos de mudar toda a nossa vida, meu Deus do céu, cuidarei dele se for mesmo necessário. Além disso, todos sabiam muito bem que naquele ano havia um período, por assim dizer, *écoute-moi*, no qual não poderia haver nenhuma festa noite adentro, nenhum campo de batalha em todos os ambientes da casa depois dele. Ele fez uma lista de bebidas (para Séverine e Corinna, espumante sem álcool), uma lista com os ingredientes da sopa de gulash e das saladas, estimou os custos, decidiu que seria melhor fazer compras sozinho, e melhor ainda se fosse logo depois de ter deixado Catherine na creche. Entre ambas as atividades, dois expressos e compra de aspirina na Drospa, a caixa grande do banheiro já estava vazia de novo, aos poucos tudo começava a dar medo.

Quando voltou, havia um bilhete sobre a mesa da cozinha: *Fui à casa de Corinna com Mathieu, buscamos Catherine mais tarde, beijo.*

Ele escreveu no verso: *Fui à universidade e fico por lá até o fim da tarde, cinco beijos*, então Jakob tirou as coisas do carro e as guardou onde havia lugar, cerveja e vinho, espumante, sucos de frutas, uma sacola cheia de petiscos. Seis vezes quatro lances de escada, carregador de móveis era mesmo uma profissão para dias mais frescos.

Depois de ter tomado uma ducha, vestiu uma camisa limpa e pegou alguns livros, o computador, fragmentos impressos de sua palestra no congresso. Ainda precisaria de um bom tempo de trabalho, pouco afeito a discursos festivos como era. O que no entanto não necessariamente significava que recuaria um centímetro sequer em suas convicções, da teoria que pensava expor — por uma literatura da guerra. As errâncias de Pentesileia sobre o Calvário do Estado, um diálogo intensivo a partir da aniquilação contra a aniquilação. Jakob enfiou uma garrafa de água mineral numa sacola de plástico, mais duas maçãs e uma caixinha de palitos de fósforo que encontrou ao lado do fogão. Não conseguira resistir no caixa da adega e pegou um maço de cigarros da prateleira, Séverine não precisaria ficar sabendo. No momento tudo parecia se acumular, uma fase de estresse que tinha de ser superada. Fumar um cigarro, tranquilamente, em sua sala. E apenas em sua sala.

Três cigarros até o fim da tarde, isso era perfeitamente justificável. Sobretudo porque o trabalho evolui, quando os fragmentos começam a adquirir nexo que o todo por cima passa a fazer sentido. Movimentos de fuga, movimentos de fuga fracassados, massacre. Esse ponto poderia ser desenvolvido no dia seguinte. Jakob imprimiu o que havia escrito e acendeu um último cigarro, o de número quatro, mas era senhor da situação. Tinha tudo sob controle, pensou, sem problema. Antes de ir para casa, ainda mandou a lista de leituras que havia prometido a Nelly no dia anterior (fora no dia anterior?), uma cópia de seu arquivo sobre Jean Paul. Mas não se disperse, aconselhou a ela, você já deve conhecer muitos dos textos de nosso curso. *PS: sexta-feira vai ter uma festinha lá em casa, não quer vir? Meu aniversário, mas por favor não precisa de presente. Me alegraria em ver você. Jakob. PPS: A partir das oito.*

Pelo menos uma pessoa com menos de trinta anos, que idade tinham mesmo Sven e Corinna? Do contrário, sempre as mesmas pessoas. Mais uma dessas perspectivas que não queremos admitir.

O dia correra bem. Exatamente como ela o imaginara, como o planejara. Em seis meses o trabalho deveria estar terminado, com a disciplina requerida ele poderia ser feito. O que havia de material em seu computador, em esboços manuscritos para cada um dos capítulos em pastas plásticas de diversas cores, a coleção de citações num fichário de mesa, era mais do que o bastante em termos de volume para preencher cerca de cem páginas — na verdade o mais importante era organizar todo aquele material, separar do resto o que poderia aproveitar agora. E o resto, aliás, poderia ser guardado para mais tarde, para uma tese de doutorado ou coisa assim. Caso Jakob chegue algum dia a conquistar uma cátedra em alguma universidade para orientá-la. Levantar, fazer ginástica, quatro a cinco horas diante da tela do computador, fazer uma pausa lá fora, depois continuar. Evitar interrupções, tirar o telefone da tomada. As outras coisas teriam de ficar para trás nas próximas semanas, sem contar as duas tardes no arquivo de Zechbauer e os preparativos para a breve viagem à Suíça, alguns encontros que eram inevitáveis. Se não tiverem compreensão para tanto, por favor, não estou casada com vocês. Também posso ir à Staatsbibliothek, pensou, me sentar na sala de leituras, se a casa cair sobre minha cabeça. Se ficar difícil de se concentrar e esse aperto que de vez em quanto tomava conta de seu corpo como se ela estivesse sempre encolhida num canto do quarto e esperasse apenas pelo momento certo. Para se revelar. Quando menos esperava, ao tocar violoncelo certo dia, um fantasma maligno que lhe roubara o ar. Desde aquela vez até aprendera a dominá-lo na medida do possível, mas ele não se deixava vencer. Tomar ar fresco na maior parte das vezes já ajudava, correr à rua imediatamente, assim que os menores sinais se faziam perceptíveis.

Ela botou uma panela de água no fogão para cozinhar massa. Taglioni com pesto de alho porró, a taça de vinho à qual tinha direito hoje. Ter percorrido o primeiro trecho de um percurso que ela mesma se impusera encheu Nelly de satisfação, de um sentimento de tranquilidade e completude que há tempos não sentia. Como antigamente, quando enfim conseguia tocar algo durante o exercício, algo que parecia tentar havia uma eternidade, uma sequência de tons, uma fricção de arco, um som que era realmente puro a seus ouvidos. Livre, leve e solta num tempo absoluto, quase insuportável. De vez em quando tão amedrontador que ela temia ficar presa àquela sensação. Não exagerar, se alertava na época, deixar tudo de lado quando a música foge do seu controle. Quando o nó se ata em sua garganta. O melhor nesses casos era parar totalmente, pois o sentido da coisa era outro. Não este, em todo caso.

Ao comer, ela folheou uma revista com a programação cultural, música, teatro, cinemas em ordem alfabética, algo especial para hoje? O cinema fsk[11] tinha a vantagem de ficar logo na esquina, mas já vira o filme que estava passando. No Eiszeit[12] não havia nada que a interessasse, no Babylon também não. Restava o Arsenal como último num raio capaz de ainda ser superado por sua pouca energia, na sala um o filme já começara, na sala dois o filme começava apenas em uma hora e, mas o quê, ah, um filme de Gianni Amelio, que ela não conhecia e, além disso, em italiano, maravilha, *Porte*

---

11. Cinema de Berlim, na Oranienplatz (praça). [N.T.]
12. Literalmente "Era do Gelo", conhecido cinema de Kreuzberg. [N.T.]

aperte. Em Roma, Francesca do quarto ao lado a convidara espontaneamente a ver *Lamerica* com ela no Azzurro Scipioni e as duas se emocionaram tanto que continuaram discutindo diante do café da Via del Volsci depois de fechado, metade em italiano, metade em francês, porque simplesmente era inimaginável simplesmente voltar para o albergue. Ao final, os rostos dos albaneses no vapor escandalosamente lotado, planos fechados de fugitivos isolados que se destacavam em meio à multidão, voltando a transformá-los em homens depois de serem apenas manchetes de jornal. A retrospectiva da obra quase já havia passado, do contrário teria visto todos os filmes de Amelio, com certeza.

Num átrio gigantesco, dois elevadores de vidro levavam do andar subterrâneo do Sony Center, quase inaudíveis, até em cima, loucos, pensou depois da apresentação, passar justamente aqui os melhore filmes. Nas catacumbas da alta tecnologia, imagens digitalizadas. Contratos de locação e permissões de construção em troca de um pouco de cultura acima dos andares de estacionamento. Nelly tirou o cadeado de sua bicicleta, que acorrentara a uma barra de metal brilhante diante do foyer da sanofi~synthelabo, agora um espaço quase sem ninguém, tomado por uma luz branca e fria.

De que ela se lembrava? Cenas dos anos trinta, um juiz que tem de esclarecer o assassinato de um funcionário do fascismo. E que vive sozinho com sua filha num grande apartamento cujas persianas estão sempre fechadas para proteger o ambiente do calor do verão. Uma atmosfera tão escura quanto a época na qual se passava a história, ora, ora, *Porte aperte*, portas abertas, o título soava em seus ouvidos como um comentário cínico sobre a mata espessa de corrupção e ciúmes na qual o homem sempre acabava se embrenhando em suas investigações, até por fim desistir, ser obrigado a desistir de levar os verdadeiros culpados ao tribunal. Gian Maria Volonté, era esse o nome do ator, fumando um cigarro após outro numa estrutura de dominação impenetrável. Crimes que eram acobertados bem lá no alto, todo mundo sabe, ninguém move uma palha. Depois do prédio que parecia um antigo arranha-céu em Chicago, Nelly dobrou na Stresemannstrasse para em seguida andar para casa sem nenhuma pressa. Cascalho rangendo sob suas rodas quando ela andou ao longo do canal, no gramado junto ao hospital Urban ainda havia algumas dúzias de pessoas sentadas e deitadas, música de aparelhos de som, gargalhadas, sussurros e depois o cheiro de linguiças e carvão em volta deles no ar morno.

Bonito quando se tem alguém com quem se pode ficar junto em noites como aquela. Alguém com quem se adormece, em cujos braços se acorda pela manhã para imediatamente voltar a se amar. Mas não porque se acredita, falsamente, que a dois a coisa é mais simples, essa fábula grotesca. Ou apenas por desejo, como foi com Marcello, que logo em seguida não é capaz de nada e incomoda sem parar. No posto policial em frente à sinagoga de Kreuzberg, ela desceu da bicicleta e a empurrou para o pavilhão de lanchonetes bem iluminado ao lado do Kotbusser Damm. Não tinha mais água mineral em casa e estava com sede. Já diante da porta de sua casa havia bebido metade da garrafa.

Não era apenas o vazio que parecia aumentar qualquer ruído, também a escuridão colaborava. Tudo agora dava a impressão de ser duas vezes mais alto que de costume, cada passo, cada porta que se fechava atrás dele. Na sala, foi se sentar na última fila e ficou ouvindo. Às vezes, conseguia identificar um estalo em algum lugar, como se nas paredes altas, no teto, no piso houvesse uma tensão que se descarregava à noite. Um gemido inesperado da sacada que mal conseguia lidar com seu próprio peso. Toneladas de material sobre sua cabeça, uma bateria de holofotes, caixas de som das quais a voz ecoava de volta ao palco levemente distorcida durante o trabalho com microfones e fones de ouvido, como se viesse de um segundo eu escondido nos fundos do ambiente. Um outro eu fora do corpo que repetia o que acabava de ser dito uma fração de segundo mais tarde. Você está louco, havia sido a resposta estúpida de Igor, quando certa vez chamara sua atenção para esse fato absolutamente indiscutível. Uma voz fina, não muito alta, mas que podia ser percebida de modo mais do que nítido. Mais ou menos como as luzes de emergência sobre as portas que formavam pequenos halos bruxuleantes na escuridão e podiam ser vistos de longe. De qualquer lugar na plateia, sempre com a mesma intensidade.

A ideia de estar sozinho no teatro tomara conta dele desde o princípio, botara sua fantasia para trabalhar como não havia conseguido nas semanas anteriores. Pouco se importava com o que os colegas diriam, podiam falar o que bem entendessem, ele sabia de tudo sobre eles e sobre si mesmo. Quer dizer, sabia que contestariam tudo e refutariam suas descobertas como pura imaginação que podia ser ignorada sem o menor problema. Porque estavam todos mancomunados com os técnicos, com os iluminadores e com a supervisora que os induzia a mentir, a negar, dizendo que não se tratava de efeitos do eco ou de retardamentos acústicos normais e sim de personificações que repetiam literalmente cada uma das sílabas que eram ditas. Que as modificavam, programadas para vigiar e distorcer, praticamente desde fevereiro e independentemente de encenarem *Trainspotting* ou *Hedda Gabler*.

Ele se levantou e caminhou lentamente até o palco que permanecia aberto e vazio diante dele. Seus olhos já haviam se acostumado à escuridão como num quarto de grandes dimensões e com o negror de pesadas cortinas. Mais claro do que as escadarias sem janelas, mais claro também do que o vestiário no qual havia esperado ao lado do armário até que o porteiro terminasse sua ronda e fosse para casa. Não tinha certeza se fazia parte daquilo, era preciso observá-lo para não excluir levianamente qualquer possibilidade. Na rampa, ele levantou os olhos para o desvão, as armações de metal sobre as quais dois iluminadores se arrastavam para lá e para cá durante a apresentação, provavelmente enviando sinais especiais aos eus das vozes. Tirou o cantil com conhaque do bolso de seu casaco e deu um gole. Essa era a explicação para seu colapso e não o excesso de trabalho ou o que quer que ainda tenham afirmado na clínica, senhoras e senhores especialistas. Já na época a ideia de que havia alguma combinação que dizia respeito a ele, determinados olhares e sinais de mão que trocavam às suas costas. Ridículo dizer que era uma espécie de alcoólatra que não conseguia mais coordenar seus cinco sentidos e acabaria se perdendo de tanta tremedeira. O mais importante era, primeiro, deixá-los acreditar que ele não tinha a menor noção das manobras que pretendiam deixá-lo louco.

Bateu nas paredes, investigando. Na parte de trás da sala, debaixo das poltronas, soltou uma das ripas do chão e enfiou seu canivete no vão que se abrira. Subiu à ponte de luz sobre o palco e tateou ao longo de um grosso emaranhado de cabos que saía da mesa de controle e se dividia em direção a cada um dos holofotes. Por uma escada estreita, subiu em seguida até a plataforma onde ficavam os controles das cordas, um quadro cheio de interruptores identificados com pedaços de fita crepe escritas. Acendeu um fósforo e leu as abreviações, *hidr. 1*, *hidr. 2, hidr. 3, cen. lat. I-IV*... rastros incontáveis que precisavam ser identificados antes de serem apagados de novo, novas ordens e frequências. O suor corria por seu rosto, estava horrivelmente quente ali em cima, perto do telhado. Mas o trabalho tinha de ser feito, um sistema que destruísse o sistema deles a partir de dentro. E a luta apenas havia começado, ainda precisaria de várias noites para destrinchar todos os meandros do complô que eles estavam planejando. Por exemplo, onde esconderam os microfones e antenas.

Seu relógio mostrava que faltava pouco para as quatro quando voltou ao vestiário. Estava bêbado e cansado como um cão, subir aquelas escadas todas lhe exigira um bocado de força. Mas sua sensação lhe dizia que estava no caminho certo, um caminho que mais cedo ou mais tarde o levaria ao objetivo. Informar a imprensa já não fazia sentido, o desmascaramento tinha que seguir com um rufar que acordasse todos os que até então ainda duvidavam de que eles estavam entre nós.

Ele tirou a camisa e se secou com um lenço que achou em cima da mesinha de maquiagem. Esvaziou a garrafa. Às onze havia ensaio e até lá ele ainda poderia dormir ali e descansar do esforço que fizera nas últimas horas.

Vozes atrás da própria voz, uma tensão elétrica que evoca ondas de som na condição de linhas azuladas e trêmulas.

Saber tudo a respeito era importante. Realidade.

Penetrar nas camadas secretas deles.

Indispensável para poder sobreviver neste mundo destroçado.

Vai sair caro, foi o primeiro pensamento de Christian ao quebrar a coroa de seu molar durante o café da manhã no Letscho. Sem manifestar nenhum sinal antes, sem se fazer perceber por uma dorzinha, uma mexida ou o que quer que fosse, apenas ouviu um ranger e logo o pedaço de porcelana já estava na palma de sua mão em meio a um bolo mastigado de baguete com presunto. Caro, mesmo que ele ainda tivesse plano de saúde. Pelo menos não se podia ver nada de fora, conforme constatou aliviado mais tarde diante do espelho do banheiro. Não conseguiu repor a coroa provisoriamente e se limitou a enrolá-la num lenço de papel que enfiou junto com suas coisas de toalete na sacola do supermercado Lidl. Talvez ainda pudesse ser usada, talvez não fosse necessário fazer uma nova. Se no futuro as coisas andassem pelo menos uma única vez como desejava que andassem.

Em sua mesa dobrável ele pegou uma folha de papel da impressora e dividiu a superfície ao meio com um risco de caneta. À esquerda escreveu, entre outras coisas: aluguel (2x), Paris, trem para Kassel (na medida em que não for pago adiantamento), dente, e à direita: Catálogo Winterthur (700), honorários por 1. Congresso de Mutantes, 2. Encontro de teatro, 3. Inauguração da galeria, Guia de restaurantes (?). Grandezas absolutamente difíceis de serem calculadas. Caso Jens consentisse em pagamentos semanais, na melhor das hipóteses em dinheiro vivo, o Volksbank não teria chances de saldar o negativo da conta com seu dinheiro. O papo constante sobre o limite da linha de crédito que agora havia sido atingido e não permitia mais novas transações. Aliás, absurdo querer falar em linha de crédito quando se tratava de dois mil euros, só o uso da expressão, pensada para somas bem diferentes, era uma vergonha. Vinte mil. Ou um milhão. Se você tem dívidas de milhões com eles, é recebido em audiências privadas, céticos entre si que por se preocuparem profundamente com os empregos perdidos buscavam juntos uma solução para a lamentável situação. Uma perua Polo em vez da Mercedes, o primeiro passo para sair da crise.

Caso o encontro em Paris ou em qualquer outro lugar na França realmente desse certo, ele precisaria de dinheiro, de um carro, se possível de um celular francês. Aliás, sobretudo do último, a fim de que as ligações não caíssem. Um cartão pré-pago da empresa de telefonia deles, isso deve existir. Christian dobrou a folha e a enfiou no bolso da calça. Como se isso tivesse alguma importância, anotações às quais ele pretendia voltar durante as negociações à tarde. Em seguida, tentou mais uma vez ligar para Gregor Conrad, mas assim como no dia anterior e nos outros dias ouviu apenas a voz feminina e sintética, o fantasma onipresente da secretária eletrônica. Repetiu do que se tratava e depois disse seu número, *se o quarto ainda estiver vago, gostaria de dar uma passadinha aí.* O que será que o cara fazia o dia inteiro? Ouvia discos? Não era de admirar que as coisas não davam certo com ele em uma relação, como fora mesmo que Vera dissera, nem uma centelha de potencial, potencial de relacionamento? O que queria dizer com isso, aliás, era fácil imaginar, porém ela mesma não era exatamente um modelo no mesmo assunto. Depois de breves reações de rejeição por incompatibilidade dos tecidos, o paciente entra em coma. Mas ainda é sempre melhor do que aguentar uma doença grave com toda a consciência e sem perspectiva de cura. E também por isso precisava acabar tudo com Constanze Erdinger, seu ilusionista. Pode esquecer.

Christian ligou o computador e botou um CD no drive, Bright Eyes. Depois da primeira música, começou a escrever, não deixaria a mesa até terminar o capítulo. Ou, digamos assim, até de noite na hora de sair.

— Jakob ainda tem muito que fazer na cozinha — disse Séverine, e levou Christian até a sala, onde (com uma leve pressão) o fez sentar no sofá de couro preto.

— Cerveja?

— Por que não?

Quando ela voltou com a garrafa, sentou-se ao lado dele e convidou-o a brindar com ela.

— Sem álcool — disse ela, e fez careta para Christian antes de botar a taça de espumante sobre a mesinha de vidro diante deles.

Do outro lado, uma parede inteira de livros, estantes de madeira preta nas quais estavam arrumados sistematicamente, na parte inferior as obras de arte e catálogos. Exposições que haviam visitado juntos, Cy Twombly e Paul Klee.

— Tudo bem?
— Devo reclamar?
— Se quiser, fique à vontade.
— Estou um pouco perdido — disse Christian. — Como se tivessem trocado as placas de rua por todos os lugares onde passo. Na verdade, a gente sabe onde está, mas de repente o nome do lugar é outro.
— Não preciso entender exatamente o que você está dizendo, não é?

Ela se recostou no sofá e voltou o rosto para ele.

— Bom ver você.
— Estou horrível.
— Extremamente sexy, eu diria.
— Porque você gosta de mulheres com olheiras que adormecem no meio da conversa.
— Acha que isso acontece comigo?
— É claro que não — disse Séverine, e passou a mão nos cabelos dele. — Ouço tão pouco de você. Jakob se limita a dizer ele está viajando, ele está escrevendo, ele está se virando.
— Quer dizer que aos olhos de Jakob eu me viro.
— Desculpe, me expressei mal. Ele diz que você sabe se virar.
— Eu me viro — disse Christian —, vamos falar a verdade. Eu ando em círculos, bato a cara na parede, o que mais se poderia dizer...
— Você *bateu* a cara em outro lugar, isso sim.
— Mas não precisamos contemplar isso simbolicamente. Aliás, a cicatriz chama a atenção?
— Apenas se olhar com muito cuidado, não se preocupe.
— Se você diz...

SEGUNDA PARTE

Séverine sorriu. Seu sorriso da Normandia, como Christian o chamava com seus botões desde que a vira pela primeira vez com Jakob; sardas, olhos azuis, caracóis loiro-arruivados e um rosto claro e alongado. Como Sandrine Kiberlain em *Ter e não ter*, ele pensou, céltica ou algo assim. Mulher na tempestade, junto ao mar.

— Estou de olho num negócio que acho que é dos grandes, o problema é que provavelmente eu seja o único que acredita nisso. Mas estou fascinado como há muito tempo não estive. Pessoas que há vinte ou trinta anos correram riscos que hoje voltam a persegui-las. Jakob contou alguma coisa?

Séverine fez que não.

— Também não sei em que medida a coisa já está madura a ponto de poder ser contada. Uma série de elementos que ainda precisam ser associados para se estar na hora certa, no lugar certo. Investigações das quais ninguém deveria ficar sabendo até se ter encontrado uma das pessoas procuradas para poder lhe fazer as perguntas. Como é viver com uma história que todo mundo acabou esquecendo. Ou da qual não se quer mais se lembrar. Apagar e reescrever, o de sempre.

— É algo que tem a ver com política.

— Política e psicologia. E também tem a ver com um sistema do silêncio e da sobrecarga. Mas sobretudo do silêncio.

— Não direi nada — disse Séverine —, minha boca é um túmulo.

— Não é isso que estou querendo dizer.

— Tudo bem.

Ela o beijou na face, olhou-o com seus olhos azuis e um semblante cheio de afeto, uma sensação de ternura, como dois que jamais puderam se tornar um casal (ou ainda poderão vir a sê-lo em um futuro incerto) têm um para com o outro, seja lá por quais motivos. Não era a primeira vez, pensou Christian, que Jakob tirava a sorte grande em Paris ao ter encontrado Séverine na Cité Universitaire, e eles souberam de um dia para outro que seriam um casal. Um continente de aquisições e vivências cotidianas, união íntima. Filhos pelos quais se é responsável como que naturalmente, uma casa de férias perto do mar Báltico e noites de natal com papel de presente e velas de verdade. Será que já se nasce para uma vida assim? Será o destino?

— Aliás — disse ele —, acabei mais uma vez no negócio dos guias, se lembra de nosso passeio ao campo?

— Fizemos mais do que um passeio ao campo.

— Uckermark, as montanhas de batatas assadas naquele boteco de aldeia, soa familiar?

Séverine fez uma careta e emitiu um ruído que soou como um bocejo. Depois riu.

— Quase como naquela época. Porém com a diferença fundamental de que não preciso entrar em nenhum dos botecos. Só virtualmente. Temos fotos, o cardápio, algumas dicas do dono do bar. Ainda preciso negociar como será a questão dos vale-drinques.

— Vale-drinques soa interessante. Se por acaso planeja trocar com alguém, eu me candidato.

— Acho que melhor não — disse Christian, lembrando das narrativas de Jakob. — Como está Mathieu?

— Pergunte apenas como eu estou. Espero muito que ele durma a noite inteira hoje. Queria me divertir um pouco.

— Nós vamos nos divertir, não se preocupe.

Ela pegou seu copo da mesinha e bebericou.

— Já estou sentindo como o álcool sobe à minha cabeça.

— Só tome cuidado.

Séverine olhou para alguns dos convidados que acabavam de entrar. A bolha universitária, pensou Christian, na companhia de uma amiga de Jakob um cara de cabelos raspados que ele também conhecia de passagem pois Jakob o apresentara. Timo de Klingenthal, na Saxônia ("para que você saiba o que é uma sina") que escrevera um livro sobre os quadrinhos e desenhos animados da Alemanha Oriental, talvez tenha sido até uma tese de livre-docência. Um outro, mais jovem, também de preto, com uma garrafa de vinho nas mãos e parecia estar procurando taças.

— Vou dar uma ajudinha pra ele — disse Séverine, e se levantou. — Até mais tarde.

Aos poucos, o ambiente foi se enchendo, alguém (não era Thomas Wiegand?) se meteu a lidar com o tocador de CDs, logo em seguida soou música baixa, música de festa, Yo La Tengo. Realmente era Wiegand (que há anos conseguia arranjar fontes de financiamento para projetos dos mais duvidosos, mestre na arte da apresentação e da conquista de qualquer comitê, a curto ou longo prazo) — ele deu a entender a Christian com um movimento de mão que o havia visto e logo em seguida se voltou para uma mulher que segurava seu copo de cerveja, enquanto ele mexia no aparelho de som. Por favor, onde esse bebum consegue arranjar esses mulherões? Um vestido de festa verde, justo, e cabelos ultracurtos e ultraloiros, como se um minuto atrás tivesse descido do palco de um clube de jazz. *Stormy weather, since my man and I ain't together, it's raining all the time.* Mistérios que seriam solucionados apenas no fim dos tempos, enigmas celestiais.

Todos formavam grupinhos, estavam parados a dois, a três, conversavam, bebiam, apenas Christian ficou sozinho, sentado no sofá. Sem vontade, ele pensou, quando se deu conta disso não sabia o que teria a dizer àquela gente. E ninguém parecia estar querendo algo com ele, a ninguém teria ocorrido a ideia de lhe fazer companhia. Depois de ter arranhado metade do rótulo da garrafa, decidiu enfim ir para a cozinha para dar a Jakob, que simplesmente não aparecia, seu presente enrolado numa folha de alumínio. E fumar um cigarro. Além disso, ainda aguentaria uma cerveja e ela agora lhe parecia urgente. Totalmente urgente.

No corredor, uma fila de pessoas conversando, entre outras coisas:
— Oh, não.
— Oh, sim.
Nadja Montanus, que ele encontrara...
— Quando foi mesmo?
— E onde?
...pela última vez no século passado. Mais ou menos.
— Ouço apenas coisas interessantes sobre você.
— Tem certeza? Não está me confundindo com alguém?
— Nunca se sabe. Nós...
— Estamos falando da mesma noite.
— No ateliê de Stopper. Foi horrível.
— As bebidas terminaram logo... — Christian deu de ombros, empurrou o queixo para a frente, interrogativo, depois se abraçaram.
— ...como se precisássemos disso para digerir a leitura pública —, disse Nadja e recuou um passo a fim de contemplá-lo da cabeça aos pés. — Não, não confundi.
— Nunca mais fui para lá — disse Christian. — Quem organizou aquilo?
— É preciso dar uma chance a quem tem talento. Oferecer espaço. Acho que a ideia foi de Stopper e ainda hoje o valorizo por isso.
— Ele só comprou pouca bebida. Talvez não devesse ter cobrado entrada.
— *Você* pagou entrada? Que eu me lembre foram apenas contribuições espontâneas, o vinho, o queijo, o pão.

— Está a fim de me atormentar? Fique à vontade, estou bem no clima.

— Nos falta um motivo para isso. Mas eu não lamento nada, do contrário, eu teria muito a fazer.

— Muito?

— Um bocado. Aliás, como nós todos.

Um estoque de imagens que se divide, convergências no espaço e no tempo, boatos, avaliações. O que se agarra por acaso, o que se conta, algo que está gravado em algum dos meandros do cérebro. Nadja abriu uma editora, herdou e joga pela janela o que poupou. Exatamente essa, você por certo conhece Nadja Montanus, a ex-namorada de Lukas, quando Lukas ainda estava na universidade, como assim, então Lukas algum dia esteve na universidade, mas é claro, foram algumas semanas nas quais a gente se via muitas vezes sem ter combinado qualquer encontro a sério, sem esperar nada, uma visita ao museu, uma noite na Volksbühne, no enorme ateliê de Stopper no Tempelhofer Berg. Com Jakob e Wiegand, na época, que era um grande amigo dele. De Stopper.

O jeito de Nadja sorrir, divertida, um sorriso de rosto inteiro que tinha em si algo entusiasmante. (Palavras completamente fora de moda: de aquecer o coração, toda traquinas.)

— Você virou editora...

— Se você tiver um livro, pode me mandar.

— Então é assim tão simples?

— Passe por lá e me entregue, estou planejando o catálogo do segundo semestre.

— Vou buscar uma cerveja na cozinha, depois continuamos a conversa.

— A cerveja está na banheira.

— Preciso fumar.

— Nos vemos daqui a pouco.

— Com certeza — disse Christian, e Nadja voltou para sua conversa anterior.

Por que as coisas eram assim? Como se a gente estivesse em órbitas galácticas que se cruzam por um instante a cada quatro anos e isso estando ambos numa cidade. Na mesma e única cidade. Que além do mais se reduz a este e aquele bairro com uma dúzia de ruas. Vizinhanças que vão além de continentes e quem a gente encontra no primeiro dia em Williamsburg, num café da Bedford Avenue? E apenas ali, não em Queens e não em Mannhatan? Um colega de quem já se pensava que a terra o havia engolido. Visitar galerias. Morar na casa de alguém cujo artigo, cuja namorada, cujo irmão se conhece. Endereços eletrônicos e números de telefone rabiscados à margem de jornais que depois de seis semanas se transformam em sequências sem sentido de números e letras, nomes sem rosto. Como diariamente se toma a decisão de ligar mais tardar amanhã para ao final das contas mais uma vez não fazê-lo. O que Christian lamentava nesse momento, perguntava-se por que o contato com Nadja havia se rompido tão de repente, mal haviam começado a fazer alguma coisa juntos. Encontrar alguém com quem a gente se entende já de primeira era raro demais, alguém com quem as coisas não ficam logo maçantes. Interesse por tudo, inclusive as coisas mais estranhas. Com quem se pode ficar em silêncio sem ter a sensação de ser lançado ao vazio, queda livre no interior das próprias limitações. Mais do que isso não se podia exigir, era quase utópico.

Posso passar? Obrigado, obrigado. Manobras de esquiva, e agora? Quem é essa daí?

Uma mulher estava parada ao lado da porta da cozinha, apoiada à parede do corredor. Ao passar por ela, não olhar de soslaio seria pedir demais. Estava sozinha ali, com uma garrafa de cerveja nas mãos, como que isolada dos outros que se espalhavam em volta dela. Sua camiseta branca tinha uma estampa às costas, letras vermelhas cheias de volutas estilo Coca-Cola e que formavam uma palavra que ele jamais ouvira. Língua inventada, pensou Christian, extremamente original. Quando os dois estavam bem próximos, aqueles cabelos louros e aqueles óculos, ela olhou para ele de repente, sentira que um olhar a fitava. Que alguém se dava o direito de olhar para ela sem permissão. Sem lhe perguntar antes se podia fazê-lo, que passa por sua cabeça?

Involuntariamente, ele ficou parado. A inocência em si, que à noite enfia o cotovelo nas costas de pessoas totalmente estranhas. Porque também não se pode conversar, não se pode fazer uma simples pergunta.

— Olá — disse ela indiferente, e bebeu um gole.

Não deixava de ser uma ideia estranha da parte de Jakob convidar uma estudante qualquer para sua festa de aniversário. A senhora tratamento preferencial com a qual se encontra regularmente no escritório para tomar uma xicarazinha de chá, alguns biscoitos para acompanhar e depois acaba expondo o todo compreensivo professor. A formulação era tão proibitiva que Christian teve de sorrir (amarelo) — quer quisesse, quer não.

Nenhuma ressonância, nenhuma ligação para entabular conversa. Só as pálpebras dela que bruxulearam de leve, enquanto continuava olhando para ele. Sem demonstrar nenhum sinal de surpresa.

— Sempre há alguma porta perto da gente. — E ele apontou com o polegar para a direita.

— É?

Palavras com menos de uma sílaba não existem. Foi você quem disse olá, ou fui eu?

— Só que dessa vez nós dois estamos do mesmo lado.

— Sorte nossa — disse ela. Afastou-se da parede e puxou a camiseta até o cós das calças. Uma calça preta, risca de giz de cintura baixa.

— Quando não se é cauteloso, acaba se metendo em problemas.
— A gente mesmo os arranja.

Essa impressão eu também tenho, pensou Christian, e de um segundo para outro as coisas passaram a se tornar incalculáveis. Percebeu que a garrafa nas mãos dela ainda estava quase cheia, como se ela tivesse bebido o primeiro gole apenas na presença dele. Seus olhos eram de um verde incomum, turquesa por assim dizer, que já chamara a atenção dele na sala de Jakob. Também na parte da frente da camiseta havia algo escrito, a mesma palavra ao que parece, cujo significado ele no entanto evitou perguntar. Não tinha à mão mais nenhuma resposta espirituosa.

— Vou andando — disse ele.
— Ninguém está impedindo você de fazê-lo.

Entre todas as outras vozes, retalhos de conversa, a música que vinha da sala até o corredor, a voz dela soava um tanto enérgica demais para a indiferença que ela pretendia mostrar. Um mundo de vontades de afirmação e colisões.

— Tenho de ir ali pra frente...
— Você tem de fazer o que tem de fazer — ela o interrompeu e mais uma vez se recostou à parede. Olhar para alguém sem de fato vê-lo. Christian ergueu as sobrancelhas e entrou na cozinha. Impossível que ela o tenha seguido com os olhos, ela não. Uma ideia totalmente errada, nada mais do que o vício burro de agradar aos outros.

Se você, com seu prato... der um pequeno passo para o lado, perfeito. Sempre no burburinho, no qual o empurra-empurra é com certeza maior, a lei primeira de qualquer festa desde que o homem faz festas. Sobre a grande mesa de madeira, bacias de salada e tábuas de frios e queijos, pão árabe, baguete, cachos de uvas e duas tortas virginais, que já apareciam cercadas freneticamente por garrafas de espumante vazias. Na panela sobre o fogão, sopa, gulash ou *chili con carne*, na medida em que isso poderia ser deduzido a uma certa distância (em termos de consistência). Jakob estava nos fundos junto à janela e contava histórias. Com ele, dois, três homens que se derramavam por causa do final bem contado de uma piada.

— Estávamos esperando você, por onde andou todo esse tempo?

Holm Reinsdorf e Daniel Porath assentiram manifestamente a fim de emprestar a ênfase adequada à pergunta de Jakob.

— Que tal algo gelado?

Jakob abriu espaço diante da geladeira e pegou uma garrafa de Budweiser de uma das gavetas de legumes.

— Essa eu guardei especialmente pra você, simples assim.

Christian abriu a garrafa com seu isqueiro e eles brindaram.

— Ao doutor Schüssler — disse Porath. — O futuro se ilumina.

— Com certeza — disse Christian, e estendeu o pacotinho a Jakob. — Meus parabéns.

— Aí tem algo diferente daquilo que suspeitamos — disse Reinsdorf, que usava pesados anéis de prata representando caveiras em ambas as mãos, insígnias de um tempo no qual ainda não fazia parte do conselho acadêmico e sim era baterista de uma banda que chegou a fazer algumas pequenas turnês por clubes ingleses. Não tirou os anéis na entrevista de seleção, o que lhe rendera muitos pontos a favor. Cabelos pintados de preto, como que roídos por ratos, o filósofo do Speed Metal.

Porath se curvou à frente e cheirou a folha de alumínio.

— Ou talvez ainda esteja fechado, por garantia aduaneira.

— Daria muito trabalho — disse Reinsdorf, e tocou o ombro de Porath. — Você está se comportando de maneira horrível.

— Eu sugiro liberar agora mesmo o conteúdo das especulações de vocês — disse Jakob, dizendo baixinho a Christian: — Não precisava mesmo, muito obrigado.

Depois de ter olhado o CD, maravilha (que ele descanse em paz, disse Daniel Porath), Jakob entreabriu o envelope branco no qual estava o bilhete de entrada. Puxou-o um pouco para fora usando o polegar e reconheceu imediatamente do que se tratava. Radiante, se voltou para Christian.

— É para mim?

— Pra quem mais poderia ser.

— Você me traz uma alegria e tanto com isso — e abraçou Christian brevemente —, uma alegria e tanto. Onde conseguiu?

— *Massa e poder*. Incompreensível, mas ao mexer por aí, ele acabou caindo do livro.

— Você guardou a entrada.

— Não me pergunte como foi parar na obra de Canetti.

— *White Riot* — disse Reinsdorf —, no fundo bem lógico. Você pode me mostrar?

— A questão era carisma — disse Jakob — e se alguém o tinha esse alguém era Strummer. O abençoado da revolta. Ainda hoje me arrepio todo quando ouço *Spanish Bombs* ou *Sandinista* e não sinto vergonha por isso. Podem entender o que digo como uma confissão pública, sem problemas.

— Eu perdoo você — disse Porath enquanto contemplava o bilhete nas mãos de Holm. — Essa por certo foi a última turnê que ainda fizeram juntos.

— Os caras do Clash eram capazes de se integrar e essa era a razão de seu sucesso. Não exigiam demais de ninguém. Não quero dizer que a música deles era um punk barato... Mas, ainda assim, vamos ser honestos, não deixava de ser *mainstream*.

— E qual é o problema nisso? — perguntou Jakob e tirou o bilhete das mãos de Reinsdorf. — Você nunca mais vai tocar nele.

— Por acaso os adolescentes de Brixton ouviam o Clash? Ou será que não são apenas fantasmas da classe média da resistência política? Um falar representativo que não chega a alcançar quem de fato interessa.

— Como se chama essa teoria, Escola de Paris para Principiantes? Com uma dose de Stuart Hall mais um fundo comum de *Cultural Studies* e jornalismo musical? Você precisa voar um pouco mais alto para nos impressionar.

— Com certeza não. Até porque *Combat Rock* foi um dos primeiros discos que comprei para mim. Já que estamos fazendo confissões... Embora hoje em dia eu não tenha mais do que uma leve noção de como foi que isso aconteceu, há chegadas bem mais miseráveis na cultura pop aos doze ou treze anos de idade. Mesmo em termos musicais, disso ninguém duvida. As alternativas eram de amargar na época, vocês sabem do que eu estou falando. Provavelmente o mau gosto dos anos oitenta seja um dos capítulos mais sombrios da história da humanidade. Cada repetição do programa Fórmula Um[13] em alguma reprise noturna da televisão me deprime a ponto de eu não aguentar mais e talvez fosse necessário passar as fitas desses programas em sessões terapêuticas em vez de perguntar por mamãe e papai, talvez isso tivesse efeitos catárticos melhores. Ou apenas botar a música e de repente você se lembra de tudo, sim, foi ali que começou, a partir dali as coisas começaram a acontecer de maneira estranha. Estou querendo dizer que um procedimento assim seria óbvio, ainda que naturalmente exista o perigo de o paciente entrar em colapso, porque seria demais para um único ser humano suportar. As cores e penteados, os sintetizadores, esses pesadelos feitos de cenários oscilantes e pop do mais apático para acompanhar batendo palmas. Acho que se tem de ser muito cauteloso nisso.

---

13. *Formel eins*, no original. Programa de música da década de 80 (1983-1990), do canal aberto ARD. [N.T.]

— Mas é claro — Christian ouviu Porath dizer —, começar com Shakin' Stevens e depois ir subindo o nível aos poucos.

Olhar para alguém sem vê-lo. Afastar os cabelos da testa na porta da cozinha e ao mesmo tempo olhar em direção ao vazio, um olhar que aparentemente passeia sem objetivo e que mesmo assim registra cada detalhe e viu tudo que quis ver. Um gole de cerveja, um toque de leve na garrafa que depois se deixa de lado, cruzando braços diante do peito. Ela se apoiou no batente da porta e voltou o rosto na direção dele em meio perfil, outros na frente, que entravam ou saíam. Suas sobrancelhas eram um tantinho mais escuras do que as mechas castanhas dos cabelos que lhe chegavam aos ombros — o que aliás lhe caía bem, muito bem; por que, Christian pensou, e por que ninguém tenta conversar com ela? Está parada ali como se tivesse sido encomendada e ninguém houvesse buscado. Enquanto ele acendia um cigarro, Jakob disse:

— Vocês não devem esquecer que foi nosso primeiro show, era o mundo pra nós, depois disso nada mais foi como antes. Ao alvorecer, de trem para...

— Como assim, ao alvorecer?

— Porque — Jakob deixou que Reinsdorf enchesse sua taça — perdemos o último trem da noite. E uma madrugada na estação central de Düsseldorf já era um acontecimento. Você se lembra? (Uma velha história.) Não ir para casa logo, não depois de uma experiência dessas. Na idade da pedra da mídia, a gente nunca os via, a não ser na capa de algum disco ou, dadas as circunstâncias, no Rockpalast. Não precisa fazer caretas, Porath, você também ficou sentado diante do aparelho de olhos arregalados. Não havia outras plataformas eletrônicas, não havia displays, não havia monitores que pudessem me fornecer as imagens desejadas. Isso pra não falar das músicas, da disponibilidade. A arte da fita-cassete em sua mais alta florescência, como a gente as etiquetava com cuidado depois de ter procurado, selecionado e gravado durante horas as músicas certas para os momentos certos. Se ela não entender *isso*, a gente pensava, é porque não tinha mesmo de ser. Um sistema de gravações fechadas entre as quais não poderia se inserir nem deletar material conforme o gosto. Tudo ainda era rigorosamente preso ao seu lugar, físico, palpável. Música e imagens tinham um peso, um determinado volume externo para o qual era necessário encontrar lugar ao serem guardadas, metros de estante que nos sinalizavam à primeira vista, aqui provavelmente haja tesouros armazenados, aqui alguém investiu seu dinheiro em bom gosto, num saber e numa medida que invocavam a mais fervorosa admiração. Ajoelhar-se imediatamente e examinar o material.

— E hoje você sente orgulho do hardware — disse Porath (em sua condição de tradutor do inglês numa pequena empresa especializada em marca-passos) —, da diferença na capacidade dos equipamentos, ainda que, não tenho ideia, nesse sentido daqui a pouco talvez se chegue ao limite.

— O limite — disse Reinsdorf, se deliciando enfaticamente com as palavras — tecnicamente jamais será alcançado. Antes disso, alcançaremos a fronteira do absurdo, porque em algum momento poderá ser armazenado tanto em tão pouco espaço que não se saberá mais pelo que procurar num momento concreto. O que aliás acaba ajudando, quando não se constrói hierarquias facilmente distinguíveis, limiares e filtros na infinidade de dados. Triste, dor universal, voz masculina, instrumentalização econômica: e já soa em seu iPod da sexta ou da décima segunda geração uma música de Bonnie Prince Billy, incluídos os encartes, carreira artística, problemas com drogas e com o casamento. O princípio da delegação substitui o princípio do monopólio.

PARTE DA SOLUÇÃO

Como se fosse em câmera lenta (pensa Christian, enquanto se lembra daquela noite) ela virou repentinamente a cabeça em sua direção — mas mesmo assim rápido demais para ele conseguir se desviar de seu olhar. Como se ele a estivesse observando. Teria uma intenção que era menos nobre, ou pelo menos uma intenção. Mas nada disso, a gente simplesmente olha, sem perseguir um objetivo. Um olhar que se dissolve no espaço e em suas coordenadas, um olhar que nivela distâncias, como se a gente estivesse parado frente a frente de uma hora para outra. Muito séria (decidida demais) para ele conseguir botar na cara um sorriso espontâneo que o livrasse da sensação de ter sido surpreendido e precisar se explicar. Seria por que ele não ficara parado com ela, seria por que ele a magoara com algo em seu comportamento — a segunda justificativa lhe pareceu, tendo em vista o que ocorria ali, tão inadequada quanto a primeira, à qual se poderia chegar por si só; ideias que nada tinham a ver com a situação, mas que sabiam muito bem invocar o olhar dela com facilidade. Olhar para onde ela estava, como se no momento não houvesse nada mais importante, como se existisse uma espécie de culpa que ele queria expiar agora mesmo.

Como foi mesmo que Jakob a chamara... em sua sala... *Nelly*, ele dissera, *a coisa vai ficar muito boa*. Exigências que tinham de ser cumpridas em seu mundo, do contrário não teria aceitado orientar o trabalho. A ciência da literatura. Um tremor nervoso em sua boca, pelo menos isso, que num passe de mágica deu movimento a seu rosto. Quem aguentar mais tempo, ganha.

— Estou falando com você — disse Jakob, que lhe deu uma pancada nas costas. — Precisa nos mostrar assim tão abertamente seu desinteresse, justamente no dia do meu aniversário?

— Ele descobriu alguém — disse Daniel, e olhou por sobre os ombros de Christian para a porta da cozinha.

— Bobagem. Pode parar com isso?

SEGUNDA PARTE

Reinsdorf passou a mão nos cabelos, cujo corte lembrava o de Bert, da Vila Sésamo, ou Don King, o empresário de boxe. Será que com a idade que tinha ele fazia aquilo sozinho diante do espelho?

— Estávamos discutindo qual foi o grupo que se apresentou antes — disse ele. — Jakob diz que foi o Plan B, mas no bilhete não há nada sobre isso.

— Sim, eles se apresentaram sem se anunciar.

— Nem você acredita nisso.

— Sou a pessoa errada — disse Christian, deu uma última tragada em seu cigarro que quase havia acabado e o enfiou na garrafa de espumante vazia. — Como é que eu ainda poderia me lembrar disso?

Quando nenhum dos outros três se manifestou, ele prosseguiu:

— O ser humano tende ao exagero e, quanto mais tempo atrás alguma coisa se passou, mais ela passa a brilhar. Não me excluo. A estação central de Düsseldorf na condição de Times Square, propagandas em neon, dançarinos de *hustle*, drogados, e a qualquer hora aquele trânsito e seu rumor infernal. O mesmo vale para o show, eu me vejo em uma multidão alucinada entrando no mosh e acompanhando refrões aos berros, se você hoje me disser que não foi na Philipshalle e sim no CBGB, não em algum parque industrial alemão de merda, e sim na Bowery, eu responderei, pode até ser, aliás não há dúvida, uma noite inesquecível em Nova York.

— E daí? — disse Reinsforf. — O que isso nos ensina?

— Não me pergunte coisas que passaram há vinte anos e lá vai pedrada.

— Mas bem que poderia ser. Poderia ser que sua atenção era maior na época do que depois de décadas de embotamento pelo abuso de determinadas substâncias e por leituras erradas. Vou pesquisar tudo na internet amanhã.

— Faça isso — disse Jakob —, você vai se surpreender.

Uma mulher pediu a eles que abrissem caminho porque ela queria ir até a geladeira. Suco e água mineral, uma bacia de salada de frutas.

— Tem um cigarro?

Enquanto estendia o maço a Jakob, Christian olhava para trás: tão disfarçadamente quanto era possível, na condição de componente fugidio de um giro (um giro necessário) em volta do próprio eixo. Ela havia desaparecido, aquela Nelly com sua camiseta vermelha estampada. Ninguém mais na soleira da porta, apenas cabeças e bustos no corredor. Talvez um dos convidados tivesse falado com ela, convidado para ir se sentar com ele em algum lugar.

Vozes, música no meio, empurrões. De vez em quando, a campainha tocava, um rascar surdo como se houvesse um chumaço de algodão no ouvido. Reinsdorf encetou um monólogo que tratava de páginas estranhas da internet, se ninguém o interrompesse ele acabaria falando em Throbbing Gristle em um ou dois minutos, em mudança de sexo e satanismo na condição de estratégia de subversão, e no livro que pensava escrever sobre o assunto já há tanto tempo. Todo mundo já sabia disso, ainda que ele sempre enriquecesse suas teorias com novas formulações, com achados de publicações obscuras e boletins de seitas paranoicas que ele assinava. A morte de Brian Jones, que na verdade foi um assassinato, New Labour na condição de projeto de maçons, experimentos farmacológicos secretos. Caso tivesse uma queda para esse tipo de absurdo, nada melhor do que a companhia de Holm, era necessário apenas estar no clima. Sem se distrair por questões que surgiam na cabeça, obrigatoriamente se impunham, um nervosismo obscuro, inexplicável.

Será que já fora para casa, aborrecida com uma festa na qual não conhecia ninguém? Como já acontecera diante do bar na Schönhauser Allee, Christian de repente se sentiu corresponsável por uma situação que fugia a seu controle, que não havia causado e que pouco poderia lhe importar. Pelo menos naquela noite. Não levara nem uma cotovelada nas costas, nem metera a maçaneta nas costelas de alguém. Se informar sobre o significado da palavra na camiseta dela, pensou, não seria ilógico, seria uma possibilidade de contato cujo caráter inofensivo haveria de chamar a atenção até mesmo de uma ranzinza como ela.

No final do corredor, ao lado da porta da sala de estar, havia uma cômoda em estilo imperial que Séverine trouxera consigo da França. Ou, mais exatamente, uma peça de herança que recebera de presente de casamento da casa de seus bisavós em Evreux. Corria o boato de que depois da retirada das tropas prussianas teriam encontrado a sacola de pão de um oficial numa das gavetas, linhas históricas que perpassavam os séculos. Combinavam com isso as fotografias em porta-retratos verticais de diferentes tamanhos e origens que cobriam a cômoda, pais e mães, filhos e filhos de filhos de várias gerações, frescor do verão junto ao mar e diante de cenários montanhosos, mais de uma dúzia de fotografias de grupo e retratos.

— Família.

Nelly, curvada sobre as fotos, se ergueu bruscamente. Um susto, surpresa, também indignação se espelharam em parcelas iguais em suas feições, alguém ousara se aproximar sorrateiramente.

— A gente não consegue se livrar dela — disse Christian. — Uma massa das mais obstinadas.

Podia-se ver o movimento por trás de sua testa, uma investida de ideias que se contradiziam.

— Jamais convidada, mas sempre tomando parte na mesa.

Pálpebras trêmulas e um sorriso apenas insinuado. Que pouco a pouco — ele parecia ter acertado um nervo — se mostrava mais receptivo até virar um sorriso aberto e sincero num rosto belo e de uma hora para outra totalmente descontraído.

— Tios e tias que aparecem do nada quando há algum aniversário de casamento ou festividade semelhante. Como se essa fosse a razão de sua existência, nos obrigar a fazer alguma coisa. Laços consanguíneos.

— Com ênfase no laço — disse ela, e afastou duas mechas louras de seu cabelo para trás das orelhas. — Exigências que jamais podem ser justificadas.

Christian assentiu e agora ele também sorria. *Razorin*, a palavra na camiseta dela. Francês?

— Se não houvesse cidades, estaríamos perdidos.

— Berlim é grande o suficiente?

— Distante o suficiente — disse ele, e enfiou as mãos nos bolsos da calça. — Talvez exista uma fórmula com a qual seja possível calcular a distância necessária. Uma espécie de margem de segurança.

— Caso se conheça as variáveis. Todas as variáveis que possam ser importantes.

— Infância feliz, terror na escola, algo salva?

— Depende da unidade de medida e dos sinais de ligação. Dos pesos que se dá às coisas. Somar ou multiplicar?

— Tanto uma como outra.

— Isso não é uma resposta. Além disso, ainda estávamos falando da família. Da família em si.

Ela bebeu um gole de cerveja, sem tirar os olhos dele. Olhos verde-turquesa atrás de lentes de óculos nas quais os pontos de luz se espelhavam, movimentos de sombras às costas de Christian. Nos fundos do corredor. Parecia ser a mesma garrafa, com certeza já morna àquela altura.

— Por mim, podemos falar de doenças. Sintomas e chances de cura. Não sei se quero mesmo fazer isso agora.

— É tão ruim assim?

— Dá pra aguentar. Aliás, na nossa fórmula precisaria haver necessariamente um fator tempo, permanência, local do encontro, todos os presentes. Trata-se de um casamento, um enterro, um aniversário de oitenta anos? Ou será que se encontra apenas os pais, dadas as circunstâncias? Isso quando se tem pais. Isso quando ainda estão vivos. E daí surge um valor de tolerância que teria de ser determinado. Alguma designação correta.

— Parâmetro — disse Nelly, enquanto seu olhar passeou brevemente sobre os ombros dele em direção ao corredor, como se estivesse procurando alguém ou esperando por alguém. Depois voltou a olhar para ele, abrupta e repentinamente, sem qualquer anúncio prévio.

— Vamos fazer alguns testes e patentear os resultados. Ninguém fica sem número, tão importante quanto todos esses dados biométricos na identidade. Raio e tempo máximo de estadia na zona de perigo. Uma hora a mais e a dose de radiação mata você.

— Mas são dois.

— Que dois?

— Valores. Números. Ou nós os unificamos ou nosso projeto já começará a tropeçar no princípio.

— Deixe-me pensar.

Ela baixou seus olhos e fixou um ponto na altura da boca de Christian, a testa franzida. Seus lábios se mexiam de um modo que mal podia ser percebido, uma espécie de tensão, nervosismo inato. Como o tremer de suas pálpebras cuja pele era fina, levemente avermelhada. No pescoço, via-se uma veia pulsando, um pescoço esguio e enérgico abaixo de um rosto de malares largos e rasos. Um rosto eslavo, Christian pensou, será que se pode pensar isso? Assim como estava parada ali, a palavra estranha em sua camiseta não podia mais ser lida, as letras distorcidas pelas curvas dos seios. Uma calça de risca de giz de cintura baixa. All Star preto. Os olhares dos dois se encontraram mais uma vez, de novo como que vindos do nada.

— O melhor — disse ela — seria desenvolvermos um novo projeto. Um com menos variáveis desconhecidas. A família também não me interessa o suficiente, a relação entre esforço e sucesso.

— Sucesso — disse Christian quase sem fôlego, porque por um segundo sentiu que o ar lhe faltou —, como ele pode ser medido?

Ela ergueu suas sobrancelhas estreitas que pareciam ter sido afinadas, mas provavelmente não eram. Ele sentiu uma pressão na garganta, dores ao engolir, totalmente absurdo. Como se estivesse diante de uma comissão de inquérito que pretende ouvir determinada coisa.

— O que significa sucesso, afinal de contas?

Ela deu de ombros, bebeu, botou a garrafa sobre a cômoda atrás dela.

— Aplausos do lado certo, um ativo considerável. Sobretudo em nossa sociedade, a última coisa. Como critério de verdade, incorruptível e objetivo. Quem ainda duvida disso ou é revolucionário ou artista, socialmente inútil, um verme. Mas revolucionários hoje em dia se tornaram mercadoria em falta. Mercadoria que é necessário agachar pra alcançar, bem na parte de baixo das prateleiras. Ou nem isso, nem há procura, pois não há oferta. Talvez não seria burrice contemplar a possibilidade de venda já durante a concepção.

— Qual é o seu nome?

Ela o olhou, desafiadora.

O que se responde a uma pergunta dessas? Nome de três sílabas.

— Não entendi.

— Christian — disse ele, em voz tão baixa quanto antes.

Um assentir de cabeça, como se fosse uma confirmação. Ela cruzou os braços sobre a inscrição em cima de seus seios, letras vermelhas onduladas. Como é o *seu* nome, eu sei, não preciso perguntar. Não espere isso de mim, caso você esteja realmente esperando algo nesse sentido.

— O sucesso tem a ver com a felicidade — ela hesitou, olhou brevemente para a sala de estar, *Nelly, a coisa vai ficar muito boa*, até prosseguir falando calmamente, em voz clara e segura: — Não na condição de pressuposto ou efeito colateral, mas sim como objetivo final. Uma vida feliz que não esteja mais vinculada a coisas. Comprar reconhecimento todo mundo pode, não se pode definir sucesso dessa maneira. E felicidade muito menos.

Ela está falando a sério, o som de sua voz, seu rosto. Vai apostar nisso?

— Opor uma coisa à outra é uma tentativa barata. Todos buscam a felicidade, todos buscam sucesso e todos, sem exceção, buscam tanto dinheiro quanto as circunstâncias lhes permitem. Ou até mais do que isso. Só que as circunstâncias ficam cada vez mais difíceis, para não dizer que estão tão ruins como jamais estiveram para algumas pessoas. E o que será isso, a felicidade? Todo mundo tem um conceito próprio para ela, um conceito que na maior parte das vezes não é compatível com o do vizinho. Com o do meu vizinho. Esquece.

Enquanto ele dizia as últimas palavras, ela fechara os olhos, um rastro de antipatia, uma dorzinha leve que a desagradava se desenhou em suas feições contraídas; em volta de sua boca, seus lábios cheios pareciam tremer.

— Se não é capaz de nenhuma abstração, podemos de fato esquecer tudo isso. Você transforma um vestígio de realidade num ponto de referência absoluto. E, num golpe de mágica, declara que alguns efeitos são fatos inabaláveis. Felicidade — ela enfiou uma das mãos no bolso da calça, apoiou a outra, com o polegar para a frente, nos quadris, dobrando o braço — marca o lado externo do conjunto que domina o ser humano com mão férrea. A única política com alguma perspectiva de sucesso hoje em dia é a de não ter medo da fuga, de seguir as linhas de fuga e não a de assumir lugar educadamente na fila de espera. Esperar pela sorte grande. Seis números certos que você nunca haverá de marcar.

— Não há exterior — disse Christian (pois bem), enquanto procurava os cigarros no casaco de seu paletó. — Um exterior paradisíaco que promete satisfação total...

— Não foi isso que eu disse.

— Reino da liberdade e da necessidade.

Um bocejar voluntário, olhos revirados.

— Aceito. Não isso.

Ela assentiu. Será que sorriu?

— Mesmo que eu dê razão a você, o tema, a questão da felicidade, tem um lado prático que não deveríamos desprezar. Coisas que para incapazes de abstração como eu são mais do que simplesmente um problema de base.

— Obrigada, eu não fumo.

— Onde começam suas linhas de fuga, para onde elas levam? Algumas pessoas têm tanto a fazer por sua sobrevivência que o tempo pra ideias digressivas sobre a felicidade se torna bem escasso. É necessário pensar concretamente, quando se quer chegar a alguma solução.

— Eu estou sendo concreta. Para mim capacidade de abstração significa não afundar no mar do presente. Não permitir que os outros nos façam de burros, não reagir a impertinências por reflexo como um rato de laboratório, impertinências que ameaçam todo mundo que não as aceita, ciente de suas obrigações, com o fim. Ficar no final da fila, esperar a salvação pelo sorteio da loteria.

— Já discutimos isso — disse Christian, e pegou dos lábios o cigarro que ainda não estava aceso. Jakob devia ter ficado com o isqueiro. — Eu também não gosto de parar no final da fila.

— Ninguém gosta. Você entende o que estou querendo dizer.

Não era uma pergunta e sim uma espécie de notificação oficial. Se você não é capaz de compreender isso, gastei saliva em vão — nesse caso, você faz parte dos outros. E desses eu provavelmente faça parte sem dúvida alguma, segundo sua opinião, um rato de laboratório que não aprendeu as coisas e não merece nada melhor. Sendo que nem sequer tenho interesse em estar certo, parecer levando vantagem em tudo. Será que ela pensa que vai se dar bem com tais joguinhos, acredita mesmo nisso? Minha querida Nelly.

— E se não for assim?

— Se não for assim o quê?

— Entender. Compreender. Se catapultar na lógica de um pensamento.

— Não é difícil — disse ela em voz baixa, quase terna, e olhou para Christian de cabeça inclinada. — É preciso apenas um pouquinho de esforço.

Ela se apoiou à cômoda, seus braços esticados, apoiados de lado sobre a madeira clara. Jogando o peso ora numa perna, ora na outra.

— Se é tão simples assim.

— Uma questão de querer. Prontidão para a análise. Ou você aceita o mundo como ele se oferece, ou como uma sequência de acontecimentos que tem seus motivos. Que estão correlacionados e acabam gerando desconfortos. Mais simples do que isso é impossível.

— Ah tá, capitalismo?

— Pouco importa. Chame-o de império, chame-o de cassino, chame-o de inferno. Como o senhor preferir.

— Está se referindo a mim, agora?

— Não vejo mais ninguém por aqui.

Como se a velocidade tivesse se reduzido, pálpebras se fechando, os segundos demoravam. Ruídos de festa que não podiam mais ser distinguidos e soavam abafados, vindos de algum lugar ali atrás, de outro espaço, com outras leis físicas. Sistemas paralelos sem transição, densidade de oceano profundo: palavras chegam atrasadas e olhares sem fim. Você está encarando, Christian pensou num momento de clareza — mas ela também estava, sem tentar esconder. Diga alguma coisa, madame *Razorin*, você sempre tem algo a dizer mesmo, com essa sua boca de lábios teimosos, trêmulos. Lábios que nas extremidades se abaixam um pouco, como se você estivesse lidando com um oponente que lhe causou um sofrimento. Ou será que você vai sorrir agora?

— Aqui — disse ela de repente, e tirou uma caixinha de fósforos do bolso de sua calça. — Para o seu cigarro.

— Podemos botar fogo na casa.

— No máximo depois de ser evacuada. Apartamentos com sofás de couro.

— Fotos de família — disse Christian, numa onda estrondosa de som que rebentou sobre ele. Como se as comportas de um dique tivessem sido abertas de novo, bate-papo em várias vozes, o eco de uma música de Beth Gibbons. *Sand River*. — Nem um palmo de tolerância.

— Não vamos ser assim tão duros.

— Com quem você está falando, consigo mesma?

— Talvez a gente não faça outra coisa a vida inteira.

— Eu sim.

— Monólogos que a gente mesmo não entende que são monólogos. Se distrair com os próprios pensamentos, você não conhece algo assim?

Christian acendeu o cigarro. Gorgonzola Club, ele ainda leu na caixinha antes de fazê-la desaparecer no bolso de seu casaco.

— Quase como se nós fôssemos duas pessoas. Argumentos e contra-argumentos que andam para lá e para cá em sua cabeça, em seu interior. Como que independentes de você mesmo.

SEGUNDA PARTE

Ela disse de modo hesitante a última frase depois de uma breve pausa. Com uma expressão no rosto que, conhecendo-a mais ou menos, poderia ser chamada de tímida; incerto se estava ou não buscando aprovação.

— Antes de adormecer. A gente tenta convencer o mundo da correção de nossos pontos de vista, a gente desmascara, acusa. De qualquer modo, palavras contrárias não são permitidas. Perturbadores são mandados para fora da sala imediatamente.

— Mas eles se defendem. Jogam coisas no palestrante.

— Que ousem tentar — disse ele. — Que se atrevam a atirar coisas em nós. Também estamos armados.

— De maçãs podres.

— Ovos coloridos, telefones, cadeiras. Tudo que estiver à mão no momento.

— *Você* se atreve a me interromper? Tome isso!

— Canalha!

Nelly riu dele. Como ela era radiante quando sentia vontade de sê-lo.

— Eles não têm nenhuma chance contra nós.

— Nem a mínima chance contra a gente.

— Nós os expulsaremos.

— Expulsaremos quem?

Como se não bastasse se mandar para o fundo do corredor para não ser visto... Qualquer um podia passar confortavelmente à sala de estar sem por isso precisar se encolher todo.

— Me contem o segredo de vocês.

Depois de não ouvir resposta, nem da parte de Christian nem da de Nelly, Nadja disse:

— Estou atrapalhando algo?

Nelly sacudiu a cabeça, muda. A pergunta tem resposta automática, pensou Christian, não se mostre descortês.

— Ora, você nunca incomoda.

— A gente gosta de acreditar nisso, mas nem sempre corresponde à realidade.

— Realidade que consideramos caso a caso, vocês se conhecem?

Já ele teria preferido morder a língua.

As duas mulheres trocaram olhares, que da parte de Nelly não deixaram nada a desejar no que diz respeito à clareza. Ela não era uma jogadora. Sacudiu a cabeça mais uma vez, sem dizer palavra.

— Claro que você nos apresentará.

Nos olhos de Nadja, a traquinagem típica dela. Que Christian agora achava menos cordial, concorrência vinda da escuridão dos sexos. Resguardar território que acabou de ser conquistado.

— Nelly.

Enquanto estendia a mão, esticava sua camiseta estreita que encolhera e subira, voltando a deixar descoberto o umbigo. Nadja, que agora não tinha mais escolha, entrou de sola dizendo seu nome e olhando para Christian com um sorriso levemente sarcástico. Como se o gesto a divertisse, era tão formal e tão adorável em seus modos antigos. Ele não reagiu. Sabia o que ela tinha na ponta da língua, sabia como Nadja era capaz de fazer troça (a ponto de às vezes se mostrar inclemente). Circunstâncias, coisas, maneiras de falar que haviam saído de moda e não mereciam nenhum respeito em sua sociedade. Não poupando a si mesma ao cometer algum deslize evidente.

— Trabalha com Jakob?

— Ele é meu professor.

Desarmada. E agora apenas uma declaração aberta de guerra poderia superar a resposta.

— Então compartilhamos essa experiência — disse Nadja.

— Um seminário no qual Jakob foi monitor, segundo ou terceiro semestre. E tenho de admitir que eu o admirava muito, ainda que ele na época não pudesse ser tão mais velho do que eu.

— Hoje também não, por certo — disse Christian.
— Imprecisão linguística, de qualquer modo obrigado pela observação.
— Que seminário?
— Não me pergunte por detalhes, *Vigiar e punir*, ou algo assim. Você deve conhecer Jakob muito bem para entender porque eu estava tão entusiasmada com ele.

Ela falava com Nelly como se ambas estivessem sozinhas, sem nenhum homem, sem Christian presente. A lei da colaboração às custas de um terceiro que se aplica quando o preço atual para uma confrontação parece alto demais. Mudar de um momento ao seguinte, lisonjear e se unir até o motivo ter sido esquecido. Raça de víboras.

— Faz muito tempo — disse Nadja. — Mais tarde acabei estudando história da arte.

Vamos nos contar nossas vidas agora? Que interessante.

— Eu estou quase no fim — disse Nelly. (Está realmente caindo na dela.)

— Vai fazer o trabalho de conclusão com Jakob?

Ela assentiu, um hum afirmativo, um sorriso para lá de amistoso que não era dedicado a ele nem a Nadja. Mas sim a uma voz no corredor, sem dúvida, que falara em italiano, fizera uma pergunta em italiano — aquilo tinha de ser italiano —, ao que parece a ela.

— *Sto bene* — respondeu ela —, *grazie. E tu, come stai?*

Encantado, que coincidência! Inevitavelmente Christian se voltou. E estava diante de Carl, este ao lado de Jakob, o professor Brenner do Instituto de Filologia Românica.

— *Benissimo* — disse ele, e estendeu a mão a ela, como que rejuvenescido, o homem que seguia os rastros de Dante, o escondedor de armas.

— *Sono contenta.*

Se dá bem com o corpo docente da universidade inteira, em todas as salas é uma aluna bem-vinda. Uma pessoa que domina várias línguas.

— Passe na minha sala algum dia — disse Brenner, enquanto seu olhar avaliava Christian brevemente.

Nem um só gemido de Jakob, era assim que ele imaginava as coisas.

— Prometido. Pode deixar.

— Vou esperar, hein? Até breve.

Antes de se voltar para seguir adiante, ele ainda disse a Christian.

— Nós nem chegamos a conversar, uma pena.

— Vai embora agora?

— Já deu para mim, preciso ir para casa.

Carl Brenner deu de ombros, lamentando, e saiu com Jakob, que o levava pelo braço (literalmente o puxava) em direção à porta.

Por que não o vi? Porque fico parado a um canto com estudantes ou com alguns notórios fofoqueiros na cozinha. Nem sequer me ocorreu que ele poderia aparecer por aqui, para dar os parabéns a um colega que também era seu amigo. Cabeça a cabeça, os dois abriam espaço em meio à multidão, sussurrando um para o outro como duas solteironas.

— Desculpem — disse Christian às duas mulheres, a Nelly e a Nadja, e seguiu os dois. (Pessoas que têm rabo. Mesozoico.)

Carl e Jakob estavam parados na soleira da porta, sombras de dentro do apartamento eram lançadas na escadaria escura. Quando Christian se aproximou deles, a conversa foi interrompida. Pelo menos foi o que lhe pareceu, objeto de uma combinação, segredinhos ridículos. Tempestade em copo d'água. Jakob era a imagem de um homem a quem pisaram nos calos, Carl estava indiferente — quer queira quer não, as coisas acabam vindo ao encontro da gente.

— Que estão olhando?

— Ninguém está olhando nada.

— Está certo, sem problemas.

— Ninguém — repetiu Jakob, que com razão achava que se referia a ele.

Carl botou uma mão no braço de Christian:

— Só dei uma olhadinha — disse ele amigavelmente, amigável e solícito. — Quem sabe você aparece na minha sala um dia desses.

Nada mais fácil do que isso, a suspensão de qualquer necessidade de esclarecimento. Informações que naquele momento já deviam ter chegado a ele.

— Eu ligo antes — disse Christian. — Segunda ou terça.

— Estarei na minha sala. Peça para passarem a ligação.

— Segunda.

— Você tem o número.

— Em algum lugar eu tenho — disse Christian. — Então...

— Nos falamos — disse Carl, os cabelos longos e grisalhos atados à nuca, o corpo maciço inclinado de leve para a frente. — Tudo de bom.

Ele parecia esgotado, uma viagem cansativa, da qual acabara de voltar. Um congresso em Bordéus, pensou Christian depois de ele ir embora, ou sua secretária me passou a perna. Ou Carl passou a perna nela, porque esteve em outra cidade às escondidas. Pensar sobre os próximos passos, aproveitar a prontidão dela em dar informações ao público. Podia bem ser, mas também podia não ser. O fato era que Jakob lhe dera notícias, lhe contara tudo por covardia universitária. Do contrário, Carl não teria falado em telefonar, em estabelecer contato com ele, mais ou menos de imediato. Sejam lá quais forem as conclusões que se deveria tirar desse pedido.

Quando Christian passou pela cozinha, Reinsdorf lhe deu a entender com movimentos de braço exagerados de certo pela embriaguez já mais ou menos acentuada que ele voltasse ao grupo deles; Daniel Porath agitava uma garrafa de cerveja no ar. Estamos aqui, defendendo bravamente o lugar em frente à geladeira, enquanto os amigos se mandam. Mui amigos!

— Mais tarde — disse Christian, e apontou para a cômoda. Tenho algo importante a fazer antes disso, testem sua paciência. No que consistia a importância, exatamente, ele mesmo não sabia, quer dizer, não ousava admitir, mas a primeira coisa seria se livrar de Nadja. Mas Nadja estava tão envolvida na conversa com Nelly no fim do corredor, uma conversa que aliás parecia divertir as duas, a ponto de darem risadinhas como se estivessem num internato de moças. Nenhum olhar procurando por ele, nenhum sinal. Não preciso fazer isso comigo, pensou Christian, correr atrás de alguém sem saber se a empreitada pode ter sucesso. Na sala de estar, para onde as duas mulheres agora se dirigiam de mãos dadas, não dava pra acreditar. Ele as seguiu até a porta. Até ser segurado pelo braço de repente.

— Você está louco?
— Você poderia ter dado um toque.
— Eu?
— Que Carl hoje...
— Eu, ter dito alguma coisa?
— Poderia. Apenas uma sugestão.

Atônito, Jakob encarava a parede. Assimetrias, sugestões para solucionar o problema.

— Seria pedir demais?

— Escute aqui — ele estacou. Como seguir adiante sem exagerar completamente?

Nelly e Nadja sentaram-se no sofá de couro. Alguns dançavam.

— Não devo a você nenhuma explicação sobre meus convidados. Carl estava numa conferência.

Essa é velha, pensou Christian.

— E?

— Eu não sabia — Jakob hesitou, seu mal-estar o levara a uma situação desconfortável. — Não tinha certeza se ele conseguiria vir ou não.

— Não falemos mais nisso.

— Você pensa que as coisas são sempre simples assim, ajeita tudo pra que elas se encaixem no seu propósito.

— Admito, mas peço que você se lembre que tudo foi um tantinho precipitado.

— Não me venha com essa.

Diminuição imprevista de confiança. Será que a gente obrigatoriamente assume essa posição no caminho espinhoso do compromisso?

Nadja voltou as costas para ele. Era a dona da palavra, enquanto Nelly olhava para o nada, de quando em vez assentia (aquele jeito de assentir para indicar que estava prestando atenção) e mordiscava a unha de seu polegar. Em certo momento afastou num gesto desatento uma mecha de cabelo de sua face.

Jakob disse algo, Christian disse algo.

Nadja continuava falando a ela.

— Isso é proibido?

É claro que não era proibido entrar em contato com quem quer que fosse e é claro que para isso não havia obrigação de se anunciar antes.

Nelly se acomodou na borda do sofá, cruzando os braços sobre as pernas. Encomendada e não buscada. Nadja desenhava pequenos círculos no espaço, uma linha de ondas, para se explicar melhor.

— Tente me entender — disse Jakob. — Não estou nem um pouco desconfiado.

Como Nelly olhava para ele agora... Todas as palavras com as quais Christian tentou descrever o olhar dela mais tarde lhe pareceram insuficientes, demasiado fracas, limitadas e, quando nada mais lhe ocorreu, folheou o dicionário Duden e deu de cara com nostálgico, ardente, implorante, desafiante, todos adjetivos que já estavam há muito em sua lista, subjugante, capturador, tirando seu fôlego como numa dessas canções bobas nas quais se diz que ela caiu sobre ele como o 14 de julho sobre Paris, essa mulher que ele perdera, nenhum sorriso, simplesmente nada que pudesse oferecer proteção, fique atento, vá até ela agora, deixe estar.

— Que foi? — perguntou Jakob.

Christian parecia desconcertado.

— Olhômetro.

Nelly se recostou ao espaldar, de modo que as costas de Nadja a escondiam. Vá até ela, deixa pra lá. Sentia seu coração pulsar, as pernas como que paralisadas. Surdo.

— Será que poderíamos chegar a um acordo nisso?

— Em quê?

Como se fosse outro que estivesse falando por ele. Sem responder.

— Você está surdo?

— É provável.

— Cara, assim não dá — exclamou Jakob. — Acha que eu sou burro?

Séverine chegou ao lado de Christian com uma taça de espumante nas mãos.

— Não vão brigar.

Jakob fez um sinal de recusa, brigar com esse daí não pode ser coisa que preste. Teimosia torturante. Mas a intenção de Séverine não era, de forma alguma, a de intervir como pacificadora, ela metera na cabeça que precisava apresentar uma velha amiga de Evreux a Christian e ele permitiu que isso acontecesse sem resistir. Incapaz de se defender de sua resolução, dizer a ela que não queria conhecer ninguém, arrastou-se ao lado de Séverine até uma mulher que, sendo outras as circunstâncias, teria despertado sua curiosidade. Reinsdorf, o idiota, fazia sinais ao fundo, será que estava querendo ser engraçado?

Por alguns minutos não conseguiu se livrar dela (Babette, Christian — Christian, Babette), não conseguiu se desgrudar dela com alguma justificativa compreensível, plausível, com qualquer desculpa que fosse. O tempo passava. Até que enfim a salvação apareceu em dupla no horizonte do corredor, Holm e Daniel que, sem terem sido chamados (graças a Deus), se juntaram a eles, olá, essa é Babette, Holm, Daniel, vocês me desculpem, mas, lógico, disse Reinsdorf, nós hoje desculpamos tudo, fique tranquilo, mas justamente ficar tranquilo é que Christian não podia mais, tinha de se apressar ou seria tarde, muito tarde e foi demasiado tarde, ela havia desaparecido.

Nadja estava sentada sozinha no sofá, e Nelly não estava entre os que dançavam, em lugar nenhum da sala de estar, nenhuma Nelly na multidão da cozinha, no corredor, no escritório de Jakob, no qual algumas figuras haviam se retirado para fumar um baseado diante da janela aberta, nada de Nelly junto da cômoda com as fotos de família, nada dela nos fundos do apartamento onde as crianças dormiam, não, Catherine estava na casa do vizinho, Mathieu não dava nenhum sinal —fechou a porta sem fazer barulho e voltou à sala de estar na ponta dos pés, olhares irrequietos, mais uma vez na cozinha, pelo corredor, os maconheiros na janela que dava para o pátio, nenhum rastro, porém, nem o menor sinal que fosse, nenhuma camiseta branca estampada, nenhuma calça de risca de giz, nenhum tênis de lona, aquele sorriso. Merda e mais uma vez merda e três vezes merda.

— Sabe onde ela foi?

— De bicicleta para casa — disse Nadja. E o tom era como se ela dissesse: você não vai mais alcançá-la. Tipo: você acha que é irresistível? E era exatamente o que ela queria dizer.

Christian coçou a nuca. Não é minha semana, não é meu mês, nem meu ano. E suspirou profundamente.

— Ficou feliz?

— Vá se foder.

— Vou tentar — disse ele — vai dar certo —, e se afastou dali. *Bad luck and good night.* Estava cambaleando, como se tivesse bebido demais, dormido pouco. Assim são as coisas. Enquanto isso Reinsdorf e Babette já estavam numa boa no corredor, Daniel havia abandonado o campo de batalha. Sentado com uma cerveja na cozinha. Física de festa. Irmãs de caridade, se mandam quando a gente mais precisa delas. Mas que nada. Jakob estava na porta de entrada e se despedia de um convidado que Christian não conhecia. Olhou em volta, em busca de Séverine, não conseguiu encontrá-la.

— Bom você ter vindo — disse Jakob antes de o homem sair para o corredor.

— Também vou embora — disse Christian.

— Está chateado?

A palavra errada para a condição errada.

Ele sacudiu a cabeça.

— Vou embora.

— Vamos conversar com calma depois.

— Claro — disse Christian —, sem estresse.

— Se cuida.

— Você também.

E Jakob fechou a porta atrás de si.

SEGUNDA PARTE

No céu noturno, a Torre de Televisão piscava, luzes sinalizadoras brancas que se acendiam e se apagavam. Se acendiam e se apagavam. Touchdown Houston, nossa nave acaba de aterrissar em segurança. Christian andou às pressas pela Köpenicker Strasse, indo direto à imagem do globo da torre, impossível cogitar a possibilidade de se sentar num metrô no estado em que estava. Hordas de bêbados que tiveram uma noite grandiosa em Kreuzberg, casaizinhos abraçados, batedores de carteira. A pé o caminho até em casa duraria pelo menos uma hora, uma hora em marcha rápida, a fim de se conformar com a derrota. Esquecer rapidamente a história.

Estava sozinho na rua, debaixo das árvores; à direita, pátios de fábricas e depósitos, mais ao fundo, a listra pantanosa e escura do Spree. Um muro de contêineres com a inscrição: Mudanças Zapf, fileiras de caminhões à luz difusa e amarelada dos postos de iluminação. Paralelepípedos que levavam à margem do rio entre baixos prédios administrativos, uma cancela vermelha e branca, a guarita vazia. O que Nadja contou a ela? Deve ter lhe dito algo, do contrário não teria simplesmente desaparecido. Ou será que ficou ofendida por eu ter ido até Jakob e Carl sem dar nenhuma explicação? Cheia de não me toques, de repente se sentiu abandonada. Não tinha nada que se sentar com Nadja no sofá. Começa a me procurar para me encontrar conversando com uma mulher cuja companhia evidentemente prefiro à dela.

Um espaçoso pátio de fábrica se estendia ao longo da rua, pedras ocre de arenito, envolvidas por grades forjadas em ferro. A velha padaria do exército, pão para as tropas imperiais em Tannenberg e Verdun. Economia dos capacetes pontudos. Numa das casas de aluguel do outro lado havia um boteco, uma confusão de luzes em vermelho e azul iluminava a grande placa da fachada: Table Dance Bar Josie. Bem convidativo aquele lugar, clientela sem dinheiro é despejada nas águas logo adiante. O princípio dos caminhos mais curtos, uma dica de McKinsey. Aos poucos, se sentia melhor, seus pensamentos pararam de girar ato contínuo em torno do encontro na festa. Também, que importa, no fundo consegue-se apenas acabar consigo mesmo. Ainda que não se tenha culpa, porque as circunstâncias não nos deixam escolha. Se esquivar era projeto e obrigação, não permitir a ninguém adquirir poder sobre si. Para não se tornar escravo do próprio medo como o resto da humanidade.

Enquanto passava pelos barracões de uma firma de materiais de construção, tirou o paletó e arregaçou as mangas de sua camisa branca. Era um milagre o asfalto da rua não derreter durante o dia. Nunca houvera um verão daqueles, um calor que, assim como em Nova York, mal chegava a diminuir durante a noite, abafado e sufocante. Suportável apenas com ar condicionado ou fora do apartamento, na escada de incêndio, envolvido pelos sons de sirenes que chegavam de longe.

— Ei, onde fica aquele bar de praia?

A voz de mulher veio dum carro que dera meia-volta e agora andava lentamente ao lado dele, com música a todo volume.

— Já passaram dele — disse Christian, e apontou adiante. — Depois do cruzamento à direita.

— Obrigado —, gritaram-lhe e o carro aumentou a velocidade, se mandou cantando os pneus como se fosse uma questão de vida e morte. Avançou o sinal, ainda que há segundos já estivesse vermelho. Vermelho dos mais vermelhos. Sexta-feira à noite.

Na esquina, erguia-se a nova e gigantesca central sindical, uma espécie de superministério de tijolo holandês, os escritórios dos diretores bem no alto, provavelmente todos com vista para o Spree. Com vista para a Estação Leste e a rua da Comuna de Paris, grande piada da parte dos engenheiros. Como demos risada. Alguns pedestres e ciclistas vieram da ponte Schilling e viraram na direção de

Christian. Deixar de se preocupar com o destino, pegar o caminho ao lado do estacionamento junto ao centro de arquitetura e direto para a diversão. Um antigo *bunker* aquático para os barcos das tropas de fronteira no qual se dançava, sobre o telhado de concreto grupos sentados e espreguiçadeiras, em volta a vegetação rasteira cerrada, moitas, árvores e atalhos que levavam à margem, onde haviam descarregado areia para dar a sensação de praia. *But not for me*. Quando quis acender um cigarro e procurou o isqueiro em seu casaco, mais uma vez se lembrou que Jakob devia estar com ele, Jakob Schüssler, o ladrão de isqueiros. Mas ali ainda estavam os fósforos dela, Gorgonzola Club, que também serviam. Uma pizzaria na Dresdener Strasse, talvez *Razorin* morasse nas proximidades. Isso não lhe importa nem um pouco, pensou Christian, e jogou a caixinha por cima da cerca do estacionamento, depois de ver que o cigarro enfim estava aceso.

Seu desgosto, sua desilusão com o fora — ou como quer que se poderia chamar o que aconteceu — praticamente havia desaparecido, poderia muito bem embarcar no próximo ônibus. Até a Alexanderplatz, depois com a Linha Dois até em casa. Dormir seria impossível, isso ele sabia. Ficar deitado na cama sozinho e rolar para lá e para cá — uma experiência da qual podia abrir mão, mas que nos últimos tempos parecia se tornar cada vez mais frequente. Arranjar dinheiro, moradia. Se o cara pelo menos atendesse o telefone, as coisas ficariam um pouco mais concretas, poderia se ver com mais clareza com o que teria de se lidar no futuro. Visto de maneira prática. Visto assim de maneira bem prática, qualquer aluguel maior no momento parecia utópico, tão utópico quanto a revolução mundial. A louca. Compre duas caixas de cerveja e entre na internet, pensou ele, fumar alguma coisa e um isqueiro. Esses grotescos jogos de máscaras. E, além disso, ouvir Lambchop até ficar de ponta-cabeça.

Homens de uniforme e capas de chuva erguiam um esquife de zinco sobre os trilhos do trem. Uniformes azuis e verdes, anoraques amarelo-neon, parcas. O que segura o esquife na parte da frente usa um boné de basebol. *Due brigatisti arrestati* está escrito sobre a imagem; sobre outra que mostra uma moça loira e um funcionário de mais idade sob um guarda-chuva: *La moglie di uno degli agenti.* Fotos de procura-se, fotos de policiais que descem de um trem, vasculham um vagão espaçoso, interrogam passantes. Dois brigadistas foram presos, isso é possível constatar. E: *Morti un agente e un terrorista* só podia significar que um agente e um terrorista haviam morrido. Agente? De quê?

Dois, três cliques e Christian estava numa página com vários desenhos, uma série contínua de desenhos no estilo de uma revista em quadrinhos realista, que se passava no interior de um vagão de trem. Um plano geral do cenário (fileiras de bancos, passageiros) era seguido da representação mais ou menos próxima dos acontecimentos e, como ponto culminante, o *showdown* em plano fechado. À margem do monitor, diferentes quadradinhos com a rota do trem, um relógio marcando oito e meia, a sombra de uma pistola. Estamos pouco antes de Arezzo, uma estação do *Interregionale 2304* entre Roma e Florença. Três uniformizados fazem um controle de documentos, *un controllo di routine*, cordões brancos nas calças, cintos e ombreiras brancos. Querem ver as identidades, verificar os *documenti* num terminal móvel. Será que isso era normal na *bella* Itália? Viajantes terem de mostrar seus documentos a qualquer hora nos trens em movimento? Me diz quem você é e eu lhe digo se pode continuar a viagem. Homem e mulher envolvidos num círculo mais claro naquele desenho, como se tivessem sido pegos por um holofote, esperam em pé pela devolução de suas *carte d'identitá*. Num verde suave, o panorama de uma manhã de março na Toscana, aqui e ali ainda coberta de neblina, se desenrola à janela, às costas deles.

Demora, o policial do terminal se volta para um de seus colegas, alguma irregularidade, um sinal de alarme no display do aparelho. Número de série e nome registrado, órgão emissor e endereço, falso, roubado, não existe. Achavam que poderiam passar a perna na técnica? Uma miríade de dados numa plaquinha de silicone que reage e calcula mais rápido do que o Pai, o Filho e o Espírito Santo juntos. Mas não pode ser sério. Contato visual, prescrições de serviço. Os suspeitos devem ser algemados caso haja perigo de fuga. Domingo num trem regional, claro. Os outros policiais deixam suas posições, os que viajam junto passam a prestar atenção à cena, em sua condição de testemunhas futuras. Ainda não foi dita nenhuma palavra. Também nenhuma será dita, em vez disso...

O homem puxa uma arma de fogo e dispara sem perder tempo, calibre 7.65. Ele acerta. A bala entra na garganta do policial que se curva e cai ao chão. Gritos, fumaça azul acinzentada de pólvora se espalha, os colegas do (mortalmente) ferido chegam correndo e revidam ao fogo. A mulher também tenta atirar. Todo mundo se joga debaixo dos bancos procurando abrigo, mais detonações, órgãos estraçalhados, balas ricocheteando. Fígado e pulmões, cerca de uma dúzia de projéteis de três pistolas. Depois, por alguns segundos, a implosão de todos os ruídos num vácuo de choque e horror, uma sequência de imagens sem som, da qual a gente se lembrará mais tarde. Que a mulher foi dominada antes de poder puxar o gatilho, que poças de sangue se espalharam embaixo do corpo dos caídos. O barulho monótono e matraqueante das rodas e dormentes volta a se fazer ouvir, vozes também, um dos policiais sobreviventes informa por rádio o pessoal da próxima estação. Médicos de emergência, plasma, oxigênio. Seguindo o curso pontilhado do trajeto, em poucos minutos se chegará ao lugarejo chamado Castiglion Fiorentino.

Christian mudou do *Corriere della Sera* para a edição eletrônica do *Repubblica*. Para outros jornais que o Google listou aos termos que ele digitou na busca. O último tiroteio, menos de três meses atrás. *Le Br tornano a uccidere*, uma das manchetes. *Br* com certeza uma abreviação para Brigadas Vermelhas e o resto da frase incompreensível. Serão os mesmos do passado? E como não dei de cara com isso até hoje? Quando mandou traduzir o artigo, o resultado foi o *nonsense* de sempre, doideira em seu mais alto grau. Procurar esta ou aquela palavra no dicionário era bobagem, não ajudaria a compreender o todo sem a gramática. *Voltar*. Fotos de passaporte dos assassinados se abriram, do policial e do terrorista, 49 e 37 anos de idade, a mulher presa, 43 anos, e *esponente dei nuclei comunisti combattenti*. NCC, que já haviam aparecido antes, ligados aos ataques contra a sede da associação industrial italiana e do Conselho de Defesa da OTAN. Cartas ruins para alguém que está fora do jogo em Paris e não tem mais nada a ver com histórias como esta. Não quer mais ter nada a ver.

 O primeiro CD de Lambchop chegara ao fim, botou *what another man spills* no drive. Cinquenta e cinco minutos e quatro segundos. Relaxamento maior é impossível, música de massagem.

 E aquele gráfico? Ilustrações esquemáticas de objetos que pareciam ser os de uma bolsa de viagem, que se via ao lado, *nel bagaglio dei brigatisti* (*bagaglio* significa bagagem, isso se sabe). Acredita mesmo? Uma microcâmera num maço de cigarros. Um Palm. Dois telefones. Dez disquetes. Artigos de jornal recortados. Um cartão postal da Itália central. Pistolas. Páginas soltas com nomes, números de telefone e análises políticas, *analisi politiche*. Só acredito vendo. Segundo a página da internet, levavam todo o seu escritório consigo, equipados como personagens de *thrillers* de péssima qualidade. Disquetes da *belle époque* do movimento e um registro com codinomes de pessoas que agora serão capturadas ou pressionadas com dureza. Será que também estou na lista? Um diletantismo do qual a gente não acredita que um idiota seja capaz, quociente de inteligência pouco maior do que a temperatura ambiente. Ali a verdade não estava no meio, mas bem distante. Empolgante ao extremo. Para quem a história foi pensada, uma pergunta que começou a perturbá-lo cada vez mais. Um cenário ameaçador, um bicho-papão que agia seguindo uma lógica da qual tudo se deduzia. Pois bem, um tiroteio havia acontecido, mas o resto fedia. Fedia a exagero, a *too much*, a teatro que alguém havia inventado. A política da intriga. É só enfiar o fio pelo buraco da agulha e tudo já passa a se costurar sozinho, ainda que os tecidos não combinem, nem as cores ou a trama do tecido. Alguém já devia estar pesquisando isso, buscando informações com quem sabe dizer algo sobre o complexo a partir de sua própria experiência.

As palavras-chave eram serviços secretos e *counterinsurgency* e Itália. Uma expressão se seguia a outra, sequestros, ataques a bomba, atentados cujos verdadeiros autores jamais podiam ser encontrados, todos fazendo parte do jogo. Um redemoinho de pessoas e funções e acrônimos para os quais se teria necessitado de uma enciclopédia da loucura ideológica, da loucura do Estado e de seus inimigos. SISMI, SISDE, CESIS, *Centro Intelligence Interforze* e *Propaganda 2*, SID e CIIS, deputados e militares, estudantes e trabalhadores da esquerda radical, antigos fascistas e neofascistas, líderes de partido, industriais, a máfia, jornalistas e Igreja, simplesmente de arrancar os cabelos. A página de informações do SISDE, a polícia política romana, trazer o título de *Gnosis* era ou uma piada ou puro cinismo — possibilidade de engano excluída. Os gnósticos da contraespionagem, os iniciados da luz. Sete degraus até a mais alta sabedoria e nosso mundo apenas uma imitação do esplendor celestial. Há muito a fazer, vamos botar a mão na massa. Semana que vem.

A música acabou, nenhum ruído no quarto a não ser o leve zumbir do computador. Eletricidade nas memórias e processadores.

Christian se viu na tela negra, os contornos de seus ombros, os óculos no oval amarelo pálido de seu rosto. Mal ficara mais cansado, pouco antes das duas e meia da madrugada. Digitou mais algumas expressões na tela de busca e: Enter.

Klaus Witzke estava fora do serviço, havia pegado um dia de folga, isso os dois sabiam. Como se saber disso fosse útil, como se abrisse um espaço que na presença de Witzke permanecia trancado; mesmo quando ficava na parte mais afastada do prédio. Conversas internas que chegavam até ele passando pelas paredes mais grossas, uma vibração na atmosfera para a qual ele possuía antenas sensíveis.

Na mesinha de centro do escritório de Seidenhut havia uma garrafa térmica, um prato com biscoitos ainda empacotados, uma pilha de xícaras, copos, água mineral e suco de laranja.

— Sirva-se — disse ele a Damm, e lhe ofereceu a poltrona diante da televisão ligada. — Café?

— Com esse tempo, melhor algo gelado — disse Damm, que tinha uma pasta nas mãos. Ele se sentou.

— Vou tomar café — disse Seidenhut. — Por favor, água... suco.

Oliver Damm deixou a pasta de lado e pegou uma das garrafas de água Spreequell. Pelo menos estava gelada.

Seidenhut misturou leite e açúcar, depois se recostou em seu sofá sem levar a xícara à boca.

— Como isso pode ser feito tecnicamente o senhor não precisa me explicar. — Ele usava uma pulseira de cobre no pulso que diziam ajudar contra dores reumáticas. Ou artrite. — Não é minha área.

— Parte-se de uma conta eletrônica.

— Quer dizer, um endereço de e-mail?

— Mas é preciso ter um nas mãos.

— E nós o temos?

— Endereços eletrônicos ainda não são segredo.

— Sabíamos onde tínhamos de procurar.

Damm se debruçou para a frente a fim de abrir a pasta.

— Mais ou menos. Checa-se o servidor até conseguir um link.

— De quem?

— Quero dizer, até se chegar ao ponto que possa nos interessar.

Seidenhut, de camisa branca cujas mangas curtas tinham vincos bem definidos, curvou-se um pouco para a frente e deu um gole. Segurou sua gravata como se temesse que ela pudesse acabar dentro da xícara.

— O senhor não falou com ninguém a respeito do assunto.

— Chegamos aí apenas sábado passado.

— Uma coisa não exclui a outra.

— Berghain está lá apenas para o sistema.

— O grande Beh não tem faro para conteúdos.

— O gordo trabalha nos programas e só.

A informação tem de deixá-lo satisfeito, pensou Oliver Damm, arrumando as folhas, vou fazer o diabo e conversar com alguém a respeito.

Damm vai fazer o diabo, pensou Seidenhut, para não deixar que lhe tirem o caso das mãos.

— Por acaso a gente os conhece?

— Se os e-mails já têm donos certos?

Seidenhut assentiu, ora, ora, é disso que estamos falando, no fim das contas. Identidade.

— Beh diz que é uma questão de horas.

Algo inconfundível em todos, um critério absoluto.

— Tínhamos diferentes listas de *mailings* como material de partida — disse Damm, enquanto batia as folhas com todo o cuidado sobre a mesa, ajeitando-as. — Conseguimos avançar de um jeito mais ou menos sistemático de receptor a receptor e vasculhamos suas caixas de entrada. Essas listas que circulam nesse tipo de ambiente, com os temas normais, os cenários habituais. OMC, negociações do GATT, Afeganistão, Palestina, Iraque, tudo ligado. Sabemos que isso não nos interessa muito. Mas eis que então, bingo.

No rosto de Seidenhut ele pôde ler que o salto havia sido grande demais. Que o chefe não entendeu, *digitally challenged*. Já ao telefone.

— Encontro do Banco Mundial em Zurique, num dos fóruns se discute medidas contrárias, ações para perturbar a ordem, etc. Tudo ainda no âmbito do legal, nada que incomode realmente. Seguimos uma voz que é um pouco mais aguda do que as de seus camaradas. Nenhum problema para Berghain, maravilha. Na caixa de entrada da voz logo se cristaliza um grupo de cinco pessoas que se comunicam intensivamente entre si e falam sem papas na língua o que querem dizer quando acreditam estar sozinhos. Mandam e-mails uns aos outros, e-mails amadoramente cifrados, nos quais trocam receitas de coquetéis molotov, bombas de cano, detonadores com *timer*. Planos de construção, fontes de referência para produtos químicos. Porém, e isso é necessário dizer, sem dar o menor indício de alguma ação concreta, ou seja, se pretendem agir em Zurique, em Berlim ou em algum outro lugar.

— São daqui?

— Ao que tudo indica.

— O quê?

— Ruas que são mencionadas, um dono de imobiliária de Friedenau chamado de porco, o cinema Arsenal.

— Eles vão juntos ao cinema.

— Talvez. A segunda limitação é que nunca marcam encontros pela internet e até agora nunca combinaram um ponto de encontro abertamente, no qual poderíamos vigiá-los para ver como são suas caras.

— Mas estão planejando alguma coisa — disse Seidenhut, sóbrio; para Damm soou como se fosse uma pergunta.

— Acho que não se trata apenas de ostentação. Há um histórico, um tom nas correspondências trocadas que permite determinadas suposições. Formulando com mais precisão, algo que os impulsiona a agir. Para mim o grupo está prestes a saltar para uma nova dimensão, se é que já não mergulhou nela há tempo. Danos materiais menores que se cometeu e que já são considerados insuficientes. Dois dos autores já o querem de forma bem maciça, aliás, o que eu me esqueci de dizer, os pseudônimos que eles usam são produtos de sua fantasia, Lord Jim, Lady Di, Jabberwocky, sim, hum, exatamente, dois dos autores das correspondências exigem, eu cito, *efeito máximo*, ou seja (e ele leu em voz alta), *algo que não poderá mais ficar escondido aos olhos do público*, enquanto os outros ainda estão um pouco indecisos, ainda não estão cem por cento na mesma linha. No fundo concordam, mas permanecem críticos dos detalhes.

— Posso?

Mas é claro. Damm estendeu as folhas a Seidenhut, cópias da correspondência decifrada que em alguns trechos estava marcada com caneta luminosa verde.

— Enviar um sinal que seja reconhecido também pela grande mídia. Multiplicação da resistência do modo mais explícito. Quem levantaria objeção caso se atacasse um departamento da receita, uma instituição bem odiada? Pra não dizer, se fosse mandada para os ares. Há discordância sobre como se poderia evitar que alguém fosse prejudicado, ao menos isso eles aprenderam.

Seidenhut olhou por cima do aro de seus óculos de lentes semicirculares. O que o estava incomodando, seria o tom de Damm, as palavras que usava?

— Pensar globalmente, agir localmente.

Compreender tudo significa perdoar tudo.

— Isso é francês? — Ele estendeu uma folha a Damm. — Este endereço.

— Não encontramos em nenhuma fonte pesquisada — disse Damm. — Como expressão ou nome não foi usado até agora.

Ele devolveu a folha a Seidenhut. Bebeu de seu copo de Spreequell, sim, agora tinha certeza, aquilo era água da torneira com gás.

— Ataques cuja importância simbólica qualquer um consegue entender. Tanto o vizinho do lado quanto aqueles que pensam do mesmo jeito em todas as partes da terra. Apenas precisam ficar sabendo disso. Por um lado pela internet, por outro lado pelas manchetes da mídia de massa. Como notícia do dia que se mantém na cabeça. Ali há alguns que não aceitam mais qualquer coisa. Aumentos nos preços, aluguel, *dumping* salarial. E os atingidos são apenas aqueles que lucram com isso e suas agências, a população sabe que estão do lado dela.

Como se ele quisesse convencer um auditório. Jargão de analista que nos desagrada.

— Que significam esses números? Aqui... e aqui, em quase todos os e-mails —, perguntou Seidenhut enquanto apontava com o indicador na folha em sua mão. — 12,4. 632,81. 95,2,3.

— Parece ser um código específico — disse Damm. — Com o qual eles codificam novamente aquilo que lhes parece fundamental. Não apenas esta ou aquela palavra, mas sim linhas inteiras que são escritas assim. Alguns números têm uma vírgula, alguns duas, nenhum deles tem três. E jamais sem vírgula, como um simples número natural.

— Natural?

— Oito, catorze, cento e cinco. Números naturais.

Racional, irracional, aritmética — Seidenhut agora se lembrava.

SEGUNDA PARTE

— Nenhuma repetição, nenhuma frequência, cada uma das cifras é singular —, será que ele está entendendo? — Quer dizer, cada número com vírgula aparece uma única vez e é substituído sem seguir nenhuma regra por outro quando aparecem as mesmas letras ou palavras. Impossível de ser decifrado por nosso software; pra podermos ler isso daí, precisaríamos da chave que eles escolheram.

Incredulidade em Seidenhut, nosso computador, para que o dinheiro?

— Nada a fazer enquanto a gente não a tiver.

— E por que eles não codificam toda a correspondência dessa maneira?

— Complicado demais, eu acho. Demandaria muito tempo.

Atrás dos ombros de Damm as notícias que não paravam, a faixa ininterrupta com as cotações da bolsa e as notícias urgentes, índices, resultados do futebol. Xampu. Pneus de carro. Uma cabeça falando diante de uma tela com uma cabeça falando.

— Minha sugestão seria observar o grupo.

— Quando tivermos esclarecido quem faz parte dele. O que disse Berghain?

— Berghain disse questão de horas.

— Ele pode.

— Incansável.

— Estamos tratando da história com discrição. Não sabemos nada de essencial.

— Um rastro eletrônico.

— É também como eu vejo as coisas.

Mais uma vez o xampu, a mesma marca. O homem debaixo do chuveiro era um boxeador do Leste, de cara amassada como todos os boxeadores. Para sempre.

— Peço que o senhor me mantenha a par dos acontecimentos.

Só o senhor, pensou Oliver Damm.

Só a mim, pensou Seidenhut, ele com certeza entendeu.

Damm juntou as folhas e as enfiou em sua pasta de plástico.

— Ainda tenho o relatório para o senhor.

— Claro — disse o diretor da repartição, um 'muito bem' neutro, com o qual costumava disfarçar lapsos da memória.

— Objetos e pessoas relevantes, possíveis vítimas de um ataque —, disse Damm — falamos disso na semana passada.

Quando se tratava de máquinas de venda automática da estação de metrô.

— Me mande o arquivo — disse Seidenhut, e se levantou. O mesmo fez Oliver Damm, extremamente satisfeito. Nesse negócio ninguém mais vai meter o bedelho, pensou, vou levá-lo até o fim, aconteça o que acontecer. Batida policial e ataque surpresa, uma baita estrela dupla no meu prontuário.

Brenner o consolara pelo telefone, teria tempo para conversar apenas na quarta-feira. Não posso obrigá-lo, pensou Christian, a coisa se baseia na voluntariedade. Na compreensão de Carl de poder ajudar os ex-camaradas, se me levar até eles. Quando tiver feito contato com eles, conseguir a garantia de que está tudo em ordem.

A porta se abriu e Vera Sellmann adentrou a sala dos fundos do escritório, veio até sua mesa com cartas na mão.

— O correio chegou.

— Algo para mim?

— Até para você — disse ela, e botou dois envelopes sobre o teclado do notebook. Como se consegue guardar rancor sem se tornar ridículo, será que ela espera que eu caia de joelhos diante dela em público?

Dona enfermeira chefe, *it would still be alright*.

Em silêncio — como toda manhã —, ela prosseguiu seu trabalho.

Do Volksbank de Berlim. Christian abriu a gaveta da velha mesa de jantar e jogou o envelope dentro sem lê-lo. O outro era timbrado: happyCredit® e: ISSO eu também posso! (letras brancas sobre fundo azul), a carta começava se dirigindo pessoalmente a ele: Prezado senhor Eich, o happyCredit® é o *crédito garantido e justo* na Alemanha. Que combinação, que sensação fenomenal. Com nossa oferta, o senhor poderá aumentar suas possibilidades financeiras e ao mesmo tempo se proteger contra imprevistos, como desemprego e até mesmo a impossibilidade de trabalhar. Como seria maravilhoso ter essa proteção. Ligar à meia-noite para o atendimento ao cliente e comunicar a uma pessoa amável, que não se está conseguindo, que o texto se revoltou contra a gente e se está à beira do desespero. Por favor, transferir dinheiro vivo, o número da conta já está em suas mãos.

Com um clique do mouse deveria ser possível calcular as parcelas mensais para o montante que se deseja e encomendá-lo online. Entre as profissões que poderiam ser marcadas com um xis, os quadradinhos vendedor comissionado e garçom/motorista de táxi, como se garçons e motoristas de táxi fossem uma única categoria, se não humanamente, pelo menos por sua capacidade de pagamento. Viva *agora,* senhor Eich! Realize seus desejos ainda hoje com happyCredit®. Pode deixar, pensou Christian e botou a carta na gaveta. Quem sabe o que o amanhã pode reservar. Desemprego que bate com seu punho pálido no telhado da casa própria, diante da qual está estacionada a perua que ainda não foi paga. Somos o povo. O povão.

Novos e-mails haviam chegado. Antje escrevia que a apresentação para a imprensa aconteceria às 13 e não às 14 horas (tomara que o filme não seja um daqueles longuíssimos), um convite para uma leitura pública com DJ (barba imensa) e algo que uma velha amizade o proibiu de deletar imediatamente: *Em pouco eu os terei. A luta pegou fogo e batalhas gloriosas nos levarão à vitória. Não sou eu o pecador trêmulo cujo cão lhe dá as costas, eles o são, os poderes das vozes em cujos esconderijos penetro. Como se alguns fios fossem suficientes, como se acreditassem que podem nos eliminar com isso. Mas não se preocupem, a página já foi virada, confiante como nunca.* Ele não conhece mesmo os limites, pensou Christian, não respeita nenhum, esteja pirado ou não. Difícil saber o que fazer, mas eu não sou seu terapeuta. Não sou uma lata de lixo dentro da qual se pode jogar o que bem entender e passar pela cabeça, telefonemas de madrugada para anunciar que se está apaixonado por uma mulher, eternamente apaixonado, uma mulher que há cinco minutos passou de carro pela janela do bar. *Caro Martin, pegue um trem e venha me visitar. Arranje um atestado médico, por mim. Fique em Berlim quanto tempo quiser, só peço que não me incomode mais com essas cartas.* And I mean it. *Christian.*

Mal a mandou já sentiu um peso e meio na consciência. Demasiado duro, pouca compreensão com alguém que jamais pega leve? Digitou o número de Martin, mas ninguém atendeu. Nem mesmo uma secretária eletrônica na qual pudesse deixar um recado. Será que desligou o telefone? Ligou para o teatro, o porteiro (ou quem quer que seja) disse que o senhor Pretzel não tinha ensaio, não, ele não sabia onde estava. O celular de Martin estava desligado, nem ali uma secretária eletrônica. Mas será possível? Parece que era. Tentemos mais tarde, pensou Christian, em algum momento vamos conseguir fazer com que ele atenda.

Ele se virou para trás, Vera lia um catálogo de arte. Anotava algo, virou a página.

We weren't lovers like that and besides.
It would still be alright.

Será que uma pergunta pelo paradeiro de Gregor Conrad seria recomendável? Ou será que tocaria em outro ponto nevrálgico? Naquele momento parecia que todos haviam desaparecido do mapa, incomunicáveis, todos a caminho duma missão secreta. E o resto pouco importava.

David apareceu na soleira da porta.

— Estão com fome?

— Vai buscar alguma coisa?

— Para mim nada — disse Christian. Lasanha pré-pronta.

— Queria sentar em algum lugar.

— Só um momento — disse Vera — e terei terminado.

— Preciso trabalhar —, disse Christian. Ser questionado por David acerca do aluguel na presença dela seria desagradável, teria uma discussão por consequência, uma discussão que logo acabaria em questões fundamentais. O olhar de David lhe bastava. Lamento, meu velho, não há o que fazer.

Vera meteu sua bolsa de empresa aérea debaixo do braço e os dois se foram. Era óbvio o que tinham a discutir, David irá aproveitar a oportunidade. Como se eu tivesse pilhado sua conta bancária, o que ele poupou para o crepúsculo de sua vida. Como se ele mesmo não tivesse passado alguma necessidade jamais, o esqueleto. Sem ar, sem amor. Como será que essas pessoas conseguem viver?

— O primeiro problema é a distância — disse ela —, até qualquer das saídas são pelo menos quarenta ou cinquenta metros.

— Sugiro sair daqui direto, pelos meus cálculos é o caminho mais curto.

— O segundo problema são as câmeras, não tem como chegarmos até elas.

— Eu fotografei todas — disse um homem jovem de camiseta e jeans —, acho que há um ângulo morto.

— Vamos dar uma passadinha por lá, pela passagem subterrânea.

De mãos dadas, dobraram a esquina do foyer entre o fluxo de passantes e em seguida caminharam até os viveiros em forma de pirâmide. Sádicos miseráveis, ela pensou, viveiros de pássaro de metros de altura num centro de compras.

— Onde ficam os guardas durante a noite?

— Não têm posições fixas, ontem era apenas um.

— Um guarda para a passagem inteira?

— Que além disso ficava mexendo no celular, ali atrás.

O jovem apontou para a Joachimsthaler Strasse com um movimento fugidio de cabeça. Guindastes de construção sobre os telhados rasos dos anos cinquenta. Pó-óóó-vos do mundo inteiro. Ó-óóó-lhem para esta cidade.

Num café postaram-se com seus copos de frappé no balcão junto à janela.

— Não teremos muito tempo.

— No máximo um minuto.

— No prédio existem apenas escritórios.

— Isso é uma pergunta?

— Sim, é uma pergunta.

— Não importa.

Ele tinha razão, mesmo assim ela sentia um mal-estar. Como no primeiro salto da torre de dez metros, quando não se pode mais voltar.

— Você com Holger pela Kurfürstendamm, eu com Jenny pelo Zoologischer Garten.

— Não é melhor entrarmos todos juntos?

— Você quer começar tudo de novo?

Não, isso ela não queria, era apenas uma sensação, por assim dizer, incerta, indefinível.

— No mesmo segundo em que Paul ligar, saímos de ambos os lados.

Ela assentiu, o canudinho na boca.

— Você acha que o risco não vale a pena. Número um, número dois, número três. Você acha que as dificuldades não têm qualquer relação de proporção com a reação que alcançaremos.

Ela afastou os cabelos louros para trás das orelhas sem tirar o canudinho da boca. Fixava os olhos lá fora.

— Você defende a ideia de fazer logo a coisa de Treptow. O grupo ainda não está pronto pra isso. Não estou com vontade de recapitular nossas discussões. Havíamos concordado em não atacá-los em nenhum outro lugar a não ser no centro, em sua *High-Tech Security*. Se formos rápidos, e seremos rápidos, estaremos no trem antes de os caras acordarem diante de seus monitores.

Ela não disse nada.

— *Ce n'est pas une image juste, c'est juste une image.*

— O contrário.

— *Juste une image juste.*

— Você não está citando corretamente.

— Olhe pra mim.

Ela sacudiu a cabeça. Uma jovem mulher atrás das grandes vitrines de um café, que espelha seu rosto, seu corpo, cores, raios refulgentes de sol que se precipitam entre o vidro dos novos prédios de negócios na piazza com os viveiros. Olhava-se em volta, comia-se, bebia-se, fotografava-se. Depois se enviava as fotos, ria-se, ficava-se surpreso. Um faisão em miniatura exibia suas penas, era filmado à esquerda e à direita. Uma guinada acima, a fim de situar o local. Uma história. Homens e movimentos que ela parece olhar sem ver.

Será que ele está me vendo? Não está me vendo, pensou Nelly, enquanto descia da bicicleta. Caminha por aí, perdido em pensamentos, pela praça do bosque junto ao Spree e vai para onde? Ela tirou a sacola com seu material de banho do bagageiro da bicicleta e a jogou sobre a rampa que levava para a entrada da piscina, depois prendeu a bicicleta no corrimão; continuava a contemplá-lo, como ele — mãos nos bolsos das calças — se aproximava lentamente da Wiener Strasse debaixo das árvores. Como se tivesse tempo, aquele ladrão diurno, tempo de sobra para dar e vender. Um espertinho que não consegue se decidir nas festas sobre o que é importante para si mesmo, não dá explicações, é incapaz de um gesto, por menor que seja. Muito obrigada.

Passo a passo subiu a rampa segurando no corrimão, hoje ela atravessaria a piscina cem vezes — e não sairia dela antes disso. Na porta dupla, uma barulhenta turma de alunos com mochilas da moda, mais cuidado, é preciso ter paciência, do contrário um bando daqueles é capaz de moer a gente. Camisa branca e calça preta, o casaco sobre os ombros, sem casaco o homem parece não sair de casa. Mesmo que faça trinta graus à sombra. Diante da agência de viagens (Palatia Travel) ele para e, o quê?, claro, acende um cigarro. Não olha à sua volta, do contrário podem começar a prestar atenção em mim. Será que era acaso, será que ele se perdera em Kreuzberg ou será que morava no código postal 999? Não ele, impossível. Impossível como o acaso, a gente não se encontra várias vezes por acaso numa única semana. O problema da contingência na prática. Mas como, segundo Nadja, ele é um velho amigo de Jakob, os encontros na universidade e na festa de aniversário ainda estariam no âmbito da probabilidade, uma corrente de fatores possíveis. Mais cedo ou mais tarde.

SEGUNDA PARTE

Ah sim, e o Morena Bar era um dos alvos dele. Onde os superbacanas se encontram, todo mundo é web designer ou DJ. VJ ou atriz. Nem dez cavalos seriam capazes de arrastá-la pra lá, nem dez búfalos. O fato de ele não parecer dos mais divertidos e alegres não devia interessá-la, nem um pingo. Quando a última criança saiu pela porta, ela botou sua sacola do Penny Markt diante do peito e entrou às pressas, passar o cartão na catraca e ir direto para o vestiário. Depois de nadar, ir para a piscina de massagem com água morna, deixar que uma das bombas injetoras borbulhantes lhe massageasse as costas até que os músculos estivessem completamente descontraídos. Braços, pernas, nádegas. A sensação é maravilhosa, é preciso muita força de vontade para conseguir sair dali.

É mesmo uma merda, pensou Christian, eu sabia. Cultura pop com lencinhos de enfeite, arte contemporânea da espécie mais discutível e simulações de teoria para leitores, cuja vontade-de-participar-de-festas-e-vernissages-para-estar-na-onda valia seis euros por mês. Jornalismo alto astral que simula a competência para enobrecer o final de semana de um público que não tem gosto, histórias de ateliês e dicas de compra, jovens príncipes da pintura extasiados com seu pincel. Além disso, fotografia como design, troca de mobília como decoração da alma. E paga-se apenas a média, na fase inicial, processos de cálculo. Quem quiser se vende por um Apple e uns trocos, assim não dá.

Sentou-se diante do café num tamborete e tirou seu caderno de anotações do bolso do casaco. A crença cripto-religiosa do pequeno-burguês universal na arte, escreveu às pressas, apóstolos do sublime que desde sempre confundiram formato e expressão. Ser amigo de um pintor, de um escultor e o mantra de suas sensibilidades esclarecidas. Riscou "esclarecidas", depois também "mantra de suas sensibilidades" e escreveu: de seu senso artístico completamente desenvolvido da manhã à noite, apesar dos negócios. E isso quer dizer o quê? Palavras-chave que em algum momento podem ser inseridas.

Se o editor pelo menos tivesse lhe parecido simpático. Um posudo animadinho que dá tanta importância à estampa do estofamento dos bancos de seu carro quanto ao cardápio da festa da imprensa, sempre bom para uma piada. A calça do artista, modelos de óculos e cortes de cabelo. Por que está incomodado, se sabia de tudo antes mesmo de começar a conversa, e Christian fechou o caderno de anotações e voltou a enfiá-lo no bolso. Viu o sujeitinho todo pimpão atravessar a Wiener Strasse com seu computador e desaparecer na entrada de um pátio: lofts para escritórios, direto com o proprietário. Paul Schulze, ataduras/cadeiras de roda. Antiquário. Paraíso do Futon, hambúrguer vegetariano. Uma lanchonete turca, uma vietnamita, uma tailandesa; do outro lado, onde estava sentado, a piscina, a praça triangular cheia de tamboretes, cafés, uma agência de viagens. Como se manifestantes tivessem jogado ovos coloridos, manchas variegadas pontilhavam a fachada azul-clara sobre a entrada do ginásio onde ficava a piscina, lutem contra o estilo borboleta. À esquerda havia uma fachada de vidraças na sombra atrás das quais podia se imaginar uma dessas zonas de tranquilidade, área verde, espreguiçadeiras brancas de plástico. Quem nada numa piscina fechada com um tempo desses, será que não fecham durante os meses de verão? Ele mesmo nunca ia, adquirir condição, expirar debaixo da água como ensinava o manual. Um dia soubera como fazer tudo aquilo.

Nas proximidades da rampa havia oito bicicletas, a maior parte delas acorrentada ao corrimão, no total talvez uns vinte visitantes que se divertiam por ali ao invés de ir ao Prinzenbad. Pedantismo idiota que não podia esconder dele mesmo que cometera um erro, pior, um erro evitável, pois não se deve encontrar com alguém que se considera nojento, politicamente impossível desde o primeiro artigo que algum caderno de cultura publicou. Restauração pura, sem tirar, nem pôr. Se Christian não tivesse jurado a si mesmo (nada de álcool antes das sete), um conhaque cairia bem para que ele pudesse engolir melhor seu incômodo. E algumas cervejas. Pensamentos inúteis, autoincriminações infrutíferas que ainda assim foram o motivo que o levaram a vê-la, até mesmo a poder vê-la, pois do contrário já estaria há tempo a caminho da estação Görlitzer mais uma vez.

Debaixo da abóbada verde das árvores uma mulher empurrava sua bicicleta atravessando o parque. Sem óculos, de cabelos molhados e desgrenhados, no guidão uma sacola do Penny Markt. Se ela usasse óculos. Meio perdida em pensamentos, como se estivesse conversando consigo mesmo, loira, de testa alta. Não olhava para a esquerda, não olhava para a direita, aquela boca, aquele rosto, ora, mas era ela, madame *Razorin*, sim, com certeza era Nelly. Que desaparecera tão repentinamente na sexta-feira à noite, se despedindo à francesa, a espertinha. Inevitável, como sempre. Christian levantou num pulo e correu até ela, ficou em pé à sua frente. Ou seja, fez com que ela parasse, ao tocar os pneus da bicicleta dela com a ponta dos pés.

— Posso passar?

— Quero fazer um convite.

Ela fixou os olhos nele, piscou, míope.

— Um café —, disse ele num tom bastante brusco, — uma água mineral, o que você quiser.

Seu cuzão, ela pensou, seu grosso, e retrucou:

— Não no Morena.

— Então no café ao lado.

Ela assentiu e saiu, de um segundo para outro ele assumiu o papel de acompanhante dela.

— Você estava nadando?

— Parece que sim.
— É.
Depois de alguns passos, ela disse:
— Atravessei a piscina cento e quatro vezes.
Ele calculou.
— Dois quilômetros e meio.
— Mais.
— Com óculos de natação.
— Claro.
— Pés de pato?
Ela riu. Sacudiu a cabeça rindo, sem olhar para ele.
— Pés de pato são proibidos — disse Christian. — Concorrência desleal.
— Trapaça.

Mais um olhar de lado que revelou a ele que ela não usava sutiã, que os seios balançavam soltos sob a camiseta, não exatamente pequenos, e mais uma vez olhou para a frente. Foi nadar, ele pensou, não teve vontade de usar, mulheres sem sutiã não existiam mais em público há pelo menos vinte anos.

Na frente do café, ela tirou um estojo da sacola na qual estava seu material de banho, e do estojo tirou seus óculos, e enfiou as hastes com cuidado atrás das orelhas. Penteou seu cabelo desfeito com os dedos abertos.

Uma garçonete trouxe dois expressos e dois sucos de maçã com gás.

Um pitbull farejando foi puxado de volta para dentro do bar por seu dono.

Eles ergueram, ambos, as sobrancelhas, uma primeira coisa em comum, esses cães terríveis.

Nelly morava nas proximidades, Christian não, mas isso ela também já havia imaginado.

Ele se encontrara com alguém que planejava uma nova revista no Morena Bar, incompatível.

Ela tentava nadar regularmente, ficar apenas sentada à escrivaninha não fazia bem.

Ele não fazia esportes, assim... no momento.

— Mas deveria.

— Eu sei.

Era jornalista?

Sim, ele era jornalista, escrevia muito sobre arte. Sobre cinema, todo tipo de coisa.

E sobre música?

Disso entendia muito pouco, de música clássica não entendia nada, na casa dele não se escutava música clássica. Também não sabia tocar nenhum instrumento.

Ela fingiu timidez, como se a obrigassem a revelar um segredo, mas Christian não deixou por menos.

— Estudei violoncelo. Satisfeito?

— Conte mais.

A boca nervosa dela, seus olhos verdes, dirigidos a algum ponto no pescoço dele.

— É preciso escolher um instrumento. E o piano jamais me interessou de verdade, pianos tem algo maquinal, enquanto que um violoncelo... um violoncelo tem vida. Não é possível operá-lo seguindo um manual.

— Ainda toca?

Como se a curiosidade dele tivesse despertado recordações pouco agradáveis, as feições dela se ensombrearam, na falta de uma palavra mais moderada. Céu que se cobre de nuvens.

— Não.

Isso era definitivo, pelo menos por agora.

Ele acendeu um cigarro.

— Você fuma um bocado.
— Está contando?
— Talvez.
Ele pegou o maço e leu para ela:
— Fumar pode levar a uma morte lenta e dolorosa.
— E isso nós não queremos.
— Nós?

Nelly cruzou os braços, fuzilou-o com um olhar e Christian sentiu que lhe faltava o ar, um nó na garganta como já acontecera na festa de Jakob, que ela depois deixara como se estivesse fugindo. Magoada por causa de alguma insignificância absurda. Ele jogou o cigarro para atrás, no parque.

— Eu não preciso de provas.
— Isso não foi uma prova e sim uma demonstração da minha vontade.
— Fantástico.
— Tive sucesso?
— Você me impressiona. Muito.

Isso é o de menos, pensou Christian, pode poupar sua ironia, o tanque de guerra que você aciona a cada minuto como se tivesse de se proteger de mim, do mundo, da vida. Isso é absurdo.

Ambos sorrindo com os olhos quando a coisa fica demasiado séria.

— Você fala italiano.
Um dar de ombros que lhe pareceu mostrar indiferença.
— Falou italiano com Carl.
— Fiquei um ano em Roma. Antes disso, estudei filologia românica com Brenner, literatura.
— E com Jakob.
— Se hoje eu pudesse escolher, iria para Milão ou Turim. Ou Bolonha. A não ser que se goste de turistas e monumentos, pois

Roma está cheia deles. E onde eles não existem, é tudo reunião íntima. Exagero, mas a coisa é mais ou menos assim. Mesmo em San Lorenzo, atrás da estação ferroviária, havia casas tomadas e uma rádio-pirata. Passou, hoje conseguiram acabar com a cidade.

— Você ficou sozinha em Roma?

Isso eu não vou dizer a você, ela pensou, não me importa o que está pretendendo com sua pergunta. Se eu tinha namorado, estava com uma amiga, um amante, o que importa isso a você. Dez minutos de amizade não são o bastante para tanta informação.

A partir de quando se pode falar em ciúme, em ciúme nascendo? A necessidade estranha, muitas vezes pouco saudável, de saber de tudo sobre uma pessoa pela qual se tem sentimentos determinados, pela qual se sente algo mais do que uma afeição comum. Ainda num estágio anterior à consciência, anterior a uma língua na qual isso pudesse ser expresso.

— Tinha um quarto numa república, não era muito legal, mas — e ela mordeu seu lábio inferior — era por tempo limitado.

Fragmentos de uma gramática do coração.

— Conhece Roma?

Christian negou, chegara até Verona certa vez, noutra até o lago Maggiore, mais ao sul, jamais. Também não sabia italiano e por isso o país não deixava de ser para ele um livro de sete selos, em todos os sentidos.

Que ele estava querendo dizer com isso?

Que o país lhe era estranho, mais estranho do que pensara antes.

— Antes do quê?

Uma história que ele estava investigando, todos os dias dava de cara com coisas incompreensíveis, tão estranhas que ele se surpreendia de verdade.

— Arte italiana?

Ele estacou e assentiu, confirmando, sim, em sentindo amplo se poderia falar de uma forma de arte italiana, quer dizer, da arte de terminar algo apenas quando ninguém mais está vivo, de um ou de outro lado.

Ele olhou para ela, Nelly devolveu o olhar, se com a mesma pulsação rápida (a temperatura) pode-se apenas especular.

Calor insuportável. E nada de guarda-sóis.

Ela sentiu como o suor lhe escorria pelo corpo.

Pérolas cintilantes em seu pescoço.

— Logo preciso ir.

— Estamos sentados há cinco minutos.

— Eu...

— Quer ir para baixo da marquise?

— Preciso trabalhar.

Ornamentos feitos de notas de rodapé e listas alfabéticas, pensou Christian, numerados da obra mais precoce até a última carta rabiscada. Büchner morto aos vinte e três anos, Kafka aos quarenta e Virginia Woolf não muito mais velha. Vidas tuberculosas que se prepara e se interpreta, anotações à margem, protocolos de autópsia.

— Então nada se pode fazer — disse ele. — O trabalho acima de tudo.

No tom de sua voz havia algo incisivo, involuntariamente severo, que causou rasgos de pasmo no rosto dela. Um ferimento que doía tanto porque era (por alguma suposição) esperado. Entre os olhos de Nelly, um vinco profundo, as comissuras de sua boca tremiam.

— O que você está escrevendo?

Ela levantou sua mão, sacudindo a cabeça, como se negasse uma impertinência, um interesse transparente.

— Se você não me dá nenhuma chance, eu já perdi antes mesmo de o jogo começar.

Lógicas que se cruzam, saltos do cérebro às raias da teoria.

— Sempre tive dificuldades com textos científicos, não eram minha especialidade. E ainda que eu soubesse disso desde o início, precisei de alguns semestres até poder confessar a mim mesmo essa incapacidade para o sistematismo. Bem ao contrário de Jakob, que tirava projetos, apresentações orais como coelhos de uma cartola. Sem a ajuda dele, jamais teria terminado a faculdade.

Que tipo de pessoa é essa? Que cai de um extremo a outro. As faces dela queimavam, raios ultravioletas.

— Para dizer a verdade, meu trabalho de conclusão foi ideia dele, ele chegou a escrever a maior parte.

— Então deve ter ficado bom.

— Sem dúvida. Jakob e eu fomos colegas de colégio, nos conhecemos de lá.

Um sorriso perpassou os lábios dela, suas feições se descontraíram mais uma vez. Relaxadas, como se nada houvesse acontecido.

— Alemão e Estudos Sociais.

— Francês e Música.

— Na escuridão da Renânia.

— Eu...

— A música teria colocado meus exames finais do colegial em perigo ainda maior.

— Eu sou de Waren.

Christian engoliu a pergunta sobre em qual escuridão se localizava Waren, pois o perigo de um novo mal-entendido lhe pareceu grande demais.

— No rio Müritz?

Não se faça de bobo, ela pensou, ou vá olhar no atlas.

— Entre os lagos de Mecklemburgo — continuou Christian, como que recuperando as palavras de um daqueles prospectos com um simples aperto de botão. *Passeios e esportes aquáticos, deixe sua alma se embalar por alguns dias* (antes de recuperá-la).

— Quanto à paisagem, não se pode queixar, é muito bonita.

— Acredito sem ter visto. Nunca estive nessa região.

— Compre um mapa e lava visitar.

— Sozinho não tenho vontade.

— Azar o seu — disse Nelly, e acenou para a garçonete (ombros e braços tatuados luminosamente) que servia coquetéis com fatias de abacaxi pela metade e cortes de melancia numa das mesas vizinhas (onde é que isso vai terminar, já são quase duas?). — Gostaríamos de pagar.

— Ele — Christian apontou com o dedo médio para o seu próprio peito — ele gostaria de pagar.

— Se quer assim — disse a garçonete —, vou buscar a conta.

— Você é pundonorosa?

— Como?

Uma palavra esquecida, uma palavra do fundo do baú, e ela sorriu (larga, maliciosamente).

— Mas é claro que você vai pagar.

— Sim, já que não quer mais nada.

— Preciso trabalhar.

— Já agora?

— É, mais ou menos.

Sem fazer barulho, o pitbull se aproximara da mesa deles, arrastando a coleira cheia de rebites, de seus beiços pendiam dois fios brancos e espumantes. Ofegando como se a qualquer momento fosse morrer sufocado, olhar vazio. Nelly recuou um pouco com sua cadeira. Ele não tinha focinheira, como se fosse um cãozinho de colo. Irresponsabilidade, pensou Christian, mas sem ter a menor ideia de como se comportar diante do animal, ele é bonzinho, quer apenas brincar.

— Faça alguma coisa — disse Nelly.

— Sai — disse ele, não muito alto nem com muita energia; e também um movimento de sua mão não surtiu efeito. Vá se catar, seu monstro.

— Desculpem — disse a garçonete, que havia chegado com a conta. Pegou o pitbull pela coleira e o puxou (um animal durão) com um ruído rascante sobre o calçamento até uma tigela de água. Mas em vez de beber, ele entrou, pachorrento e bocejando, pela porta aberta do café.

— Nove.

— Tudo bem — disse Christian, e guardou seu maço de cigarros.

— Obrigada. Boa tarde a vocês.

Nelly se levantou.

— A última vez que estive aqui — disse ela. — Péssimo, não acha?

— Com certeza.

Ele a acompanhou até sua bicicleta, um modelo mais antigo, preto, com marchas na roda; faltava a placa de proteção junto à corrente. Entre as molas do selim havia uma sacola plástica enfiada, a buzina era gigantesca e estava enferrujada. Mais um sino do que uma buzina — se é que era capaz de produzir algum som.

— Para onde você vai?

— Para onde *você* vai?

— Metrô.

— Então vamos — disse Nelly.

Quando ele hesitou (como é que devo entender isso?), ela apontou, muda, para a Skalitzer Strasse (que caminho se não esse, se já estamos na esquina?) e levantou o apoio.

Por algum tempo, os dois caminharam em silêncio lado a lado. Como se a decisão de Nelly de levar Christian até a estação do metrô houvesse criado uma nova situação, incomum demais, surpreendente demais para que pudessem continuar falando como se nada tivesse acontecido. Uma situação para a qual ainda lhes faltavam as palavras certas, naturalidade, normalidade. Ele tentou descobrir o estado de ânimo dela com um olhar de soslaio, mas Nelly olhava fixo para a frente, com a mão esquerda no guidão empurrando a bicicleta, camiseta por cima das calças. Os cabelos louros despenteados cobriam boa parte de seu rosto, a metade que estava voltada para ele, óculos, ponta do nariz, o perfil de seus lábios grossos como que recortado à tesoura. Sentiu vontade de fumar um cigarro, mas não o acendeu. A imagem que se transmite de si mesmo, um fumante descontrolado, pulmão preto de tanta nicotina. Imagem contaminada, sombreada. Quando chegaram a um restaurante indiano, a calçada se estreitou, mesas e cadeiras quase até o meio-fio. Ambos ficaram parados. E se olharam. E riram.

— Você primeiro — disse Christian.
— Tem uma justificativa plausível para isso?
— Não.
— Pura intuição, portanto.

Pernas abertas, mão direita nos quadris. A postura dela quando está pronta a atacar, polegar para a frente.

— Não é cortês permitir a uma dama passar primeiro?
— Com certeza — disse Nelly. Quando chegou ao fim das mesas, ela se voltou para Christian, acima da cabeça dela um longo trem amarelo passou matraqueando em direção à estação Görlitzer. Um fluxo denso de automóveis rolava atrás dela para o leste, até as torres de tijolos da ponte Oberbaum, no passado a fronteira intransponível de dois mundos, mundo da liberdade e mundo da necessidade.

SEGUNDA PARTE

— Você vai me contar o que pensou?
— Nada especial.
— Não é verdade — disse ela, e seguiu adiante.
— Você sabe muito bem —, disse ele, recuando um passo.

Ela usava as mesmas calças da noite em que estivera sentada no bar, calças cargo com estampa sem contornos, em vários tons de verde, uma espécie de design militar para terrenos acidentados e cobertos de florestas. Chinelos com tiras alaranjadas, unhas pintadas de laranja. Será que tem consciência de como rebola o traseiro ao caminhar? Um olhar de soslaio de Nelly sinalizou a ele que devia voltar a alcançá-la imediatamente.

— Não se percebe, você mesmo me contou sobre isso.
— Que a gente pode conversar com seus pensamentos?
— Discurso à nação antes de adormecer.
— A nação — disse Nelly, e o presenteou com um sorriso encantador, suave, levemente sarcástico — a nação é a última coisa na qual eu pensaria antes de adormecer. Tenho cara de quem faz isso?
— Nem tanto — respondeu Christian. — Quase nada.
— E o honorável senhor?
— Espero que não esteja esperando uma resposta da minha parte.

O rosto dela se fez sério de repente, e eles afundaram (ambos) mais uma vez no silêncio. O matraquear e o estrondar do trem suspenso sobre o canteiro central, na garganta entre as fachadas da Skalitzer Strasse nada mais do que o barulho infernal dos motores. Como posso marcar um encontro com ela, pensou Christian, sem que leia uma obrigatoriedade no convite? Sem que pense que suponho alguma afeição da parte dela, que é apenas uma dessas fantasias masculinas. Uma pergunta trivial, uma proposta, um tema. Mas como sempre nada lhe ocorreu quando tinha alguma intenção nesse sentido. Sentimentos. E Nelly, Nelly não fazia menção de aliviar as coisas para ele, como se justamente agora, justamente ela, tivesse perdido a fala. Mais do que um minuto eles não tinham para caminhar juntos, ele diminuiu o ritmo, ela diminuiu o ritmo. Um café espaçoso que se chama Hannibal, letreiros angulosos nas vitrines nas quais a silhueta deles se espelhou, escura, homem e mulher com bicicleta. Christian revirou no bolso de suas calças, como se lá pudesse encontrar a solução. Moedas, bilhetes. Uma ambulância com o giroscópio azul ligado deixou a sede dos bombeiros em direção à Wiener Strasse e serpenteou em meio às fileiras de carros à espera diante do semáforo e, assim que dobrou, a sirene começou a uivar. Os dois estacaram; seria difícil para ela subir pela faixa que dava para as escadarias, que por sua vez levavam até a plataforma lá em cima. Na cabeça dele, vertigem e vazio. Os olhares de ambos se encontraram, as pálpebras e Nelly tremiam, um rosto regular cheio de nostalgia e rebeldia.

— Você traduziria algo pra mim?

Como se outra pessoa tivesse falado. Como se estivesse ouvindo a própria voz.

Ela deu de ombros.

— Italiano.

— Do italiano? — perguntou ela, quase sem emitir som.

Christian assentiu.

— Você às vezes fala tão baixinho.

Ele pigarreou.

— Um ou dois artigos de jornal.

Segundos, que Nelly deixou passar; para ele pareceram uma eternidade. Enquanto pela cabeça dela passavam dezenas de milhares de pensamentos em desordem.

— Claro. Por que não?

— Posso mandá-los?

— Pode — disse ela, e passou o dorso da mão na testa brilhando de suor, lançando raios verdes.

De coração aos saltos, Christian pegou seu caderno de anotações e uma caneta em seu casaco.

— Você anota pra mim?

— Se você segurar a bicicleta.

Quando ela devolveu o caderno de anotações e a caneta, podia-se ler numa página em branco, em letras de forma: nfridrich@gmx.net.

— Seu sobrenome é Fridrich.[14]

— Mas sem i-e.

— Sem i-e.

Ela subiu na bicicleta, a sacola do Penny Markt no guidão.

— Tchau.

Antes que pudesse dizer alguma coisa, ela já descia pela Wiener Strasse.

Por alguns instantes Christian a seguiu com os olhos, depois se virou para o trem elevado. O que havia sido aquilo, o encontro com um fantasma? Abriu seu caderno de anotações e se certificou de que lá estava o nome dela, na letra dela, Nelly Fridrich. Se perguntou se não teria sido bom lhe oferecer alguma coisa, um almoço pela tradução, já que não queria que ela trabalhasse de graça, não queria que ela fizesse nada de graça para ele. Não queria que pensasse que de algum modo estivesse abusando dela porque não encontrara mais ninguém. Que pensasse que apenas havia procurado por uma oportunidade de manter o contato em pé, para poder voltar a vê-la... Mas é justamente disso que se trata, seu cabeça dura, e se ela não se deu conta disso vai ter sido tudo em vão no fim de contas. Quando o semáforo dos pedestres ficou verde, atravessou

---

14. A versão com "i-e", ou seja, Friedrich, é mais comum. [N.T.]

a Skalitzer Strasse, comprou um jornal na banca para o trajeto e subiu, animado, as escadas até a plataforma de embarque.

Quinto dia da morte. Walter Zechbauer sabia de longa data como cativar o público de uma leitura, a parte que estava sentada numa das casas literárias entre Kiel e Munique por causa do autor, a parte que estava sentada ali por causa dele. Curiosa em ver alguém que, sendo alemão, trabalhara em Tinseltown e na Cinecittà, ainda com Peckinpah e Fellini. E mesmo que tenha sido apenas em produções televisivas, isso não tinha a menor importância. Ele conseguira arranjar material fílmico dos mais raros que pretendia mostrar entre os blocos de texto, sequências privadas em super-8 que mostravam o jardim, a casa nos arredores de Nova York que o mestre conseguira adquirir como publicitário redigindo discursos para grandes executivos e com brochuras encomendadas por industriais. Não com seus quatro livros, que sozinhos o teriam arruinado, quatro romances que caracterizavam exaustivamente a vida no mundo moderno. À exaustão, negócios, sexo, religião, direito. Ataque frontal na rádio e no palco para derrubar um daqueles escritores que ele admirava, *ladies and gentlemen, the presiding genius of postwar American fiction, the incredible William Gaddis*. Sua filha já crescida lhe corta os cabelos sobre a grama, rindo, e seu filho observa a cena com olhar cético, imagens tremidas, que parecem saídas de um drama da realeza elisabetana.

Se ele atingisse a mesma idade, calculou Zechbauer no púlpito junto ao qual estava em pé, ainda teria vinte anos pela frente, duzentos e quarenta meses que tinham de ser gozados até o último dia. Gozados com pessoas e coisas que valiam de fato a pena e isso para ele eram aqueles que o presenteavam com conhecimento, com beleza, com presença de espírito, com originalidade em meio a todo esse lixo do presente. A beleza do conhecimento, mesmo daquilo que é mais terrível, num gesto, num olhar, numa linha, numa canção. Nos desenhos de uma revista em quadrinhos e na severidade de um Angelopoulos, opor uma coisa à outra era nada mais do que ressentimento. Duzentos vezes trinta igual a seis mil, vezes vinte e quatro igual a, ele fechou os olhos, igual a cento e quarenta e quatro mil horas para se ocupar com aquilo que a crença na espécie não minou de todo. A esperança alimenta, pois preservou para si uma centelha do divino.

O gorjear de um pássaro solitário entrou pelas cortinas brancas que chegavam ao chão, pela porta da sacada apenas encostada até seu escritório de trabalho, um melro, ele pensou, talvez aquele melro que sempre saltita até onde estamos à tardinha, no terraço. Em confiança surpreendente, como se soubesse que nada tinha a temer ali. Abriu os olhos e se curvou sobre um livro grosso, aberto no meio, *JR*. A história de um garoto de doze anos que acaba construindo um império especulando ao telefone de sua High School, professores brigados que o ajudam nisso, incontáveis outras pessoas numa rede de vozes de mil páginas. Investidores da bolsa e secretárias, tias donas de heranças e office-boys cujos modos de falar os caracterizavam inconfundivelmente. Fofocas, chantagens, juras de amor, o sussurrar impertinente daquele moleque precoce. Um Huckleberry Finn do mundo da mercadoria conduzido *ad absurdum* com um faro profético — assim como mais tarde o mundo do direito em *A Frolic of His Own*. Apresentar um capítulo deste e outro daquele, *não, as ações, Anne, as ações, nós lhe pedimos que vendesse nossas ações telefônicas,* uma loucura grandiosa. Aceitem-no como um presente, pensou Walter Zechbauer, mais do que isso eu realmente não posso fazer por vocês.

Toda sociedade tem os inimigos que merece. E ela também precisa deles, assim como o corpo humano precisa de determinados vírus para manter o sistema imunológico em funcionamento. Como uma ameaça que os obriga a se ocupar de suas raízes diariamente e não apenas de situações de perigo existencial. Esperar até que um prédio desmorone é o princípio errado. Como se um esportista parasse seu treinamento porque há muito tempo já não teve nenhuma competição. Um fator temporal que na opinião pública se costuma ignorar, silêncio enganador que acaba sendo prejudicial a qualquer combatividade. Quem acredita ingenuamente que se pode viver para sempre em torpor geral comete um erro que em geral custa caro. Sem dores que o alertem, seu apêndice acaba se rompendo e você está acabado.

Klaus Witzke desceu a Heerstrasse, a pequena marina na Scharfe Lanke[15] era seu objetivo; no verão, depois do término do expediente, içar velas e cruzar o Havel por duas ou três horas, a melhor maneira de relaxar que ele conseguia imaginar. Comer e beber algo no Clubhaus, conversas despretensiosas e em casa um DVD para adormecer. Ao telefone, haviam lhe dito que o vento era suficiente para velejar, que valia a pena dar uma saída. Ele gozava sua independência, não dever explicações a mais ninguém desde sua separação, livre de rancor e arrependimento. Inclusive voltara a frequentar a ópera com sua ex-mulher e o primeiro feriado eles haviam passado todos juntos, a filha, o filho, os netos, em casa, debaixo de uma árvore de Natal decorada com toda pompa e esplendor. O que teria sido motivo de estresse no passado, hoje corria harmonicamente, uma tirada estranha, uma piada entendida depois de anos, décadas de briguinhas enervantes e provocações.

---

15. Lago em Spandau, Berlim, onde há um clube de velejadores. [N.T.]

SEGUNDA PARTE

À esquerda, a bifurcação para o cemitério dos soldados britânicos, *British War Cemetery*, que haviam visitado na sétima série antes de uma opulenta refeição na cantina Naafi, na praça Theodor Heuss, que em 1956 ainda se chamava praça do Chanceler do Reich. Com os ingleses, o trabalho corria de forma exemplar, algumas operações nos anos setenta que giravam em torno dos elos entre a RAF e o IRA, esconderijos de armas no bosque de Tegel. Pessoas das próprias fileiras que haviam sido infiltradas os aproximaram, patógenos contra os quais o organismo mobiliza suas forças de defesa. Assim como as crianças mais saudáveis são aquelas que podem brincar na sujeira, é necessário apenas lhes dar um banho cuidadoso à noite. Sabedorias de almanaque, mesmo assim não menos verdadeiras. Witzke ligou o ar condicionado de seu Toyota no nível um e acionou o botão que fechava a janela. Calor demasiado que se infiltrava; na água lá fora seria mais fresco. Refrescar-se ao fim do dia.

Constanze Erdinger estava em pé atrás da mesa com tampo de acrílico e telefonava. Blusa fechada até o alto, saia preta. Além dela não parecia haver ninguém na galeria, talvez na segunda sala, quem sabe. Ela fez um movimento de braço de efeito bem decidido, o senhor está me ouvindo, nós tínhamos combinado um encontro. Polegar e indicador formavam um O que ela lançava ao alto, os outros dedos esticados. Sem dúvida ela estava com a razão, sobre sua face brincava um cacho do cabelo loiro-acinzentado. Antes que ela se voltasse para a janela e pudesse descobri-lo, Christian seguiu seu caminho — por um breve momento, chegou a brincar com a ideia de ir até ela e cancelar a viagem a Veneza, ou pelo menos relativizar o convite para uma viagem de gôndola juntos; ou aquilo que ele contara na semana passada, como um bufão. Seu celular lhe comunicou vibrando que um torpedo havia chegado. Jens Schillings perguntava como estavam as coisas *com o Lucia*. Christian respondeu *depois de amanhã cedo vejo você no escritório*, depois de amanhã era quinta-feira? O que significava *cedo*, Jens queria saber, *10 h, ok.*

No supermercado Minimal da Schönhauser Allee comprou uma pizza, cerveja, duas barras de chocolate e caminhou até em casa. Até aquilo que se costuma chamar de casa. Tinha a sensação de que hoje avançaria em seu romance, de que conseguiria escrever sem medir todas as palavras com uma balança de precisão. A noite inteira, se fosse necessário.

Na frente de sua tela, David Tremmel estava diante de extratos de conta eletrônicos. Com certeza aquilo não era seu desejo pessoal.

Sobre o parque Hasenheide (dias festivos de Neukölln) explodiram fogos de artifício, leques de estrelas verdes e vermelhas e amarelas e prateadas se espalham no céu azul-cobalto.

No rádio, Mamas & Papas: *Birds are singing in the sycamore tree*, Mama Cass morrendo engasgada com um sanduíche (na verdade, disse o apresentador, foi um ataque cardíaco): *Dream a little dream for me.*

Vera Sellmann estava sentada num bar e bebia.

Nas garagens da limpeza municipal, os tanques das máquinas varredoras eram enchidos de água e material de limpeza, mecânicos trocavam as escovas velhas.

SEGUNDA PARTE

Um homem que se aproximou com a sentença: ei, também sozinha... ela o afastou com um olhar diante do qual até um rinoceronte teria se dobrado.

O ruído de tábuas batendo no calçamento, motores a diesel. No Landwehrkanal, trabalhadores levantavam os estandes da feira semanal, se entendendo aos berros em turco e em alemão; por fim jogaram barracas à prova de água sobre as armações de madeira. Patos e cisnes nadavam nas águas verdes.

Um paciente mais idoso em roupão de banho e pijama passeava junto ao barranco da margem diante do hospital Urban, fumando. Garrafas vazias de cerveja e vinho em volta dos bancos, pacotes de carvão amassados.

Sonhos rasgados dos quais ele não conseguia se lembrar direito. Um homem que de algum modo tenta subir no parapeito de uma sacada, um garoto que se apoia contra a porta, a mãe que está trabalhando. A velha canção, pensou Christian, quando foi para o quarto dos fundos até seu computador com uma xícara de expresso nas mãos. O protetor de tela fazia círculos coloridos dançarem sobre o monitor porque ele não desligara o Sony ao amanhecer — descansar cinco minutos e então ele acabara adormecendo sobre o futon. Christian salvou o texto da noite sem lê-lo de novo, bebeu um gole de expresso, acendeu um cigarro. O pires ao lado do notebook estava transbordando de pontas de cigarro e cinza, devia ter fumado todos, à beira da mesa dobrável as garrafas vazias de Budweiser. Uma leve dor de cabeça, mas que desapareceu na hora exata em que abriu seus e-mails. *Caro Christian, você foi bem rápido com seu e-mail, portanto também vou responder rápido. Os artigos não são difíceis de entender, as manchetes são retumbantes como sempre na imprensa italiana. Com esses floreios que eles acham que é poesia, distante de qualquer objetividade. Mesmo no* Repubblica, *que entre os jornais italianos é um dos mais sérios. Os outros pertencem todos à Fiat ou a Berlusconi. Talvez nem considerem isso poesia, mas pensam assim. O que interessa a você no tema, na história da extradição? Cordiais saudações, Nelly.*

cara nelly, me interesso pelas pessoas por trás da história, por trás de uma notícia de jornal, no caso presente, também pela evidência com a qual elas são transformadas em joguetes num jogo de cartas marcadas. como são usadas para fins que nada têm a ver com as acusações que no fundo lhes são feitas. pessoal e historicamente, embora os dois âmbitos se misturem e mal possam ser diferenciados um do outro nas linhas da assim chamada luta armada dos anos 70 & 80. mas, primeiramente, me interessa saber o que significa voltar a ser caçado depois de estar estabelecido numa existência mediana que se parece até o último fio de cabelo com outras existências de classe média. me sinto atraído a entrevistar uma ou um deles, mas para isso preciso conseguir me aproximar, coisa que de qualquer modo (e naturalmente) gera uma pilha de problemas. por enquanto estou reunindo o maior número possível de informações e como não sei italiano, determinadas estimativas e análises internas permanecem cifradas pra mim, ainda que na internet seja possível encontrar material nas mais diferentes línguas. se pudéssemos discutir o conteúdo (o teor) dos artigos, seria muito bom. cordiais saudações também a você, christian. ps: e muito obrigado por sua ajuda, me diga quando você tiver algum tempo, eu gostaria de saber.

SEGUNDA PARTE

Comedido demais? Pouca ênfase? Deixar a iniciativa com ela, pensou Christian enquanto descia de bicicleta pelo Weinmeisterweg[16], não lhe parecia ideal, teria sido mais inteligente se ele (de modo tão casual quanto solícito) já tivesse sugerido uma data, um lugar original para o próximo encontro, para uma conversa sobre, digamos, a situação política da Itália. Ou? Se ela não escrever em três, não, em dois dias, *eu* escreverei a ela, terei de escrever e nada vai me impedir. Certezas vindas da experiência, intuições.

Ele freou porque achou que estava andando rápido demais, em cima de uma bicicleta entre carros e trilhos de bonde, a descida do Prenzlauer Berg (aliás, por que Berg?, era uma montanha, por acaso?) até o centro; nas entradas do parque do seu lado grupos de traficantes árabes que sussurravam furiosamente (não era um mero cochichar) aos passantes sua gama de mercadorias sem que estes pedissem, dia e noite, a não ser que uma batida policial os tivesse afugentado por algumas horas; depois se seguiam, uns colados aos outros, cafés e barzinhos até a praça Rosenthal, um fragmento universal de *latte macchiato* e pratos cambojanos à base de arroz, ingeridos diante de paredes espelhadas nas quais rostos solitários se olhavam na lida ágil com os palitinhos de plástico. Este sou eu? Provavelmente, não faço ideia.

Pouco antes do Hackescher Markt ele dobrou na passagem para o Central, a única passagem por ali que estava sendo poupada dos trabalhos de reforma, reboco caindo, paredes corta-fogo, fachadas cinzentas ainda com marcas de tiros, portanto uma perspectiva agradável em meio àquele inferno turístico em volta, esculturas de lata no segundo pátio, onde um clube e o cinema

---

16. "Caminho do Mestre Viticultor". [N.T.]

conseguiram resistir ao cartel do lucro. Nos degraus de grade que levavam ao foyer, o gordo Bruno estava sentado com um sorvete, a seu lado o estojo da máquina fotográfica (câmera digital dentro?), usando sandálias ecológicas e terno de linho marrom (cortado por um estúdio de moda que levava o maluco nome de Diabolus), barba por fazer, quase barba cheia — coisa que contrastava estranhamente com seu crânio imponente e raspado recentemente, o prior do documentário, impossível de ser corrompido. Como James Benning e Chris Marker, Stan Brakhage e Jonas Mekas, seus heróis.

Como se estivesse esperando por Christian (não podia ser), Bruno se apoiou a um dos degraus do corrimão e se ergueu, estendendo-lhe a mão.

— Somos os primeiros ou os últimos?

— Marietta — disse Bruno, e a entonação permitiu conclusões confiáveis sobre o estágio presente da relação entre eles: um e estendido, um a antes sussurrado em seu modo de se expressar bastante colorido por um sotaque do sul do Tirol; eles se sentariam na sala várias fileiras na frente ou atrás dela. E assim aconteceu, escuridão, sobre três cabeças o foco irradiante do projetor que se transformava em escrita sobre a tela, o símbolo da distribuidora, uma mulher num vestido de verão, espionada por um homem que a segue e que aos poucos se revela seu amante. *A prisioneira,* volume cinco da *Recherche,* recriado na Paris contemporânea. Durante o filme, Christian fez anotações na contracapa do livreto da imprensa que lhe foi empurrado no caixa por um projecionista de mau humor; Bruno, estoico como um Buda, Marietta, bem na frente, afundada em seu banco. Quando a luz voltou a se acender depois dos créditos, ela desapareceu sem cumprimentar — mesmo Christian em sua condição de velho colega, quando na companhia de Bruno, era nada mais do que ar para Marietta.

— Vamos beber alguma coisa?

— Hackbarths, outra coisa civilizada não me ocorre por aqui.

— Por mim — disse Bruno, e principiou a contar uma história cabeluda a Christian, ou seja, que um canal lhe enviara um comprovante de impostos (tarde da noite eles haviam botado um de seus filmes mais uma vez na grade de programação), no qual em todas as colunas aparecia o número zero, honorários de autor e direitos autorais e direitos acessórios e indenização por gastos e custos de material, como se nas redações ou no setor financeiro houvesse uma pessoa (como ele pronunciava a palavra pessoa) à qual havia sido dada a tarefa de escarnecer dos colaboradores artísticos, que tinha de confirmar oficialmente a eles por cartas como a referida que eles, aos olhos dos funcionários das televisões, eram nada mais do que merda, que deveriam se contentar em ter recebido algum dia um centavo pela exibição de seus filmes.

— Isso parece uma queixa?

— Um pouco.

— Errado. Isso soa a Littleton, a fuzil de repetição, a cortar orelhas.

— Se você se acha capaz de acabar com os que merecem.

— Mostrei a carta ao funcionário vendo meu caso, lhe tocou o coração.

— E isso quer dizer?

— Seguro-desemprego por três meses, sem a necessidade de me apresentar durante esse período. Rastros de compaixão e pena no rosto do senhor Eisenhart.

— Isso não é verdade.

— Pode acreditar. Eisenhart do Serviço Social de Friedrichshain.

Eles pediram, no balcão, uma mesa que ficasse na calçada estreita.

Bruno Dusini era uma das pessoas que Christian gostava de ouvir, seus queixumes sobre a situação do mundo, os arabescos de suas vivências, projetos absurdos que ele acabava realizando com uma resistência digna de inveja. A pé de Eberswald a Deutsch Wusterhausen e, a cada quilômetro, um giro de 360 graus, encontros com moradores de povoados que ele envolvia em conversas, o retrato de um artista de circo ambulante que ele encontrara à beira da estrada noutro filme. Em geral, Bruno acabava tirando de seu bolso para pagar seus trabalhos, a soma que ele previa para si mesmo nos orçamentos era extremamente baixa (pelo menos um terno feito à mão, isso ele sempre se permitia). À pergunta de Christian por que ele viera para a apresentação à imprensa, ele respondera: primeiro, não era necessário pagar entrada, segundo, não havia público, terceiro, Chantal Akerman. E principiou um discurso cheio de detalhes sobre a diretora belga que envergonhou Christian; na verdade Bruno era quem deveria escrever a crítica. Se não estivesse brigado com metade dos jornalistas do país. Depois de uma cerveja de trigo e mais uma, histórias deliciosamente pitorescas do interior do aparelho, ele se despediu (a ignorância infinda de um novo redator de televisão, que não conhecia nem Carmelo Bene, nem Ken Jakobs, ou seja, não conhecia ninguém), o livreto de imprensa no bolso do casaco, Bruno Dusini, de Furlan, no Alto Adige, documentarista. Um dos bons.

Allons enfants, murmurou Christian, e pegou seu caderno de anotações para revisar rapidamente o que havia anotado durante a apresentação. Ao que parece, Marietta e ele seriam os dois únicos que comentariam o filme, dois jornais em uma dúzia que cediam a Akerman o espaço que ela merecia. A lei do mercado, a lei da massa. Novelinhas. Esboçou uma estrutura que girava em torno de conceitos como obsessão, prisão e traição e começou a escrever o texto, a formar frases com voz abafada, partes de frases, trechos breves e conexos feitos de sujeito e predicado; registrar a primeira impressão em palavras, não pensar tempo demais, o trabalho de burilar tinha de ser feito mais tarde, em casa. À noite, o artigo tinha de estar pronto, isso ele se propôs, não amanhã, nem depois de amanhã. Ele mandaria tudo a Hamburgo por e-mail ainda hoje, uma sugestão de título e o número de sua conta — caso Antje por algum motivo não o tivesse mais. Virou-se para o balcão e chamou:

— Pode me trazer uma Beck's?

A mulher do bar assentiu.

Pois então? Um acorde em três tons: *O amor nos tempos da análise do discurso, um cotidiano cerrado, relações precárias.* Nada mal. E depois? *Caso se acredite nas imagens do cinema dos últimos dez anos, de Laetitia Masson a Wong Kar-Wei, suas insígnias* (as do amor) *são os telefones celulares e a luz piscante de neon, seus locais são hotéis decadentes e restaurantes fast food e o sexo é uma atividade apressada entre a porta e o corredor.* Assim a coisa vai. Na frase seguinte, inserir *linhas de fuga, desejo e presente. Linhas de fuga do presente que cruzam o desejo e o arrastam consigo.*

— Tua cerveja.

— Obrigado.

Melhor é: *Como se as linhas de fuga do presente obrigatoriamente cruzassem todas as relações e as arrastassem consigo* — mas o desejo acabava ficando de lado. Desde o princípio. Mais uma vez desde o princípio. E que tal agora? *O amor nos tempos da análise do discurso, de um cotidiano cerrado, de relações precárias. Caso se acredite nas imagens do cinema dos últimos dez anos, de Laetitia Masson a Wong Kar-Wei, suas insígnias* (as do amor) *são os telefones celulares e a luz piscante de neon, seus locais são hotéis decadentes e restaurantes fast food e o sexo é uma atividade apressada entre a porta e o corredor. E, nisso, quase já se tornou indiferente com quem, como se o desejo não encontrasse mais objeto ao qual se possa unir, como se as linhas de fuga do presente obrigatoriamente cruzassem todas as relações, levando-as rapidamente, arrastando-as consigo.*

Depois de *relações*, colocar, ainda, *desde o primeiro momento*, pensou Christian e bebeu metade do copo. O efeito do álcool não se fez esperar, sentiu como a bebida lhe subiu à cabeça, uma sensação de vertigem que pulsava em ondas mornas entre suas têmporas. Não se entregar de todo a isso (por que você está fazendo isso?) era um verdadeiro desafio, horas antes do tempo que ele mesmo se impusera.

você mudou sua opinião
à noite não há ninguém ali
disso você não sabe
não há ninguém dentro
ainda assim
eles cozinham a gente
quantos você terminou
dois
eu sou contra
prédios desses têm sprinkerls
a tinta também é simbólica
há matizes
onde você está
biblioteca central
pode por favor me ligar
estou na sala de leitura
então saia meu polegar cai
vou até você
estou com n
ela é a favor
não é verdade

SEGUNDA PARTE

venha cá
ok
apague a lista
pois eu não sou você

Caro Christian, o que quer dizer existência de classe média? Nós no Ocidente não somos todos classe média e uma classe que se alimenta parasitariamente dos recursos da terra? Onde fica a fronteira, social, geográfica, ideologicamente (ainda que eu considere essa palavra capciosa, a gente quer o que quer, deseja o que deseja, consciência falsa é A categoria ideológica em si) e como ela poderia ser suprimida? Um proletariado invisível (!) que tem de ficar invisível (inominado), num centro móvel que a cada dia define de novo suas periferias (tanto geográfica quanto juridicamente), redefine (vide a questão mundialmente importante da migração), conforme lhe parece mais lucrativo. Como são processos dos quais ninguém (de nós, da classe média) será poupado, é tão claro quanto água, por certo ainda precisam, tanto na Alemanha quanto em outros lugares, do New Labour, dos social-democratas e do Partido Verde por cima, mas esses mouros (stricto sensu *shakespeariano) em pouco terão cumprido seu dever. Paremos, portanto, de falar em classe média, ela já acabou. Mas acho seu plano bom, só não se deve tratar de fazer ou exigir confissões, mas sim de caracterizar experiências das quais se possa aprender alguma coisa. Erros e equívocos sempre foram, conforme se sabe, as únicas forças produtivas (ou não?), o sucesso engorda. Uma determinada forma de sucesso. Não tenho nada contra o sucesso. Saudações de quem deseja sucesso a você. Nelly.*

Vinte duas horas e dezoito minutos e ela me deseja sucesso.

cara nelly, claro que sou da classe média, que você é da classe média, mas o ser humano tende a um olhar privado, que de vez em quando lhe impede uma perspectiva aberta. não discordo de nada do que você escreve e a última coisa que me ocorreria numa conversa dessas seriam gestos de desculpas ou de submissão (ao poder que é praticamente o mesmo de há 30 anos). com classe média eu queria me referir a uma altura de queda que a meus olhos tem algo absurdo ou exemplar, dependendo do ponto de vista que se escolhe. justiça não tem nada a ver com processos judiciais, sobretudo não históricos. (quem foi que disse a seguinte frase a seus juízes: os senhores podem me condenar, mas a história me absolverá, che guevara, lênin?). eu confesso que não sei ao certo aonde quero chegar, talvez você pudesse me ajudar nisso, talvez você tenha ideias que me levem adiante ou iluminem alguns aspectos aos quais eu até agora não pude chegar. não sou, de forma alguma, ávido por chamar a atenção, antes me parece que determinadas coisas me prendem, nas quais se revela algo que vai além de destinos individuais (e, por favor, não me pregue à cruz da palavra destino). é o esquecimento rápido que arruína as sociedades, que as desacredita, que as deixa ocas moralmente (aqui caberia uma citação de Benjamin; mas para isso seria necessário tê-la à mão), *além da dimensão política ou econômica. história como história, você me entende, o geral no concreto, outra coisa não se pode conseguir numa conversa. saudações cordiais. christian.*

Um final abrupto e mais uma vez o ponto não foi atingido.

SEGUNDA PARTE

Caro Christian, eu compreendo (não sou tão tapada assim) e me interesso por aquilo que você pretende fazer (isso da "absolvição por parte da história", aliás, foi dito por Fidel Castro — fique esperto com o google: "Podem me condenar; isso não significa nada; a História me absolverá." Atenção, por favor, ao pluralis majestatis*). O que você acha de sexta-feira? Às 14 horas na entrada do parque Görlitzer, no boteco do frango assado, Skalitzer Strasse, você sabe onde fica? Confirme pra mim. Nelly.*

Com prazer. Com todo, mas com todo o prazer mesmo.

Pelo menos quatro ou cinco vezes maior, pensou Christian, ao comparar a sala de Carl Brenner com a de Jakob, mas a comparação era torta, uma vez que a sala onde Jakob passava seus dias era uma repartição que, apesar das janelas, não passava de uma repartição, coisa que linguisticamente já representava um gênero menor. Alhos e bugalhos, ordens que não dava para comparar. Em uma das longas paredes, uma estante de livros que ia do piso ao teto; em frente, um aparador negro com gavetas largas, sobre o qual também havia livros, pastas, folders, volumes de formato grande, trabalhos de conclusão naquela encadernação típica de copiadoras; ao canto, uma espreguiçadeira estilo Bauhaus para descansar da pesquisa de Dante, ao lado de uma luminária de pisco com cúpula de papel de seda; e, na frente da estante, uma escrivaninha que teria agradado também a um empresário, mais a cadeira de couro ergonômica como parte necessária do conjunto. Testada no universo, no *cockpit* de uma nave espacial. Pilhas de papel e um computador estavam ao alcance da mão, sobre uma mesa simples e elegante com pernas de aço — assim dava gosto trabalhar.

Tão somente o aspecto de Carl, suas roupas, a camiseta lavada e usada, o rabo de cavalo grisalho e os fiapos de barba grisalha não combinavam à risca com o ambiente; como se tivesse sido copiado na imagem, feito uma colagem de Max Ernst. Esperanças que se tem quando se conhece alguém mais de perto em determinadas circunstâncias, num barzinho bolorento diante de uma cerveja, esperanças que botam tudo e todos no mesmo saco, de porre. Bem ou mal, de porre, pensou Christian, depois de ter se recuperado da surpresa e ocupado seu lugar diante da escrivaninha de Carl. Haviam se passado quinze minutos e ele simplesmente não conseguia conduzir o papo para a direção desejada. E Carl não fazia menção de ajudá-lo. De querer ajudá-lo, ainda que ambos soubessem por que ele estava sentado diante dele. Até que houve uma pausa que Carl, recostado em sua cadeira a se balançar, encerrou de repente com a pergunta:

— Você tem um jornal que aceitaria publicar?
— Melhor seria uma revista — disse Christian.
— Com fotos você não poderá contar.
— Não tenho câmera.
— Qualquer celular hoje em dia tem câmera, até o meu.
— Existem câmeras cujas lentes não são maiores do que uma ervilha. Bem caras.
— Quanto?
— Mil euros, dois mil euros.

Carl cruzou os braços à nuca e suspirou de modo perfeitamente audível.

— É errado pensar que as ilustrações concedem força a uma história. Como se apenas uma foto fosse capaz de dar caráter genuíno a um acontecimento. Ele aconteceu, ele foi real. Como um documento oficial numa batida policial, temos fotos disso? Para mim o mundo continua funcionando diferente.

Ele acredita mesmo nisso? Mas é a verdade.

— Daqui a pouco as pessoas farão fotos de suas fotos para ter certeza de que viram alguma coisa, ou fotos de slides que compraram em algum lugar de um camelô, ou vão começar a fotografar suas telas de computador.

— Expressão de uma expressão.

— Expressão de uma impressão, ou vice-versa.

— Você — Carl hesitou, depois se curvou para a frente e botou seus antebraços de mãos juntas sobre a escrivaninha. — Você está mesmo decidido.

— Não preciso dizer a você do que depende minha decisão. De pressupostos que escapam à minha influência. Nada de câmeras, nada de endereços, nada de bancar o louco. Apenas com aquilo que se tem à disposição.

— E o que você espera?

— Não tenho nenhuma tese a comprovar, não tenho nenhuma opinião prévia que eu queira confirmar. Eu aceitaria todas as condições.

— Você está com pressa.

Sim, pensou Christian, era uma prova e, além disso, no escritório de um catedrático, com todos os sinais distintivos de uma cátedra, os incontáveis livros nos quais havia bilhetes enfiados, os anuários de uma revista especializada cujas lombadas idênticas ocupavam uma prateleira inteira. Volume um a volume cem.

— A questão no fundo é apenas se sou ou não sou digno de confiança. Se não sou um daqueles que quer apenas aparecer, ah, ou sei lá o que mais.

— A questão é, você está limpo? — como se tivesse dito demais, Carl enfiou logo em seguida: — Essa seria a questão decisiva para alguém que concordaria de forma geral com um plano como o seu. Que o consideraria sensato, politicamente.

— Faz vinte e cinco anos — disse Christian —, e parece tão distante como a lua. Como a Idade Média com suas guerras religiosas e seus heréticos, sem que a opinião pública tenha a menor noção do que se passou um dia. O que a maioria silenciosa pensou, minorias estrepitosas, tudo desapareceu completamente. Por exemplo, Fassbinder, ele escreveu num texto, hum, que onde a violência impera, apenas a violência ajuda, quer dizer, a ideia de que nossa sociedade têm algo a ver com violência. Com isso não estou querendo justificar a violência, mas sim mostrar que se sabe que o capitalismo não é fundamentalmente pacífico, que não ama a paz e assim por diante. Quem se permite querer abolir o sistema, não apenas consertá-lo, vê-se automaticamente confrontado com a acusação de ser louco, caso para a psiquiatria, e eu acho que isso antigamente, há duas, três décadas, era diferente, e era isso que eu quis dizer quando falei em relações. Como se o Leste tivesse sido a única alternativa. Como se com o fim do bloco oriental toda a visão de uma outra vida também tivesse desaparecido definitivamente da ordem do dia. E para isso são necessários aqueles que se afastaram mais radicalmente do consenso, mesmo quando já há muito não existam mais ameaças vindas da parte deles.

— Pode ser — disse Carl. — Não me ocorre nenhuma alternativa.

— Assim são as coisas. Porque determinados pensamentos se tornaram impensáveis.

— Erros foram cometidos. Erros em âmbitos que eu não chamaria de âmbitos do pensamento.

— Como assim? Moralmente?

— Em cada ação há um conceito de moral, uma moral prática que muitas vezes é mais importante do que a prática em si.

— Na condição de mensagem que se envia?

— Mais na condição de limite que não se deveria perder de vista.

SEGUNDA PARTE

Será que o uso de armas é o limite? A prontidão para aceitar vítimas ou o propósito de matar deliberadamente alvos específicos, jogar pedras, vitrines quebradas? Christian tentou imaginar Carl Brenner quando jovem, ver nele aquele estudante, reconhecer o doutorando envolvido em atividades clandestinas em Perúgia (ele contou), participando de manifestações proibidas e esquentando a cabeça noites inteiras com discursos que misturavam solidariedade e militância. Sem cabelos grisalhos nem barba, no ponto de partida de uma carreira que lhe traria as mais altas honras acadêmicas. Existem fotos de jornal e imagens de filme, panfletos e protocolos policiais gravados nos arquivos da microeletrônica em infinitas cópias. "Porcos com asas", assim se chamavam os grupos, ou "*I nomadi della città*", ou eles davam a suas organizações de forma banal e brutal uma dessas abreviações que se tornaram misteriosas, feitas de letras iniciais, maiúsculas de uma insurreição futura, da revolução. Podem ser vistos discutindo, desenhando em faixas, enchendo garrafas de óleo diesel e de gasolina e depois fechando-as com um chumaço de tecido, grevistas nos telhados de fábricas, bandeiras nas chaminés de amplos complexos industriais, barricadas e calçamento aberto, carros pegando fogo e cortinas de fumaça e gás lacrimogêneo entre as suntuosas construções de centros históricos. Que limites? Como pensava o jovem que ele foi sobre aquilo tudo, correndo de tênis ao lado de um bonde que ele quer obrigar a parar? Um bonde virado como obstáculo, barricada contra os carros blindados deles, os jipes e carros-pipa lançando água.

— Uma vez que sou da Alemanha — disse Christian —, não estou querendo investigar a história italiana.

— O que você quer é uma saga.

— Uma saga me parece pouco. Saga soa um tanto *human touch*, como algo espetacular. E essa não é a questão que me move.

— Uma entrevista?

— O que se considera importante. O que eu considero importante, o que eles consideram importante. Experiências.

— Por que você está aqui?

Ele quer ouvir a coisa, pensou Christian, quer que eu a pronuncie. Como se nós dois não soubéssemos do que se trata.

— Porque acho que você pode me passar um contato. Porque você é o único que poderia fazê-lo. E porque para mim o assunto estará encerrado, pura e simplesmente, se você se recusar a isso.

Vinte, vinte e quatro anos que nos separam, pensou Christian, enquanto eles se olhavam nos olhos, imóveis, ele diante, Carl atrás de sua escrivaninha de empresário. Era antes meia vida, observando estatisticamente. Média estatística. Um filho da guerra que cresceu nos escombros de um crime pelo qual ninguém se sentiu responsável, giz, apagador e lousa na mochila. Os músicos de Bremen, os duendes de Colônia. Nada mais do que mentiras das quais se queria poupar a própria descendência. À noite, ouvir rock'n'roll na rádio Hilversum, música de negros tão inconveniente quanto qualquer discurso sobre o horror. Sartre e Camus, Günter Anders e Theodor W. Adorno (que, no entanto, lamentavelmente não entendia nada de música popular). A busca de uma linguagem que expressasse o que move alguém. Não a linguagem dos ancestrais, comandos latidos em pátios de escola e prestimosos trabalhos de conclusão sobre a métrica da canção de Rolando, mas sim uma linguagem da intervenção e das necessidades. Do inconsciente reprimido, das massas enganadas (cópias piratas que se engolia gulosamente, nomes de emigrantes que não eram ditos na universidade). Uma vida sem dominação nem coerção. Em seguida, vieram as drogas. As armas, os assassinatos, a derrota. Um prosseguir com Dante e Leopardi, com os *Noivos* de Manzoni e os arrivistas sociais de

Verga. Quanta beleza (e consolo) podiam ser encontrados numa linha de Stendhal, numa linha de Baudelaire, nos príncipes estéticos da restauração.

— Anote aqui o número de seu celular — disse Carl, e arrancou uma folhinha colorida de um bloco quadriculado.

Quando Christian lhe devolveu o bilhete, ele disse:

— Talvez alguém lhe telefone.

— Estou sempre à disposição.

— Dependendo das circunstâncias.

— Obrigado, de qualquer maneira.

— Por acaso você fuma?

Christian assentiu.

— Então me dê um cigarro.

— Posso dar até dois.

— E fogo, por favor.

Como se fosse uma piadinha de mau gosto (ou bem sucedida), pensou Christian ao deixar o edifício. O Instituto de Filologia Românica se localizava num prédio de escritórios da Dorotheenstrasse, espremido entre a embaixada americana protegida por barricadas (numa rua sem saída) e o palácio novo de um hotel em cuja fachada (uma retícula de janelas e mármore negro) toda a vizinhança se espelhava distorcidamente, na frente uma pomposa rampa coberta, com mastros de bandeiras e criados de libré que abriam as portas das limusines aos hóspedes e cuidavam de suas bagagens. Quepes tortos na cabeça, botões dourados nos casaquinhos. Um tanque blindado da polícia (ou será da força de proteção das fronteiras) estava diante das barreiras de concreto e grades, que trancavam a rua lá atrás, perto da embaixada, e apenas deixavam livre um caminho estreito para os pedestres. *Por motivos de segurança*, conforme estava escrito em letras de forma vermelhas sobre uma placa branca, *é proibido conduzir veículos de qualquer natureza, inclusive bicicletas, na zona de segurança. O Ministério do Interior.* Por que bicicletas, ele se perguntou quando chegou à Friedrichstrasse, por acaso alguém um dia ouviu falar em bicicleta-bomba? Não no mundo ocidental, até agora o instrumento não era conhecido. Sendo os criados em seus uniformes em parte homens adultos, conforme ele registrou à altura do hotel, Christian sentiu como aquilo era extremamente humilhante, os quepes presos com uma correia debaixo do queixo. Mas não pode ser, ele pensou, parece que estão pagando uma pena. Ou câmera escondida, mas a realidade é que não poderia ser.

Na Friedrichstrasse o trânsito roncava, das arcadas reconstruídas pendia um gigantesco banner de propaganda, *Cosmopolitan Offices*, sem endereço ou número de telefone. Será que não queriam dizer *Metropolitan*? Um engano no calor da luta, na batalha pelos metros quadrados? Colocar-se dentro daquelas cabeças era impossível. Matéria escura, cuja estrutura simplesmente foge de nossa compreensão de tempo e espaço.

Para onde agora? Direto para o metrô ou ainda dar um tempo na livraria Dussmann? Pelo menos ler não custava nada por lá. Refletir sobre os próximos dias numa das áreas de leitura e arranjar um expresso em algum lugar. Um bonde passou fazendo estrondo rente à ponta de seu nariz e lhe roubou a vista; do outro lado da rua ele vira cafés, uma filial da Starbucks. Que seja, sozinho não vou conseguir mesmo salvar as florestas tropicais. Ou o que destroem em termos de meio ambiente, salários de fome para os empregados que elevavam os lucros da empresa a níveis fabulosos. Uma mina de ouro com ar condicionado, um burburinho de gente no qual o indivíduo desaparece. Fosse em Chicago, fosse em

Berlim, fosse em Amsterdã, ausência de rosto que muitos apreciavam de forma extraordinária. E que pareciam chegar na hora certa para ele e seu trabalho, depois você deixa o local e não se lembra de mais nada, quem estava sentado a seu lado e o que fazia, se folheou um jornal, um guia de viagens, estudantes em seus computadores. E, por acaso, começa-se a conversar com alguém da mesa vizinha, nada mais do que um bate-papo inocente. Um murmúrio entre clientes que jamais se encontraram antes e depois de alguns minutos seguirão seus caminhos, cada um por si.

— Eu estive no porão — disse Índio, cujo ombro quase tocava o de Andreas Klosters. Duas cadeiras confortáveis, viradas para direções diferentes.

— Um velho armário de cozinha no qual eles guardam tudo, pilhas, cabos, papelões cortados em forma de trapézio. Sacolas de plástico fechadas hermeticamente, acho que com clorato de sódio, óleo de motor.

— Como?

Índio deu uma risadinha. Que psicopata, pensou Klosters.

— Do porão ao lado, brincadeira de criança.

— Ali mora Holger, não é?

— Ele e sua namorada, ela vai ter um filho.

— Sério?

— Agora é oficial.

Klosters dobrou o *Tagesspiegel* em seu colo e o botou sobre a mesinha à sua frente. Você não está fazendo progressos.

— Vou junto para Zurique. Os planos estão avançando.

Abaixe a guarda, rapaz.

— A coisa vai ser das grandes, há uma célula que coordena a passagem pela fronteira. Sei que têm coquetéis molotov, fundas. Aquele Jan esteve na semana passada na Suíça.

Meu Deus, sensacional.

— E então... — Índio bebericou de seu copo e inspirou com ruído — então me perguntaram...

Klosters atou o cadarço de um de seus sapatos. Um ar fresco bafejou suas costas suadas, a camisa colada à pele.

— Holger quer marcar um encontro. Sozinho comigo.

Ele esticou as pernas e cruzou os braços. Finalmente.

— Eu acho... que vou estar nessa.

Klosters ficou tranquilo. Como se não estivesse esperando há semanas por essa notícia. Uma etapa, pensou ele, que superamos, agora começa o trabalho.

— E o que isso significa, o senhor mesmo sabe.

Índio limpou o nariz e jogou o lenço de papel sobre o jornal.

— *Step by step*.

— Claro —, disse Índio e puxou a gola de sua camiseta. — Não meter os pés pelas mãos de jeito nenhum.

— As coisas precisam se desenvolver de maneira orgânica.

— Mas é claro.

— Estamos apostando no senhor — disse Klosters (arranje o material pra nós). — O senhor é o homem.

Ele tirou um envelope do bolso de sua camisa xadrez e o colocou (como que por acaso, não preciso mais dele) sobre o espaldar da cadeira; o outro, depois de um momento, botou seu cotovelo sobre ele.

— Quando o senhor vai encontrar o cara?

— Logo.

— Um torpedo.

— Sim, pode deixar — disse Índio.

Quando Klosters saiu, rasgou (desrespeitando o que haviam combinado) o envelope e espiou dentro dele. Ao menos não chegou a contar o dinheiro no meio do Starbucks.

SEGUNDA PARTE

Um muro alto de tijolos ocres envolvia o terreno da velha estação ferroviária de Görlitz. Um retângulo gigantesco que era sobrepujado pelos conjuntos habitacionais à margem dos trilhos, como paredes de rocha íngremes. Os trilhos haviam desaparecido, o pavilhão da estação em forma de catedral, só o muro continuava em pé na fronteira com o maior parque que a cidade tem a oferecer em sua região sudeste.

As pedras estavam quentes, tão quentes que se queimava os dedos quando eram tocadas por mais do que um segundo; com o muro às costas, ficar olhando disfarçadamente para vê-la chegar, caminhando para cima e para baixo entre os outdoors na esquina da praça Spreewald e do boteco em que assavam frango na esquina da Görlitzer (Kalitenin Ad1), uma lanchonete com mesas para se ficar em pé, às quais um alpendre improvisado fornecia uma sombra para lá de precária. De onde ela viria? Da esquerda, da direita, ou apareceria de repente da clareira que dava para o parque? Será que apareceria debaixo do trem elevado? Também era possível, o principal seria não dar a impressão de ter sido pontual demais, porque se tem esperanças absurdas. Duas e sete.

Christian tirou um livrinho da editora Reclam do bolso de sua calça e fingiu que o lia. Como se ele, para passar o tempo, sempre tivesse algo para ler — enquanto o sol chamuscava sua cabeça. As letras tremiam diante de seus olhos e seus cabelos pareciam palha seca. Duas e nove. Ele voltou a guardar o livrinho e olhou em direção à praça Spreewald, depois à direita, onde ficava a lanchonete, para a frente, onde ficava o trem elevado, mas nada, nenhuma cabeleira loura no horizonte. Não aquela que estava procurando. Pegou mais uma vez o livrinho da Reclam e lançou um olhar fugidio ao título. De volta ao bolso dentro do qual o enrolou e dobrou, amassando. É uma dessas mulheres com as quais é bom ter nervos,

nervos de aço, da grossura de um punho. Mais cinco minutos e a insolação me pega, esticado *in the dirt of the gutter*. Aparece, Nelly, ou as coisas vão escurecer diante de meus olhos.

E mal ele havia pensado isso, ela surgiu à esquerda (onde ficava o restaurante indiano diante do qual eles haviam parado da outra vez), com um cobertor de lã debaixo do braço e uma mochila de couro sobre um dos ombros, e acenou para ele, rindo, cumprimentando, sem fôlego, quando chegou até ele.

— O turco — ela arquejou — ele me...

Ela deixou a mochila cair e se apoiou brevemente sobre o joelho.

— O que tem o turco?

— Na loja — manchas vermelhas podiam ser vistas em sua testa e em seu rosto — comprei laranjas e ele era meio lento.

— Imagino.

— A balança era um enigma universal, e aí o celular dele tocou.

— E a gente não quer ser antipático.

— É, não quer.

Christian ergueu a mochila do calçamento.

— Vou comprar algo para beber.

— Vai lá.

— Gosta de Ayran?

— Ótimo. E água mineral.

Ela pegou a mochila das mãos dele e Christian entrou no boteco a fim de providenciar tudo e pedir para botar em duas sacolas.

— Você conhece um lugar bom?

— Vamos procurar um — disse ela.

— É pra já.

Da quadra junto ao canal chegaram gritos até eles, o barulho surdo de bolas de couro batendo, um ruído metálico ecoante quando acertavam as barras de alumínio da trave. Às vezes um assobio alto quebrava o treino, novo exercício.

— Está com fome?

— Não.

Eu também não, pensou Christian, e deitou-se de barriga para cima. Haviam comido as laranjas e bebido Ayran durante a tarde, foi o que bastou. À sombra da árvore que haviam escolhido no final do parque para estender debaixo dela o cobertor de Nelly, suficientemente distante das pessoas mais próximas. Sobre a grama queimada estavam as sandálias dela e os sapatos dele, ao lado de cascas de laranja e copos vazios, numa das garrafas ainda havia um restinho de água. Nelly estava sentada em posição de lótus à beira do cobertor e lia um livro que tirara da mochila, um volume de Jean Paul cheio de anotações, pontos de exclamação e linhas sublinhadas em todas as páginas. *Propedêutica à estética*[17]. Contara a ele de seu trabalho de conclusão, depois de terem repassado os artigos de jornal (na tradução fluente dela) e lhe confessara com franqueza que Jean Paul, o furioso, era com folga seu autor preferido, aquele que ela distinguia entre todos os vivos e mortos, entre os conselheiros secretos e médicos de regimento, os porta-vozes de governo e menestréis de partido. Christian teve de confessar que jamais lera uma linha dele e teve de prometer que preencheria essa lacuna (oh, uma cratera) o mais rápido possível... Ouça bem, qualquer pessoa sensata ama Jean Paul, pergunte a Jakob para ver.

Ele fechou os olhos. Uma blusa preta, a saia alaranjada que ele já conhecia. No dedo médio, ela usava um anel com uma pedra de selenita e também usava uma gargantilha de prata cujo pingente

---

17. No original, *Vorschule der Ästhetik*, obra ensaística de Jean Paul, publicada em 1804. [N.T.]

escondia constantemente no decote de sua blusa. Seu queixo era redondo, um queixo redondo e arqueado que só hoje chamara a atenção dele de verdade e tornava o rosto dela perfeito. Ela é bonita, ele pensou, e não sabe disso. Nunca se comportava como se tivesse consciência desse fato, como se sua aparência não fosse algo que ela um dia usaria para conseguir isso ou aquilo. Ou que a impediria de ficar furiosa caso alguma opinião, um ponto de vista político, um juízo de valor a contrariasse. Sobre isso não dá para brigar, ele dissera, quando ela amaldiçoou a não mais querer a música eletrônica, uma freada na conversa que ela fez questão de botar para depois acabar concordando que não, não se podia brigar, não agora, provavelmente porque ela não estava com vontade de brigar.

A tarde passara rápido, falaram sem parar (indo de tema em tema), até que Nelly disse que estava cansada, que tinha de se calar por um momento. E ficar calada significava para ela tirar seu livro da mochila e ler, ler o que já havia sido lido, como se os parágrafos macarrônicos de um romântico alemão fossem a coisa ideal para descontrair. Os caprichos de uma mulher fascinante. Que, quando ele lhe perguntara enquanto ela traduzia os artigos, também não sabia nada sobre as Brigadas Vermelhas, nada mais do que aquilo que estava escrito nas enciclopédias, eu naquela época ainda nem havia nascido, ela disse (sorrindo, piscando), no ano do sequestro meus pais se casaram, em Neustrelitz, o terror, *this town rips the skin off your bones.* E logo estavam em outro assunto, falavam sobre cidadezinhas (que são a pior coisa que existe), sobre albergues protestantes (mortalmente entediantes), sobre viagens de férias ao sul das quais não se queria voltar para casa — aos dezesseis anos. Hora a hora, bebendo Ayran, descascando laranjas, numa conversa que era bem fácil, tão natural quanto respirar. Ele não chegara nem mesmo a fumar.

Enquanto falavam sem parar, ouviram-se sem se envergonhar com algum ponto fraco. Com a possibilidade de dizer algo errado, de falar demais ou muito pouco, de preferências e aversões, interesses e planos. Como procuravam se orientar. Que Nelly (assim como Jakob) era entusiasta de Foucault (*A vida dos homens infames*) e de Deleuze (*Crítica e clínica*), ela não escondeu, e Christian nem fez questão de dissimular que ele apenas lera aquilo (quando lera) superficialmente, que na verdade não fizera mais do que dar uma olhada, você tem diante de si alguém que é feito praticamente apenas de crateras. Ela riu, não é um problema para mim, crateras existem para serem preenchidas. Por favor, disse ele, pode começar. Onde eu devo começar? Pouco depois de Adão e Eva, curso básico 1, a lógica do sentido. É mesmo? Mais ou menos. Em outro momento, ela disse, acho que antes disso deveríamos fazer uma prova para ver em que nível o aluno deve entrar. Estou pronto. Bom.

Quando Christian lhe confessou que ele (E além disso?) estava escrevendo um romance (Como todo mundo, não é?), ela se mostrou obstinada e começou a fazer perguntas, do que se trata, qual a forma, desde quando? Não trata de mim, respondeu ele, e a linguagem, pois é, são vozes, vozes de todos os âmbitos, de cima, de baixo, que esboçariam um panorama do cotidiano em tons cambiantes, um cotidiano em todas as suas facetas, sendo que as histórias individuais bem poderiam ter pontos de contato e inclusive tinham pontos de contato, porque de vez em quando debatiam uma questão, um objeto a partir de diferentes pontos de vista, duas vozes que relatavam o mesmo acontecimento, um acidente de trânsito, o despejo de casa e sei lá mais o quê, um encontro na rua.

— Como em *Manhattan Transfer*?

— Mais anônimo. Como se Dos Passos tivesse lido Kafka antes.

A ideia era atraente, disse ela (a palavra atraente), como programa de desidentificação para então tirar da manga uma teoria que acrescentasse ao pós do modernismo mais um pós, duas, três piruetas de ideias que ela conseguiu fazer aterrissar com toda a segurança. Era puro prazer ouvi-la, ver como gesticulava, com seus olhos verdes bruxuleando, seus cabelos louros em mechas, como sua boca larga e nervosa formava as sílabas como se elas tivessem algum gosto, algo delicioso do qual ela desfrutava com vontade. O prazer de pensar, o prazer de ver uma ideia fulgurando, um dito espirituoso, os curtos-circuitos de um saber sempre crescente que se reproduzia em direção ao infinito.

Ele jamais havia escrito, conforme confessou a ela, com a expectativa de uma publicação, mas aquilo que o ocupava no momento era imaginar publicado, era um objetivo seu, um livro, pois bem, que o chamassem de romance, numa editora estabelecida; quando terminasse, Jakob (além dele — e de você agora — ninguém sabe disso) já zombava dele há algum tempo com isso. Eu sinto vontade de lhe dar uns tabefes quando ele insiste em se dirigir a mim com seu sorrisinho professoral perguntando por meu trabalho ou se tenho algo para ele ler.

— E você tem?
— Ele não vai ler uma só página do que eu estou escrevendo.
— E eu?
— Você quer, por acaso?

Um assentir insinuado (e um sorrisinho) que foi tão tímido e tão carinhoso, tão curioso e tão interrogativo que até o mais duro, o mais tarimbado dos agentes secretos do mundo teria mostrado todos seus papéis. *Next date.*

Ele poderia imprimir algo para ela, dissera Christian, com o coração aos pulos, um capítulo que considerava provisoriamente pronto, talvez o começo do manuscrito, as primeiras vinte páginas.

— Ou as primeiras trinta — disse Nelly, irresistível.

Ou as primeiras quarenta, ele pensou, o manuscrito inteiro, esboços, cadernos de anotações, bilhetes de rascunho, blocos rabiscados, a estrutura, a lista das personagens, as vozes, o mapa da cidade com os caminhos percorridos marcados. Se é o teu desejo, tenho de realizá-lo.

Ele ouviu como ela fechou Jean Paul fazendo ruído, ouviu e sentiu como ela se deitou ao lado dele. Como ficou de bruços. Como aninhou a cabeça sobre os braços. Será que estava olhando para ele?

Um apito agudo que encerrou o treino se fez ouvir. Pelo menos o barulho das bolas de couro batendo parou, assim como o ruído das traves de alumínio, mais nenhum grito na quadra.

O clic-clac baixinho do tênis de mesa numa das chapas de aço pré-montadas diante dos trepa-trepas e das caixas de areia.

Carros que andavam pela Schlesische Strasse em direção a Treptow, jardins e balanços de criança. O azul sintético de piscinas infláveis.

Sonolenta, a tarde deslizava até um anoitecer de verão cujo crepúsculo ainda demoraria duas ou três horas. As mãos de Christian pareciam pegajosas, seu pescoço, seu peito. Assim como o pescoço de Nelly, ele pensou, como o peito de Nelly, deve ser a mesma coisa. Um gosto de sal que seria um pouquinho amargo. Ele virou a cabeça, ela fechou os olhos, mas não suficientemente rápido; ele vira, ela pensou, também pouco importa. Veiazinhas finas cruzavam as pálpebras dela.

— Estou com sede.

— Algo frio — disse ela, e olhou para ele. Um pulsar em sua têmpora.

— Poderíamos ir até o Spree.

— Será que a água está fria?

— Vamos achar alguma coisa.

— Com certeza — disse Nelly baixinho, e voltou a fechar os olhos. Tempo que escapa da gente, todo o tempo do sistema solar. Dias, semanas, anos. Eternidade.

Eles foram até a margem dos botecos, entre o rio Spree e o canal, ele com o cobertor dela debaixo do braço. Ali ficavam as pinguelas e as casas de barco e os quiosques abertos de uma associação de pesca que havia se acabado assim como o estado que antigamente a subvencionava, os novos proprietários haviam montado um balcão de comes e bebes com autosserviço num dos depósitos com porta de correr, na parede em frente havia um palco minúsculo com toca-discos e mesa de som. Lá fora, sobre as pranchas de madeira, várias poltronas velhas, sofás, bancos sem encosto, cobertos pela copa pendente de alguns salgueiros cujas raízes tortas se agarravam ao barranco do rio. Suco de maçã gelado em grandes copos pelos quais se tinha de pagar um euro de vasilhame. Nelly e Christian estavam sentados um ao lado do outro sobre um sofá de dois lugares, em cujo estofamento puído (de estampa floral) os dois afundaram; conquistado com valentia, depois de Christian ter avistado os lugares livres já da ponte.

— Pode deixar que eu sei me virar sozinha — disse Nelly.

— Nunca duvidei disso.

— Você disse que...

— O quê?

— Você disse que — a cabeça dela estava quase deitada sobre o ombro dele (as molas do sofá totalmente gastas) — é normal...

— A palavra normal eu jamais usaria.

— Não me interrompa. Você vive me interrompendo.

— Não é verdade.
— É sim.

Botar os pés descalços sobre o sofá e puxar a saia sobre os joelhos foi uma coisa, depois ela pegou seu copo da balaustrada e o esvaziou. Restos de cubos de gelo que ela fez tilintar. Pescou um deles com os dedos esticados e começou a chupá-lo. À sombra das árvores já havia escurecido.

— Eu apenas duvidei de que sempre se precisa de alguém.
— E eu, de que a princípio não se precisa de ninguém.
— O peixe morre pela boca.
— Retoricamente, talvez.
— Ok, há necessidades para as quais se precisa de alguém — disse Nelly, e abraçou suas pernas com ambos os braços. — Mas mesmo isso é diferente de pessoa pra pessoa.
— A palavra normal nem sequer existe em meu dicionário.
— Melhor assim.

Que necessidades, pensou Christian, será que estamos falando de sexo? Como se ela quisesse lhe dizer que se tratava meramente de um problema técnico. De biologia, uma espécie de prática higiênica. Essa exibida.

Ele a contemplava de soslaio, ela a ele — ambos acreditando piamente que o outro não o percebia. Um jazz (Brad Mehldau) pulsava através do ar morno, num certo momento Christian disse:

— Vou buscar mais alguma coisa.
— Queria uma cerveja — disse Nelly. — Se eles tiverem alguma tcheca...
— Staropramen.
— Maravilha.
— Vou lá.

Listras amareladas e desfeitas sobre a água, o reflexo tremido de pequenas tochas que haviam sido acesas no bar mais nobre à outra margem. Na escuridão acima, o azul de um posto de gasolina Aral se espalhava, faixas de neon azul brilhante que iluminavam parte da Schlesische Strasse atrás da ponte, deixando-a clara como o dia. Cada lugarzinho estava ocupado, cada canto, cada esquina, cada quina, cada encosto, todos bem próximos, sentados sobre os degraus da entrada, sobre a balaustrada de madeira que dava para a margem dos botecos; era quase um milagre ninguém perder o equilíbrio e cair na água, a arte do equilibrismo depois do álcool. Trovejou algumas vezes, mas nem uma só gota de chuva veio do céu. Nelly olhou para ele e ergueu os ombros, como se uma tempestade já estivesse caindo sobre ela, e Christian pensou por um momento em colocar o braço em volta dela; mas evitou fazê-lo, depois de ter hesitado um segundo demais. E continuaram conversando como haviam conversado durante a tarde, durante o anoitecer inteiro, sem esforço, sem bancar os importantes, sem mostrar diferenças que tivessem de ser discutidas. Não num dia tão bonito e tão feliz como aquele. Na companhia de um ser que parecia extraterreno a ele. Em algum momento, Nelly olhou para o relógio.

— Tarde?

— Meia-noite.

Ela se curvou para a frente para atar as sandálias.

— Você vai?

— Tenho de ir pra cama — disse ela, e jogou a mochila nos ombros.

— Pena.

— Vai ficar?

Mas o que ela está pensando?

— Eu vou também.

— Então...

SEGUNDA PARTE

Em silêncio, andaram lado a lado até a Cuvrystrasse, no cruzamento Nelly pegou o cobertor de lã das mãos dele. Com cuidado.

— Eu...

— Está mesmo bem tarde — disse Christian.

— E eu estou mesmo cansada.

— Eu sempre interrompo você.

— Verdade — disse Nelly, e tocou com a mão espalmada o peito dele. — Vou para a esquerda.

Ele assentiu, engoliu em seco.

— Moro ali na frente.

Christian botou sua mão sobre a dela.

— Vamos nos ver de novo?

— Vamos nos ver de novo — disse ela, e recuou. Como se fosse possível observar o interior de uma pessoa, com aqueles olhos.

Ela se virou, decidida, e foi. Engolida rapidamente pela escuridão, só a saia alaranjada. Uma mancha alaranjada que a cada passo ficava mais pálida e que ele seguia com os olhos até não restar mais nada dela. Nelly Fridrich, ele sussurrou, Nelly, Nelly, Nelly Fridrich, e ainda sussurrava o nome quando desceu do metrô na Eberswalder Strasse, depois de meia hora.

— Ouça só essa — disse Christian, e levantou sua cabeça acima da borda do notebook. — Cozinha italiana da melhor qualidade. Se as instalações rústicas e singelas do Il Fornello não assustarem, o sétimo céu da arte culinária toscana logo se abrirá diante de seus olhos. Seja o quarto de cordeiro maturado com torta de polenta na receita secreta de Mama Rosa, seja simplesmente uma pizza crocante do fogão de pedra, aqui tudo é preparado com ingredientes frescos e muito amor. Ao fogão, Padrone Gianni Lisato reuniu as receitas de suas delícias nas aldeias de sua pátria, a fim de oferecê-las de forma modernizada aos clientes berlinenses, espere, oferecê-las que nada, botá-las à mesa ou, hum, servi-las simplesmente.

— Servi-las — disse Jens Schillings, que estava sentado na escrivaninha à sua frente — botá-las à mesa soa como uma ameaça.

— E de resto?

— Eu tentaria ser mais positivo. Você não pode escrever *assustarem*.

— Mas dá uma olhada nas fotos do negócio.

— O que me interessam as fotos, elas podem ser retocadas se precisarmos.

Nisso ele tem razão, transformar no computador o Il Fornello no restaurante do Hotel Adlon, lustres e toalhas adamascadas em vez de lamparinas e axadrezado de plástico vermelho e branco. O cardápio era tão abrangente quanto um guia com os horários do trem, pizzas e massas aos montes. *Receita secreta* eu já escrevi, pensou Christian, e *cozinha da melhor qualidade* também não se pode usar todas as vezes. Como será que está trabalhando Schillings com o cut & paste? *Cozinha de ponta, cozinha nobre, cozinha popular no aconchego de uma atmosfera familiar. Há décadas um lugar certo na gastronomia de Schönenberg. Tão só pelo ambiente vale a pena comer no* Gran Sasso. *A oferta nos pratos à base de peixe é excelente e os preços são razoáveis. Uma casa cheia de estilo que atende a todos os desejos.*

Falar com ele, pensou, na primeira oportunidade. Pagamento em dinheiro vivo, direto para o bolso. A coisa tem de andar mais rápido para valer a pena, a economia da vertigem. Antes de se cair na loucura ou encher a cara de novo, porque a seco não dá para aguentar. Mil e quinhentos em quinze dias, quando se consegue manter o ritmo previsto. Schillings batia nas teclas como se estivesse escrevendo numa máquina de escrever de viagem, bife de iaque e chá com leite salgado em imitações de tendas mongóis. Como estalam nesse ambiente oco onde, além de um calendário em tamanho de pôster, não há nada na parede. Prazos de entrega, redação fotográfica. *A especialidade do Fornello são caranguejos frescos na grelha e ravioli fresco com espinafre fresco e ricotta fresca, depois dos quais todas as pessoas do universo lambem os dedos lavados a fresco.*

Não foi assim que combinamos, senhor Eich, o senhor, sim, me refiro exatamente ao senhor, o senhor conhece essa palavra?

— Vou fumar — disse Christian, e se levantou.

A palavra a que me refiro é seriedade, tatue-a atrás de suas orelhas.

O apartamento do térreo havia sido alugado antes por uma editora de livros de arte que, devido à queda no faturamento, passara a sublocar alguns ambientes a duas doutorandas de história, uma enfermeira de idosos diarista e a Schillings com seu guia de rango. Fumar era permitido apenas no jardim ou na rua, isso agora era assim em todos os lugares; mesmo na janela totalmente aberta se recebia olhares cheios de censura, quando não uma reprimenda rude. Ausência de nicotina igual a crescimento, os vasos capilares da biopolítica. Uma pobreza mais saudável aquela Europa jamais vira.

Diante do prédio havia um banco no qual ele se sentou, à direita, a Danziger Strasse, à esquerda, a Kollwitzplatz. Que definitivamente deixara seu passado para trás, cerca em volta e pagar entrada. Mudar dali, ele pensou, deixar o bairro quando seu celular soou no bolso de seu casaco. Nenhum número no display, chamada desconhecida.

— Eich.

Nada.

— Aqui é Eich, alô...

— O senhor é Christian Eich? (Como se fosse uma voz digitalizada, entrecortada.)

— É você, Martin (uma intuição espontânea, uma de suas piadas bobas), pode dizer.
— Dia onze, às dez horas.
— Como?
O outro desligara.
Dia onze, às dez horas, o que vai acontecer? E onde? Ele discou o número de Martin, mas ninguém atendeu. O outro mencionara data e horário, faltava apenas o lugar onde aconteceria algo. Dois eixos, dois movimentos que sem um terceiro não formavam um ponto de encontro no espaço. A terceira informação teria de ser fornecida posteriormente. E seria fornecida apenas pouco antes das dez para garantir o terreno, evitar um monitoramento prévio. Talvez liguem pra você, Carl dissera, e essa era a ligação. Era o contato do qual dependia tudo. Os métodos deles, mecanismos testados de controle. É assim a clandestinidade? É assim que funciona? Christian deu um piparote na ponta de cigarro que caiu na sarjeta e acendeu mais um, a mão que segurava o isqueiro tremia.

Um erro ela ter vindo junto. Ter se deixado convencer por Zechbauer durante o serviço, ter voltado para a cidade no carro dele, tê-lo acompanhado até o restaurante depois da leitura que enchera a sala até o último lugar. Parecia estar sentada em cima de brasas, apertada entre o homem que organizara a leitura com seu bigode e um rapaz prestimoso que fora apresentado a ela como assistente dele. Grotesca, ela pensou, e não lhe ocorreu outra palavra, uma situação grotesca aquela para a qual havia se deixado levar. Como se tivesse sido impossível recusar, dizer obrigado pelo convite, mas já tenho programa para hoje, lamentavelmente. Pelo menos ao final da parte aberta ao público, da leitura (textos doidos, ele não prometera muito), dos velhos filmes de alta granulação do arquivo de família de Gaddis que ele projetara na parede frontal da sala do primeiro andar. E como ele havia incorporado as vozes, como se fossem papéis que fazia no palco, personagens que com seus trejeitos e manias se tornavam plásticos e palpáveis pela maneira que ele os apresentava na leitura. Um ator, realmente um ator, e muitos aplausos; até mesmo assobios, como depois de um concerto.

Mais de uma vez o rapaz tentou entabular uma conversa, mas deu de cara com alguém que não estava presente ali com seus pensamentos. Sim e não, bebericar no copo de Coca-Cola, perguntar-se em que consistem as dificuldades aqui e agora, despedir-se (até terça que vem, então) e ir embora. Ainda que ela tivesse tempo, essa não era a questão. Também não tinha medo do ato ou de algo semelhante. Covardia diante do inimigo que se encobria logo com construções teóricas. E, apesar disso, era como se estivesse colada a sua cadeira, em meio a pessoas que não lhe interessavam em nada. Contagem regressiva, ela pensou, três minutos. Zechbauer escreveu seu autógrafo no livreto de um CD que uma admiradora lhe estendeu, o organizador recebeu a comida que havia pedido. Ele gemera audivelmente quando desdobrou o guardanapo e o colocou sobre o colo e antes do primeiro bocado enxaguou a boca com seu vinho tinto. Mastigar e degustar, gemendo de novo ao cortar o bife. Vinte e um euros, sem acompanhamento. Tchau, ela disse ao rapaz, e deu a volta na longa mesa até chegar a Walter Zechbauer.

— A senhorita vai nos deixar?

Nelly botou um sorriso no rosto e assentiu.

— Naturalmente está convidada — disse ele, e lhe deu a mão.

— Obrigada.

— Por nada.

— Então até terça — disse Nelly, e se foi.

Rostos não podiam ser reconhecidos daquela perspectiva. Seus disfarces com capacetes e meias de nylon, lenços de pescoço sobre a boca e o nariz. Demasiado alto, demasiado distante. Aquilo tinha algo de desenho animado, de modelo pelo qual figurinhas animadas de plastilina se movimentavam com leves solavancos. Quase saltos quando corriam, duas até a Kurfürstendamm, duas até a saída da passagem para a Kantstrasse. Como em *podcasts* da internet, um retardamento entre imagem e som, só que ali não havia som. Um casal passa pela vitrine, fica parado para se abraçar (se beijar?), de trás aparece de mãos dadas outro casal que se aproxima vagarosamente. O casal um segue adiante, até os quatro estarem, ao mesmo tempo, diante do foyer da companhia aérea. Sob a luz que sai das lojas e o clarão dos fachos de luz futurísticos dos postes de iluminação a cada dez metros a cena pode ser acompanhada com nitidez. Nenhum detalhe, mas em panorama. O desenrolar inteiro. Como tiram coisas de seus bolsos e as balançam diante das vitrines, como uma das figuras com movimentos longos de seu braço, que se mexe rapidamente para cá e para lá, faz alguma coisa no vidro, algum dano material. Pouco menos de um minuto depois saem correndo, dois descem pela esquerda, dois pela direita. Em números brancos, o horário corre na parte de baixo do monitor, os décimos de segundos em velocidade alucinada.

— Mais uma vez?

— Não vale a pena.

— A segunda fita é da câmera que fica exatamente do outro lado — disse Oliver Damm, e trocou as duas fitas no vídeo de Seidenhut, que estava em pé sobre uma mesinha com rodas ao lado da televisão. — Aquela que fica na loja da e-plus. — Apontou o controle para o aparelho e apertou.

Vazio. Um ambiente vazio e quase sem sombras em tons variados de cinza, nenhum preto de verdade, nenhum branco de verdade.

Como decoração, janelas grandes e iluminadas por dentro ao fundo (com o logotipo da companhia aérea), diante das quais pode ser visto um trecho de chão pavimentado como se fosse um palco. Palco para meditação na solidão noturna. Até que de repente seres fantasmagóricos adentram o ambiente, armados com latas de spray, moldes, chaves de fenda, mascarados com toucas-ninja e lenços atados à nuca, que ergueram até os olhos, em jaquetas jeans e anoraques como os que são vendidos diariamente em grandes quantidades nas lojas da galeria.

— Dois homens, duas mulheres — disse Damm —, é nítido pra mim.

— Também acho — confirmou Eberhard Seidenhut, ainda que não tivesse certeza. Os movimentos eram rápidos e sincopados demais. Como se estivessem limpando janelas em alta velocidade e não demolindo-as, um esfregar de braços da esquerda para a direita, um se esticar, e um andar agachado, arranhar e rascar com objeto metálico oblongo. Não, não se tratava de uma limpeza, mas sim de sinais que deixavam sobre o vidro, letras, palavras, símbolos. Letras escuras sobre uma tela frágil de brilho prateado que agora está arruinada, arranhada e emporcalhada, e precisa ser trocada. Um caso para a empresa de seguros.

— Pare, por favor — disse Seidenhut, depois de os quatro mais uma vez terem desaparecido da imagem como fantasmas que voltam a se transformar numa superfície congelada de variações de cinza (antracito, sépia, ardósia, chumbo), cuja fria geometria, linhas retas, ângulos retos, agora estava sensivelmente prejudicada pelos borrões assimétricos deles.

— O que está escrito ali?

Oliver Damm se ajoelhou ao lado do aparelho e leu, sublinhando as palavras com seu indicador:

— Hansa assassina. *First class deportation class.* Togo: voo para a morte. E aqui, hum, aquilo que estou envolvendo com um círculo, um grou com o símbolo da morte e sua foice em cima, para isso com certeza usaram um molde e jogaram spray.

— Como nos panfletos.

— Idêntico. Fim imediato das deportações.

— Outras câmeras?

— Duas, três outras posições, mas que nada acrescentam. As gravações que nós vimos são as melhores.

— E o guarda estava dormindo.

— Descobriram o dano apenas meia hora mais tarde. Numa ronda rotineira.

— Cochilaram mesmo, não é?

Damm botou o controle remoto em cima da mesa de centro e sentou-se numa das poltronas.

— Normalmente — disse ele — o alarme teria de ter soado, quer dizer, quando se mexe tão forte numa vitrine. À noite ele é programado para reagir até mesmo a uma pressão relativamente fraca.

— Poderiam ser os mesmos — disse Seidenhut.

Um tom que soou como o de um ronco, Klaus Witzke expirara com força pelo nariz seco. Desde que eu o conheço, pensou Eberhard Seidenhut, um costume bem repulsivo.

— Poderiam — disse Witzke —, mas também poderiam não ser.

— Uma possibilidade seria olhar as fitas dos últimos dias. Por uma suspeita bem justificada.

Damm sabia que sua sugestão era impraticável, mas Witzke o incomodava. Esse queixume constante em relação a seus métodos, a todas as formas de análise técnica. Um modelo ultrapassado.

— Quem pode ter sido?

Seidenhut fitou os dois, um após o outro. Pesando as vantagens de um contra as capacidades do outro. Perigos na própria pele que o mais jovem jamais havia vivenciado, ameaças que para ele eram apenas frases, frases meio esquecidas de um livro de história.

Damm pegou um dos panfletos que haviam sido encontrados no local do crime. Irretocáveis em termos óticos, a mensagem central situada abaixo do logotipo com o símbolo da morte voando. E nada de um texto aborrecidamente longo que ninguém acaba lendo (a não ser nós), e sim breve e preciso, pois é necessário e justo resistir à *Prática de asilo do governo e seus ajudantes dos ajudantes.* Comparação linguística com panfletos semelhantes, cartas eletrônicas coletivas, invocações marcadas com v.i.S.d.P[18]. Duplos semânticos que o programa marca.

Ele olhou para Seidenhut por cima da mesa e deu de ombros. Eu disse tudo ao senhor hoje pela manhã quando estávamos sozinhos e a isso nada mais tenho a acrescentar. Não na presença desse daí, nossos próximos passos. Que Berghain estava tendo dificuldades em decifrar os endereços era lamentável (ou novo), mas não significava um dano irreparável. Então seria melhor mesmo deixar para amanhã, não vão fugir mesmo. Como se tivesse sido possível cercar alguém sem identificá-lo, sem rosto nem estatura. Assim como num hotel se tenta creditar os barulhos de uma trepada no quarto ao lado a um casal na sala do café da manhã. Experiência e capacidade de imaginação. Vou pegá-los, ele pensou, e vou pegá-los sem os truques gastos de um Klaus Witzke. Que fica sugerindo às pessoas suas atitudes.

— Estamos observando o conselho de refugiados — disse Witzke. O que se conseguiu com isso, ele não disse, assim como também não deu uma explicação sobre o que ele (ou quem ele considerava 'nós') esperava disso. Guardou para si, inclusive, que

---

18. Sigla de *Verantwortlich im Sinne des Presserechts*, ou seja, Responsável no que diz respeito aos Direitos de Imprensa. É como se assina a responsabilidade pelo conteúdo de um jornal ou de uma revista na Alemanha. [N. T.]

para ele era mera perda de tempo ficar observando um punhado de mascarados emporcalhando uma vitrine. Damm podia encher o saco com suas agitações e Eberhard se deixava contaminar por ele com uma prontidão muito exagerada. Como se fosse um novato no ramo, um marinheiro de primeira viagem que não tem sequer a mínima noção sobre o andar da carruagem. Não no computador, nas telas de um processo teórico de exclusão. Pelo menos na medida em que a tarefa que tinham estava em outro lugar.

— Obrigado — disse Seidenhut. Não leva a nada, pensou, junto com Damm e Klaus, e Klaus era o problema maior. Seu papo de vigiar que sempre tinha à mão quando não queria dar informação alguma. Vamos vigiar isso, vamos vigiar aquilo. Foi tomado pela sensação de que seus caminhos se separariam, de que o tempo de Witzke havia irremediavelmente passado. Uma época gloriosa e vitoriosa. A guerra fria, o território do leste, a RAF. Não tinha futuro lamentar esses interesses comuns. Um de nós dois, ele pensou, e eu, Klaus, é que não sou. Falta muito, ainda.

Caro Christian, o texto é forte. Me permiti uma correção insignificante (ânsia em vez de desejo, a palavra é usada por vezes demais), de resto tudo está pronto para ser impresso. Como sempre. O que você anda fazendo? Temos de nos ver qualquer hora dessas. Uma vez que Johanna agora tem um emprego em B., eu provavelmente estarei na cidade mais vezes. Espero que você esteja bem. Um abraço. Antje. PS: já encaminhei a ordem de pagamento.

Ela não gostava dele. Nunca gostara dele e nunca gostaria dele. Desde o primeiro momento, isso era um dos assuntos. O outro assunto era a sugestão de Holger de aceitá-lo no grupo, contra isso ela protestara com veemência. Não comigo, ela disse, e chamara de impertinência que a levaria a desistir de tudo. Argumentos e contra-argumentos, até que ela instintivamente botara os pingos nos is: não confio nele. E se ele, Holger, confiava ou queria confiar, por favor, para ela pessoalmente o cara parecia monstruoso, para ela, aliás, já era mais do que suficiente ter de suportá-lo nos encontros em público. Onde ele poderia ouvir coisas, já ali, que não eram para chegar a ouvidos estranhos. Por exemplo, a questão de Zurique. Zurique não era, por acaso, um prato cheio para a polícia da Alemanha e da Suíça? Num triz a ratoeira se fecha e você está dentro dela.

Quando Nelly o vira (esse sujeito inconveniente, foi o que lhe passou pela cabeça) junto à Fonte das Fábulas[19], onde haviam combinado se encontrar, ela teve de fazer força para não perder completamente seu bom humor; do jeito que estava mergulhada em seu trabalho no momento, considerava qualquer interrupção extremamente incômoda. Concordara em se encontrar e viera, mas não ficaria nem um segundo a mais do que o absolutamente necessário. Uma obrigação que aceitou, apesar da presença daquele nojento. Ainda naquele dia, ainda no encontro do Banco Mundial — o que viria depois e se ela realmente continuaria, ainda iria se resolver; ela tateava no escuro, por enquanto.

Num prado aos pés do Morro dos Escombros, Jan havia aberto seu mapa da cidade e explicara para eles a rota que fora liberada oficialmente para a passeata dos manifestantes, os caminhos paralelos, os caminhos de fuga, os pontos prováveis em que haveria confrontos. Os hotéis nos quais ficariam, a direção do ataque, as presumíveis táticas das forças-tarefa. Estação ferroviária, rio, lago,

---

19. *Märchenbrunnen*, no original. Nome comum à fonte de vários parques na Alemanha. Em Berlim há pelo menos duas; uma em Neukölln e outra em Friedrichshain. [N.T.]

uma confusão de ruelas. O Baur au Lac na praça Bürkli, o Eden au Lac do passeio à margem do rio. Chegada escalonada de um a três dias antes, a apresentação oficial ficaria por conta dos suíços que manteriam depósitos preparados na cidade. Nada de catálogos de endereço, nada de listas telefônicas. Nomes e números de advogados seriam distribuídos em Zurique, quem dormiria onde, todo mundo sabia. Depois que haviam decidido que Holger e Jan teriam o comando em alguma situação problemática, Paul e Jenny foram até o quiosque junto ao Schönbrunn a fim de comprar bebidas. Nelly se esticou sobre a grama e fixou o azul ofuscante do céu. Quando cerrou as pálpebras, pequenos raios e estrelinhas dançaram diante de seus olhos, como a chuva de faíscas de uma vela mágica se apagando. Crianças faziam barulho pelo parque inteiro, suas vozes claras e estridentes pareciam estar em todos os lugares, pareciam vir até ela de todos os lados. Como soa bonito, ela pensou, como soa puro e tranquilizante. Música das esferas. Que acabou — e ela não queria que fosse assim — por comovê-la às lágrimas que lhe correram quentes da comissura dos olhos pelas têmporas abaixo. E na época também não foi fácil, nunca é fácil, não passa de uma ilusão. O sonho de como poderia ter sido.

Ela secou os olhos com os punhos e se levantou. Piscando, olhou para Holger. Hora de ir. Ele assentiu. Quando ela ficou em pé, ele veio até ela e a beijou do lado direito e do lado esquerdo e a abraçou. E ela a ele. Depois, ela andou atravessando o prado na diagonal até onde estava sua bicicleta, soluçando tanto a ponto de sentir pontadas no peito.

— Alô, Christian, está acontecendo algo com minha conta de e-mails, deve estar de greve, por isso agora vou simplesmente deixar um recado na secretária eletrônica. A respeito do seu correio, claro que se poderia dizer muita coisa, mas isso eu escreverei num e-mail. Do contrário vou apenas encher a sua fita com minhas bobagens (riso). E a sugestão de cinema, sim, aceito, você já escolheu um filme? Então, hum, *ciao*.

— Aqui é Christian, você não está em casa, hum, eu tento de novo mais tarde, cinema, quero dizer, o melhor seria escolhermos um filme juntos, ou, hum, vou dar uma olhada na programação e aí volto a ligar, tchau.

— Oi.
— Reconheço sua voz.
— Nelly.
— Claro.
— Espero.
— Como você está?
— Minha caixa de entrada de repente começou a engolir e-mails. Não sei o que está havendo.
— Fome.
— Pra mim não tem graça.
— Desculpe.
— Eu *gostaria* de ir ao cinema. O que está passando no International?
— Não tenho ideia.
— Você não ia olhar a programação? Eu lembro que você disse algo assim.
— Eu também lembro.
— Ah, graças a Deus.
— Logo vou chegar à página, um segundo.

— É o meu cinema preferido. Aquela cortina cintilante e o vestíbulo com as vidraças gigantescas, e a vista à noite para a Karl-Marx-Allee, as luzes, a Torre de Televisão... Gosto muito disso.
— Hoje à noite?
— ...
— Não entendi.
— Sim.
— Às dez... uma vez por semana os filmes preferidos dos que trabalham no cinema, hum, *Rocco e seus irmãos*.
— Não!
— Que tal?
— Mas claro, o que você acha.
— Você viu o filme?
— Não importa.
— É o que eu ia dizer.
— Quinze para as dez.
— No caixa. Eu uso óculos.
— Cabelos um pouco abaixo dos ombros?
— Exatamente.
— Eu acho você.

— Deixa comigo.
— Por favor.

Enquanto Christian empurrava a bicicleta adiante com a mão esquerda, Nelly veio por trás de seu lado direito. Desde que haviam saído do cinema, não haviam mais dito nenhuma palavra. Depois da apresentação, ficaram parados na Karl-Marx-Allee e se olharam tão embaraçados, ainda que ambos soubessem o que os esperava. Aquela cena de arrancar o coração com Annie Girardot e Alain Delon no telhado da catedral de Milão, e ela é assassinada mais tarde pelo irmão ciumento dele. Mas aquele não era o verdadeiro motivo para o clima estranho que tomara conta deles, que tomara conta de Nelly, que tomara conta dele. Como se nas últimas três horas algo tivesse se colocado no meio deles, algo que os deixava inseguros. Um desamparo pelo qual o filme não poderia ser responsabilizado.

Num dos longos blocos de prédios em frente, a palavra *balkancarpodem* brilhava iluminada, grandes letras azuis presas no décimo ou décimo segundo andar numa barra de metal. Abaixo, em letras menores: BULGÁRIA; à direita, brilhavam pássaros estilizados num círculo de neon azul. Como se voassem ao longo do largo eixo dos prédios junto à Strausbergerplatz em outra direção, onde ficava a torre estreita do Hotel Forum; hotel, Torre de Televisão com esfera e antena a soltar raios e, no meio, uma caixa escura na qual ficava a loja de departamentos Kaufhof — como blocos derrubados de uma caixa sobre uma mesa de brinquedos, blocos cujas silhuetas se destacavam com grande nitidez num céu noturno azul-escuro. As cores vivas de um luminoso da Sharp que a toda hora inundavam a superfície de uma tela monstruosa na esquina seguinte, envolvidas por letreiros coloridos e tremeluzentes, bem acima o piscar vermelho e branco de um avião invisível.

Eles haviam atravessado as dez pistas da avenida e os canteiros centrais sem concordar com o lugar para o qual iriam, sem que um tivesse perguntado se não deveriam ir ao Café Moscou, no bar do pavilhão de vidro diante do prédio vizinho, em algum boteco qualquer, mas sim haviam caminhado em silêncio um ao lado do outro até a rotatória da Strausbergerplatz. E, em silêncio, dobraram para a Lichtenberger Strasse, como se o caminho para Kreuzberg fosse o único que eles poderiam escolher. Por que será que a rua se chama Lichtenberger, pensou Christian, e não Kreuzberger, se levava ao sul e não ao leste? Mas antes que pudesse fazer a pergunta a Nelly (a tentativa desajeitada de principiar uma conversa), lhe ocorreu que na Alemanha Oriental provavelmente teria soado estranho dar a uma rua o nome de um bairro de Berlim Ocidental que ficava logo depois da fronteira, atrás do Spree, para o qual ela se dirigia descrevendo um leve arco. Ladeada de construções modernas de vários andares para a antiga elite dos trabalhadores do finado Estado, com banheiros e calefação, e de ambos os lados ornadas em verde com mudas que agora estavam tão altas que suas copas formavam um telhado fechado, debaixo do qual eles — pequenas sombras numa paisagem de dimensões gigantescas feita de fachadas com janelas sem luz e pálidas antenas parabólicas — caminhavam mudos. Nelly empurrava sua bicicleta, Christian, que havia ido de metrô ao cinema, caminhava com as mãos nos bolsos ao lado dela. O que se poderia dizer agora, o que seria o correto?

— Deixa comigo.

— Por favor.

Quando Nelly contornou a bicicleta, ele percebeu que os botões inferiores de sua blusa preta estavam abertos, apenas um botão ainda mantinha os dois lados unidos.

— Sua blusa está aberta.

Ela olhou para baixo.

— Completamente aberta — continuou ele.

— Incomoda você?

— Talvez a você.

— Talvez isso me incomode — disse ela, e fechou dois botões. Depois tirou suas sandálias e seguiu adiante de pés descalços.

Antes da ponte sobre o rio, os contornos de três prédios de escritórios se destacaram na escuridão, cujos beirais (como halos de santos) eram emoldurados por canos de plástico verde iluminados. Um verde artificial e venenoso se espelhava na água. Haviam parado em cima da ponte, sem dizer palavra, e se curvavam sobre o parapeito. Seus cotovelos se tocaram, seus braços, quando os dois trocaram a perna de apoio ao mesmo tempo. Movimentos esquemáticos na margem onde ficavam as garagens dos botes das tropas de fronteira. Debaixo de uma guirlanda de lâmpadas coloridas que pouco iluminava.

— Já esteve lá?
— Que tal se fôssemos?
— Eu não gostaria de ir a lugar nenhum — disse Nelly. Quando se olharam, tímidos, hesitantes, como se ambos temessem a mesma coisa, tiveram de sorrir, Nelly balançando a cabeça e dando de ombros.
— Deu, então?
— Eu já olhei o suficiente para a água.

Terrenos tomados pela erva daninha, cercas de tela, uma ruína industrial sombria com buracos de janelas pretos e queimados, paredes cobertas de cartazes. Diante deles, a cúpula da igreja de São Miguel[20] em meio a blocos de prédios de um novo núcleo habitacional; à direita, os dois colossos das chaminés prateadas da usina central de energia, iluminadas de baixo como uma escultura; uma cerca de grades em volta do quarteirão inteiro, câmeras de vídeo. A fumaça brotava vagarosamente e à luz dos holofotes fortes a massa de nuvens dum branco brilhante ficava mais branca, diluindo-se aos poucos ao chegar ali fora. Um espetáculo que os atraiu durante alguns segundos. Quando passaram por uma fileira de furgões estacionados cujas carrocerias bloqueavam a vista e mergulhavam a calçada numa escuridão mais profunda, justo ali, naquele momento, Nelly pegou a mão de Christian de repente, pegou-a com cuidado, pegou-a como se fosse a coisa mais natural

---

20. *Michaelskirche*, no original. Assim como há uma em Berlim, há outras em várias cidades da Alemanha. Trata-se de uma das igrejas existentes mais antigas de Berlim (construída em 1851), a mais bela da cidade segundo o escritor Theodor Fontane. [N.T.]

do mundo, sem fazer pressão, uma mão morna e levemente suada em volta da qual ela fechou cuidadosamente a sua.

Christian havia carregado a bicicleta descendo os degraus que davam para o parque construído na depressão de um velho poço do canal atrás da igreja, caramanchões nos muros de tijolos, caminhos de cascalho, canteiros de flores, e agora estavam sentados sobre um dos bancos que ficavam num dos corredores tomados pela hera e pelas folhagens, a bicicleta apoiada no suporte mais próximo. Se estivesse mais claro, ele teria visto a película de suor no pescoço e no rosto dela, as manchas de suor debaixo de seus braços; seus pés nus raspavam de leve o cascalho, as sandálias, ela havia prendido ao bagageiro da bicicleta. O que há com você? Ela tirou seus óculos e os botou na borda do banco. Nelly, bela Nelly. A cabeça dela de uma hora para outra afundou sobre o ombro dele e depois se ergueu em sua direção. Seus cabelos fizeram cócegas no rosto, na testa dele, ele sentiu como uma mecha solta acariciou suas sobrancelhas e suas pálpebras fechadas. A pele dela estava bem quente, colava-se a dele em vários lugares, lábios abertos, um lábio inferior arredondado, maciez que acariciava seu queixo, engolia-o, barba por fazer que arranhava, suor que ela lambia, o nariz dele, as têmporas, a testa, mãos a tremer que tiraram os óculos dele e os deixaram cair sobre a grama para então apertá-lo junto a si, as mãos dela em volta da cabeça dele, envolviam sua cabeça, passeavam por seus cabelos, enquanto uma perna subiu pelo colo dele até ficar ajoelhada sobre ele, um barulho rascante como se ela estivesse rasgando sua saia, esticada em suas coxas, rasgou, resvalou subindo, sua blusa, debaixo da qual as mãos dele acariciavam os quadris e as costas dela, abriu, saltou, e Nelly o livrou de sua camisa, tirou-a pela cabeça com dificuldade e afundou, se precipitou, caiu sobre ele, abraçando-o, apertando-o junto aos seios, ofegando, ofegando mais alto, assim como Christian também ofegou ao baixar as alças do sutiã, o material elástico se prendendo às mangas de sua blusa, os ombros nus em seguida, os seios pesados que se amassavam no corpo dele, no peito dele, esfregando, lábios que chupavam lábios, saliva, fios de saliva, línguas úmidas, ambos engolindo com sofreguidão.

Ela o tomou em suas mãos para fazer com que ele deslizasse para dentro dela, conduziu-o enquanto puxava para o lado o elástico esticado de sua calcinha, uma fricção na carne dele, um leve estalar, úmido, mostrando que aconteceu, e um estacar, um tremor dentro dela antes de balançarem de leve para a frente e para trás, antes de começaram a balançar para a frente e para trás, para cá e para lá, ela com os braços em volta do pescoço dele e de seus ombros. E ele com os braços em volta dela, unidos um ao outro, com toda a força que eram capazes de reunir, os primeiros e os últimos seres humanos, os primeiros e os últimos alentos, suspirando, buscando ar, barrigas, quadris, púbis que se batiam, se esfregavam no escuro daquele caramanchão, um resvalar e um escorregar, movimentos que aumentavam e depois diminuíam, corpos que se dobravam depois voltavam a se erguer. A cabeça de Nelly jogada para trás desnudava a garganta para ele, os tendões esticados do pescoço que ele tateou com sua língua, um dos seios dela sob a palma de sua mão, no vão entre seus dedos e seu polegar, cuja ponta tocava, acariciava uma região cercada de uma maciez inconcebível e com a outra mão dando apoio às nádegas dela, sem limitar as liberdades do desejo dela, um se virar sobre ela, quase um estertor tomou conta dela, cada vez mais forte, mais alto, antes de cessar de repente, restando apenas os ruídos da respiração dele e por segundos os de um rascar e de um sugar escorregadio, ao encontro do qual ele se esticou, respondendo à pressão dela, mais nada, a pressão que ela fazia para si, nele, até que chegou, agora, agora, e Christian sentiu em todas as suas fibras como ela se fechou em volta dele e se abriu e se fechou de novo, se fechou com mais força, soluçando num suspiro como se estivesse tendo um ataque, cãibras que fizeram o corpo dela estremecer nos braços dele, enquanto ele, não podendo mais fazer nada, segurou Nelly com ambas as mãos para mergulhar dentro dela, fundo, sons incontroláveis saindo de seu peito, um rascar cada vez mais intenso, um fervor que logo jorrou dentro dela e jorrou e jorrou, escorreu de dentro dela, estava por tudo, entre as pernas dela, em cima dos dois, do banco sobre o qual os dois permaneciam unidos, tremendo e onde permaneceram unidos por minutos, enquanto Nelly pressionava a boca aberta, o silêncio dos lábios macios e cheios à face dele, o hálito morno dela sobre a pele dele.

Deitaram-se sobre o banco, ela esticara uma das pernas, a outra jazia, dobrada, sobre os quadris dele. A cabeça de Nelly estava sobre o braço nu de Christian, mechas de cabelo caíam sobre seu rosto, cabelos colados a sua testa alta. Ela sorriu para ele com seus olhos a piscar de leve e Christian sorriu de volta. Silêncio em torno deles, nem luz nem movimentos em lugar nenhum, nem no parque e tampouco nas habitações que se encontravam ao nível da rua, acima dos caramanchões e muros de tijolos. Nelly se aproximou tanto dele que seus lábios se tocaram, mas não se beijaram. Ela o mordeu e ele a ouviu dar uma risadinha. Depois ela sussurrou:

— Não tivemos cuidado mesmo.
— *No.*
— Não tivemos nenhum cuidado.
— *Yes.*
— Diga ao menos *my dear.*
— *My dear.*

— *Carino*.
— Posso botar minha mão na sua bunda?
— Sim, claro.
— Assim?
— Me pegue pra valer.
— Assim?
— Isso mesmo.

Agora se beijavam, as cabeças de ambos sobre o braço dele, um beijo vagaroso e infindo, cheio de desejo saciado, no qual suas línguas investigaram preguiçosamente suas bocas.

Mais tarde, depois de terem se levantado, de colocarem seus óculos novamente, Nelly disse:

— Eu pareço estar coberta de cola.
— Isso dói?
— Repuxa meus pelos.
— É ruim?
— Nem um pouco ruim — disse ela, e foi até sua bicicleta para calçar suas sandálias. Christian enfiou sua camisa nas calças desleixadamente, na parte de trás ela ficou de fora, amassada. Botões arrancados, assim como botões na blusa dela também haviam sido arrancados e que, aliás, apenas pôde ser fechada porque Nelly juntou as pontas e as enfiou dentro do cós da saia. E assim caminharam um ao lado do outro pela Köpenicker Strasse. No céu sobre a ponte de Varsóvia[21], sobre os depósitos e guindastes do Porto Leste, a aurora em listras finas e avermelhadas. No saguão iluminado da estação, um trem amarelo chegou, passava das quatro, os primeiros trens levando pessoas ao trabalho. Nelly botou sua mão sobre o ombro de Christian e o virou para si. Sua boca mexia, nervosa, como se estivesse ensaiando.

---

21. Warschauer Brücke, no original. [N.T.]

— Daqui...

— Eu sei.

— Daqui eu sigo adiante sozinha.

Christian baixou o apoio e parou a bicicleta.

Eles se olharam em silêncio, Nelly movendo os maxilares, concentrada, até dizer:

— Eu quero ver você de novo — engolindo em seco.

Ela fixou um ponto no pescoço dele e depois levantou seu olhar abruptamente.

Para terceiros, certamente uma imagem estranha, o jeito como os dois estavam parados ali e se mordendo nos lábios inferiores.

Quase como se o atacasse, ela abraçou Christian e o beijou, apaixonada, tão impetuosamente que os dentes de ambos bateram.

Ela se livrou dos braços dele.

— Não olhe assim.

— Não estou olhando — disse ele. Em sua língua havia sangue.

— Não me siga com os olhos quando eu for embora.

Ela subiu em sua bicicleta. Segurou com o braço esticado uma das mãos dele a fim de beijar a palma, depois apertá-la contra o seu rosto.

— Eu não vou olhar. Se você me pede, eu faço.

Ele virou de costas para ela.

— Fique assim.

— Claro.

— Não importa o que acontecer, você não vai se virar, de jeito nenhum.

— *Yes, my dear.*

Ele ouviu como ela inspirou fazendo ruído.

— Agora eu vou.

— Tudo bem.

— De jeito nenhum.

SEGUNDA PARTE

— De jeito nenhum.
— Foi maravilhoso.
Christian assentiu sem poder responder o que quer que fosse. Acendeu o único cigarro que não havia sido amassado e o fumou até o fim debaixo dos trilhos, antes de (minutos mais tarde) subir as escadas que davam para a estação elevada.

Moschino, Louis Vuitton, Commes des Garçons, Yohji Yamamoto, Dries van Noten, Etro, Celine, Strenesse, Donna Karan, os pedestais e as molduras das janelas das lojas eram de mármore negro, os nomes das marcas em letras douradas e uniformes, cujos produtos podiam ser adquiridos ali. Ou apenas admirados. Enxames de turistas, amigas fazendo compras com sacolas robustas e elegantes nos braços, adolescentes que passeavam de vitrine em vitrine. Saltos altos de tiras finas, umbigos com piercing, tênis que guinchavam sobre as losangos estampados dos azulejos pretos e brancos, polidos e brilhantes. Três andares, três galerias, um grande centro iluminado, atravessado por escadas e escadas rolantes como num dos quadros de Maurits Escher. No subsolo, um café aberto com um piano de cauda ao lado de uma das rampas, ao qual um pianista (de serviço) se sentava e tocava surdamente as teclas de manhã à noite, de terno e gravata. Uma dramaturgia esperta que se transformava em espaço. Horas harmônicas passadas à sombra de estudos científicos.

As entradas e saídas do shopping center eram vigiadas por homens cujos casacos de cor lilás com duas fileiras de botões eram tão discretos e sem sal quanto eles mesmos; um para cada uma das portas giratórias, um para cada uma das sacadas da galeria que cercavam o vazio do átrio — conforme se observara antes em diferentes visitas. Entrar não representava problema, se distribuir de cima a baixo e aqui e ali, conversar alto em seguida como se tivessem se encontrado de novo depois de uma eternidade e apontar com surpresa para as descobertas estranhas que se acabava de fazer. Máscaras bem-humoradas de carnaval diante do rosto, uma chuva de panfletos com as informações necessárias e fotos dos pequenos hemisférios cobertos de vidro fumê nos tetos nos quais se escondiam as câmeras, objetivas de um ciclo digital por dúzias de monitores e arquivos gravados. *Você quer isso? Perguntaram se podiam fazê-lo? Sabe quem está filmando você?*

Porque dá nojo o jeito como eles mudam a cidade e porque legalmente não há mais nada a fazer contra isso a não ser disparar o alarme diante da opinião pública. Zonas permitidas, zonas proibidas, limitação da liberdade de ir e vir. Não tocar em nada, não destruir nada, não oferecer pretextos para nada, uma diversão aos olhos do espectador. Será que todo mundo quer viver numa fortaleza, num forte sitiado pelos índios da pobreza, ou na igualdade das contradições? Difícil de aguentar, mas inevitável, quando se entende que dignidade humana é mais do que comprar em paz. Deixe que chamem a polícia, a gente por certo ainda pode conversar pelos andares de um centro de compras. Ou será que isso é proibido? Os panfletos serão recolhidos se a ordem assim o quiser, não temos a intenção de dar trabalho desnecessário a turmas de limpeza mal pagas.

Mas algo hoje estava dando errado e escapou ao controle sem ter sido previsto. Um grito de dor, uma máscara que caía de joelhos, uma jovem mulher foi chutada. Gás lacrimogêneo pelas viseiras de sua máscara de Joan Landor feita de papelão endurecido, coisa que a fez desabar, meio desmaiada e abandonada aos ataques de um dos homens de casaco lilás. Nas prescrições que recebera aquela situação não estava descrita. As outras máscaras se apressaram pelas escadas e escadas rolantes e corrimões a fim de ajudá-la, outros homens da segurança também se puseram a caminho, casacos esvoaçando, celulares sacados. A primeira máscara que chegou ao local dos maus-tratos chutou o homem nos flancos com a perna esticada e ele caiu e rolou pelos azulejos; tentavam erguer a ferida e levá-la para fora. Passantes recuavam amedrontados, não queriam se envolver, um susto assim logo pela manhã. Um amontoado de gente distribuindo socos e pontapés se aproximava de uma das saídas, uma cuba de flores virou, berros, ameaças, ai de quem... Nas portas de luxuosas lojas, vendedores e vendedoras, compradores e compradoras, clientes que terão algo a contar. Uma notícia sem importância.

Na Friedrichstrasse, as sirenes da polícia ecoavam, fim do direito privado, na beirada do prédio acabava o contrato do seguro. Soltaram-se uns dos outros, os cinco do serviço de segurança não passaram da soleira da porta. Missão cumprida. Pragas e maldições lançadas em oito vozes ao encontro deles vindas já de fora, a moça à qual haviam jogado gás lacrimogêneo nos olhos (a máscara a protegera precariamente) estava encolhida no chão com ânsias de vômito e tossindo. Dois carros da polícia passaram voando, não eram eles que haviam sido chamados. No abismo estreito e reto entre as fachadas-cortina, o trânsito rolava, a luz do sol se estilhaçava, iridescente, na frente envidraçada da Galerie Lafayette. Táxis pararam imediatamente, um, dois, três, aproveitando os espaços que se abriam. E depois de saltarem para dentro, não se lembrava mais do que havia ocorrido ali pela ação engajada de alguns seguranças.

Atordoado, Christian abriu a porta; ele tirara o telefone do gancho e isso havia sido um erro. Ela estava em Berlim, nas proximidades, será que ele? Uma desculpa não lhe ocorreu, a ligação o arrancara do sono, o surpreendera, quando estava bem distante de qualquer palavra. Balbuciando, concordou, saltou para dentro das calças e da camisa da noite anterior e no banheiro jogou duas mãos cheias de água no rosto e se penteou, pelo menos isso.

— Acordei você?

— Bobagem. Entre.

Ela usava um vestido de verão leve e bem decotado, uma bolsa de couro preta e grande com alças de barbante sobre os ombros nus, óculos de sol nos cabelos. Beijou-o de um lado e de outro e entrou no apartamento. Que ela comprara, que pertencia a ela, para a qual se mudaria depois da reforma, no outono. Foram para o quarto da sacada com o teto em vermelho-rubi, Carolin olhou para o alto sacudindo a cabeça, depois girou os olhos em torno de si. Raspar as paredes, arrancar, fazer tudo novo de A a Z.

— Eu não sabia que você estava em Berlim.

— E como você poderia saber — disse Carolin, e deixou sua bolsa sobre o piso de madeira que se abaulava perto das janelas. Aquilo também tinha de ser reformado.

— Acho que não posso oferecer nada a você.

— Nem mesmo um lugar para sentar...

— Você quer se sentar?

— Na cama?

— Talvez seja melhor não — disse Christian. — Você tem um cigarro?

— Não.

Carolin foi até a sacada e Christian a seguiu, se apoiando à janela de um dos lados, ela do outro; antes disso Carolin havia passado a mão espalmada sobre a madeira, limpando. Uma camada de manchas deixada pela chuva.

— Você está precisando de dinheiro?

Christian cruzou os braços.

— Passa pra cá.

— Passa pra cá é demais.

— Não preciso de dinheiro, obrigado.
— Eu poderia adiantar algum para garantir.
— Quando começam com a reforma, em agosto, setembro?
— Mudaria alguma coisa pra você se eu dissesse? Se eu dissesse dia dez de agosto, dia três de setembro?
— Você está exagerando.

Carolin se recostou sobre o parapeito da janela e cruzou as pernas. Sapatos de linho cor de açafrão.

— Christian, assim não dá mais. (Um bonde passou buzinando lá embaixo, em frente ao prédio.) — Não para mim. (Com a ponta de um dos pés ela tateava as irregularidades do piso, uma tábua solta.) — Desculpe, mas eu estava passando por acaso, mas... *você* não teria *jamais* essa ideia.

— Quando eu devo me mudar?

— Nós telefonamos, eu digo sim, por enquanto claro, se tudo isso não incomoda você, pegue a chave com o síndico e depois... — ela tirou os óculos de sol dos cabelos — silêncio. Você tem o que você quer e de resto nada importa. O que outros pensam, se isso para os outros e com isso estou me referindo a mim, para os outros também é óbvio... além de seu próprio horizonte. Como sempre. Você não acredita a sério que eu vou conversar, que eu vou aceitar conversar mais uma vez, que nós, por favor, não precisa balançar a cabeça desse jeito, uma conversa que nós já tivemos e até demais, há três anos, há cinco anos, há seis. Está errado.

— Dia primeiro de agosto estaria bem?

Um olhar, como se ela estivesse calculando, ele pensou, injusto, um mês de tempo.

— O que você espera de mim?

— Ou antes, eu estou de olho num apartamento.

Será que tinha sido aquilo que fizera com que as coisas não dessem certo entre eles, o pouco valor dado a solicitações, combinações, sempre apenas acordos vistos como provisórios? A incapacidade de poder fixar um objetivo como todo o resto do mundo, uma felicidade normal. Amigos, filhos, tesouros sólidos do equilíbrio e das repetições anuais. Como se isso tivesse sido arrancado da pessoa já no berço.

Carolin olhou para a rua, uma das hastes dos óculos na boca. Ela era a mais forte, sempre havia sido e continuaria sendo para sempre. Ele nunca perguntara pelos sonhos dela, ela nunca perguntara pelos dele. Suposições que ambos guardavam para si mesmos, deficiências que esconderam um do outro. Intencionalmente.

— No dia cinco chegam pessoas pra arrancar a parede ali de trás.

— No dia cinco terei saído.

— Dia primeiro.

— Primeiro de agosto — disse Christian, e se curvou sobre a mesa de três pernas, coberta de cacos coloridos de azulejo, a fim de guardar no bolso a carteira e as chaves.

— Vamos tomar um café em algum lugar?

— Christian, cara.

Eles se olharam através do ambiente, primeiro andar no passado e no futuro. Chamá-lo à consciência não era coisa dela, de Carolin Jäger. Não mais. E teria sido necessário tão pouco para evitar todas aquelas censuras. Aquela mudez.

— Vamos ao Schwarzsauer, também tenho de comer alguma coisa.

— Tenho um compromisso.

— Vamos, Carolin.

— Contigo não faz sentido.

— Ir a um café?

Ela subiu os óculos de sol, ajeitando-os nos cabelos castanhos cortados curtos, e foi até sua bolsa; lançou um olhar em seu BlackBerry — e assentiu.

— Só se você me contar — disse ela, então, altaneira — onde arranjou essa mordida no pescoço.

Christian passou as duas mãos em sua pele, mas não sentiu nada, uma coroa avermelhada de marcas de dentes.

— Merda.

— Não pode ter sido uma merda tão grande assim.

— Não foi o que eu disse.

— Você está apaixonado?

— Vamos até o café.

— Você está?

— Primeiro de agosto — disse Christian. Uma tristeza inexplicável tomou conta dele. Quis enlaçar-se em torno de sua garganta. Desamparado, como se o acusassem com toda a força de um crime do qual ele não tinha a menor culpa.

Carolin jogou a bolsa no ombro.

— Desculpe, acho que preciso ficar sozinho.

— Tão ruim assim.

— Temo que sim — disse ele. — Me desculpe, Carolin.

— Não tem por quê. Você pode me ligar, por favor, quando tiver arranjado tudo?

— Claro.

— Se cuida — disse ela, e foi. Foi sem um rastro de lástima. Duas vidas que não eram mais unidas uma à outra por nada a não ser por um flashback que dia a dia ficava mais vago, menos nítido.

Nelly disse que precisava trabalhar, que estava no meio do trabalho, numa determinada fase, e que distrações — ele poderia, que nada, tinha de compreender isso — acabariam fazendo com que ela perdesse o fio da meada, que sempre era tão difícil para ela — ele mesmo não escrevia? — se concentrar, voltar a se aprofundar no texto, motivo pelo qual, você entende, não poderia se encontrar amanhã nem depois de amanhã, sábado, sim, sábado ela ligaria.

Christian digitou as palavras *do mais fino* na busca e mudou uma em cada três ocorrências por sinônimos do dicionário; o que nem sempre funcionava e exigia reformulações textuais mais amplas, novas frases. *Delicado, requintado, atraente, prometedor, extremamente saboroso, prazeres inimagináveis, se eleva a um auge inesquecível, desempenho de ponta, um sonho, delicioso como nunca.* Maravilha. Mais ou menos trinta críticas breves da seção Itália ele já terminara, estava sendo mais rápido do que havia pensado, osterias, trattorias, cucina casalinga — *à moda da casa* na condição de um selo de qualidade especial que precisava ser mencionado incondicionalmente. E se quiserem, eles terão, especialidade exclusiva no 'Mario e Laura', importado da Apúlia exclusivamente para esse prato. *And fuck it.*

Schillings trabalhava com zelo, fechado em si mesmo, sushi e tempura. Havia aceitado fazer pagamentos semanais em dinheiro vivo, resmungando, mas não lhe restara alternativa, prazos e obrigações que sem a ajuda de Christian não poderiam ser cumpridos. Quem está sentado no lado maior da gangorra sempre ganha, essa era a lei, nua e crua.

Christian olhou para seu celular, nenhum torpedo, nenhuma chamada, nenhum recado. Tinha de sugerir alguma coisa que ela poderia aceitar sem pestanejar. Uma pausa, duas horas de descanso. Se ela tivesse vontade, ele escreveu, providenciaria algo de comer (*você gosta de comida japonesa?*), de beber (*chá, saquê?*) e ela poderia deixar a escrivaninha de lado por algum tempo, eram no máximo cem metros da estação da Eberswalder Strasse até o apartamento dele. O prédio ao lado da loja de roupas, primeiro andar. Na campainha não havia nada escrito, era aquela que ficava mais embaixo, *caso você vier mesmo a ler esse e-mail. 18 h?*

— Tori Amos?
    — *Strange little girls.*
    — Não conheço.
    — Versões cover.
    — Nunca ouvi.
    — Joe Jackson e John Lennon. *Happiness is a warm gun.*
    — As vozes...
    — Foram mixadas. De um discurso à nação.
    — O presidente americano. E qual foi a música anterior?
    — *Rattlesnakes*. Lloyd Cole nos anos oitenta.
    — Eu estava entrando na escola.
    — Pra mim não foi brincadeira.
    — Provavelmente você era preguiçoso.
    — Eu estava confuso. Talvez um pouco mais do que os outros, do que Jakob. Ele sentava do meu lado em todas as aulas.
    — Alemão e Estudos Sociais.
    — Você nunca quis estudar música?
    — Não.
    — Perdão. Foi apenas uma pergunta.
    — Que eu respondi conforme.
    — Vamos dizer que minhas recordações não são as melhores.
Nelly ergueu a cabeça e olhou nos olhos dele.
    — Você tem filhos?
    — De onde você tirou essa ideia? E no plural.
    — Jakob tem dois.
    — Jakob é Jakob. Se eu fosse Jakob, não estaria aqui.

— Isso tem uma certa lógica.

— Por causa da minha idade?

— Quando você começou a faculdade, eu entrei nos pioneiros[22]. E logo depois tudo acabou.

— Você se arrepende?

— Não se pode arrepender de histórias desse tipo, o que se pode é, no máximo, se deixar comover por elas. Quando a gente se comove facilmente com as coisas. Superfícies rabiscadas sem critério que na realidade jamais existiram e jamais existirão.

— Todas as histórias.

— Fantasmas.

Como se Jakob estivesse falando, pensou Christian. Sobriedade de sala de aula.

— Talvez as pessoas precisem de um tanto de sonho em suas vidas, um sonho não é uma mentira.

— Mas também não é a verdade. Acho que as pessoas precisam de desejos, dos desejos certos. E nesse sentido não tenho nada contra histórias. Trata-se apenas de qual é o conjunto do qual fazemos parte, no qual entramos. Máquinas de morte ou máquinas do futuro.

— E Jean Paul?

— Não pode ser abarcado pelo poder. É como se o alemão fosse uma língua estranha para ele, que ele descobre de repente num território familiar. Ele catapulta você ao cosmos, quer dizer, ao lugar onde as coisas começam a ficar interessantes, além de questões como forma e conteúdo.

— Algumas pessoas preferem ficar na terra.

— Azar o delas.

...

— O que você está fazendo aí?

---

22. (*Jung-*)Pioniere: organização comunista de massa para crianças entre 6 e 14 anos na Alemanha Oriental. Foi fechada em 1990. [N.E.]

— Já disse, entrevista coletiva.
— Onde fica Kassel, exatamente?
— Vamos viajar pra lá?
— Por que não. Quando houver exposição.
— Isso ainda vai demorar.
— Vamos esperar, então.
...
— Parece bem complicado.
— Em pouco vou me encontrar com alguém que talvez me ajude.
— Isso é tudo?
— Vou contar para você, pode deixar.
...

Luzes da rua chegavam ao quarto no lusco-fusco, faróis de carro passavam pelo teto vermelho, na janela da sacada um brilho pouco nítido de propagandas luminosas em vermelho e verde, lanchonete turca, Sparkasse. Nelly estendeu um braço e vasculhou na mesa em busca de seus óculos. Embalagens de plástico com restos de gengibre marinado e arroz, uma garrafa de água mineral vazia que virou e rolou pelo chão. Ela se sentou e fechou o botão de sua calça, ajeitou a camiseta. Suas sandálias estavam debaixo do futon entre os sapatos de Christian, que ele tirara sem desatar os cadarços assim que eles haviam se deitado um ao lado do outro, depois da comida. Não, ela dissera, vamos ficar apenas deitados, mais do que isso não. Ela abrira os botões da camisa dele e aninhara sua cabeça junto a seu peito, ele acariciara as costas dela, seu pescoço, seu rosto, suas têmporas, sua testa. Pálpebras tremendo, pele fina.

Que ela tinha mesmo vindo.

Que ela logo mandara um e-mail respondendo, *sushi, claro, mas nada de álcool*. Água seria bom, para ela podia ser água da torneira mesmo.

Como se ele não pudesse contar com isso, uma sensação que jamais o abandonava. Não merecia, não era para o bico dele.

— Quase dez — disse ela, e olhou para Christian por cima do ombro.

— Você ainda vai trabalhar.

— É isso aí.

— Meus cumprimentos.

— Ainda não consegui fazer muita coisa. Às vezes acho quente demais durante o dia.

— Levo você até o metrô.

— Não vou dizer não.

— Preciso apenas — ele mexeu nos cadarços cheios de nós — dar um jeito nesse troço...

— Desatar antes de tirá-los.

Christian levantou os olhos, carrancudo, Nelly sorriu, fez uma careta para ele.

Séverine e Jakob estavam sentados sobre o sofá de couro preto da sala e costuravam, Séverine encurtava uma calça nova, Jakob cuidava (com menos habilidade) de um lençol furado. Ela num dos cantos, ele na frente dela, de modo que seus pés descalços se tocavam sobre o estofado. Faziam cócegas um no outro, se acariciavam, um jogo tateante de dedos e solas. Música baixa, algo extremamente antigo de Scott Walker. Desde a festa de aniversário — e a noite da festa no fundo havia sido a primeira —, Mathieu não tivera mais cólicas, o mesmo fenômeno que no passado acontecera com Catherine, incompreensível, de um dia para outro; os dois ainda não queriam acreditar muito nisso, mas ao que parece as cólicas haviam mesmo passado. Aquelas horas com uma trouxa berrando nos braços, aquele desamparo, a irritação na qual ambos se encontravam como se ele ou ela

SEGUNDA PARTE

tivesse alguma culpa naquilo. Mesmo costurar (pensou Jakob, ou remendar: "Eu já mostrei para você, sabe muito bem como se faz isso.") podia ser uma distração maravilhosa — sem a tensão nervosa e os berreiros que sempre de novo se anunciavam. E, assim que começavam, nada mais de sexo, nem sequer carinhos e sim apenas estresse em sua forma mais pura. Perambular como um sonâmbulo pelos corredores do instituto, fumar, fazer e refazer um discurso sem jamais ficar satisfeito, como se tivesse desaprendido.

Quando o telefone tocou, se olharam interrogativos. Quem poderia ser, àquela hora? Séverine botou o material de costura de lado e tomou impulso levantando do sofá.

— Deixe pra lá — disse Jakob, mas ela já estava ao lado do telefone que ficava numa das prateleiras da longa estante de livros que cobria a parede.

— Alô?

Ela abriu a boca (um suspiro inaudível), ergueu as sobrancelhas expressando indignação. Quase revolta.

— Número errado — disse ela —, não, basta — e desligou.

— Quem era?

— Um doido — ela foi até ele — alguém que parecia estar falando consigo mesmo. — Ela pegou o lençol e o jogou, junto com agulha e fio, no outro canto. — O lugar aqui está vago?

— É possível — disse Jakob, e tirou uma das pernas de cima do sofá. — Se a senhora quiser tentar.

Séverine se sentou na diagonal sobre a borda, joelhos cuidadosamente juntos.

— Assim?

— A senhora pode dispensar a timidez, eu sou inofensivo.

— Assim?

— Sim, a senhora também pode se apoiar, sim, pode se apoiar no encosto.

— Posso botar minha cabeça... assim?
— Por favor.
— Estou com muito calor, esse verão...
— A senhora o diz, mas também estou com muito calor.
— Onde?
— Por toda parte, senhora. Permite?
— Mas claro, *monsieur*.
— Eu não ousaria.
— Talvez aqui.
— Aqui também, sim.
— E aqui?
— O quê... mas o que a senhora está fazendo?
Mais uma vez o telefone tocou.
— *Merde*!
— Agora deixe pra lá — disse Jakob, e voltou a virar Séverine para si. — Não estamos em casa.
O bip da secretária soou, respiração ofegante.
— Você é minha testemunha, antes que seja tarde demais. Você esteve em meu apartamento, porque eles sabem de tudo. Me traíram, é mesmo uma... é mesmo uma... ouça bem, a central deles, você está ouvindo, na cabine do porteiro, o microfone...
— Bosta — exclamou Jakob, e correu ao telefone. — Martin? Martin, eu estou aqui, quem fala é Jakob.
— Eu escondi as provas num lugar seguro, nenhum deles vai conseguir encontrá-las...
— Martin! Aqui é Jakob, Ja-kob.
Um estalo, e a ligação foi encerrada.
Jakob discou o número que aparecia no display, mas nada, ninguém atendeu.
— Era o mesmo de antes — disse Séverine —, por acaso você o conhece?

— Martin — disse Jakob. — Ele veio comer conosco quando ainda estávamos no apartamento antigo, com Christian e Carolin. Você não se lembra?

— O ator. Nem cheguei perto de reconhecer a voz.

— Eu deveria ter escrito um e-mail para ele.

— E só por isso ele liga à noite, totalmente bêbado?

— Simplesmente esqueci.

— Sim, e daí? Venha cá.

— Acho que é preciso fazer alguma coisa — disse Jakob, e suspirou.

— Ele tem de ir a um médico de nervos — disse Séverine. — Não é?

— A uma clínica.

— Talvez Christian saiba de alguma coisa.

— Vou ligar para ele.

— Mas não agora... venha cá.

Amanhã, pensou Jakob, nos próximos dias, enquanto se abaixava para pegar alguns livros na parte baixa da estante, investigando a lacuna que deixou para trás. Martin tinha de parar com o teatro, com um trabalho que não era capaz de encarar. A cada dois anos um colapso e em seguida acabar com os nervos das pessoas mais próximas, nervos dos quais elas mesmas precisavam e com urgência. Justamente hoje, provas que ele teria escondido. Assim como todas as garrafas de Jägermeister em sua cozinha, um depósito de vidro que Christian e ele haviam removido a custo. Montanhas de papéis. O que é demais, coisas que se pode exigir de amigos com os quais quase não faz contato, como se isso fosse um direito herdado. Aqui, aqui está ele. Jakob puxou o cabo do telefone da parede e voltou para o sofá onde estava Séverine.

Lojas de materiais de construção, supermercados, centros de produtos de jardinagem, postos de gasolina, drive-ins do McDonald's e do Burger King, prédios de escritórios caindo aos pedaços, galpões nos quais se instalaram oficinas de automóveis, peritos em acidentes, diversos serviços de lanternagem, a loja de eletrodomésticos Media Markt, o Metro, uma empresa de bujões de ar comprimido e geradores, combustíveis, óleo de aquecedores, pneus de caminhão, oficina da Pit Stop e, no meio de tudo, aqui e ali, os muros de um terreno, portões fechados, prédios de janelas pregadas que bordejavam a rua larga que levava ao sudeste da cidade, outdoors, estacionamentos.

No crepúsculo, tubos de neon eram acesos formando letras e logotipos, símbolos de marcas, abreviações, presas a longos mastros, OBI[23], Pizza Hut, Esso. Faixas amplas com ofertas especiais pendiam das fachadas de galpões construídos às pressas, caixas de sapato alongadas, canos prateados de exaustores abaixo do teto, carregados de plantas, móveis, máquinas de cortar grama, carne congelada, pernis de veado, assados de carneiro, carrinhos de compras, estandes de promoções. Famílias que se empurravam pelos corredores, os "faz-tudo", sorvete de casquinha, refrigerantes, jardineiros de final de semana, casais jovens precisando mobiliar a casa. Ar condicionado e alto-falantes, ali uma rádio, lá músicas infindas e bem escolhidas emendadas umas às outras, um pouco abaixo do limiar da consciência. Valores investigados em sequências de testes extremamente cuidadosos.

Depois de quilômetros, vinha um posto de gasolina da Jet, impossível não ser visto no clarão das cores vermelhas e azuis no qual suas bombas estavam mergulhadas, o pavilhão de um Burger King, o semáforo no qual se tinha de dobrar à esquerda. Atrás

---

23. Famosa cadeia de loja de materiais de construção e jardinagem. [N.T.]

do semáforo, um prédio administrativo (ou uma escola) do tempo dos fundadores[24], uma dessas construções que já na entrada faz qualquer visitante ficar uma cabeça menor. Passar por ali, também pela barbearia (Hair Comet) e já se chegava a uma rua vicinal, a princípio sem saída, uma vez que ela ia direto para o Spree; às margens, um núcleo habitacional da Bauhaus, apartamentos de aluguel rodeados por terrenos industriais, ferrugem, matagais, cacos, reboco caindo, buracos nos muros, montanhas de entulho. As moradias para trabalhadores haviam sido pintadas pouco tempo atrás. Em parte, tinham vista para o rio e, atenção, ao que parece estavam todas alugadas. Algumas das janelas davam para o departamento que ficava numa grande mansão do outro lado. O terreno era protegido apenas por uma cerca, atrás da cerca o cortejo de carros oficiais. Entre duas e três da madrugada é que estaria mais escuro, para sair da cidade de motocicleta teriam de ser previstos trinta minutos, caso se respeitasse estritamente os limites de velocidade. E era recomendável respeitá-los, sem dúvida.

Depois de sua volta de Kassel (ida de trem, volta de trem), ele ligara imediatamente para ela, mas Nelly se mostrara bem reservada. Não lhe dera a impressão, ao telefone, de estar explodindo de alegria. De ouvir falar dele, de falar com ele, de ouvir as novidades. Ainda que Christian não tivesse se mostrado insistente, não tivesse dito que queria vê-la, ou sugerido um cinema, teatro, café, amanhã, depois de amanhã, segunda-feira. Como se ela estivesse perdida em pensamentos, em regiões de difícil acesso que a ocupavam muito mais do que a ele. Por acaso ela estava conseguindo evoluir em seu

---

24. *Gründerzeit*, no original. Se refere, na Alemanha e na Áustria, à época de prosperidade econômica no século XIX, que vai até a crise financeira de 1873. É nessa fase que ocorre a industrialização na Europa Central. [N.T.]

trabalho?... Sim, claro. Será que ela achava que era desagradável, uma intromissão, pedir informações a esse respeito?... Não, não, nem um pouco. Será que ele devia tentar de novo mais tarde?... Sim, talvez, talvez fosse melhor.

Ele engoliu a decepção (não custa tentar de novo) e sentou-se à mesa dobrável. O romance, capítulo nove. Como escrever debaixo de uma saraivada de imagens que nada têm a ver com a ação, com o plano na parede, com as últimas linhas no arquivo aberto? (Maconheiro no Kottbusser Tor palita os dentes com uma chave de fenda.) Examinou a pilha de CDs, incapaz de se decidir por um deles. Leu em voz alta o que estava na tela, *page up*, *page down*, e por fim começou a jogar paciência. Inútil, era impossível apagar o rosto dela, sua boca, seu olhar, aquele anoitecer no canal, a noite no parque. Quando Christian começou a jogar campo minado, seu celular tocou. Olhou para o visor sem nada esperar e saltou da cadeira, um N maiúsculo, o N dela, N de Nelly, de rouquidão, N como se de repente tivesse um problema de voz e apenas pudesse sussurrar, alô.

— Sou... sou eu — disse ela, hesitante.
— Sim, sei.
— Eu... fui chata agora há pouco.
— Ah, bobagem.
— Não, fui chata. Eu estava tão...
— Eu... atrapalhei você no trabalho.
— Você... não, nada a ver.
— Desculpe, não era a minha intenção.
— O que você está fazendo agora?
— Agora? Nada, eu...
— Sério?
— Sério.
— É que... você pode... você pode vir até aqui?

— Eu... eu poderia, qual é o número do seu prédio?
— 46.
— De metrô...
— À esquerda, no prédio do jardim.
— Meia hora.
— Segundo andar.
— No máximo.
— Tudo bem.
— Eu estou...
— Venha logo.

A porta do apartamento estava encostada. Quando Christian a fechou, Nelly saiu do quarto ao fundo (de onde vinha a música) e o abraçou ali mesmo, beijou-o e Christian beijou Nelly, apertando-a contra seu corpo (assim como ela o apertava contra si); em algum momento, Nelly ficou apoiada numa perna só, porque a outra subira até a coxa dele, dobrada, ele acariciou o traseiro dela, que ela pressionou ao encontro dele, os cabelos dela no rosto dele, seu gosto nos lábios, na boca, saliva doce, um tripé balançando, ao qual a parede do corredor acabou oferecendo apoio, um puxar e repuxar de gravidade e prazer, em calças e camisas, alças e punhos de camisa, montes de roupa que ficaram simplesmente no caminho até o quarto, sobre o carpete rascante, os livros, papel espalhado, travesseiros, lençóis, num mundo que girava com o peso do corpo dela sobre o peito dele, o braço preso dele e seu corpo sobre o dela, uma das pernas dela, a outra dobrada, pontas dos dedos, unhas, barrigas, saliências de pele, línguas molhadas, mucosas.

Tempo sem tempo, a mão dele sobre a nuca de Nelly na beira da cama, os punhos dela nos ombros dele, vários 'L' encaixados, ambos sentados sobre a cama, até caírem de lado, se juntando de novo para logo em seguida se separar, gemendo para botar uma camisinha que Nelly pegou numa caixinha de madeira no chão; e continuaram, mas não por muito tempo, pois pararam de se movimentar no meio e se olharam, se olharam (como se estivessem obedecendo a um sinal) imóveis num olhar de surpresa e horror, pânico e volúpia que se dissolvia atrás de um véu de suor — um olhar que não podia mais parar naquilo que estavam fazendo, Christian com Nelly e Nelly com Christian, até ambos não aguentarem mais, nem ele nem ela, até sua excitação se tornar uma sequência de sílabas sem sentido, o nome de Nelly, o nome de Christian, um balbuciar que lentamente foi se transformando em palavras carinhosas, como se tudo o que pudessem dizer não fosse o suficiente, como ela era bela, meu querido, meu amor — dois corpos trêmulos na roupa de cama ensopada, entrelaçando-se com braços e pernas. De repente, ambos abriram um sorriso; quando ele quis dizer alguma coisa, ela mordiscou seus lábios. E então ele baixou a mão e envolveu a camisinha com o punho. Ela ainda estava mais ou menos firme, nada havia escorrido para fora.

— Bom garoto — disse ela, rindo.
— Também acho.
— Deixa dentro.
— Enquanto der.
— Dá?
— Não mais muito tempo.
— Estou com fome.

Ela afastou o cabelo da testa com a mão espalmada. Tinha se virado sobre ele em meia-volta, seus seios amassados, macios sobre as costelas dele.

— Aiii...

Christian tirou o braço debaixo dela e jogou o preservativo ao lado da cama.

— O que você tem aí?
Fazendo um biquinho, como se tivesse que pensar muito:
— Pizza congelada?
— Meu prato predileto.
— Eu adivinhei.
— A pergunta decisiva é: quem vai colocá-la no forno.
— Você?
— Então vou me levantar desse colchão. Isso daqui é um colchão ou é uma tábua?
— Em primeiro lugar, quanto mais dura a base, melhor para a coluna, e em segundo lugar, vamos juntos. Cozinhar.
— Tudo bem, vamos cozinhar uma pizza — disse Christian.
Nelly beijou seu ombro. Levantou-se e estendeu a mão a ele:
— Vem comigo.

Nos fundos do quarto, um pedaço de parede demarcava um espaço estreito para dormir, ali havia lugar para uma cama e um guarda-roupa da Ikea, no chão um jornal lido, alguns livros, uma bandeja com um prato cheio de migalhas, um vidro de geleia e uma caneca de café. O quarto não era muito grande e mobiliado apenas com o mínimo necessário; abaixo das janelas que davam para o pátio uma antiga escrivaninha de madeira, sobre a qual havia pilhas de papel e um laptop, livros abertos, um fone de ouvido; em frente, duas poltronas baixas dos anos sessenta e uma mesa de centro (também ali caneca de café e prato vazio); à esquerda, uma estante entupida de livros e outras coisas; à direita, uma série de fotos que ela prendera com percevejos à parede branca.

De mãos dadas, passaram por cima de um monte de roupas na soleira da porta, camisas, o sutiã dela, e foram até o corredor, onde reencontraram os óculos dela num nicho no qual ficava o marcador de gás e de eletricidade, sobre o qual se sentaram. Nua, de óculos. De óculos isso não teria acontecido, pensou

Christian, mas não lhe ocorreu mais quem era o autor da frase. Será que era um ditado antigo? E o que não teria acontecido? Nelly (nua, de óculos) tirou uma pizza da embalagem e a enfiou no forno, só depois disso ajustou a temperatura. E se sentou de costas no colo de Christian, que havia ocupado seu lugar numa das cadeiras pretas de dobrar. Ele a abraçou por trás, os seios dela apoiados maciamente sobre seus braços. Um aroma de suor e secreções, de esforço e entrega, indescritivelmente bom o cheiro dela.

Sons metálicos, eram do fogão. Ele estalava e gemia como se fosse entregar os pontos em breve, a última pizza, depois acabou.

— Você viu isso?

— Do contrário eu com certeza não o teria pendurado na parede — disse Nelly.

Uma montagem da Volksbühne, um cartaz em branco e preto de um bangalô iluminado por dentro, silhuetas no interior, o *Idiota*. Ao lado do cartaz, sobre um balcão, havia cartões postais, vistas de cidades, as montanhas, mar e praia. Quem escreve para ela? E o que lhe escrevem? Querida Nelly, sinto a sua falta aqui em Roma, querida Nelly, você sabe que me enlouquece, querida Nelly, mando mil beijos da linda Engadin, Robert(a). Ele a beijou na nuca, ela baixou a cabeça. Querida Nelly, transar com você é o máximo, não posso esperar a hora de voltar a estar com você. Onde você quiser. Pensamentos bestas, que não se deveria pensar, assim como não se deveria jamais ler cartas ou cartões postais de outrem; um princípio que Christian sempre havia seguido, um dos poucos que tinha.

— Acho que já está pronta — disse Nelly.

— Vamos voltar para a cama?

— Mas com a pizza.

— Claro.

SEGUNDA PARTE

Ela encostou a cabeça ao ombro dele e ambos voltaram a se beijar, cuidadosamente, como se nem tivessem a intenção de fazê-lo — menos de dois segundos e já caíam um sobre o outro, Nelly mal teve tempo de desligar o forno.

Será que ele duvidava de que ela estava dizendo a verdade, será que a expressão de seu rosto queria dizer que ele não acreditava no que ela dizia, que ela mentia quando falava em velejar, vamos, pode ir falando. Eu acredito *em tudo* que você diz, Christian respondera, mas Nelly saltara da cama e tirara algumas fotografias de uma lata dentro do armário, aqui ó, essa era ela, de colete salva-vidas no bote, regata, premiação dos vencedores, e na foto, veja, com a taça diante do barco.

— Mas esse troço é maior do que você.

Uma garota loira de jeans e mocassins de tecido, segurando um monstrengo prateado nas mãos e olhando orgulhosamente para a câmera.

— Eu tinha doze anos. Ou treze. Vice-campeã do distrito.

— E por que não campeã?

— Hum... porque a outra era imbatível na virada.

Havia milhares de lagos, por isso se velejava nas classes infantil e juvenil. Nelly não disse que tivera de parar porque era impossível velejar e tocar violoncelo ao mesmo tempo, uma história ainda não resolvida. Mas ele também não perguntara nada.

Como tinham chegado àquele assunto? Não dava mais para saber como, conversas cheias de meandros, depois de fazer amor, uma vez, duas vezes, depois de ter comido uma pizza grudenta, bebido água mineral, enquanto a música vinha do quarto até onde eles estavam, na cama, música que soava estranhamente fraca, baixinha — Limp Bizkit, homens musculosos e tatuados. É que ela gostava daquilo, será que ele achava ruim? Não. Mas será que era proibido perguntar? Não, nada é proibido.

Eram duas e meia no despertador ao lado dos preservativos enrolados.

Nelly estava com os braços embaixo da cabeça e olhava para o teto.

Christian acariciava as axilas dela. Pelinhos louro-escuros que acabavam de crescer.

— É para eu ir embora agora?

As pálpebras de Nelly tremeram.

— Vou viajar por alguns dias.

Sem olhar para ele.

— Muito tempo?

— Alguns dias, eu disse. Vou visitar uma amiga.

Ela parecia triste, mas seu tom impedia qualquer nova pergunta; isso ele já aprendera.

Ela se voltou para ele e sorriu (como se seus pensamentos e sentimentos estivessem andando de montanha russa, um *looping* após o outro).

— Vou expulsar você agora.

Ela disse aquilo de um jeito muito carinhoso.

— Você me liga quando estiver de volta?

— Você também pode me ligar.

— Alguns dias.

— Isso.

Christian se ajoelhou no colchão duro. (Ideal para a coluna.)

— Me dá um beijo de despedida?

A palavra o assustou, palavras assim não se deve usar.

— Por hoje.

Carinhosamente.

— Por hoje — disse ele com o coração aos saltos, e se inclinou sobre ela.

SEGUNDA PARTE

A voz o mandava andar por ali desde as dez horas, cortada, distorcida eletronicamente, sem que ele pudesse imaginar que objetivo ela estava seguindo. Desligar o celular, ligar o celular, onde ele estava, novo objetivo. Como se não pudesse ter um segundo telefone consigo, outras possibilidades para passar as ordens dele adiante. A não ser que, ele pensou no túnel de pedestres na estação de Charlottenburg, eles já o estejam seguindo, tenham visto sua chegada e acompanhem a partida ou se ele está falando com alguém. Mensagens à margem de jornais que se joga num cesto de lixo sem chamar a atenção, onde são encontradas pelos colegas do serviço de Segurança do Estado.

Na direção de Ostkreuz, três pessoas esperavam lá em cima, três japoneses que mais do que obviamente eram apenas turistas. Embarcaram no meio do trem, não no primeiro vagão, como havia sido ordenado a Christian desde o princípio. A voz fizera contato pontualmente às dez horas e o instruíra de forma sucinta, bilhete de dia inteiro, sempre na frente, contato a cada meia hora. Como se ele estivesse sendo obrigado a conhecer todo o sistema de transporte de Berlim, além das ruas tranquilas e sem movimento no calor cada vez mais forte daquele dia de verão. Àquela hora, o sol estava de rachar e mais uma vez se encontrava no trem suburbano, em dez minutos ligaria seu celular e deixaria que o mandassem mais uma vez a um lugar qualquer — sua agitação da manhã havia se transformado num mau humor que o incomodava, perturbava sua prontidão em aceitar tudo, alimentar aquela esperança carcomida de uma entrevista. Um fantasma, dissera Jakob sacudindo a cabeça, a quem isso irá interessar? E quem vai financiá-lo? Parecia antes de mais nada uma diversão de caráter privado

PARTE DA SOLUÇÃO

O centro da cidade passou pela janela, depois das estações do Oeste e o verde do Tiergarten (com os prédios maciços do governo), e aquelas do Leste, a ópera nacional, museus, o empurra-empurra no Hackescher Markt, as colunas de concreto da Torre de Televisão. Quando entraram na estação Alexanderplatz, Christian olhou para o mostrador de seu relógio e ligou o telefone, no display apareceu o envelopinho amarelo, mas na secretária eletrônica não havia nada, nenhuma chamada: será que ele demorara demais? Ficar perambulando durante horas por aí e depois perder a última chamada, não queria nem pensar nisso. O relógio da estação lhe dava razão, ainda estava dentro do tempo previsto. Agrupamentos de pessoas se acotovelavam nas entradas, olhares cheios de censura nos rostos brilhosos, caramba, quanta insolência, um empurrar agudo de cotovelos e quadris. *Esse* banco é meu: um grupo de turistas de bom tamanho em luta com os nativos do lugar. Ouviu o bip, luzinhas vermelhas se acenderam, o ruído de portas se fechando sincronicamente. Um solavanco, cabeças se movimentando como as de bonecos de molas encurralados e no mesmo instante, como poderia ser diferente, seu celular tocou. A sétima ou oitava conversa que ele principiava, ligação desconhecida.

— Eich.
— Descer na Ostkreuz e esperar.
— Em que lugar?

Nada de lugar específico, imagine-o se você for bom, em algum lugar no abandono da estação, entre as linhas que se cruzavam e suas duas paradas. Eles devem saber, disse Christian a si mesmo, não eu, sem combinar um sinal de identificação.

Na ponte Jannowitz, o vagão ficou vazio; como se o grupo de turistas quisesse ver o buraco sobre o qual seria construído o novo centro de compras, uma vala aberta e bem profunda ao longo dos trilhos. Imponente como uma cratera de meteorito que à noite, com os faróis fortes, parecia uma cena de *2001: Uma odisseia no espaço*. O assobio do monólito negro.

Ostbahnhof, Warschauer Strasse, Ostkreuz. Então tá, aqui estamos.

Velhos telhados de madeira sobre as plataformas, pilares pintados de cinza, tapumes feitos de blocos de concreto, degraus, criptas abertas, um barracão com um banheiro público no qual reluzia uma placa com as letras WC, uma banca de jornais pré-fabricada. Além do conjunto, uma torre da companhia de água enegrecida pela fuligem em meio a um terreno baldio composto de demolição e decadência, fábricas desativadas, dormentes queimados. Christian girou sobre seu eixo uma vez — pessoas que esperavam pelo trem, pessoas que faziam baldeação e corriam por uma escadaria aos trilhos da outra linha. Um pouco mais adiante, havia uma segunda escadaria que levava a uma ponte fechada dos lados e de telhado pontudo que passava sobre todo o terreno até Friedrichshain, onde ficava o mundo habitado — algo ajeitado nas décadas do improviso que por sua falta de planejamento era totalmente confuso.

Esperar significava o quê? Caminhar para lá e para cá, e de novo. Observar os passantes sem dar na vista, e de novo. Ser chamado com um gesto até a janela da padaria improvisada. Olhar fixamente para o telefone. Investigar sorrateiramente quais as opções e para que elas poderiam servir? Iniciar contato, cara a cara. Perguntas que se responde antes de se ser mandado adiante. Ninguém está me seguindo, estou sozinho. Depois de alguns minutos, ele decidiu passear sobre a ponte até a entrada, um portal de um andar pintado de branco onde punks vagabundeavam e pediam esmolas, fora uma passagem subterrânea murada que levava ao bairro, uma casinha (flores) trancada com tábuas e pregos, na qual havia bicicletas acorrentadas.

Atrás da cerca, grama arenosa pisoteada, as ruínas de um prédio de tijolos. Nada que pudesse indicar que alguém estava esperando por ele, olhares que iniciados costumavam trocar. Indeciso sobre como deveria se comportar, Christian seguiu um caminho asfaltado para pedestres que corria ao longo de um murinho em direção a uma escadaria na encosta; lá em cima, a parada da linha circular. Depois de vinte metros, ficou parado e olhou em volta. *Rien.* Sentou-se sobre o murinho deteriorado e acendeu um cigarro no calor do meio-dia.

Cozinhar em banho-maria, ele pensou, essa é a questão. Como se fosse um teste, prova de sua força de vontade. Resistência. Deu um piparote na ponta do cigarro que saltou ao ar cintilante e secou o suor da testa na manga da camisa. Olhou para a esquerda, olhou para a direita, contou os raios da bicicleta forçando os olhos.

— Senhor Eich?

Uma descarga elétrica percorreu os membros de Christian e fez com que saltasse, ficando em pé.

Ofuscado, olhou para a pessoa que estava à sua frente, a incerteza tomou conta dele. Aquele que lhe dirigia a palavra era... era um dos punks da entrada do portal, uma camiseta pintada à mão, botinas de cadarços. E não tinha mais de dezoito anos.

— Sim?

— Vamos embora — disse ele.

— Para onde?

Um movimento negativo de cabeça.

— Você não fala nada.

Ele assentiu.

Foram até a linha do circular e subiram a escadaria até o trilho dos trens que andavam em sentido horário. Sul, oeste, norte, podia ser qualquer uma das estações.

SEGUNDA PARTE

Mas foi apenas uma, no Treptower Park desceram do circular ao gesto do rapaz e andaram de volta ao trem suburbano — que será que ele ganha com isso, um porre com seus camaradas? Do outro lado da rua, a torre de vidro da companhia de seguros Allianz se erguia sobre o trânsito barulhento, atrás uma fileira de construções de vidro luzindo com suas escamas à margem do rio. Uma escultura de aço bem alta no meio da água, homem marchando. Homens marchando, pensou Christian, qual será o seu objetivo comum? Ele ofereceu um Marlboro a seu acompanhante, mas este recusou. Tudo regrado, nem uma só palavra, nenhuma vantagem em dinheiro, você tem algo para fumar de vez em quando? Aqui estão cinquenta euros, vinte agora, e os trinta restantes quando você o tiver entregue. Caso o cara se metesse a telefonar ou tentar conversar, deite o cabelo e se mande. (Pegue o menorzinho, ele parece o mais sóbrio entre eles.)

Quando haviam atravessado o Spree, o rapaz esticou (como quando se pega carona) o polegar para a direita e Christian soube de imediato qual seria o caminho a seguir. Entraram no túnel que levava para a ilha Stralauer, acima deles o leito dos trilhos, diante deles, em seguida, o ermo de uma grande área aterrada onde ainda podiam ser vistas, à alguma distância, duas construções solitárias; o punk apontou para a de trás e não perdeu tempo em escapulir. Tudo certinho, pensou Christian, muito bem arranjado, a menos de cem metros de uma rua bem movimentada e já se está parado sozinho na paisagem. Se alguém vier atrás e olhar em volta, cai sob suspeita de imediato, perfeccionistas que a qualquer momento poderiam se retirar na outra direção, ao abrigo dos blocos de prédios que haviam sido construídos por lá nos últimos anos.

Ele se aproximou do galpão de uma fábrica sem portões, vidraças quebradas, rampas de concreto, portas de ferro, corrimões enferrujados, paralelepípedos em alguns trechos, em meio aos quais trilhos bifurcavam. Os muros de tijolo estavam completamente pichados, tanto por dentro quanto por fora, camadas de pichações, desenhos ou simplesmente borrões, linhas coloridas, pontos de tinta. Em volta das grades de um poço de elevador havia uma pesada corrente, cacos de garrafa no chão, calhas amassadas. No lusco-fusco do espaço oco, em direção ao qual ele continuava se movimentando passo a passo, era sensivelmente mais frio do que a céu aberto, de onde um branco claro e ardente caía pra dentro pelas portas que já não mais existiam nas laterais. Em lugar nenhum percebeu sinal da presença de mais alguma pessoa, um ruído, um assobio, a sombra de um corpo que de repente encobre a gente. Subiu uma rampa e ficou de cócoras. Nas rachaduras do concreto, cresciam gramíneas, musgo, o verde de ervas daninhas cujo toque era bem macio. Quando voltou a levantar a cabeça, viu um homem na contraluz, parado lá fora diante da rampa, imóvel, como se já o estivesse observando havia minutos. Vai ver tem de ser assim mesmo, pensou Christian, necessariamente, se recobrando do susto que levara. Todas as condições atendidas, ou? Estou enganado?

— O senhor está vestindo as cores da Juventus.

— Sou Christian. Eich.

— Eu sei.

Christian levantou-se num salto para o lado do homem, da sua altura, alguns anos mais velho. Difícil de avaliar.

— Nesse calor ninguém gosta de pegar o trem suburbano.

— Depois de algumas horas a gente quase se acostuma. Em Nova York os trens têm ar condicionado.

— Você conhece Nova York?

— Tenho um amigo lá que visito de vez em quando. Quando sobra alguma coisa no bolso.

— Quando foi a última vez?

— Há dois anos. Pouco antes do atentado.

— Eu estive no Canadá uma vez. Bonito.

Ele podia ter uns quarenta anos, mas também quarenta e cinco, louro-claro, barriguinha sobre o cós das calças. Carregava o casaco sobre o braço.

— Acho que eu gostaria de morar no Canadá. Ainda que não dê bola pra essas coisas de natureza.

— Montreal — disse Christian. — Há determinados nomes que a gente sempre vincula a alguma coisa. *Beautiful Losers*.

O homem que tinha bigode olhou surpreso para ele, perdedores, não era bonito...

— Um romance que se passa em Montreal. Leonard Cohen.

— Ele escreveu romances?

— No passado. E *Beautiful Losers* é realmente muito bom.

— Talvez se devesse lê-lo algum dia. — Um bigode cuidado que ele deixara crescer sobre as comissuras da boca — uma moda selada pelo tempo, de outra década. — Gosto dos artigos que você escreve.

Christian não soube o que dizer, como responder a isso?

— Onde mora?

— Em Berlim. Desde que tenho vinte anos, mais ou menos. A princípio sou sedentário.

O homem assentiu. Que conversa era aquela?

— Ali na frente há uma sombra.

Foram até uma escada pela rampa, um pedestal de concreto que chegava até bem embaixo no galpão vazio. O corrimão era de cor cinza-ferro, tinta rachada, poros de ferrugem.

— Isso aqui era uma fábrica de vidro — disse o homem. — Vidro industrial.

— Ali não havia nada — disse Christian, apontando para os prédios novos, à margem do rio, lá atrás. (Onde se fazia piqueniques e churrascos o verão inteiro.)

— A gravação lhe será mandada mais tarde. Com que aparelho trabalha?

— Um gravador de minidisc.

— Qual a capacidade?

— Duas horas...

— Quanto maior o jornal, tanto melhor. Seu nome ganhará certo brilho, mesmo na Alemanha.

— A situação no fundo é absurda. Como se duas épocas estivessem sendo acopladas, duas escalas que têm pontos neutros diferentes. Indignação moral para eliminar história. Não se trata de culpa ou de inocência, mas sim da tentativa de conseguir uma confissão de que foi e continua sendo errado tudo aquilo que mesmo de longe questiona a ordem atual. Como se na casa do administrador da massa falida não pudesse ser pronunciada a palavra falência. Se você o faz mesmo assim, imediatamente se transforma em terrorista e é esse o efeito para o público, a invencível historinha para chamar atenção, vamos te pegar de qualquer jeito, mesmo se precisarmos de vinte anos pra isso.

— Nunca foi diferente — disse o homem enquanto olhava para seu celular.

— Além disso — disse Christian (no que será que ele trabalha, de onde Carl o conhece?) — me interessam as pessoas.

Ele deixou o aparelho escorregar para dentro do bolso.

— Você vai criar um endereço virtual num internet-café do qual vai responder um e-mail mandado a seu endereço regular. Você escreverá o segundo e-mail de um novo endereço, criado num novo internet-café, depois de ter deletado e cancelado o primeiro. E assim por diante.

— Um endereço por e-mail.

— Um e-mail por endereço. Você recebe um, deleta tudo e responde de um novo endereço.

Como se fosse mandado dinheiro ilegal de uma conta a outra, Christian estava com as palavras na ponta da língua, mas não as disse.

O homem lançou um olhar a seu relógio. Quarenta e cinco, pensou Christian, aqueles um pouco mais gordos na maior parte das vezes parecem mais jovens do que são. Mesmo na sombra estava quente.

— Um e-mail de cada internet-café. Em Berlim isso não deve ser problema.

O que queria dizer com isso? Que em outra cidade seria um problema? Em qual?

— Acho que devemos nos despedir agora.

O mais seguro agora eram as cartas mandadas por correio normal, não havia mais ninguém para abri-las no vapor e depois lê-las.

— Pode ser num prazo relativamente breve.

— Logicamente — disse Christian (nada de logicamente, o que quer dizer logicamente, nesse caso?) — estou motorizado.

O carro velho de Jakob?

— Pois bem, então...

Christian só entendeu depois de algum tempo que deveria se afastar pelo mesmo caminho da vinda. Mas é claro, assim são as coisas. Será que é bom dar a mão? Parece que não. Como se pudessem ficar rastros de DNA, moléculas capazes de identificar alguém. Depois de assentir, ele se virou sobre os saltos dos sapatos e se foi, atravessando o amplo espaço vazio de volta à passagem subterrânea. Havia esperado que o outro cobrasse explicações, ser perguntado por motivos, mas nada disso aconteceu. Como se Carl já tivesse lhes contado o mais importante, como se tivesse botado a mão no fogo por sua honestidade usando a credibilidade da qual gozava nos círculos deles em virtude de seu passado. Pode-se arriscar, faz-se uma tentativa, me parece que está absolutamente limpo.

A possibilidade de uma janela que lhes desse publicidade, espaço para debates, *who knows*. Uma decisão que haviam tomado internamente, sim, eles levariam os preparativos a cabo. Inclusive o aparelho da gravação ficaria sob a proteção deles. Até que ele estivesse de volta a Berlim — caso realmente o mandassem à França para fazer uma entrevista. Paris, Bordéus, Marselha, em algum lugar. Perguntas que ainda têm de ser elaboradas com mais precisão, a quais grupos pertenciam, que acusações haviam sido feitas, a vida em família, estimativas globais. Dar uma olhada na enciclopédia. *Lutte des classes. Stratégie hégémoniale. Lutte armée.* Hoje se tratara apenas de buscar uma impressão pessoal e explicar a ele as modalidades da comunicação, ligações à prova de qualquer coisa. Dez minutos, depois de uma caça que durou horas através da cidade para diminuir a própria desconfiança. Experiências que se havia feito, vidas sem sonho. Christian atravessou a rua no final da praça e entrou no túnel de pedestres. *Silvi ama Matthias*, crianças haviam escrito com giz nas pedras. *Tina ama Marco, Marco mente, não é verdade.*

Os dias passaram.

Nenhuma notícia de Nelly.

Christian telefonou de redação em redação, mas não encontrou ninguém que demonstrasse interesse na história a ponto de assumir pelo menos parte dos custos da viagem; nem mesmo fotos ele podia prometer (era estranhamente detestável para ele ter de mentir), historinha ilustrada de agentes, cuja atualidade por si só já atrairia os leitores. Pequeno demais, histórico demais. Se fossem alemães — me diz uma coisa, ainda há alguns fugindo?

Pelo menos conseguiu encontrar o tal de Gregor Conrad e combinar um horário para dar uma olhada no quarto (Vera me contou de você) — semana que vem, no momento eu quase não fico em casa. Ele disse.

Schillings arranjara dinheiro, dinheiro vivo num envelope, com cuja metade restante ele foi até David. Mudança de paradigma. David retorceu a boca.

— Sério, é?

— Do contrário vai acabar desaparecendo.

— E eu boto isso na nossa conta?

— Me faria um favor com isso.

David dobrou o envelope e o enfiou no bolso da calça. Prosseguiu em seu trabalho como se nada tivesse acontecido, fervendo por dentro, dava para sentir. Simplesmente incapaz de dizer o que o incomodava.

Ele ligou para Nelly, deixou um recado em sua secretária eletrônica — oi, eu pensei que você já tivesse voltado, mas parece que não, pena.

Bodegas e pubs, tapas e *fusion food*.

Olhava os e-mails cinco vezes por dia, mas nenhum sinal de vida, também o desconhecido não dava notícias. Um homem um tanto gordo, de bigode, que era a interface, o guardião da porta, o leão de chácara, opaco como um encarregado qualquer de uma repartição qualquer (mas que repartição poderia ser?).

Ficou chocando seu romance a noite inteira sem conseguir escrever nada, três palavras, e suas reflexões acabaram empacando. O gorjear implacável dos pássaros no pátio. Ele se virava para cá e para lá, depois voltava a se sentar ao computador. A crise das aposentadorias, grandes arruaças em Zurique. Uma das manifestantes lutava com a morte, um carro blindado a esmagara contra o muro, um acidente, uma tentativa de assassinato, conforme os porta-vozes das diferentes partes avaliavam o acontecimento. Imagens de carros queimando, mascarados, correntes de policiais às margens do lago. Outras conferências, inundações, famosos em tapetes vermelhos. Estrelas bêbadas, clique e visite todas as galerias, obscenidades e promessas.

Inacreditável. Christian tinha de confessar a si mesmo que já pensava nela há horas, que sentia sua falta, que não dava mais para aguentar. E não havia algo pessoal, nenhum objeto que pudesse ser observado ou tocado, nada dela que estivesse em seu poder, um cartão postal, uma fotografia, algo real que pudesse invocar sua presença. Leu os e-mails dela, olhou o endereço que Nelly mesma escrevera em seu caderno de anotações, a mão dela, a letra dela, até que enfim lhe veio a ideia de ouvir o recado que ela deixara na secretária eletrônica: "Alô Christian, está acontecendo algo com minha caixa de e-mails, ela deve estar de greve, por isso agora vou simplesmente deixar um recado na secretária eletrônica. A respeito da sua carta, naturalmente se poderia dizer muita coisa, mas isso eu escreverei num e-mail. Do contrário vou apenas encher a sua fita com minhas bobagens (o riso dela, ela riu). E a sugestão de cinema, sim, aceito, você já escolheu um filme? Então, hum, *ciao*." Ele ouviu o recado mais uma vez e outra vez mais — como se alguém estivesse tirando seu ar.

Às sete horas da manhã, ele estava sentado à mesa junto à janela gradeada, fumando e bebendo água mineral, e não sabia o que fazer consigo mesmo. Quando abriu a gaveta, seu olhar caiu sobre a carta da happyCredit®, o crédito garantido e justo na Alemanha, no site da internet havia um questionário que preencheu às pressas. Soma desejada: 5 mil euros — mais do que lhe recusar o dinheiro eles também não poderiam fazer e dívidas ele praticamente não tinha, apenas um registro como devedor. Fez um xis no item em que aparecia a declaração da lei contra a lavagem de dinheiro: Sim, eu estou agindo *por conta própria*, e enviou o formulário.

Discou o número dela, ninguém atendeu.

O rosto dela, desenhar seu perfil na memória fracassou redondamente, era necessário ser artista para tanto.

Love is an angel disguised with lust.

O adejar nervoso de suas pálpebras, escreveu sobre uma folha de papel, como asas de insetos, pele fina, tomada por veiazinhas quase invisíveis, como se ela pudesse ver através dos olhos fechados, como se nada lhe escapasse, como se fosse impossível enganá-la, os lábios grossos e palidamente vermelhos e o queixo redondo, sua barriga lisa, seus cabelos louros com mechas mais escuras, Nelly, NELLY... Ele rasgou a página e enfiou os pedaços em seu casaco.

Antes que algum dos outros chegasse, Christian deixou o escritório. Enquanto tomava um expresso no Letscho, Jakob ligou (espero não ter acordado você) e o convidou para o lançamento de um livro — hoje à noite, vamos lá? Perguntar a ele se sabia alguma coisa a respeito do paradeiro dela, de Nelly Fridrich, sua aluna, ela queria que eu lhe mandasse um artigo — ele se negou a fazer, não queria ouvir observações sarcásticas da boca do senhor docente associado.

O lançamento era de Timo, colega de Jakob, que editara uma antologia sobre filmes policiais e de espionagem da Alemanha Oriental, hiperacadêmico e ao mesmo tempo cheio de piadas para iniciados que tinham muita graça para alguns, bater de coxas, Jakob havia se ocupado com as primeiras sequências da série televisiva

Polizeianruf 110[25] (e não contara nada a Christian) e as metera no moinho da Teoria do Discurso, analisando a maneira de falar dos comissários e dos suspeitos, as táticas de interrogatório, os fundamentos ideológicos; aplauso retumbante e aclamações especializadas quando algumas cenas foram mostradas.

Depois da apresentação, todos se reuniram no bar mais próximo, álcool por conta de Timo até não querer mais, Christian e Vera Sellmann (a livreira era uma velha amiga dela) se aproximavam cada vez mais a cada bebida, a cada vinho. Necessitada de consolo, de um Thomas qualquer, um desses bávaros que havia se revelado um perturbado mental — será que alguém pode me dizer por que sou sempre eu que acabo tomando, isso já não é mais normal...

Quando acordou (com uma terrível dor de cabeça), estava sozinho, por sorte, deitado em seu futon na Eberswalder Strasse, ainda que eles ao final... garantindo seu afeto mútuo e inquebrantável (gargalhadas), umas bitocas... mas com certeza nada de mais, era óbvio, do contrário ele não estaria ali (ou Vera estaria deitada ao lado dele)... Martelos na cabeça, coração aos pulos e depois ainda por cima achar que tinha nojo de si mesmo, será que é possível começar um dia melhor?

Comprou um CD de Limp Bizkit, *chocolate starfish and the hot dog flavored water*, com o carimbo: PARENTAL ADVISORY EXPLICIT CONTENT, ouviu *take a look around* em volume tão alto (dez vezes, vinte vezes) quanto seu laptop permitia.

Na piscina de Spreewald. Ele nadou onde ela nadara, olhou em volta, os azulejos, as catracas, as duchas, como se assim pudesse ficar mais perto dela. Como se seu olhar pudesse se fundir com o dela.

---

25. *Polizeiruf 110*, no original. A série policial televisiva existiu de fato. É uma referência verdadeira, assim como outras na presente obra. A série existe desde 1971 na televisão da Alemanha Oriental (surgiu em oposição ao conhecido *Tatort* ocidental) e, depois da reunificação, continuou sendo produzida pelo canal aberto ARD. [N.T.]

SEGUNDA PARTE

Chegou em casa e a secretária eletrônica piscava, ofegante, Christian apertou o botão azul:

— Sou eu... eu... pois é, ainda estou viajando, preciso... a questão é que no momento preciso ficar comigo mesma... é que... pois é, eu, eu também não estou lendo meus e-mails, estou ligando por que... pois é, não me ligue, não tem nada a ver com você, daqui a pouco... em alguns dias, provavelmente estou de volta, eu... um abraço.

Quando ela terminou, ele estava sentado no chão, o recado lhe dobrara as pernas. Ouvir notícias dela, ouvir aquilo — ela não estava bem e não queria deixar que a ajudassem, isso não tem nada a ver com você, não me ligue. Ele ouviu o recado mais uma vez, a questão é que no momento preciso ficar recolhida comigo mesmo, nada de e-mails, isso não tem nada a ver com você. Conosco, com aquilo que houve e há entre nós.

No display, um prefixo desconhecido e um número de quatro dígitos, país, norte, ele digitou Waren no campo de busca das informações telefônicas, o nome Fridrich, sem "e", e numa fração de segundo teve a confirmação, Federower Weg 12, estava com seus pais ou com quer que se chamasse Fridrich e morava em Waren. Não me ligue, em alguns dias eu provavelmente estarei de volta.

E ele não estava em casa, havia perdido a chance de falar com ela. Quando era necessário trocar uma palavrinha com ela. *Talk to me talk to me little sparrow on the tree.*

Esperar até que ela ligue de novo, não podia fazer outra coisa, vou ligar, a vontade dela era um mandamento irrevogável.

A questão é que no momento preciso ficar comigo mesmo.

Na biblioteca central, no Hallescher Tor, havia incontáveis volumes de fotografias com material ilustrativo, o gótico de tijolos do norte alemão, Müritz maravilhosa, de barco de Berlim até o mar Báltico, Güstrow e Greifswald, túmulos hunos, eclusas e campos de trigo. Mapas de cidade, o porto de Waren, dava para ver cafés, guarda-sóis, um semicírculo de casas restauradas, um pouco mais para fora da cidade um balneário. Onde estará ela agora? Enseadas protegidas por juncos altos, cabanas de pescadores nas quais se pode descansar em paz, um pontilhão encarquilhado levando até a água que ninguém além dela conhece. Em cada um dos volumes, fotografias semelhantes, nas quais ele acreditou prontamente naquela tarde. Nas quais estava pronto a acreditar. Que as imagens davam conta do mundo dela na infância, bela infância, algo que o deixava triste, bem mais triste do que ele já estava antes. Providenciou uma carteirinha por dez euros e levou dois livros emprestados.

O piscar agitado da secretária eletrônica. Será que mudou de ideia? Mas não era Nelly e sim uma voz de homem, balbuciando coisas que mal dava para compreender. Um Martin Pretzel em coma alcoólico, que encheu o gravador com seu lixo e não parou até a secretária desligar automaticamente. E se ela tivesse ligado? Não teria sobrado o menor lugar, o cara está louco, será que perdeu mesmo o juízo?

Christian discou o número de Martin e berrou cuzão no fone, seu vagabundo, agora chega. Ainda que ninguém atendesse, nem a secretária eletrônica anunciasse a possibilidade de um recado. Você me entendeu, que isso não se repita.

Quando descobriu do outro lado da Rosenthaler Strasse uma mulher que por trás se parecia com Nelly, perfil, cabelos, jeito de andar, correu atrás dela atravessando o denso trânsito do entardecer e chamou: Nelly... Nelly... mas não era ela.

Tarde da noite, ele seguiu um casal que saía do café Maurer, fortemente abraçado, uma mulher loura usando óculos. Seguiu os dois de entrada em entrada, pois não ousava ultrapassá-los para ter certeza. Diante de um prédio, ficaram parados, se beijaram, depois

SEGUNDA PARTE

o homem abriu a porta. Uma pedra monstruosa, uma rocha inteira que lhe caía do coração naquele instante, cem por cento de certeza que não era Nelly.

Ele acordou e a primeira coisa que fez foi ouvir as palavras dela, depois de novo e em seguida de novo. Em alguns dias, provavelmente estarei de volta, eu... abraço.

Um estalo que ela não conseguia tirar da cabeça há dias, desde aquela noite. Havia sido alto demais, disse consigo mesma, eu nem sequer posso ter ouvido isso, isso contradiz qualquer dado da experiência. Berreiro, sirenes e, a cada pouco, pedras que batiam inofensivas nos carros blindados da polícia. Haviam conseguido cercá-la, na ruela um caos de luzes piscando, cassetetes, escudos, capacetes, paralelepípedos arrancados, italiano, alemão, suíço-alemão, francês. Acabou, ela pensou, ou nos entregamos ou eles nos matam. Holger e um suíço de repente passaram a contra-atacar com fundas, lacunas que se abriam nas fileiras dos policiais, buscando cobertura atrás de seus carros, a quilômetros do hotel onde acontecia a conferência. Por rádio, deviam ter recebido uma ordem, deviam ter se entendido por rádio e botado aqueles carros blindados em movimento, indo para cima deles. E num lugar escuro, iluminado pelo piscar dos giroscópios azuis, lançaram-se sobre eles de faróis altos que ofuscavam terrivelmente, como granadas atordoantes, a menina a seu lado, da qual ela nem sequer sabia o nome, não teve nenhuma chance, nem o menor resquício de uma chance de saltar para o lado.

Como se ela tivesse conseguido ouvir o estalar de sua caixa torácica, como se esse estalar pudesse ser mais alto do que os motores, do que as sirenes, do que seus próprios gritos. Policiais a arrancaram dali, quando ela, apesar do choque, quis cuidar da desmaiada como um robô, abriram espaço a cacetadas diante do muro do prédio, ela levantou os olhos, ainda viu como o sangue escorria da boca da outra, o lenço no pescoço molhado de sangue, sangue saindo de ambas as narinas. Na confusão, conseguiu escapulir do cerco, correu junto com um bando de dispersados porque havia perdido completamente a orientação. Em algum momento, estava esticada sobre um trecho de grama, um desses canteiros no meio do trânsito, as pernas se recusavam a atender a seu comando, seu corpo inteiro tremia.

Poderia muito bem ter sido eu, pensou Nelly, centímetros que decidem sobre o futuro. E para quê? Estava sentada diante da janela aberta de seu quarto no sótão e olhava para o mar. Por causa de uma tática falsa, por causa de algo que ela havia chamado de estúpido diante de Holger, voluntariamente estúpido, um sinal sem sentido. Como se estivessem ficando inebriados consigo mesmos, festejando vitórias que à luz clara do dia não valiam a pena se comparadas ao perigo que se corria. Apenas efeitos sem maiores consequências. O que é realmente substancial? Uma minoria no grupo que no momento era constituída apenas por ela mesma, e por isso tinha de tirar suas conclusões. Uma política que era falsa — como se golpeassem um saco de areia e se admirassem com o fato de ele não estragar. Que seja, então vamos usar facas e perfurá-lo.

Ela se sentou ao sol sobre o peitoril largo da janela. No jardim, os filhos de sua irmã brincavam, a água cintilava tão linda. No horizonte, o vapor de passeio para Röbel, um naviozinho que parecia não sair do lugar. Como se um sarrafo fino tivesse sido quebrado, assim tinha sido o ruído, sangue que escorria do nariz dela. Como é que se pode sobreviver a um impacto daqueles, como é que se pode simplesmente passar por cima de alguém assim? No fundo era impossível ela ter ouvido o estalo no meio daquele inferno, deve ter sido outro ruído no mesmo momento. Moritz a descobriu ali em cima e acenou para ela. E agora também o irmão mais novo, Philipp, imitando o mais velho, e Nelly, Nelly acenou de volta para os dois, sorrindo. Depois abriu o livro sobre seu colo para marcar algumas palavras que antes havia contado a partir do princípio de uma página.

Terceira parte

Curiosos de todas as idades em roupões de banho e abrigos esportivos, vários de chinelas e pantufas nos pés de resto nus. Uma testemunha contou que ouvira um estrondo por volta das três horas da manhã; segundo o que relatou, um estrondo surdo, uma espécie de baque, só que bem alto e que fez com que se dirigisse à janela e logo em seguida ligasse para os bombeiros. Um segundo homem confirmou o depoimento, também ele estivera à janela e ligara para os bombeiros enquanto do outro lado uma parede de fogo já se levantava, como ele poderia dizer, chamas bem altas que iluminaram o terreno como se estivéssemos à luz do dia. Graças a Deus os reservatórios não haviam explodido, afinal de contas devia haver gasolina dentro deles e a explosão que aquilo poderia causar ele não queria nem pensar.

Os dois policiais (que usavam camisas polo e blusões) assentiram e abriram espaço em meio à multidão até um retângulo isolado com fitas de plástico azuis do qual subia fumaça e vapor, o cheiro levemente corrosivo de borracha derretida, de tinta derretida, o plástico queimado das capas dos bancos, estofamento e painel. Os capôs dos carros queimados estavam abertos, bombeiros voltavam a enrolar mangueiras, inspecionavam com lanternas o interior das carrocerias retorcidas; em seus casacos de proteção, listras em verde neon que os tornavam visíveis já de bem longe; no meio de tudo, investigadores, especialistas em técnicas criminais com suas pás, sacolas, escovas e pazinhas. Tudo parecia apontar para o fato de que ali haviam trabalhado de maneira comum, usando gasolina de um galão derramada e em seguida acesa; pelo menos à primeira vista não havia indícios de estopins ou bombas, nem relógio, nem arames, restos de revestimentos debaixo dos automóveis, lampadazinhas ou baterias. E mesmo que existissem, seriam mercadorias a granel de casas comerciais quaisquer.

Uma carta assumindo o atentado não havia sido encontrada até então, justificativas confusas do motivo pelo qual haviam escolhido o Departamento da Ordem Pública de Treptow como alvo, quatro carros oficiais novinhos em folha, pintados de prata, VW Polos. Que viraram sucata, aros sem pneus, para-brisas e janelas quebradas. Cilindros retorcidos. Um ato de vingança poderia ser excluído ao que tudo indica, raiva por causa de alguma multa por estacionar em lugar proibido ou insignificâncias do tipo; para isso o dano e o esforço demandado haviam sido grandes demais. Provavelmente vieram da cidade, em dois, em três, passando pelo trecho junto ao Monumento Soviético e pela rua reta que levava para fora da cidade até o posto de gasolina da Jet, dobrando depois na viela sem saída no fim da qual ficava a mansão, uma casa grande semelhante a uma vila, às margens do Spree, cujo pátio não era protegido por nada mais do que uma cerca de grades — nada de câmeras, nada de garagens.

Durante o amanhecer as pessoas aos poucos voltaram a se espalhar pelo núcleo habitacional (será que iam dormir de novo?), uniformizados vasculhavam o terreno em busca de rastros, olhavam nas moitas, verificavam a cerca procurando buracos, hastes cortadas. Nada, por certo haviam passado por cima, talvez na parte dos fundos onde ficavam as fábricas, uma ampla paisagem de chaminés e pavilhões inúteis. Um dos policiais tinha um mapa na mão com a ajuda do qual tentava comparar os diversos caminhos que levavam ao local do crime, uma trilha junto ao rio, a rua com as casas reformadas, ruas anexas de paralelepípedos que atravessavam a zona industrial abandonada. Caso tivessem trazido o combustível num galão, talvez o recipiente tivesse sido abandonado em algum lugar, era preciso dar algumas voltas de carro por aí a fim de verificar, melhor se fosse antes de o trânsito normal da manhã começar. Repassar as ruas que levavam de volta à cidade e que poderiam ter sido usadas; em vez de cogitar apenas as que iam direto, vasculhar também as alternativas, que passavam por Britz e Neukölln.

Aqui, por exemplo, ele pensou enquanto eles esperavam que o sinal ficasse verde no cruzamento depois do posto de gasolina (loja de materiais de construção, de jardinagem, supermercado ALDI), descer à esquerda por baixo da linha do trem suburbano e pegar a bifurcação que levava ao noroeste da cidade, um breve contato visual e uma anuência lhe confirmou que o colega no banco do carona (por assim dizer) teve a mesma ideia, compreendendo o que poderia ter passado pela cabeça (pelo coração) dos fugitivos às três horas e vinte minutos.

Sentimentos de triunfo que nos tornam levianos, ou frio gélido, a consciência de estar a serviço de uma causa maior, de um processo irreversível? Aparecendo em meio à escuridão sem lua como fantasmas que sabem exatamente o que fazem. E porque o fazem, labaredas contra a ordem, representada pela repartição oficial, movidos pela intolerância e pela arrogância moral. Como se na condição de funcionário, de policial, se fosse um porco, e não alguém que respeita meticulosamente a letra da lei. Que não sabe fazer de outro jeito e fecha os olhos sempre que possível.

PARTE DA SOLUÇÃO

Um cemitério ao qual se seguiram colônias de jardinzinhos de lazer ao longo da rua de quatro pistas, um comércio qualquer em galpões e construções rasas, a ponte sobre o (segundo dizia o mapa) Canal de Ligação de Britz. Nem uma só alma viva (ou por exemplo um galão jogado fora) nas proximidades; apenas quando chegaram perto da Gropiusstadt é que passaram a ver alguns madrugadores que saíam dos prédios e iam até seus carros ou corriam até os ônibus. Caso os criminosos tivessem escolhido aquele trecho, por sua distância do local do crime, agora já estariam de novo acobertados pela vida comum, pela massa urbana e pela indiferença — nenhum rastro maior de automóveis solitários em caminhos sorrateiros atravessando a noite. Inútil tentar mais uma vez indo em direção contrária, peças de prova. Como se não tivessem usado luvas. Como se fosse possível reconstruir quem comprara o que e quando em que loja.

Estamos perdendo um tempo que não temos. Nós não. Que o serviço de Segurança do Estado se ocupe disso, já que se trata nitidamente de um crime com motivação política. Formação de uma agremiação terrorista (129a) com o propósito e a prática de um incêndio criminoso grave (306a), em combinação isso dá tranquilamente três anos sem relaxamento de pena.

Gerd Berghain, o grande Beh, o gordo, como o chamavam pelas costas, havia trabalhado a noite inteira, desmontado e depois montado de novo uma série de computadores, vasculhado montanhas de IPs e bancos de dados, até enfim chegar onde já queria ter chegado há dias, aos números dos telefones fixos das pessoas que debatiam tão animadamente sobre questões explosivas como se estivessem sentadas tranquilamente em seus quartos, inacreditável. Seis nomes e seis endereços em Berlim, anotados num bilhete, um abaixo do outro. Era uma questão de honra para ele, caso se quisesse, ele também se sentia provocado pelo desafio científico que aquilo representava. Vasculhar o que havia a ser vasculhado, sem deixar rastros nem sinais, marcas eletrônicas que pudessem levar ao seu computador na repartição oficial. O que seria fatal, mas não aconteceria com ele, disso ele tinha certeza e era nisso que consistia sua ciência. Informática para avançados em uso prático; esgotado e satisfeito, esticou as pernas e comeu as últimas batatas fritas já moles e frias que estavam no saco de papel ao lado de seu teclado.

Pelas persianas não entrava luz, as lamelas estavam viradas para cima a fim de evitar reflexos, contrastes baixos demais, uma escuridão artificial clareada apenas por um projetor e pelo clarão dos monitores, na qual ele passava a maior parte de seus dias (sem contar as noites, obviamente). Um emprego dos sonhos, o cargo de sua vida, tempo de serviço conforme a necessidade e a urgência. Ninguém se metia em seu trabalho, ninguém para lhe ler o regulamento todos os dias e lhe dar ordens ou fazer pressão sobre ele como em todas aquelas bibocas da tecnologia da informação nas quais ele havia trabalhado (por tempo demais). Maturidade de mercado e estratégias de otimização até a bancarrota chegar. Amassou o saco de papel e o jogou no cesto de lixo junto dos copos de isopor de Coca-Cola e dos pacotes de aspirina. Faltava pouco para as nove, às nove ele iria embora, *nine to nine*. Berghain dobrou o bilhete e o enfiou num envelope. Depois olhou para as colunas de números que havia copiado da tela a fim de compará-las em casa com os outros, sequências de dígitos que eles usavam regularmente em seus e-mails, 11,4 — 486,7 — 95,2,4, às vezes ao longo de três, às vezes ao longo de cinco linhas. Era óbvio que se tratava de um código, roia por dentro os programas dele não encontrarem uma chave que os decifrasse. E como roia. O único ponto de referência era o fato de os números com duas vírgulas (12,4,6) jamais aparecerem isoladamente, envolvidos por números com uma vírgula (237,8), como se formassem unidades que se caracterizavam por alguma especificidade, alguma marca gramatical que os diferenciava dos outros no cerne de seu ser. Deveria ter algum motivo por que não faziam uso exclusivamente daquela escrita secreta, achava que tinha a ver com a falta de rapidez, com a transcrição manual das mensagens em sua forma críptica, que, sem um software que pudesse fazê-lo de forma esquematizada, custava muito tempo; quer dizer, bem pensado, mas apenas trabalhoso a não querer mais. Reservado para o que era mais secreto no secreto, o círculo interno que era iniciado e era dono do saber, os sacerdotes da revolução.

Ele trancou a sala e subiu de elevador ao terceiro andar. Um corredor longo com fileiras de portas e placas nas portas nas quais nem sempre estava escrito o que havia escondido atrás delas. Seções, pessoas. Um tanto ridículo; ele bateu e pediram que entrasse.

— Você os pegou — disse Oliver Damm. (Não, explodiu de dentro dele à guisa de cumprimento.)

— Bom dia.

— Estou vendo em sua cara.

— Kreuzberg, Friedrichshain, centro.

— Você quer um café.

Berghain deixou o envelope sobre a escrivaninha de Damm.

— Sente um pouco, pelo menos.

— Preciso de ar livre, comer alguma coisa que preste.

— Vai voltar ainda hoje?

— Acho que não, vou tirar uma folga.

— Beh, você é um gênio.

— Está aí — disse Berghain —, três mulheres, três homens.

— Ora, mas a tiazinha da igualdade de direitos vai ficar feliz.

— Cota preenchida.

— Vamos beber alguma coisa amanhã à noite?

TERCEIRA PARTE

— Com certeza — disse Berghain, e tocou a maçaneta da porta de Damm. — Até amanhã.

Não o encontraram, não o encontrarão. Mesmo que entrarem em sua casa, que botarem alguém para vigiá-lo. No dia anterior, ele já conseguira se livrar deles, dois homens no calçadão que se telefonavam. Como se achassem que ele era surdo e cego. Como se ele não pudesse ouvir que eles estavam falando dele, sobre aquilo que ele sabia. Não eram apenas os microfones, o microfone principal e todos os outros, com os quais eles gravavam o que ele dizia, cada som, era também o sinal que era enviado da antena sobre o telhado do vizinho. Uma linha de rádio, o síndico lhe dissera, mas ele o sentia mesmo quando estava dormindo, acordava banhado em suor como se estivesse numa sauna. Ondas que atravessavam seu corpo, determinadas frequências atômicas. Desde que ele não dormia mais em casa, há alguns dias, os suores noturnos haviam desaparecido, teria sido a prova? Esboços que ele havia depositado num escaninho, pilhas de desenhos que documentavam o mais importante. Um câncer que tentavam causar de todas as maneiras, com som, com radiação, com força de resistência minada acusticamente. Distorções, ecos, como se ele fosse um eu duplo, um eu constituído de diferentes partes. Escapei literalmente no último momento, ele pensou, antes de eles saírem vencedores. Antes de o terem aniquilado, conforme o plano. Tirou um caderno de sua bolsa a tiracolo, uma caneta e se sentou embaixo de uma árvore da rua. Uma carta ao mundo. Com isso eles não contavam, não com o fato de ele ainda estar em condições de anunciar a verdade.

Nenhuma linha de Nelly, nenhuma carta do desconhecido, instruções, uma lista de coisas a serem checadas. *Dos and don'ts*. Como se o encontro jamais tivesse ocorrido, um fantasma na tarde precoce. E o que queria dizer brevemente, que talvez tivesse de ocorrer brevemente? Viagem em um dia, poucas horas, imediatamente? Sem falta, ele tinha de fazer uma lista daqueles que agora voltavam a viver na clandestinidade e anotar as acusações que eram feitas (nos casos específicos) contra eles e contra os grupos aos quais eles haviam pertencido no passado. Origem e plano, o desencadeamento de uma guerra popular geral ou ataques dirigidos contra os representantes do poder, do Estado, da sociedade. Para tê-los *in petto* quando estivesse no esconderijo deles, caso a coisa não ocorresse de forma totalmente anônima, capuzes sobre a cabeça, olhos vendados. E o que se pergunta? O que o senhor acha de seus atos, ainda concorda com eles, como vê a situação dos anos setenta historicamente, o que é especificamente italiano nela? Lições que podem ser tiradas, análises que eram acertadas, o otimismo de sonhos que se transformaram em pesadelos. Quando o senhor acha que o emprego de violência é justificado? Sempre?

Não esquecer a idade deles, ter o radicalismo da própria juventude jogado na cara quando já se tinha cinquenta, sessenta anos, conforme não acontece jamais em vida, isso devia ser um tema interessante, uma biópsia na biografia, recordações análogas num cosmos digitalizado. "Se lançar à luta" transformado em slogan para uma rede de academias de ginástica, deslocamentos absolutos de significado, do *páthos* do conteúdo político para a ironia gracejadora de um banner de propaganda. O fato de ninguém mais saber algo sobre a época, a ousadia, a atmosfera e o fato de o campo estar sendo dominado por aqueles que fazem uso da mídia como se fossem os puros entre os puros. Onde estava o erro, apenas nos métodos ou já no âmbito conceitual, teorias erradas no momento errado, no momento certo, será que é possível falar em certo e errado nesse contexto (no contexto de uma revolta, *you name it*)? A moral tem importância, que moral, de onde se tira (se tirou) os parâmetros?

Christian imprimiu a página e repassou as palavras-chave que havia escrito, depois ainda olhou seus e-mails mais uma vez, ainda que nada pudesse ter chegado, que nenhum som ou símbolo pulando tivesse lhe anunciado o contrário. Fechar.

— Eu estou indo — disse ele.
— Pra sempre?
— Não comemore antes do tempo.
— Você tem um compromisso externo.
— Pensei que estávamos nos tolerando de novo.
— Estamos — disse Vera, que comia um iogurte à sua mesa. — Claro que estamos.
— Pelo que entendo.
— Foi uma espécie de... reconciliação.
— Também acho.
— Já tem alguma coisa para hoje à noite?
— Preciso verificar uma coisa — disse Christian —, ler uma coisa. Livros que queria tomar emprestados, informações.
— Se você precisar de ajuda...
— Vou pensar nisso — disse Christian, e mandou um beijo fugidio a ela.
— Doido — disse Vera. — Mentiroso.
— A situação é a seguinte: nós nos toleramos.
— Situação atual — disse ela e acenou para ele com a colher.

Gross Neuendorf, Kienitz, Sophiental — depois de examinar as fotografias e os mapas, qualquer lugar era possível; nenhuma conexão de trem nas proximidades, tranquilamente a pé ao longo do rio Oder, em algum lugar em campo aberto talvez um ônibus, duas vezes por dia. Estábulos meio decadentes, celeiros, anexos, mas as casas todas intactas, terrenos, jardins — o que ainda poderia ser reconhecido nas chácaras tomadas pela erva daninha das fotografias. Propriedades cobiçadas que mês a mês ficavam mais caras. E ele não ficava mais novo, alguns anos ainda seriam necessários. Carl Brenner estendeu o catálogo com plásticos transparentes de volta ao corretor e apontou para a página aberta. Um pátio espaçoso e quadrado, uma casa de enxaimel e janelas de madeira pintada de branco, árvores frutíferas em meio à grama alta e arbustos selvagens, envolvida por estábulos para o gado feitos de tijolo queimado na arquitetura típica da região, telhados danificados, portas capengas. Até mesmo um poço, o retângulo amurado aos fundos lhe pareceu ser um poço.

— O que o senhor procura —, disse o corretor. — Localização especial de verdade e —, ele virou a página — mais ou menos um hectare de terreno. Por dentro, impecável, luz elétrica, água encanada, lareiras. O dique, aqui no mapa, o senhor está vendo —, Carl se inclinou para a frente — foi reforçado na última primavera, toda a comarca, hum, Kienitz, não, Sophiental está garantida e protegida de inundações. Cem, no máximo cento e cinquenta metros até o rio em linha reta.

Enquanto Carl mais uma vez pegava o catálogo (uma pasta grossa com fotografias e mapas) das mãos do corretor, percebeu como o olhar deste o avaliava, casaco, camiseta, os cabelos grisalhos, atados num rabo de cavalo. Como se seu exterior não combinasse nem um pouco com a ideia que ele tinha de um catedrático, ideias que o endereço no papel oficial da universidade (a cabeça dupla dos irmãos Humboldt), um telefonema com Gerlinde ("Instituto de Filologia Românica, em que posso ser útil?") provavelmente tenham despertado, nível de remuneração, reputação, um emaranhado de preconceitos ao qual ele parecia não corresponder. Consciência de *status* que se manifesta num guarda-roupa adequado, obsessão pela vestimenta. A inexistência de valor do corpo tornada real e que pode ser escondida com peças da loja de roupas H&M, com pesos que se levanta, maratonas até que o coração entre em colapso. Morte no campo de batalha da concorrência, exércitos de aço que lutam consigo mesmos e não contra o inimigo. Bom para o inimigo, quem é seu inimigo?

Carl virou o plástico no qual estava a foto da casa um pouco mais em sua direção e os reflexos de luz que o perturbavam desapareceram, ele gostou dela, parecia ter sido feita para ele, bem próxima do Oder, ele escrevera, distante, com jardim, e a única coisa que exigia era que na moradia não fossem necessárias reformas de base (janelas, armação do telhado, eventualmente escadas). Uma hora de carro e se estaria fora do mundo, ou de trem até Wriezen e depois mais quarenta e cinco minutos de bicicleta, sem encontrar ninguém, o sol da manhã sobre as várzeas junto ao rio, nenhum outro ruído a não ser o do vento e o dos pássaros. Farfalhar de folhas, chuva nas vidraças. Tome uma decisão de uma vez por todas, ele dissera a si mesmo no último passeio, ou será agora, ainda esse ano (antes do outono), ou você não conseguirá arranjar as coisas nunca mais.

O grande pátio interno — não seria exatamente o ideal para uma festa de verão? Para a qual se poderia convidar todos os amigos, um final de semana em agosto no qual todo mundo poderia se ver, conversar durante dois, três dias, comer, beber, dançar, dormir fora, quem preferir em barracas, os mais velhos dentro de casa, lugar para as crianças (para as que tiverem vontade de vir junto), da Itália, da França, Bernardo e Isa da Suíça, um encontro de classe, pensou (sorrindo), por acaso isso não estava faltando, espalhados pela Europa como hoje em dia estavam? Tempo que escapa da gente, irrecuperável, não é uma ideia nem um pouco ruim.

— Pronta para morar —, disse o corretor. — Uma hora com um eletricista e o senhor terá tudo o que precisa. Uma propriedade realmente bonita.

— O preço não aparece escrito.

— Sessenta mil. Mais o percentual de corretagem usual.

Mais rápido é impossível responder, pensou Carl, será que pensa que vou bater em retirada por causa do valor? Ou que vou começar a engolir em seco? Aquilo que estou pretendendo também posso pagar, distância, me ver livre de vizinhos, de todo esse barulho, reuniões e reformas universitárias, reformas universitárias e reuniões.

— Muito bem — disse ele —, um hectare?

— É isso aí — disse o corretor — e em sua maior parte campo e lavoura.

Cordon sanitaire, pensou Carl, o que mais você quer?

— Eu gostaria de dar uma olhada no lugar.

— É possível — o homem hesitou por um momento, senso para os negócios e vantagem em disputa, um cliente que não parece disposto a agir — claro, as chaves, hum, o senhor poderia pegar as chaves em Kienitz.

— Estão guardadas lá?

— Eu lhe dou o endereço.

— E eu lhe dou meu cartão — disse Carl — durante o dia quase sempre estou no instituto.

Jamais comprara um imóvel, até agora nada daquele valor em sua vida inteira.

Como se o corretor estivesse decorando seu nome e seu título escritos no cartão, o endereço distinto na Dorotheenstrasse. Ele assentiu quase imperceptivelmente, pareceu abrir um nicho em sua imagem do mundo.

— Precisamos... algo escrito...

TERCEIRA PARTE

— Quando o senhor trouxer a chave de volta, será preciso apenas assinalar que o senhor viu a propriedade, é o que basta.

É o que basta e o troço é meu, pensou Carl, uma casa às margens do Oder, com um jardim tomado pelos arbustos, girassóis, ruibarbos, espinheiros, um poço do qual se pode puxar água. Como um esconderijo no qual se entra conforme o gosto e, conforme o gosto, também se deixa. Onde se pode respirar, ler, onde ninguém incomoda a gente. Para receber amigos, para ficar sozinho. Refúgio para qualquer um que precisar de refúgio, de descanso, de algum tempo. O que resta a fazer, o que resta a escrever, o que se gostaria de encarar de novo. Coisas das quais a gente se julga capaz. Não são mais tantos anos assim, encare as coisas de frente. *Para todos a morte tem um olhar, desceremos o redemoinho, mudos.*[26]

— Moritz, Phillip, por favor!

— Deixa eles — disse Nelly.

Um carrinho de bagagem sem dono, no qual o mais velho levava o mais novo pela plataforma.

— Não mesmo — disse Hannah —, eles não podem fazer o que bem entendem.

Ela assobiou usando dois dedos, um assobiou agudo que chamou a atenção de todos.

— Quase já atropelaram aquela mulher, lá na frente.

— Mas não atropelaram.

— Phillip... desce já do carrinho.

— Bacia quebrada — disse Nelly, e olhou (desafiadoramente) para sua irmã.

— Leve-os com você — disse Hannah — se acha que sabe melhor.

---

26. Referência à coletânea de poemas do italiano Cesare Pavese publicada postumamente, em 1951: *Verrà la morte e avrà i tuoi occhi*. [N.T.]

— Não tenho lugar pra eles.
— Não vale. — Hannah sorriu. — Outra desculpa.
— Eu os levaria comigo. Ano que vem.
— Não exija demais de si.

Isso ela também dissera no dia anterior, no café, pelo menos na medida em que Nelly ainda se lembrava. De brincadeira ou preocupada, seu pragmatismo, sua compreensão humana, sua veia materna. Esforços que não valem a pena, nada mais estúpido do que o medo de perder a face. Por que não se pode perder uma face, nariz, olhos, boca e orelhas.

— Querem ir junto?

Torrentes de entusiasmo, sim, sim, sim, Moritz o orador (antes o berrador), Phillip simplesmente aproveitava a bagunça, o barulho que seu irmão fazia.

Nelly sorriu para Hannah e ergueu o menor em seus braços.

— Você vem comigo?

Phillip assentiu, riu, depois olhou para Hannah (Nelly, Hannah) e parou de assentir, seu riso virou embaraço, o que aquilo significava, sem Hannah?

— Ano que vem vamos todos juntos — disse Nelly —, quando você estiver grande. Grande como Moritz.

— Eu vou com a Nelly — disse Moritz. — Mãe, por favor...

Phillip estendeu seus braços, queria ficar com a mãe, agarrou-se a ela com firmeza.

— Logo — disse Nelly, e desarrumou os cabelos de Moritz.

— Mamãe, por favor.

— Você vai se lembrar de ligar pra tia Grit? Pelo menos no aniversário.

— Quando vai ser?

— Meu Deus, Nelly, dia vinte sete, você anotou.

— Siiiiiim, vou botar uma marca no calendário.

— Isso é injusto — Hannah olhou por sobre o ombro da irmã sacudindo a cabeça — muuuito injusto.

— Desculpe... Hannah, desculpe.

— Você já está a uma distância segura, deixa tudo em minhas mãos. Pra mim isso... isso também não é nada divertido.

— Eu sei, desculpe, está bem?

Se não fosse Hannah. Se não tivesse sido Hannah. Nelly se arrependia (e não pela primeira vez) por não ter ficado de boca fechada diante da irmã, por causa de uma coisinha qualquer com a qual se concorda sem se sentir desafiado. Sem ter de se sentir desafiado, não por ela, não voluntariamente.

O som metálico de uma voz anunciou de um alto-falante parecido com um megafone que o inter-regional para Berlim estava chegando à plataforma.

— Eu vou junto — disse Moritz, e se apertou junto de Nelly.

— Você vai ficar aqui — disse Hannah num tom que excluía qualquer possibilidade de discussão.

— Aqui é ótimo — disse Nelly e o acarinhou —, ano que vem vou levar vocês dois junto, prometo.

— Cuidado com suas promessas — disse Hannah e a abraçou. — Minha pequena.

— Minha grande — disse Nelly e a beijou. E Phillip, que esfregava um dos olhos com o punho, todo sonolento.

Rangendo, o trem parou atrás delas, rangendo, as portas se abriram. Nelly deixou que outros viajantes entrassem primeiro, depois ficou em pé sobre o degrau do vagão com sua bolsa esportiva.

— Dê um abraço em Reiner por mim.

— Claro — disse Hannah —, o que você está pensando?

Um cobrador andava ao longo do trem, gravata vermelha, apito e sinalizador.

Você ouviu alguma coisa sobre papai?

Perguntas que não se faz no último segundo, depois de tê-las adiado por mais de uma semana; ainda que Hannah tivesse dito não, Reiner tivesse dito não, tia Grit tivesse dito não e vovó tivesse dito não, ainda que todos que tinham algo a ver com ele tivessem dito não; vender o terreno, dissolver o contrato de arrendamento, usufruto e reservas, por consequência, algo que tinha a ver com dinheiro, com contratos, com merda. E mudar, mudar de verdade, nada mudaria mesmo mais, naquele universo de mercadorias.

Nelly subiu mais um passo de costas. Os três na plataforma já acenavam e Nelly acenava de volta a eles pela porta ainda aberta. Em seguida o cobrador fechou a porta, um apito ecoou e a imagem se põe em movimento, num solavanco, rangendo: Hannah com um Phillip que acena sem jeito sobre seus braços e pela mão um Moritz que acena e pula como louco.

Quando a irmã e os sobrinhos haviam desaparecido do retângulo da vidraça, Nelly prendeu sua bolsa debaixo do braço e se pôs à procura de um compartimento vazio.

Aquele era o banco, o mesmo desde os anos sessenta, a mesma madeira (pintada duas, três vezes desde então), pés de ferro forjado sobre leito de saibro e em frente o passeio em volta do pequeno lago. Sobre uma chapa de metal no espaldar estava escrito: Em memória de Rosa e Walter Plock, nada mais, talvez um casal do bairro que havia sido levado embora. Quem deles chegara à ideia do banco, daquele banco, Seidenhut não se lembrava mais, mas o lugar havia sido bem escolhido, e tão bem na época quanto hoje. À sombra de salgueiros que deitavam seus ramos até bem embaixo, uma área verde cuidada junto à água, praticantes de *jogging* e aposentados com seus cães (No passado ninguém corria, um doido que podia ser acompanhado com os olhos, como se ele sofresse de uma doença rara, 1975. E, de repente, apareceram cartazes colados no vestíbulo da repartição, por toda parte, que recomendavam que todo mundo fosse caminhar, correr, comerciais na televisão nas quais famosos atavam os cadarços de seus tênis: um clássico da Adidas. Perto dali, fotos de procura-se riscadas com pincel atômico pelo porteiro, atenção, terroristas perigosos.)

Do outro lado, o terraço envidraçado do Hotel Seehof, prédios de apartamentos, luxo em estuque da alta burguesia, acima dos quais se destacava a torre da igreja em cimento, toda na moda, uma torre com sino em roupagem burguesa cujo cinzento sujo na verdade deveria deixar todo mundo envergonhado. A autoflagelação dos vencidos que se expressava nesse tipo de construção. Seidenhut poderia contá-las às dúzias, sobretudo igrejas, o *bunker* desafortunado no qual sua filha mais velha havia sido crismada. Um almoço no restaurante Schildhorn, na Havelchaussee, para o qual ele e Klaus (ainda com ou já sem a esposa?) também haviam sido convidados, aproximação em âmbito privado, uma mistura dos ambientes cujos motivos agora lhe pareciam incompreensíveis. Um impulso sentimental, uma fraqueza indefensável do ponto de vista profissional.

Política e negócio operacional, diretrizes parlamentares e a sujeira da qual era necessário cuidar. Confiança contra confiança, eu lhe dou cobertura, você não comete nenhuma ação mais delicada sem me informar. Alianças precisam ser rompidas quando o tempo passou por cima delas; quando se descobre tendências à megalomania, falta de limites.

Sinais de independência exagerada de décadas passadas, enquanto isso havia novas ameaças que obrigavam a reestruturações, deslocamento de pessoal. Eberhard Seidenhut desconfiava que colegas da direção ignoravam deliberadamente os fatos, sobretudo um dos diretores de seu setor que não era capaz de aceitar a perda de importância de seu papel (conhecimentos, etc.). Ano a ano diminuía o número dos delitos violentos praticados pelo campo esquerdista e a cidade não era mais o *El Dorado* de antigamente, um laboratório entre muros no qual era possível experimentar com hipóteses de manuais, correndo todos os riscos. Os meios radicais infiltrados para deixá-los insuspeitos e levá-los à superfície, tratá-los e depois fisgá-los. Será que Klaus lamentava isso? Como se estivessem provocando fogos controlados aqui e acolá para impedir a eclosão do grande incêndio. Organogramas para não perder nada de vista, grupos de base, células, partidos em massa que se formavam rapidamente e rapidamente se dissolviam, comunistas, trotskistas, anarquistas, sindicalistas em todos os estágios da fusão e da fragmentação. Nenhum motivo plausível para combater problemas de hoje com métodos de ontem. Pequenas chamas à esquerda, que se apaga com um pisão e pronto.

— Posso?
— Por favor.

Klaus Witzke se sentou, cruzou os braços diante do peito e jogou uma perna sobre a outra. Mocassins trançados, sem meias.

Como em um filme didático, eles mantinham a postura, sempre a mantiveram desde o primeiro encontro naquele banco, há trinta, trinta e cinco anos. Klaus um rebelde do haxixe com um desses coletes de pele e sandálias franciscanas.

— Você leu o jornal hoje?
— Daquele com as letras garrafais mal daria para fugir.
— Fotos na primeira página.
— Poderão pendurar na parede.
— Já devem ter feito isso.

É o que você também gostaria de fazer, pensou Seidenhut, na sala, sobre o sofá. *De onde vem esse ódio?*

Witzke puxou a perna de sua calça segurando o friso, um pouco para cima. Depois contemplou seu sapato, cuja ponta mexia de vez em quando.

— Mais não se pode pedir.

— Para quem?

— Não acredito que sejam criminosos agindo individualmente.

— Se você pudesse me explicar o conceito de criminosos agindo individualmente...

— Não estou falando de rede, mas o terreno está pronto para que alguma coisa assim comece a brotar nele. Para mim é apenas uma questão de tempo até atacarem em diversos pontos numa noite dessas. Até que tudo adquira proporções bem maiores.

— De quantas pessoas você está falando? Dez? Vinte?

— Números não dizem nada. Ali está surgindo uma oposição para a qual histórias de pouca monta fazem parte do repertório normal.

— Carros destruídos de sessenta, setenta mil euros e primeira página não são exatamente histórias de pouca monta.

— Até agora nenhuma vida humana colocada em risco. Danos materiais simbólicos que são notados por todo mundo. O que você iria fazer?

O que eu iria fazer? Você não pode estar falando sério. Seidenhut se recostou na cadeira e olhou para Witzke que de braços cruzados contemplava seu sapato balançando para cima e para baixo.

— Se você fosse jovem e estivesse insatisfeito com os rumos do mundo, incomodado com a pobreza e a fome, o desemprego aumentando vertiginosamente e de repente se desse conta de que você não tem meios legais para mudar coisa alguma. Nenhum movimento de massa, nenhum partido ao qual você pudesse se filiar. Em vez disso, negociatas de políticos com aqueles que você considera responsáveis, banqueiros que ganham num mês aquilo que um milhão de africanos ganham por ano. Isso por si dó acaba fazendo com que você se torne um radical.

E você deseja isso para você? Uma sintonia harmônica dos interesses.

— Você começa com carros e vitrines, registra como isso não tem nenhum efeito a princípio e em algum momento acaba, de maneira consequente, cometendo atentados contra os supostos causadores da miséria. Um círculo vicioso que conhecemos muito bem.

Sim, conhecemos, obrigado por me lembrar disso.

— O que quer dizer prevenção?

— No momento trata-se apenas de estourar um grupo e isso tem de ser feito o mais rápido possível. Não deixar que ele se consolide.

Prevenção não quer dizer provar que este ou aquele cometeu um crime.

— Mas é claro — disse Witzke (com suavidade, pensou Seidenhut). — Não discordo disso.

— No momento não sei se estou me expressando com clareza suficiente.

— Você é o chefe da divisão.

— Para dizê-lo de um modo que não deixe dúvidas, não concordo nem um pouquinho com a avaliação que você está fazendo. Em termos de clima, não vejo nem as chamas iniciais de uma, chame-a como você quiser chamá-la, luta armada, nem tampouco a espécie de militância que, hum, você está constatando. Vejo criminosos agindo individualmente, três, cinco, um pequeno grupo, por mim até dois que a médio prazo conseguiremos pegar em flagrante. Ou talvez não, mas que de maneira nenhuma exige um aparelho de maiores proporções. Aliciamentos em grande estilo, aumento de pessoal, mais dinheiro vivo para os seus homens.

— Não consigo me lembrar de ter pedido alguma coisa a você.

TERCEIRA PARTE

— De que lado o perigo ameaça esta sociedade, onde devemos concentrar nossos meios, como se pode definir Segurança de Estado, Segurança Policial do Estado depois dos acontecimentos de setembro?

— E você está perguntando isso a mim?

— Concentrar meios com um orçamento definido previamente.

Empregue três novos intérpretes simultâneos, faça com que naveguem pela internet.

Klaus, você não vai me fazer de bobo.

Trata-se de desenvolvimentos absolutamente naturais que se repetem, pensou Witzke. Consciência da missão e vontade de se aventurar.

— Casos isolados cujas proporções não queremos aumentar. Não oferecem motivo. E que não podem ser comparados com a situação, por exemplo, dos anos setenta.

— Devemos dar nosso trabalho por encerrado?

Esse trabalho, sim. O trabalho que *você* está imaginando.

— Vamos observar o cenário, penso que sabemos muito bem o que fazer.

Permita que eu ria: *vocês* observarão o cenário. Oliver Damm por acaso, o garotinho com seus papéis e gráficos, o gordo Berghain em seus computadores, essas suas tropas de vídeo em alguma manifestação idiota? Vá contar isso a quem quiser, a seus parlamentares, por exemplo.

— Ninguém está falando em encerrar o trabalho.

Seidenhut não soube como interpretar o gesto de concordância de Witzke. De maneira nenhuma significava consentimento, talvez fosse uma espécie de retirada estratégica. Balanço de possibilidades e esferas de influência.

— Nós nos entendemos.

Eu não sou seu garoto de recados, Eberhard.

— Como sempre.

E se não for possível de outro jeito, vou antecipar sua aposentadoria.

Mais dois anos, pensou Witzke, até lá Klosters estará pronto.

— Já não somos os jovenzinhos que éramos — disse Seidenhut.

— No que você tem razão — Witzke se voltou para ele (num sorriso congelado) —, no que você tem realmente razão.

Um relatório sobre os rebeldes do haxixe que perambulavam por aí, naquele banco. Sugeriu a Seidenhut o lago Lietzen em Charlottenburg; além de vovozinhas com seus bassês não há alma viva no parque, você o conhece, é uma dessas áreas verdes junto à água.

— Então tá. — Ele escorregou até a borda do banco e apoiou suas mãos nas coxas.

— Tudo certo. — Seidenhut pegou nas mãos um jornal que estava ao seu lado. Tradição. Ouviu como Witzke se afastava para a direita caminhando sobre o saibro fino, o leve ruído do trânsito na Kantstrasse. Pela última vez nessas condições, dessa forma, foi o que ele supôs. Será que dissera o queria a dizer? O que tinha de ser dito, insinuando tão pouco quanto permitiam as circunstâncias, a relação existente entre eles. Ele se surpreenderia caso ficasse sabendo do sucesso de Damm, talvez ficasse chocado. Não, chocado não, essa era a palavra errada, nada chocava Klaus — incomodado, irritado, rangendo os dentes. Um homem no computador e você consegue os nomes e os endereços deles como se os procurasse na lista telefônica. Provas, autoacusações, berros de raiva. Tanta leviandade, mesmo depois de quase quarenta anos de serviço, ainda era capaz de causar espanto a Eberhard.

Num livro sobre a história das Brigadas Vermelhas ele encontrou, numa folha dupla, um gráfico que se assemelhava ao delta de um rio, mas a um delta que não desembocava em nenhum oceano, cujo fluxo principal se juntava em diversas poças para dali, em forma de numerosos braços, valas e canais se extinguir no seco (papel em branco). Como num atlas, as poças e escoadouros apresentavam nomes e no meio do lago maior e mais central estava impresso em negrito: Movimento de 77. Formado de reservatórios que se chamavam *Lotta Continua*, *Potere Operaio* e *Democrazia Proletaria*, a superfície de água do Movimento de 77 possuía diversas enseadas com as designações Coletivo Autônomo, Índios Urbanos, Autonomia Organizada [Negri, etc.] e um braço morto, que era chamado de *"Terrorismo diffuso"* e escorria em várias calhas. Abaixo, as piscinas dos grupos mais agressivos, *Prima Linea* (front mais avançado, conforme a enciclopédia), *Nuclei Armati Proletari* e, na condição de fonte de todos eles, as BR, que se dividiam em Coluna Walter Alasia, as colunas Nápoles, Roma, Vêneto, o partido guerrilheiro, a BR/PCC, UCC e dois rios afluentes chamados 1ª Posição e 2ª Posição, que no ano de 88 foram parados por um dique, ao que parece o fim de suas atividades.

Como se pode guardar tudo isso, Christian se perguntava no futon da sala, isso nem mesmo eles eram capazes de distinguir. Uma ciência em si, nuances ideológicas como os pesos atômicos na tabela periódica. E uma tabela no final do livro esclarecia as principais diferenças, brigas internas, decisões, dirigentes — até serem presos ou fuzilados. Revolução, subversão, movimento de massa (sim, não), classe dominante. No texto havia fotografias espalhadas das quais algumas ele vira na internet, sequestrados, assassinados, acusados, generais, posseiros na Sicília, o saguão de uma fábrica da Fiat, homens e mulheres de mais idade num comício do Partido

Comunista que traziam quepezinhos e bonezinhos com o emblema da foice e do martelo, calor de verão, bandeiras caídas.

Depois de acordar de um sono breve, eram cinco horas da manhã, bilhetes nos quais fizera anotações, à sua volta, os pássaros cantavam, ele estava com sede. Vestiu a camisa e cruzou a rua até a lanchonete turca, cuja propaganda amarela em neon se espelhava a noite inteira na vidraça de sua sacada. Será que bebo uma cerveja? Se beber uma, conseguirei dormir de novo depois, uma garrafa de Radeberger que ele foi pegar no refrigerador vertical. Acendeu um cigarro e continuou lendo o livro que trouxera consigo numa das mesas altas sem cadeiras. Bebeu uma segunda cerveja, enfiou uma moeda de um euro na máquina de jogos (sem ganhar nada, seria melhor ter ganho, aliás), e voltou para casa um tantinho alto. Não sonhar com ela e ter de se lembrar disso no dia seguinte.

Clique. "Alô, pensei que você já tivesse voltado, mas parece que não, pena." Clique. "Agora decidi falar mais uma vez nessa máquina, onde foi que você se meteu, me dê notícias." Clique. Clique. "Hum, aqui é Christian, parece que você ainda está viajando, bem-vinda a Berlim, pois é, eu, hum, eu senti sua falta."

E oito, nove telefonemas, sem que ele tivesse dito alguma coisa, 9h11 e 22h02, só não à noite, ou mais cedo. "... pois é, eu, hum, eu senti sua falta." Eu também, pensou Nelly (confessando a si mesma), muito, mas não podia ser diferente. Não podia.

Na noite anterior, ela já ouvira a secretária eletrônica duas vezes antes de fazer as compras e depois disso, não estava em condições de discar o número dele. Explicar alguma coisa, seus sentimentos confusos, o motivo de sua estadia em Waren, a experiência terrível de Zurique. Quando as costelas da menina se quebraram, um ruído que ela nem sequer podia ter ouvido.

TERCEIRA PARTE

Nelly sentou à escrivaninha, diante do computador desligado, tela cega e verde acinzentada. Uma pilha de livros sobre Jean Paul, arquivos, o fichário com a coletânea de citações. Uma rachadura no plástico vermelho, ele caíra no chão. Pela janela aberta, chegava o gorjeio dos pássaros nas árvores do pátio, pardais, melros, alguma espécie de tentilhão. O céu sobre o telhado da casa era de um azul radiante — no verão, a melhor parte do dia; antes de o calor vir e deixar todas as cores pálidas como em uma lixívia, ela pensou; passavam alguns minutos das sete, na última olhada que dera no despertador eram pontualmente sete horas. Bebeu um gole de café da caneca que carregava consigo o tempo inteiro, pegou o telefone e em seguida o colocou de volta no gancho. Era cedo demais.

Foi tomar uma ducha, comeu pão torrado, ouviu um pouco de rádio. Absurdo. Voltou para sua mesa e abriu o arquivo que estava mais em cima para ler o que havia copiado na pesquisa sobre a vida de Jean Paul como professor de província. Imprestável, ela rasgou as páginas e as jogou no cesto de lixo. Quinze para as oito.

O próximo texto, Jean Paul como jornalista. O que vou querer com isso, não tem absolutamente nada a ver com meu tema, coisas de excesso de zelo.

Ligou o computador e puxou pela metade a cortina encobrindo a janela. O arquivo sobre a força da imaginação, Kant e Spinoza, comentários de Jakob que ele lhe mandara por e-mail havia duas semanas. Nelly sentiu como seu coração batia descompassado, ora, mas é ridículo. Pulsava, como se ela tivesse taquicardia. Pigarreou, tossiu baixinho com a mão diante da boca. Depois de mais algumas linhas, percebeu que não estava guardando nada do que lia, que aquilo não era ler, mas sim voar sobre as letras, sobre as palavras que não formavam frases dentro de sua cabeça.

Que idade você tem, hein?

Ela respirou profundamente, pegou o telefone nas mãos e procurou o número entre os registros. *Chr.* Pigarreou mais uma vez e apertou a tecla.

O verbo era *credere*, primeira pessoa do singular, presente do indicativo, *credo*, eu acredito. Outros significados de *credere* eram fazer empréstimo, tomar empréstimo, confiar, como se tudo fosse intimamente ligado, acreditar e dever — coisas das quais se lembra depois de anos de aulas torturantes, cujo fator de utilidade certamente nascia de uma alucinação. Catulo, Tíbulo, Propércio, a tríade do pavor com seus versos incompreensíveis, a conspiração de Catilina na condição de busca única e desesperada pelo sentido e nexo das coisas em frases longas como tênias, sem parágrafos. *Credo*, eu acredito, *creditum*, o acreditado, o confiado, finalidade e condições de pagamento. Na página esquerda da balança, a honestidade na condição de pressuposto de tudo; na direita, a culpa e a dívida (porque você terá recebido uma determinada soma em dinheiro), que você precisa pagar. Quer dizer, liquidar.

Assim, os juros também poderiam ser entendidos como uma cota percentual, disposta a abafar desvios de crédito. Credores ruins e bons, bonificações às margens do colapso; e estáveis, estáveis como as pirâmides de Gisé, como um emprego público. ("Parece bem interessante.") Capacidade de dívida igual à dignidade de crédito. Quanto maior a organização, mais fraco o sentimento de obrigação, processos anônimos que se expressam em cartas escritas à máquina. Atenciosamente. Atenciosamente de volta. Endereço desconhecido.

E o que concluímos, o que você conclui disso? No meio da rua, num dia fervente de junho, no princípio do novo milênio, um contrato cheio de parágrafos no bolso. Pois é, é preciso ter sorte, muita sorte mesmo, tomar um impulso, uma fase feliz numa vida insignificante.

O remetente era AEC-1, a pergunta dizia: *Você tem tempo?* A terceira notícia eletrizante num só dia, uma ressoar no espaço, todos os planetas numa única sequência. Ler, apagar, escrever uma resposta de um internet-café depois de ter criado um novo endereço, era essa a indicação, eram essas as instruções dele. Pois, do contrário, quem lhe perguntaria se tinha tempo? Um malandro qualquer, alguém que o conhecia bem. Do outro lado da rua, na diagonal, há outro internet-café, pensou Christian, inclusive com Macs, um euro por hora.

Botou os papéis da happyCredit® de volta à gaveta debaixo de outros e girou sobre a cadeira, se voltando para o outro lado. Na mesa de Vera havia um lote dos catálogos que haviam acabado de ser impressos, ruínas/sinais, ela lia um deles, as pernas esticadas. Um ano de trabalho, será que estava satisfeita?

Na parede, um cartaz velho, Gerhard Richter, há anos, como se tivessem esquecido de tirá-lo dali, mulher em preto-e-branco apagado que desce uma escada. Um calendário de farmácia com um panorama montanhês dos mais kitsch, alguns bilhetes amarelos com lembretes que já se dobravam para cima, uma tira de fotografias de uma máquina automática na qual todos eles, os cinco, podiam ser vistos, David, Vera, Stefan, Katja e ele. Pouco depois da mudança, David falara em sinergias, o semblante crítico de Vera, as mangas arregaçadas de Stefan. Katja e seus festivais. Eu e minha precariedade, tudo estava prestes a acabar. Espera-se que sem sustos. Christian se levantou e empurrou a cadeira para baixo de sua mesa, fim de expediente.

— Pode ser que eu fique algum tempo sem vir.
— A partir de agora?
— Estranho, você não ficar admirada.
— Ou não me preocupar com isso —, disse Vera sem mudar sua postura, lendo tranquilamente de pernas esticadas.
— Você iria?
— Dizer à polícia que você está desaparecido? Também não entendo isso, assim de repente.
— As pessoas são assim.
Uma espécie de riso pelo nariz, suspirar, cheio de intenções.
Ela virou a página como se a conversa corresse apenas paralelamente, ruído do ambiente, *departed and finally gone*.
— Fique bem.
Ela levantou a mão e lhe acenou por sobre os ombros, cansada.
Stefan e David estavam sentados na parte da frente, ambos com fones de ouvido gigantescos e ambos assentindo compassadamente. Difícil de imaginar que ouviam a mesma música, material de David, mas ao que parecia era isso mesmo. Podia-se muito bem falar em milagre. Não perceberam que ele saiu.

Uma vez que não sabia mais se haviam combinado alguma coisa, Christian escolheu *Donny 5* como nome: *Eu tenho tempo*. Por que Donny 5, por que não? Ele se perguntou se deveria ou não esperar por uma resposta, como seria possível estabelecer dessa forma um contato mais duradouro, continuado. A cada três horas checar a caixa de entrada dos e-mails, pouco importando onde ele estivesse, para onde eles o mandassem?

Quando quis ir buscar um café expresso no balcão seu telefone tocou e uma voz masculina estranha, sem cumprimentá-lo, mandou que ele fosse até a Alexanderplatz e deixasse a estação pela saída do meio em direção à loja Kaufhof. Era isso, pois, que significava para eles: ter tempo — disponibilidade, estar pronto a qualquer momento para seguir as instruções deles. Como se não se tivesse nada melhor a fazer, nada que pudesse ser mais importante ou mais lucrativo do que se encontrar com eles, talvez ainda depois de horas correndo por aí, de lá para cá. Desembarque, embarque. Tudo para uma história no subjuntivo, ficção que até agora não havia ultrapassado as fronteiras da realidade, no máximo as tocara. Christian abriu mão do café, pagou o euro (sem espaço para negociação, ainda que ele tivesse ficado apenas cinco minutos na internet) e correu até a linha U8 na Rosenthalerplatz.

Da superfície ampla e de azulejos verde-claros do andar intermediário ao qual se ligava uma passagem subterrânea cheia de lojas, uma escada-rolante o levou até a galeria de compras do andar térreo, empurrões e congestionamento de pessoas que davam no fim da fila de clientes diante da Padaria Fina Vienense, um quadro de papelão sobre as mercadorias expostas prometia dois pedaços de bolo de forma = € 0,99 — como se fosse a oferta do ano que fazia com que eles criassem raízes naquele lugar, às margens da fileira de formigas o sapatear de passos rápidos em direção às plataformas do trem suburbano, no saguão ali em cima, monitores azuis e planos no teto, avisos aos passageiros que cortavam ao meio o rugido mudo da multidão a cada trinta segundos.

Conforme havia sido dito, Christian saiu da estação junto ao pátio da Kaufhof — operários da construção civil com capacetes, andaimes encobertos por lonas em volta do edifício, o barulho de brocas em meio ao qual o vendedor de salsichas com a grelha semicircular preso diante de seu corpo caminhava para lá e para cá. Sobre sua cabeça, havia um pequeno guarda-sol preso, completamente grotesco. Uma barraca de jogos mais atrás diante da loja de eletroeletrônicos Saturn uma fonte borbulhante, enfeitada com mosaicos de flores e envolvida por um amontoado de gente, uma correria da esquerda para a direita e por toda a parte com a qual os olhos precisavam se habituar primeiro. Bondes atravessavam o quadro, ativistas jovens, todos de camisetas vermelhas, distribuíam panfletos: protejam nossos animais! O pavilhão das lanchonetes cheirava a comida chinesa e caseira de um jeito não muito convidativo.

Sem rumo, Christian atravessou a praça que se abria para três lados e era bordejada à distância por avenidas de várias pistas e grandes túneis, rodeou diversas vezes a construção em metal da fonte, fez seu olhar passear ao léu sem imaginar o que ou quem estava procurando. Incontáveis passantes, ótica Fielmann, Burger King. Quando se decidiu (como, por que, de que jeito — quem não pergunta não aprende) a ir até o relógio com os horários do mundo inteiro, Lisboa, Rangun, Hanói, ouviu a seu lado uma voz que disse:

— Vamos até o relógio.

O desconhecido da ilha Stralauer. Como se pudesse ler pensamentos.

— Olá — disse Christian.

— Aliás, um belo livro — disse o homem enquanto eles se punham em movimento —, gostei bastante.

— Os outros dois também não são ruins.

— Vamos ver.

Aparecer do nada parecia ser sua especialidade, de cabelos louros e densos, bigode aparado sobre as comissuras da boca, numa camisa ofuscantemente branca cujos punhos estavam dobrados com todo o cuidado. Calça de terno e sapatos de couro preto engraxados; como se seu casaco estivesse pendurado num cabide de sua limusine. Quarenta e cinco, pensou Christian, se é que não é mais velho, provavelmente advogado. (Não tinha nenhuma experiência com advogados, jamais entrara em contato com um deles, em que medida isso era incomum aos trinta e seis anos?)

Creditar sua leitura do romance a algum entusiasmo com a literatura provavelmente seria um engano, talvez tivesse acreditado que por atrás do título, *Beautiful Losers*, ou em algum dos capítulos se ocultasse uma mensagem, um indício que ele queria lhe dar. Caso fosse assim, quem sabe.

— Você fala francês?

— Estive muitas vezes na França no passado, no sul da França. Acho bem aceitável.

Aceitável, uma palavra que ele nunca usava; correspondia à verdade.

— Você conhece Manchette?

Christian negou.

— Leia alguma coisa dele.

Quer dizer então que ele era, sim, um entusiasta da literatura? Ou como deveria ser compreendida aquela sugestão entre conhecedores?

Quando chegaram ao pilar de metal com o relógio, debaixo do qual era possível ficar à sombra, o homem secou as gotas de suor em sua testa com um lenço de tecido; gracioso, Christian pensou, esse gesto com esses dedos carnudos.

— Tem carro?

Jakob tinha carro, o Audi de seu avô, ano 85.

— Tenho — disse ele.

— Isso é bom — disse o outro como se fosse para si mesmo, como se estivesse revisando um plano.

Ele poderia ser qualquer coisa, pensou Christian, advogado, consultor, *business head*. Só a barba é que incomodava um pouco. Uma mania, um sinal que o tornava inconfundível. Em arquivos de fotografias.

— No boulevard Garibaldi é possível estacionar sem problemas. Além disso, ali há também um estacionamento vigiado bem barato.

Robert de Niro diante do espelho em seu quarto cheio de lixo: você está falando comigo? Não estou vendo ninguém mais aqui.

— Garibaldi?

Um suspiro, um sorriso, como depois de uma pegadinha que deu certo.

— A avenida se chama assim, por acaso.

— Em Paris?

Alguma coisa errada na pergunta, pensou Christian, ou por que o reflexo de palpitação no canto do olho dele?

— Outras avenidas se chamam Stalingrado ou Sebastopol. Não se dá o nome de batalhas perdidas a nada.

Ele tocou a ponta de seu nariz com o polegar e o indicador.

— Engraçado, mas nunca havia me dado conta disso até há pouco.

Christian lhe estendeu o maço de cigarros, ele recusou sacudindo a cabeça.

— Há tempo já não ganhamos nada — disse ele então. — Alameda da Libertação de Prístina também não soa lá muito bem.

— Realmente não.

— Pouco sexy.

O rosto dos dois foi perpassado por um sorriso, *d'accord*.

— No dia 26 você estará na recepção do Hôtel Roby...

— Nesse boulevard?

Ele assentiu.

— Na manhã seguinte, você vai à internet às onze horas da manhã em algum lugar, depois às cinco e depois no dia seguinte a mesma coisa.

— Por quanto tempo?

— Ou alguém ligará para você, melhor levar sempre o gravador consigo.
— O boulevard Garibaldi é em Paris?
— Montparnasse. Você vai até seu quarto e espera.

Quando havia sido a última vez? Com Jakob numa visita a Séverine e, antes disso, várias paradas no caminho de volta de Collioure, nunca com Carolin, ainda que com frequência tivessem considerado a possibilidade, um final de semana qualquer, mas em compensação haviam estado em Barcelona e Londres e Istambul. Viagens a cidades seguindo um prospecto, atrações turísticas e clubes, nada de causar sensação. Algumas galerias e museus, turismo cultural e compras.

— No sétimo — disse o desconhecido, se referia ao *arrondissement*, pensou Christian, como se eu tivesse um mapa com os bairros numerados diante dos olhos; Montparnasse ficava na margem esquerda, isso ele ainda sabia, lado sudoeste.

— Não desligue nunca o celular, nem mesmo à noite.

Eu vou dormir ao lado do aparelho, poderei ser encontrado a qualquer horário. Não se trata de outra coisa a não ser disso.

— Haverá a conversa, na medida em que ela acontecer, e nada mais do que isso, nenhum artigo, nenhuma notícia, nenhuma reportagem.

Christian levantou as mãos abertas mostrando concordância, e como vocês vão querer sancionar isso? Lealdade a Carl.

— Dia 26 é quarta-feira que vem.
— Hôtel Roby.
— Com ípsilon — disse ele, e tocou mais uma vez a testa com o lenço. Um tilintar, uma melodia impetuosa, o homem olhou para o display de seu celular e depois o deixou mudo. *Sgt. Pepper's Lonely Hearts Club Band*, que combinava com seu bigode e por um momento Christian pensou: tudo falso, todo mundo já entendeu, menos eu.

Um operário da construção civil passou perto deles com uma bandeja de batatas fritas, martelo e garrafa de água no cinturão de ferramentas, um rádio comunicador que lançava ruídos e chiados. O desconhecido o seguiu com os olhos e botou os óculos de sol que estavam enfiados no bolso de sua camisa.

— Eu daria uma olhada em Manchette — disse ele. — Mas no original.

Christian jamais ouvira o nome do autor, será que aquilo era uma informação?

— Nós... podemos nos despedir — disse o outro como se isso ainda fosse passível de discussão. Última oportunidade para esclarecer quaisquer mal-entendidos.

— Dia 26, Hôtel Roby.

O homem apontou para um bloco de moradias na extensão da Leipziger Strasse, uma fachada de arenito claro com sequências de janelas com divisórias de madeira de andar a andar. Landesbank Berlin ou Berliner Bankgesellschaft[27], um desses famosos institutos de fazer dívidas.

— Então — disse Christian (como se tivesse de dizer alguma coisa antes de ir embora, pegando o caminho que eles haviam lhe recomendado). — Estarei lá.

Nenhuma reação, nenhum aperto de mão, mas é claro, também não tínhamos esperado que fosse assim.

Ele foi em direção ao lado esquerdo do edifício para, depois de descrever um amplo arco em volta da praça e entrar na estação de metrô da Karl-Liebknecht-Strasse. Na entrada do banco havia câmeras de vídeo em ambos os lados, mais câmeras de vídeo na quina dos prédios a certa altura, território vigiado, sem ângulos mortos, todo o espaço observado. Assim como diante da estação,

---

27. Respectivamente Banco Estadual de Berlim e Sociedade Bancária Berlinense, bancos regionais de Berlim. [N.E.]

assim como, era capaz de garantir, toda a superfície com a fonte e o relógio com o horário do mundo inteiro, eram vigiados em gravações dia e noite, um pan-óptico eletromagnético. E justamente ali se encontravam com ele, fitas que são tocadas adiante e de volta para identificar um rosto. Primeiro numa ruína sem alma viva e depois no meio de um burburinho vigiado ininterruptamente por câmeras. Ou eles se consideram intocáveis, pensou Christian, ou estão completamente certos de que ele não é um espião, um chamariz, um informante. Que ninguém o esteja seguindo — isso nem você mesmo acredita, o grau tênue entre a mania de perseguição genuína e os rastros da probabilidade. Reflexões avessas que não levam a nada. A absolutamente nada. É apenas o calor que bate direto em seu cérebro, compre algo frio pra beber. E foi isso que ele fez, uma Sprite gelada num dos quiosques da estação do metrô.

— Não tenho irmão — disse Nelly — apenas Hannah e eu.

Como se a pergunta já tivesse sido demais, pensou Christian, como se ela tivesse estado em Waren com os pais dela, não, na casa de sua irmã.

Eles estavam deitados de frente um para o outro na cama de Nelly, no espaço separado do ambiente, depois de terem se abraçado longamente no corredor, no quarto, parando e caminhando, como se não tivessem mais se visto havia semanas, havia meses, perdidos na selva que se reencontram de novo, felizes, ainda que a esperança a cada dia tivesse se tornado menor. Não se beijaram, como se não fosse possível se beijar assim, simplesmente, como se a grandeza do acontecimento, a superação pela qual passaram, não o permitisse; apenas se abraçaram com força, sim, não havia dúvida, era ela, era ele. Haviam se olhado em silêncio, rido, e depois ficado em silêncio mais uma vez, semblantes sérios, investigando os rostos um do outro, os olhos dela, as sobrancelhas finas, a boca de Nelly, a boca de Christian, o cheiro cativante dela.

A voz quase soara submissa, sincopada, quando ele pegara o telefone nas mãos pela manhã e, ainda meio dormindo, não dera atenção ao identificador de chamadas e murmurara Eich... Sou eu, cedo demais, não é? Nelly, ele exclamou e levantou de um salto, nunca, o que você está dizendo, onde você está? De volta a Berlim, podemos nos ver hoje? Quando? Você pode vir até aqui, às seis, eu, eu preciso trabalhar até lá.

Ele não pedira explicação nenhuma, não perguntara como tinha sido na casa da amiga dela e por que ela viajara a Waren depois disso, não revelara que já sabia do pulo que ela dera no norte, que ele havia procurado o endereço na lista telefônica, ela o contara por vontade própria, ainda dei uma passada em Waren, não, na casa de Hannah, Hannah é minha irmã.

— Eu não tenho irmãos — disse Christian. — Acho que também nunca sonhei ter algum.

— Hannah — disse Nelly, hesitando, como se pensasse no que poderia confiar a ele —, Hannah é dez anos mais velha do que eu.

Christian acariciou os cabelos dela, as pontas de seus dentes se tocaram, aos poucos, bem de leve, seus pés se entrelaçaram.

— E ainda há Moritz e Phillip, meus sobrinhos.

— Então você é tia.

— Sou — disse Nelly (como ele amava aquele sorriso levemente sardônico). — Eu sou tia Nelly, de Berlim.

— Eles chamam você de tia?

— Bobagem.

Se havia Moritz e Phillip, pensou Christian, também devia haver um cunhado, um pai, um marido de Hannah, pelo menos um. Melhor não perguntar, ele pensou, não mais.

— Os dois são muito meigos — disse Nelly —, dá vontade de mordê-los.

— Meigos.

— Se meus filhos fossem assim, não me queixaria.

— Para isso são necessários sempre dois.

Nelly abriu seus olhos de maneira encantadoramente lenta, véus suaves, tomados por veiazinhas finas.

— Você não quer ter filhos?

— Começa-se com um. Na maior parte das vezes. Até agora, quero dizer... primeiro se gosta de alguém, de verdade e então... acontece.

Também acontece por outros motivos, pensou Nelly, bem mais rápido do que a polícia permite, não seja ingênuo.

— A ideia lhe causa medo?

Ele estalou a língua de leve, ergueu as sobrancelhas.

— Eu quero ter filhos — disse Nelly — quando estou com Moritz e Phillip, na hora.

Filhos precisam de pais, será que seríamos pais que quereriam filhos? Não pais fracos, desolados, mas pais sensatos, que não dão atenção exagerada a suas próprias necessidades.

— Você nadou?

— Um dia de manhã, com Reiner. Ele vai nadar muitas vezes no verão, antes do trabalho. Nada no lago.

A menção do nome de um homem despertou nele um sentimento de ciúme, como um susto repentino, uma pressão na garganta; que ela dividia com outro algo que parecia único a ele — nadar com outro no lago e não com ele, se secar à margem, rir, uma intimidade, olhares que ele não gostaria de permitir a ninguém outro.

— Ele insistiu tanto à noite que eu tive de ir.

— Não se pode fazer nada.

— Eu não podia deixar de aceitar.
— Às seis horas da manhã.
— Às sete. Quando o vento não sopra... a água fica parecendo um espelho no qual você mergulha.
— Água clara e fria.
— Fria não, só no começo.
Me diga de uma vez quem é esse Reiner.
— Moritz está aprendendo a nadar. Hannah e Reiner têm um tanque no jardim, assim meio arredondado de pouca fundura para as crianças.
— Reiner é o pai das...
— É o namorado de Hannah, já há um bom tempo.
— Eles não são casados?

Nelly franziu a testa como se não entendesse o que ele queria com a pergunta, de que língua ele tirara aquela palavra. Como se ela pensasse com dificuldades sobre a ligação que poderia existir entre as coisas.

— Eu não sou curioso, desculpe.
— Acho que os dois já estão juntos há tanto tempo que nem pensam mais nisso.
— Desnecessário.

Nelly mordeu o lábio inferior.

— Você casaria comigo?

O rosto dela estava sério, ela acentuara o *comigo*, não o *casaria*. Que saber isso era para ela mais importante do que aquilo, um ato de formalidade, duas assinaturas num papel oficial, palavras calorosas do juiz de paz. Como nas núpcias de Jakob, o homem falara tanta bobagem, um discurso pretensamente engraçadinho, feito todos os dias de cinco a oito vezes. Do que você está duvidando?

— Claro.

— É fácil dizer.
— Vou providenciar os papéis. Me informar como se faz.
— Vamos esperar mais uma semana — disse Nelly, sorrindo largamente — para testar —, e deitou sua mão sobre a têmpora dele (ela o cumprimentara sem óculos na porta, como desnudada, os dele jaziam ao lado da cama).
Christian fechou os olhos.
— E como se passaram as coisas em Berlim?
— Você quer ouvir a verdade?
— Ahãmmm.
— Fiquei o tempo inteiro sentado num escritório vazio, falando bobagens. Para ser mais exato, inventando besteiras e mentiras e esperando que ninguém percebesse. Coisa que os jornalistas aliás costumam fazer.
— Alguns.
— Saí para beber uma coisinha com Jakob.
— Que mentiras?
— A fronteira entre dourar a pílula e mentir é muito relativa. Na verdade não se pode falar de uma mentira nua e crua, quando se conhece a verdade no detalhe. E antes da mentira temos a falsificação, ainda que fique em aberto em que direção se falsifica, positiva ou negativamente, melhorando ou piorando.
— Otimizando.
— Pode chamá-lo de otimizar, eu (parte da verdade) estou retocando um guia de restaurantes com um conhecido.
— Pelo menos é bem pago?
Tanta clemência. Ele não teria esperado.
— Com um conhecido, aliás, que voltei a encontrar no momento em que me enfiaram um cotovelo nas costas sem o menor motivo, à noite, na Schönhauser.
— Sem motivo é outra coisa.

— Ah é?
— Simpática como sou, eu disse duas vezes *posso passar, por favor.* Sim, *por favor.*
— Sussurrar não é dizer.
— Legítima defesa. E nada de enfiar.
— Quer que eu mostre a você a sensação de sua legítima defesa?
— Tente, ora.
Christian olhou para ela e a agarrou pelos punhos.
— Vire.
No rosto de Nelly, alta tensão, ele sentiu a resistência nos braços dela. Fez mais força, ela se manteve firme.
— E então?
— É tudo?
Ele apertou com mais força, ela começou a mexer seu braço para lá e para cá, a fim de se livrar dele. Aumentou o vigor quando ele não cedeu, reunindo, furiosa, todas suas forças, a ponto de seus lábios tremerem. Christian teve de se apoiar ao colchão duro, se erguer para defender sua posição. Os pés de Nelly roçavam o lençol, ela bufava. Ele agora a segurava com toda a força de que dispunha, milhares de alfinetes enfiados na carne dela. Ela se mexia e se virava, até se ajoelhar ao lado dele de cabelos desgrenhados e então — ele não afrouxou as mãos — se precipitar sobre ele. Dois braços esticados, um dominado pelo outro, pernas entrelaçadas, uma mão debaixo do queixo dele, que ele conseguiu afastar com muito esforço. Manobras de uma luta greco-romana, de ambas as partes uma obstinação que aumentava. Em algum momento, Nelly deu uma cabeçada no peito dele, bateu em seu joelho que a prendia pelos quadris. Ele bateu de volta, e seus punhos se chocaram com violência. Aiii, ela gemeu e sacudiu sua mão livre; Christian sacudiu a sua às costas dela, ai-ai-ai, ofegou, e soltou o pulso dela.

— Isso dói — disse Nelly, enquanto esticava os dedos para o alto algumas vezes.

Christian soprava os nós de seus dedos, os nós dos dedos dela. Depois ele a puxou para si e acariciou suas mechas louras e queimadas pelo sol.

— Estou cansada.

— Eu também.

— Onde havíamos parado mesmo?

— Na verdade — disse ele.

— Você conseguiu avançar?

— De maneira descarada.

— Na questão da França.

— Está andando — disse Christian, sem saber o que (e se) ele deveria informar sobre seu encontro. Como se estivesse buscando uma compensação pela hesitação dela, pelo seu jeito de se desviar de tudo que o magoava. De alguma maneira. Como se ela fosse interrogada, mesmo quando a pergunta é sobre o instrumento que ela aprendera a tocar e se esquiva de responder, envolve tudo numa teia de mistério, assim como aliás aconteceu com Waren, com sua amiga sem nome. Ele contaria tudo a ela, se ela quisesse saber. Quase tudo, nada de confissões.

— A questão da entrevista vai dar certo?

— Parece que sim. Agora estamos no processo de afastar obstáculos e esclarecer as condições.

Como se estivesse ausente, os olhos dela se fecharam.

— Eu tenho alguém que intermedeia as coisas pra mim.

Ela se aconchegou junto dele, uma perna sobre seus quadris, Christian enfiou um travesseiro debaixo da nuca.

— Onde mora a sua amiga?

— Na Suíça — disse Nelly em voz baixa. Eu estava lá, ela pensou, um componente da verdade. Se digo Zurique, esse componente aumenta. Forma e conteúdo, a moldura e os detalhes. A história seria demasiado longa, transbordante demais para ser contada desde o princípio, agora, hoje. Um dia a contaria.

— Nós já nos conhecemos desde... sempre.

O silêncio na condição de mentira, a invenção sem fundo, o enfeite. Alegar que aquela amiga inexistente a teria ajudado, ajudado num trabalho que ameaçava assumir proporções das quais ela não conseguia mais dar conta, a exigência dela consigo mesma. Meias verdades em evasivas que são falsas. Isso ela sabia e também que ele tinha o direito de saber toda a verdade.

Amigos e inimigos e aliados, política. O que Christian pensa sobre isso, o que faz a respeito?

— Acho que já estou quase dormindo, que hora é?

— Pode dormir — disse Christian. — Vou cuidar de você.

Ela assentiu de olhos fechados, o braço dobrado sobre o ombro dele. Ele não ousou se mexer, se virar para o lado e pegar um dos livros que estavam em cima e ao lado uns dos outros. Livros de bolso de capas dobradas, livros de uma biblioteca, um livro de capa colorida que ainda estava envolvido em plástico. Inclinou a cabeça para ler o título, impossível, estava encoberto. A parede divisória de três quartos encobria a luz que vinha da janela que dava para o pátio, o nicho estava no lusco-fusco e só em frente, na parte aberta, havia uma listra de claridade. A claridade do entardecer, que além disso era filtrada pelas copas densas das árvores. Segundo andar numa casa de jardim, recordações que reaparecem de repente.

Nelly havia adormecido, ele percebeu na respiração dela, uma sequência regular de sons baixos e ressonantes. Pela primeira vez, ele a ouvia assim, pela primeira vez a via dormindo, sem que suas pálpebras tremessem o mínimo que fosse. Como ela é bonita, ele pensou, como é misteriosa.

TERCEIRA PARTE

Quando Nelly se esticou, também Christian voltou a acordar. Ele olhou para ela, ainda embriagado pelo sono, ela para ele, o rosto dela mal podia ser distinguido na escuridão que nesse tempo havia chegado de vez.

— Que horas são?
— Você pode ligar a luz?

Ela apertou o interruptor do abajur que ficava ao lado da cama, deu de ombros piscando os olhos e resmungando alguma coisa.

— Passa das onze — disse ele.
— Eu poderia continuar dormindo, imediatamente.

Será que devo ir agora, ele pensou, já é tempo?

Ela disse alguma coisa que ele não entendeu, menos do que um sussurro.

— Diga no meu ouvido.
— Tire minha roupa.

Nelly esticou os braços em cima da cabeça, depois ficou deitada, imóvel. É o desejo dela, você vai resistir? Christian desabotoou a calça de Nelly e a puxou para baixo, até os joelhos, junto com a calcinha, depois a tirou pelos pés jogando o monte de roupa no chão. Com cuidado, tirou também a camiseta para que ela não ficasse presa aos cabelos. Procedeu do mesmo jeito com o sutiã, tirou-o por cima da cabeça de Nelly porque ela não fez menção de ajudá-lo e se virar um pouco. Os seios, pesados e moles sobre as costelas, os mamilos parecendo ter deslizado para o lado.

— O que você disse?

Sentado sobre os calcanhares, ele se curvou por cima dela.

— Você não quer tirar sua roupa?

Quando ele estava deitado, sem roupa, ao lado dela, ela o abraçou; as pernas dos dois se entrelaçaram.

— A luz — disse Nelly, e Christian tateou em busca do interruptor da lâmpada.

— Você também está tão cansado? — perguntou ela, no escuro.

— Sim — sussurrou ele.

— Você...

Ele sentiu a respiração excitada dela em seu pescoço.

— O quê?

Um arquejar, que ela não lograva reprimir.

— O que é?

Como se ela estivesse buscando ar, ar para suas próximas palavras. Ela engoliu em seco.

— Você nunca pode me deixar.

Christian estremeceu.

— Ouça bem, jamais.

O coração dele começou a bater aos pulos, ele a puxou para mais perto de si, bem perto.

— Não, jamais.

— Jure pra mim.

— Sim.

— Diz.

— Eu não vou abandonar você jamais.

Nelly envolveu os ombros de Christian e apertou os lábios à sua boca.

As últimas cinco frases por hoje. Cinco frases, antes de eles o fuzilarem. Mas isso ainda não seria o fim, apenas o seu, meia hora antes de acabar. A perseguição com os reféns por sorte lhe foi poupada, trabalho noturno, gravações externas numa mina de cascalho. Já morto. Walter Zechbauer olhou para Karen, que botara os pés sobre a mesinha de maquiagem e escrevia torpedos, ou pelo menos digitava já há um bom tempo em seu celular. De resto, não havia mais ninguém no trailer, ela à mesinha de maquiagem, ele na poltrona confortável de encosto móvel que ele conseguira, como sempre, negociar por meio de seu agente. Quero uma dessas também, dissera Karen quando, depois de chegar, o vira sentado nela há alguns dias. Você tem isso escrito no contrato? Sim, ele tinha e ela poderia ter se lembrado disso, uma vez que no ano anterior fizera a mesma pergunta e recebera a mesma resposta, ela naturalmente é sua quando eu não estiver aqui.

Cinco frases, frases permutáveis, frases de Zechbauer: o que você sabe? (com voz cortante) Yvette (sorrindo diabolicamente), Yvette viajou para longe, para muito longe. Estúpida Yvette (sacudindo a cabeça), a sua estupidez também é tão grande? Levem-na embora. Fora daqui, o que... (tiros, cair de bruços, rosto contraído de dor), onde está... o dinheiro... (estertor, a cabeça dele cai sobre o peito). De que dinheiro se tratava, do dinheiro do resgate ou do butim do assalto ao banco, e por que ele precisava mencioná-lo justamente pouco antes de morrer, ele não sabia, simplesmente lera seus diálogos e aprendera, e obrigatoriamente também as réplicas dos colegas. Karen como prisioneira de sua organização na cena seguinte, no porão: não sei de nada, pergunte a Yvette. Não (um grito), seus porcos. Yvette (soluçando), não queria isso (ela por certo achara que sua amiga Yvette nesse meio tempo estava em segurança, mesmo assim um tanto incompreensível). Não o dinheiro do resgate, pensou Zechbauer, o outro, provavelmente, que ele escondera na caldeira gigantesca da calefação. Justamente na caldeira da calefação, que idiotice, que bando de idiotas.

— Poesias?

— Cummings — disse Walter Zechbauer, e deixou o livro cair.
— Edward Estlin.

— Leia uma para mim.

— É barra pesada.
— Gosto.
— A tradução é boa.
— Vamos, primeira estrofe.
— Okay. Os caras ali não são nem um pouco finos, eles se metem com garotas e metem, na farra, descarados. Não perdem uma foda a esperar, trepam logo treze vezes sem parar.
Karen sorriu.
— Mais.
— Um deles pendura o gorro na teta dela, o outro rasga uma cruz em seu traseiro. Eles não. Eles não dizem nem merda por piada, os caras ali não são nem um pouco finos. Os caras ali não são nem um pouco finos, não tem o menor desejo de um saber maior. Não tem aparte para a arte e matam assim como outros mijam.
— Encantador.
— Aparte e arte.
— Você sai comigo pra comer, mais tarde?
— *Tête-à-tête?*
— Walter.
— Não machuque um velho homem.
Ela pegou uma bucha de algodão e a jogou em direção a Zechbauer, que se curvou num gesto elegante de defesa em sua poltrona. Mas já a meio caminho, o ímpeto do projétil dela esmoreceu e caiu ao chão de leve.
— Perto do hotel há um restaurante maravilhoso.
— Se você me convida.
— Karen.
— *Tête-à-tête* tem seu preço.
— Teria — e Zechbauer piscou —, condicional.
Bateram à porta do trailer e uma voz, que ambos reconheceram como sendo a do diretor de cena, chamou:

— Senhora Werner, senhor Zechbauer, estamos todos prontos.
— A maquiagem não virá mais uma vez antes disso? — perguntou Karen por cima do ombro.
— A maquiagem já está lá fora. Perto da luz.

Ela se levantou e alisou seu vestido, depois se contemplou do lado esquerdo e do lado direito no espelho sobre a mesinha. Walter Zechbauer botou o livro sobre a poltrona e apertou o nó de sua gravata. Nunca sem gravata, na condição de senhor do crime em filmes como aquele. Uma morte digna de televisão sobre o piso azulejado de um porão de aquecimento, depois a pausa para os comerciais. Será que a prisioneira será salva? Se Karen fizer o papel dela, necessariamente; qualquer outra possibilidade seria suicídio dramatúrgico. Suicídio nos índices de audiência. Ele passou a mão no lenço que enfeitava o bolso de seu casaco e cruzou as mãos atrás das costas. Tecido fino, adequado a um chefão. Marlon Brando sendo peneirado por balas em câmara lenta, nenhum desejo de cultura de alto nível.

— Está pronta?
— O casal dos sonhos.
— Eu logo estarei morto. Caso você tenha esquecido.
— É mesmo, que pena — disse Karen, e veio até junto dele, na porta. — Mas ainda temos dois dias de gravações.
— Por isso vamos sair para jantar bem bonitinho hoje à noite.
— A título de preparativos, ou o quê?
— A sugestão veio de você.
— Sem nenhuma segunda intenção.
— É o que eu espero — disse Zechbauer, e abriu a porta do trailer.
— Você primeiro.
— Posso convidar você?
— Para jantar. Walter.

Ele fechou o casaco, bateu com as palmas das mãos no peito e saiu para o ar livre, onde um burburinho de pessoas se ocupava com trabalhos técnicos. Bonés e óculos de sol.

Christian estava ajoelhado em cima de um novo mapa Falk que abrira sobre o assoalho de madeira do quarto com sacada. Nomes de ruas, nomes de bairros, edifícios, monumentos que lhe diziam alguma coisa sem que unisse a eles uma noção mais concreta, mais pessoal. Nunca ficara muito tempo em Paris. Não fora ao Louvre, nem à torre Eiffel. Mas o centro Pompidou ele visitara uma vez, subira por uma escada rolante transparente em forma de cano até a modernidade, deixara muito dinheiro no café da galeria; absurdamente muito dinheiro para um sanduíche e uma cerveja. E por toda parte ônibus de turistas e estandes de cartões-postais, massas que se empurravam de um motivo de foto ao seguinte. Da outra Paris, sabia-se apenas pelo cinema, daquela cidade estranha e implacável em *La Haine*, em *Oublie-moi*, onde a doente de amor Valeria Bruni Tedeschi corre por estações de metrô distantes e escadarias de edifícios abandonados até quase perder o juízo.

Ele passou o dedo ao longo do anel rodoviário até chegar à Porte de Sèvres, depois pela linha reta da rue Lecorbe, que desembocava na place Henri Queuille, da qual saía à esquerda o boulevard Garibaldi. Isso não seria nenhum problema, fácil de encontrar, acima de uma área pintada em vermelho-escuro que trazia a inscrição UNESCO. A Catedral dos Inválidos estava a cinco centímetros de distância, a um palmo o Sena, o Jardin du Luxembourg, as atrações do centro da cidade. Tuileries, Notre-Dame. (Charles Laughton como o corcunda, gritando aos notáveis e ao populacho que exige a entrega de Esmeralda: direito de asilo, direito de asilo, de uma das sacadas da igreja e atirando pedras e pedaços de vigamento em cima deles.) A campainha tocou.

Christian, que levantara a cabeça brevemente, ignorou, também uma segunda e uma terceira vez, um *staccato* no interruptor. Descaramento, pensou, não são nem dez horas da manhã e se voltou mais uma vez para o mapa. Onde está a escala? Um centímetro no papel... são pouco menos de duzentos metros reais, poderia fazer tudo a pé sem dificuldades a partir do hotel, do boulevard Garibaldi. Mas o que significava "tudo"? E "sem dificuldades"? Não chegava como alguém que depois do café da manhã poderia se preparar para dar um passeio, de modo a matar uma lista de seu guia de viagem. Panthéon e place des Vosges, e sim procuraria primeiro um internet-café para ver se havia chegado correspondência. O melhor seria se guardasse diferentes endereços desse tipo de local, anotar por cautela um punhado deles em seu caderno de anotações. Caso eles lhe escrevessem diversas vezes pedindo resposta, lugares, quaisquer perguntas urgentes. Que perguntas? Não tinha ideia, realmente havia maneiras mais práticas de se comunicar. Seu celular tocou, um som de matraca que enchia todo aquele grande ambiente e não pôde ser localizado assim às pressas. Onde está esse troço?

Sobre o parapeito da janela, ele disse seu nome.

— Como é que você não abre a porta se está em casa? Pode me dizer?

Na voz de Jakob prevalecia a decepção, se não o desespero, o incômodo que nesse instante se poderia esperar dele, decorado por uma blasfêmia.

— Onde você está?

— Na banca de jornais da esquina, estou sem telefone.

— Por que você não tem telefone...

— Cara, me deixe entrar.

Não estava para brincadeiras, nem sequer falava alto. Christian sentiu de repente um mal-estar, que será que o traz aqui a uma hora dessas?

Medo, quando Jakob apareceu na soleira da porta e lá ficou, em silêncio. Como se a vista dele o deixasse paralisado, toda a situação, parecendo petrificado.

Christian pediu que ele entrasse com um movimento de cabeça, puxou-o pela manga da camisa para dentro do apartamento, porque ele simplesmente não se mexia. Alguma coisa bem ruim havia acontecido e poderia ser dita só cara a cara. Só assim. Jakob respirou profundamente, oh, não, ele suspirou. Eles se olharam, mudos. E agora Christian desconfiava do que se tratava, sabia, na verdade, antes mesmo de as três palavras saírem da boca do amigo.

— Martin está morto.

Seu tronco se dobrou involuntariamente, na garganta um mal-estar seco, como se um punho revolvesse seu estômago. Ele se apoiou à parede, seus joelhos, suas pernas tremiam. Jakob olhou para o outro lado. Lágrimas nos olhos.

— Não pode ser.

Jakob limpou o nariz com as costas da mão.

— Foi ontem.

Christian pegou-o pelo braço, buscou seus olhos.

— Entre no quarto.

— Merda — disse Jakob em voz baixa, depois suspirou profundamente.

— Sente-se.

Ele não queria cigarro, Christian acendeu um para si próprio, em pé, desajeitado, e inspirou a fumaça em tragadas rápidas, descontroladas. Jakob havia jogado a cabeça para trás sobre o futon amontoado.

— Como foi?

TERCEIRA PARTE

De início — como se para ele assim fosse mais fácil de falar — ele contou olhando para o teto.

— Há pouco o pai de Martin me ligou. A polícia só — e ele estacou —, só liberou o corpo à noite.

O padrasto de Martin, ele se lembrava vagamente. (Um cara bem legal.)

— No bolso de sua calça havia um bilhete com números de telefone, o meu, o seu... por isso. Ele pensou que um de nós, que eu ou você teríamos... tido contato com ele nos últimos dias.

Merda. Maldição.

— E lhes pudesse dizer alguma coisa.

— Foi um acidente?

Enquanto Jakob sacudia a cabeça, escorregou na borda do futon e fixava os olhos no chão, onde estavam suas mãos cerradas.

— Não interroguei o homem, mas —, ele soprou o ar, inchando as bochechas, mal dá pra acreditar, é horrível — ontem... anteontem operários, não sei bem como é o nome disso, desvão, sótão...

— Plataformas — Christian deu de ombros —, em cima, sobre o palco...

— Havia um ensaio marcado e operários de palco subiram lá pra trabalhar, pela manhã, como sempre faziam, e...

Jakob levantou os olhos, você está entendendo?

Não, Christian ainda não estava entendendo.

— Eles subiram ali e o descobriram.

— Morto?

Jakob olhou por cima dele, para a sacada, e assentiu.

— Martin — ele gemeu em voz baixa —, Martin se enforcou.

Christian sentiu as pernas bambas, agachou-se.

— Simplesmente se enforcou no teatro.

Manchas de água secas que maculavam o piso de madeira, sujeira e pó nos vãos entre as tábuas.

Se enforcou no desvão, pensou Christian, no sótão do palco, cordames, roldanas, alavancas.

— Desvão — disse Jakob. — Absolutamente bizarro.

O mesmo Martin até o fim.

— Ele desapareceu há duas semanas e eles, o pessoal do teatro, anunciaram seu desaparecimento. Mas os tiras não fazem nada, hum, sim, e pronto. Martin deve ter estado várias vezes no teatro à noite, eles encontraram cartas com ele e mais outros escritos confusos, sim, deve ter estado lá várias vezes, para, hum, ele estava com uma perturbação aguda, sabe, microfones, grampos. Achava que estava sendo perseguido, que era vigiado com microfones escondidos nas paredes, em tudo, debaixo dos bancos. E bebeu. Garrafas de aguardente no vestíbulo, o velho programa que todo mundo conhecia muito bem.

— Tentei ligar para ele.

E eu esqueci, pensou Jakob, uma conversa por telefone, um e-mail.

Christian caminhava para lá e para cá diante dele. Em seguida disse:

— O que a polícia tem a ver com isso?

— Não foi uma morte natural. Eles apreendem o cadáver.

— Apreendem.

— Confiscam, agora você vai querer discutir o uso de uma palavra? Mantêm sob a guarda até que os motivos sejam esclarecidos. O que no caso de Martin é nítido... ele cometeu... suicídio.

A solidão do salto, o som do pescoço quebrando na condição de último ruído a ser ouvido neste mundo. Os intestinos se esvaziam, a bexiga, e a gente fica pendurado sobre a própria merda. Imagens nas quais não se gostaria de pensar, não agora, não no caso de Martin. Sua obsessão e sua capacidade, seu vício, as autocensuras torturantes e os momentos de êxtase sobre o palco nos quais tudo se transformava, nos quais ele transformava tudo em algo mágico, numa descoberta súbita que deixava todo mundo de olhos arregalados. Nos banhos de sangue do Tito Andrônico, como Friedrich, príncipe de Homburg, general da cavalaria, um outro homem, um segundo eu com o qual se dava de cara nas feições de Martin, incorporações. Era ele e também não era.

— Quando será o enterro?

Surpresa no rosto de Jakob, como se a pergunta fosse inconveniente. Uma falta de piedade sob a impressão da notícia, cedo demais. É que ainda se pode vê-lo vivo diante de si.

— O pai não disse nada?

—Disse sim — como se fosse surpreendido, escondendo alguma coisa, nada enriquecedor — pois então, quarta-feira que vem, possivelmente... ele disse.

— Quarta-feira que vem é dia 26.

— E daí?

— E daí? Nós vamos juntos para lá.

Jakob voltou a olhar para o chão, embaraçado, mexia em seus dedos.

Você não pode estar falando sério, pensou Christian, não de verdade. Ele correu até a janela e olhou para fora, um bonde parou, no vidro rastros de chuva formados por miríades de partículas. No clarão ofuscante da contraluz. Ele apagou o cigarro no parapeito da janela.

— Você poderia me dizer isso em voz alta?

Noites de festa que haviam passado juntos, conversas a três até pela manhã adentro, Hollywood, filosofia, *Noções para dar precisão ao sentimento que leva a uma revolta*. Martin, cujo estoque de poesias de Morgenstern era inesgotável, bêbado e cheio de comprimidos. Rolavam de rir e, sem aguentar, se deitavam no meio do asfalto da cidade. O que vocês estão olhando, seus bitolados?

Solte a língua, assim não dá. Jakob levantou o nariz fazendo barulho e em seguida o limpou. Christian continuava olhando para a rua. Um bonde na parada diante da lanchonete turca, vinte e quatro horas de börek e cerveja barata.

— Sou todo ouvidos.

Christian fechou a mão no pegador da janela. De jeito nenhum.

— Você vai junto — sem soltar o pegador ele se virou para Jakob, que se levantou do lugar em que estava sobre o futon — ou não vai?

— A data — Jakob olhou para o mapa estendido no chão — também poderia ser em outro dia. O pai de Martin...

— Você vai junto?

— É que...

— Você vai junto? — berrou Christian.

— Não posso — berrou Jakob de volta, e ficou em pé sobre o índice de ruas, o papel se rasgou. — Eu tenho a merda de uma conferência pra concorrer a uma cadeira no dia 26 —, não escrevera para ele, não ligara, talvez tivesse ajudado em alguma coisa — naquela merda de Regensburg.

As solas dos pés de Christian estavam coladas no piso de madeira, ele torceu os dedos, uma mão no bolso da calça.

— Pois adie — murmurou ele, depois de algum tempo, a cabeça inclinada, nós devemos isso a ele, aliás não preciso dizer isso a você.

Com passos rangentes, Jakob atravessou a sala e chegou até onde ele estava.

— Mas não pode ser adiado.

Ele deitou o braço sobre os ombros de Christian.

— Eles não vão ficar esperando por mim. A comissão.

Agora é tarde demais para recuperar alguma coisa. Aquilo que deixamos de fazer, não será diante da cova aberta que o conseguiremos. Se ele pudesse ser ajudado pelo menos. Você está vivo, está me ouvindo, eu estou vivo, Séverine e Mathieu e Catherine estão vivos, minha mulher, meus filhos, tenha consciência disso.

— Você está me entendendo?

— Nunca mais vou acreditar no que você diz.

— Macaco senta no próprio rabo... — disse Jakob, contido, e o abraçou.

— Por que foi que ele fez isso? Uma loucura dessas.

— Vamos — disse Jakob, e se soltou dele. — Vá lá por mim.

Christian pegou uma ponta de sua camisa que saía da calça e esfregou seus olhos com ela. *The day the music died.*

— Aquele idiota.

— Martin não fez isso para nos incomodar.

— Ele nunca atendia o telefone. Não tinha secretária eletrônica, nada.

— Provavelmente precisava ter ido a uma clínica há semanas — disse Jakob, e se curvou sobre o mapa da cidade para avaliar o rasgão que havia nele. — Ser internado. Será que já sabem alguma coisa sobre isso?

Você não o visitou, na época, pensou Christian, quando ele estava em Meinerzhagen, depois que limpamos e desocupamos o apartamento dele, um hospital na floresta que estava cheio até o teto com as ruínas da sociedade do máximo desempenho, abrigos esportivos e cigarros enrolados à mão, como na cadeia, uma sala de televisão, uma sala de tênis de mesa, móveis funcionais, hidroculturas no saguão de entrada. Quartos duplos do plano de saúde AOK, exemplares lidos e amassados do *Bild* em cima de mesas de aço.

— Talvez.

— Também é possível se suicidar numa clínica — disse Jakob, dobrando cuidadosamente o mapa. — Quando se pretende fazê-lo de verdade.

Em qualquer lugar do mundo, um sinal que se grava na memória. Vingança contra a própria pessoa e contra os outros por toda a eternidade. O choque do operário de palco que o encontrou sobre seus dejetos, nada agradável, muito pelo contrário.

— Você tem fita adesiva?
— O quê?
— É que o mapa aqui, eu o... é preciso colá-lo.
— Não tenho — disse Christian —, vamos sair.
— Também não conte mais nada para mim.
— Você acha que este é o momento adequado?
— É tudo uma merda, sim, mas as coisas são como são.
— Vou viajar até lá — disse Christian —, para o enterro e daí sigo em frente.
— As coisas parecem boas em relação a Regensburg — disse Jakob, e jogou o mapa sobre o futon.
— Parabéns.
— Christian, por favor. Não é culpa minha. Não é culpa nossa. O que poderíamos fazer, me diga?
— Eu preciso de um carro.
— Pode pegá-lo, claro.
— Aconteceram algumas coisas — disse Christian, e enfiou chave, celular e cigarros no bolso. — Vamos sair para algum lugar.
— Carl já ligou?

Quando viu seu ceticismo, as feições interrogativas de Christian bailando entre a desconfiança e a suspeita, ele acrescentou às pressas:

— Me refiro ao passeio do final de semana.
— Temos algo a nos contar.
— É o que parece.

Vocês ficam falando de mim, Christian pensou, o desconhecido fala com Carl e Carl fala com você, estão querendo me fazer de bobo?

— Foi ideia minha, isso deixa você mais calmo?
— Não sei o que se passa pela sua cabeça.
— Vamos dar uma olhada numa casa.
— Por quê?
— Vamos beber alguma coisa.
Christian assentiu.
— Vamos beber um trago à memória dele.
— Sim — disse Christian —, precisamos fazer isso agora mesmo — e calçou os sapatos.

Andreas Klosters olhou para o relógio. Ele baixara o encosto do banco, no recipiente do painel havia um copo grande de Coca-Cola com canudinho. Onze horas e quarenta e sete minutos, o trânsito intenso da Gneisenaustrasse passava por ele. À sombra dos prédios e das árvores, na penumbra do carro, apenas algumas manchas de luz isoladas que pontilhavam seu interior — o banco do carona, ele pensou, uma expressão meio estranha — sem seguir nenhuma regra. Botou o celular na função de gravação e afundou o queixo sobre o peito. Como se o microfone com fone de ouvido estivesse ligado, um desses representantes comerciais papeando ao léu na autoestrada. Primeiro, o dinheiro, segundo, os ataques, terceiro, a história do livro. Sua suspeita de que Índio estava drogado, com um parafuso a menos, quase saltitante quando haviam passeado em torno do cemitério e mais tarde na passagem do centro escolar, sentado num banco, enquanto ele (com dedos trêmulos) enrolava um cigarro. Dia, mês, ano.

— O contato se mostrou difícil. Apenas depois de várias garantias de minha parte, de depositar suas exigências em dinheiro em... de conseguir atenção nas instâncias responsáveis, ele falava em risco aumentado e sobre a qualidade de suas informações, é que logrei...

logrei principiar uma conversa que de qualquer modo a toda hora voltava a ser interrompida pela pergunta, se eu... no essencial... trata-se de cem euros que ele pretende receber como uma espécie de recompensa por ter tido êxito.

Klosters bebeu um gole, mexeu no gelo picado no fundo do copo. Com um lenço de papel, secou as gotas de suor em seu lábio superior.

— Índio confirmou a suspeita relativa ao ataque de Treptow e ao escritório da Lufthansa, autores do crime, envolvidos nele e também no que diz respeito à manifestação em Zurique...

Isso era importante, pensou, e acendeu um Dunhill.

— Depois dos acontecimentos, dois membros parecem ter... a intenção... de deixar o grupo, ao que parece houve um conflito... uma disputa no que diz respeito aos fundamentos, da qual ele, no entanto, apenas ouviu falar, já que logo após a viagem à Suíça teria ficado no sul da Alemanha, onde moram seus pais. O resto do grupo, quatro mais um, estaria fazendo novos planos...

Se haviam deixado o grupo definitivamente, aliás, não havia ficado claro, ele também não seguira perguntando; quando enfim começou a falar.

— Planejam botar fogo ou causar outro dano equivalente, de grandes proporções, numa grande empresa de comidas prontas para lares de exilados em Wedding, fazendo com que pelo menos provisoriamente as atividades tenham de ser suspensas por lá. Já havia acontecido uma visita para estudar o local, nos próximos dias tentariam entrar de algum jeito nas instalações do lugar, para conhecer melhor o ambiente. Entrar significaria, conforme ele disse, investigar durante o dia os pontos fracos do lugar, parece que internamente planejam um incêndio de grandes... grandes proporções.

Sua pergunta por explosivos, megalomania, que tinha de ser freada. Ou o quê?

— O papel que ele desempenha na hierarquia do grupo não pode ser avaliado com precisão sem mais alguns detalhes, já que tende a exagerar as coisas e... segue o ímpeto de se colocar sempre em primeiro plano.

Na condição de força propulsora, na condição de mais experiente.

— Terceiro.

Como é que se chama isso, codificação? Encriptação?

— Nos e-mails que trocam entre si, o núcleo do grupo usa uma forma especial de codificação, que descreveu da seguinte maneira.

Klosters tirou um papelzinho do bolso de sua camisa, anotara o título e o nome do autor na rua.

— Cada palavra corresponde a um número com vírgula e o número à esquerda da vírgula designa a página, e o número à direita a posição da palavra nessa página... conta-se da esquerda, em cima, abaixo. Duas vírgulas designam uma letra isolada, abrir a página, contar até chegar à palavra, quinta letra. O livro que eles estão usando para isso no momento... o título do livro é *Sylvie e Bruno*... de um certo Lewis Carroll.

Como isso é possível, quanta dificuldade!

— Duração do encontro, de onze horas a onze horas e vinte, Mehringdamm, Baruther Strasse, passeio.

A Coca-Cola ficara morna e aguada. Coca-Cola morna e aguada, o gelo derretido, nojento. Andreas Klosters baixou o vidro lateral e jogou o cigarro na rua. Estava com fome. Voltar e comer um hambúrguer? Por que não? Guardou o celular no bolso, pegou o copo de papelão do recipiente e voltou a subir o vidro. Um belo e suculento hambúrguer e depois voltar para o escritório.

— Estamos sozinhos. É um fato.
— Em Zurique não estávamos sozinhos.
— Não é isso que estou querendo dizer.
— Não é uma questão de quantidade.
— Mas a pergunta deve ser feita.
— Quem, de resto, teria se dado conta de que a conferência aconteceu? Ponto um. E, ponto dois, deixar claro que eles não poderão mais fazer suas porcarias em segredo.
— Quero chegar a outro ponto.
— Acabar com essa sensação de segurança absoluta.
— À relação entre qualidade e quantidade. E ao que significa qualidade.
— Em Zurique havia cinquenta mil.
— Da Europa inteira.
— Cinquenta mil não é pouco.
— Eu não fixo a qualidade num determinado número, por favor. Nem mesmo a prática da intervenção. Mas me nego a contemplar ambas as coisas de forma isolada. Trata-se de refletir sobre linhas de contato, sobre efeitos que não se esvaiam no decorrer de dois ou três dias.
— Acho que você tem um conceito de imediatismo que é errado. Além disso, sempre ouço um fundo didático em seu discurso, sim, com certeza. Por exemplo: a partir de agora. Uma espécie de modelo social matemático com variáveis e grandezas claramente definidas. Revolução em setembro próximo.
— Jamais diria essa palavra, você está polemizando.
— Para você se trata de linhas de contato, para mim de opor algo a um determinado consenso hegemônico, aqui e agora, sem que eu sinta a necessidade de constatar que receberei aplausos em massa.
— O mesmo vale para essa palavra, massa.

— A sua noção de objetivo. O que você compreende por sujeito e objeto da resistência.

— Sinais se transformam em sinais vazios se não têm consequências, se deles não decorre a não ser: que bom que deu certo mais uma vez.

— Você não lê os jornais?

— Algo é sujeito ou objeto, e objeto da resistência é o bloco dominante. Nem um pouco moderno.

— Acaba de falar a senhora doutora Gramsci.

— Aliás, não tenho nenhum conceito de imediatismo e sim uma noção muito realista daquilo que seria necessário para pelo menos conseguir botar algo em movimento. Em termos de perspectiva, quero dizer. Todo o resto é masturbação.

— Não tenho nada contra masturbação.

— E não uma prática social. Que poderia valer a pena.

— Estamos chegando ao que interessa.

— Não tenho a menor ideia do que você quer dizer com isso. Também não faz parte do meu vocabulário. De qualquer modo, é contraprodutivo evitar a pergunta, evitá-la ostensivamente, não querer especular em que tudo isso pode acabar, numa revolta popular, ou em quê?

— No meu vocabulário é a palavra povo que falta.

— Representação.

— Formas de expressão irrelevantes.

— Quem defende quais interesses, quem reconhece que não perdeu nada no bloco dominante. Que ainda existe algo mais sensato do que a televisão e a infâmia.

— Sobre isso nós não decidimos. Eu pelo menos, não.

— E por que, então?

Holger deu de ombros. Você pedagogiza tudo, ele pensou, isso é moral e nada tem de materialista.

— Por que de alguma maneira é necessário fechar as contas. Talvez apenas por causa disso.
— E talvez isso não seja suficiente.
— Isso é por sua conta.
Ficaram em silêncio por algum tempo.
— Tenho de ir agora.
— Tudo bem — disse ele, e levantou-se junto com ela. Eles se abraçaram.
— Tenha cuidado.
— Eu tenho o maior cuidado — disse Holger —, não precisa ficar preocupado.
— Realmente.
Tenho mesmo, ele pensou, pode confiar nisso, seguindo-a com os olhos até ela sair pela porta do café para a luz ofuscante da tarde na Frankfurter Allee.

Segundo o mapa, da estação ferroviária em Küstrin no lado alemão eram mais ou menos vinte quilômetros. Não uma estrada vicinal, mas sim um caminho asfaltado acima sobre o dique. Topo do dique, lhe ocorreu, é assim que se chama. Na outra margem, ainda as bordas de Kostrzyn, alguns prédios residenciais, pequenas fábricas, silos, chaminés e depois disso nada mais do que natureza em verde gritante, árvores, arbustos, juncos em torno de promontórios, braços de água parada, prados cobertos de flores à esquerda e à direita do rio que corria, fluía calmo. Oder, Odra, de quando em vez um marco de fronteira pintado em preto, vermelho e dourado, uma placa vermelho e branca que indicava a corrente. Sinalizadores de corrente, disse Carl, quando Jakob lhe perguntou numa das paradas à beira da autoestrada pelo significado daquelas placas. Eles descansavam sobre a relva macia de uma das várzeas ao lado de suas bicicletas, bebiam cerveja de uma bolsa térmica que Carl trouxera consigo no bagageiro (e que com aquele calor subia diretamente à cabeça), estavam sentados e deitados ali, em meio ao cricrilar de grilos e ao zumbir de vespas e abelhas, moscardos e uma ou outra libélula que voava pelo ar quente e espesso. As umbelas violetas, aquilo ali era uma orquídea selvagem (uma espécie de orquídea, ele sabia das coisas tanto quanto um botânico), o amarelo (amarelo-gema) era dos botões-de-ouro, os pontinhos vermelhos e azul-aveludados em meio ao campo eram das papoulas, papoulas-comuns, disse Jakob, isso até mesmo eu sei.

"Você tem tempo no sábado?", Carl lhe perguntara ao telefone (Jakob talvez já tenha dito algo a você sobre isso), tempo e vontade de fazer um pequeno passeio até Kienitz (ao norte de Küstrin, uma ou duas horas de bicicleta). Ele queria dar uma olhada numa coisa e aí poderiam conversar (caso ele tivesse interesse), bebidas e lanches ele mesmo providenciaria. Uma casa que ele pretendia comprar, nas fotografias de um corretor, disse Carl, espantando um enxame de pontinhos voadores, ela (a propriedade, conforme a linguagem dos negócios imobiliários) lhe agradara de cara, parecia muito boa, fantástica, como se tivesse esperado por ele todos aqueles anos. No momento, uma vez que ele mudava para a classe dos proprietários de terra, os estábulos estavam um tanto prejudicados, mas havia eira (uma aba que ele chamava de eira), um jardim, jardim de ervas, um poço, enxaimel que ele reformaria seguindo à risca as noções da arte arquitetônica. Com quase sessenta, quem lhe desse uma mão durante os finais de semana adquiriria o direito de ocupar um quarto debaixo do mesmo telhado.

— Latifundiário.

— Por mérito próprio, senhor colega —, Carl desta vez não usava uma camiseta e sim uma camisa azul de mangas curtas sobre as calças deslavadas — é estranho, mas eu jamais fui dono de alguma coisa. Nada herdei, nem casa ou coisa do tipo.

Nisso você não é o único, pensou Christian, dizem que há pessoas que não cresceram numa casa própria, num conjunto habitacional, num sobrado, numa mansão do subúrbio. E isso nos anos setenta, nos anos oitenta, quando a princípio... "sobre essas pedras, você pode construir — Wüstenrot"[28].

— Eu me alegraria muito em poder recebê-los de vez em quando. Algumas pás de areia aqui, cada um segundo sua capacidade. E o de comer e de beber eu sempre deixarei pronto.

— É uma oferta e tanto — disse Jakob. — Praticamente um convite.

— A vontade conta muito.

— Não tenho nenhum conhecimento prévio — disse Christian. Olhou para Carl e lhe pareceu que este podia adivinhar seus pensamentos, origens semelhantes. — Na questão da construção.

— Vamos dar uma olhada na coisa primeiro. Fotos podem enganar.

— Uma garça — Jakob apontou para um pássaro de pernas compridas num banco de areia. — É uma garça pescadora, não é?

— Ao que tudo indica.

— Pássaros de pernas compridas — disse Christian. — Peixes, sapos, água.

— Me parece que nenhum de vocês dois é muito amigo da natureza. Do fundo do coração.

— Eu não diria. Com treze anos ele ainda tinha um hamster.

---

28. Refere-se a uma propaganda da Wüstenrot, uma caixa de depósitos imobiliária, que dizia, em alemão: *Auf diese Steine können Sie bauen — Wüstenrot*. O romance de Ulrich Peltzer oferece uma forma resumida do bordão da propaganda, evidenciando como ela era conhecida da geração do personagem Christian. {N.T.}

TERCEIRA PARTE

— Enquanto Jakob já era conhecido por tomar gasolina no café da manhã.
— Querosene. Para combinar com o colar de couro e rebites.
— E, antes de pegar no sono, duas páginas de Heiner Müller.
— Então foi daí foi que ele o tirou — disse Christian, e abriu a camisa até o umbigo. — Vamos dar uma nadada?
— Sugiro que o façamos depois de chegar lá — disse Carl. — Estou muito curioso.
— Meio-dia e quinze.
— Então vamos...
— Estou meio bêbado —, disse Christian. — Não vou aguentar.
— Nós ajudamos você —, disse Carl, e o ajudou a se levantar da grama. Ele guardou as garrafas vazias na caixa de isopor e seguiu em frente, empurrando sua bicicleta por uma trilha de volta ao dique.

Ele não dissera sobre o que poderiam conversar — se tinha algo a lhe dizer ou se queria saber algo dele (como se o desconhecido também fosse alguém completamente desconhecido para ele) e Christian não continuou perguntando, mas concordou logo, andar junto com Jakob ao longo do Oder, paisagens como manda o figurino (sobre a compra de uma velha casa de campo ninguém ainda falara uma só palavra), se encontrariam na Alexanderplatz no sábado, já na plataforma da estação.

Livro de contos de fada, pensou, atordoado (não cambalear ao andar, ficar bem na linha), a ilustração de um sonho, de um mundo perdido, que nenhum príncipe da indústria vai despertar com um beijo e transformar num negócio qualquer. Esquecido e até hoje ninguém sentira falta, às vezes uma ou duas casas próximas uma da outra, atrás da encosta, ainda habitadas, uma torre de igreja à distância, depois de novo ruínas de janelas quebradas e arrancadas e telhados sem telhas, envolvidas pelo verde, pelo verde selvagem, ruas que terminavam em margens sem ponte, à esquerda (ocidente) no território de uma república democrática alemã, à direita (oriente) no de uma república popular que desde aquela época já havia se tornado história, cujos restos haviam sido reconquistados, em impassibilidade vegetativa por plantas e animais.

Depois de alguns quilômetros ele se sentia melhor, devia ter suado tudo, pelo menos a maior parte, diante dele as costas taurinas de Carl, a camisa azul na qual se desenhava uma gigantesca mancha mais escura. Pararam uma vez para olhar o mapa (em que lugar do rio estavam), quarenta e cinco minutos depois haviam pegado a chave em Kienitz e passavam pelo calçamento rachado de uma alameda de choupos, cruzando por barracos de Eternit de uma cooperativa agrícola abandonada, mais uma vez em direção ao Oder, exatamente conforme o homem à porta de seu velho bangalô ainda mobiliado com material da Alemanha Oriental lhes havia descrito.

— Uau —, exclamou Jakob quando abriram o portão e entraram pelo pátio interno tomado pela relva alta, quadrado e quase do tamanho de meio campo de futebol, emoldurado por uma casa de janelas cerradas e duas alas longas de construções anexas, todas de um andar, o quarto lado aberto, plantas frutíferas, arbustos, uma cerca viva que já não era mais podada havia anos. E atrás, um mastro de madeira, em cuja ponta havia uma plataforma arredondada, uma confusão de ramos dos quais saíam bicos, aqueles bicos bem típicos — um casal de cegonhas, cegonhas de verdade, inacreditável.

— São cegonhas mesmo — disse Christian, protegendo os olhos com as palmas das mãos, e Jakob: — Você tem cegonhas aqui, não dá pra acreditar.

— Mas há. Vocês é que terão de trazer as crianças junto.

— Pode deixar — disse Jakob, enquanto Carl, banhado em suor, se voltava para a porta.

A casa estava vazia, cozinha com lajotas e três quartos, sem banheiro, e sótão quente e empoeirado com uma trapeira arqueada, coberta de teias de aranha, nos estábulos e anexos que em parte não tinham janelas havia tralhas de todo tipo, num coxo de porco uma lâmina de arado, as rodas denteadas de uma máquina qualquer; num dos ambientes, ao canto, um forno de tijolos. Uma lavanderia, uma despensa pequena e fresca em cujas paredes havia estantes, conforme puderam reconhecer sob o clarão da lanterna de bolso de Carl.

Christian e Jakob o deixaram sozinho, foram se sentar nos gastos degraus de entrada da casa.

— Cegonhas — disse Jakob.

— É a primeira vez que vejo cegonhas soltas na natureza.

— Isso é porque você nunca sai da cidade.

— Hoje.

— A partir de hoje.

Quando Carl voltou a aparecer, abriram espaço e ele se sentou ao lado deles. Soltou seu rabo de cavalo e o atou de novo, depois de ter pegado os cabelos longos e grisalhos com as duas mãos e esticado na nuca. Jerry Garcia, pensou Christian, era dele que se lembrava ao vê-lo, o tempo todo. *American Beauty*, solos de guitarra para adeptos de comunas campestres globo afora. Uma lufada de vento soprou pela relva que chegava até os joelhos, um alto matraquear das cegonhas que chegava do alto do mastro até onde eles estavam. Matraqueiam de fato, se entendem numa língua de matraca. O céu estava alto e distante, abaixo dele pequenos montes de nuvens isolados nasciam e pareciam não se mover. Calma, insetos, em algum ponto um farfalhar. Como se todos os ruídos se duplicassem sozinhos, ecoassem vindos de bem longe. O murmurar de um trator, um fio de música da infinidade do éter.

— Rádio portátil — disse Carl. — Mais uma expressão que desapareceu.

— Microssystem.

— No passado se caminhava na rua com o rádio portátil debaixo do braço. Os rapazes com seus topetes.

— Você?

— Nós éramos do jazz, gola rolê e botas de camurça. Ornette Coleman. E o mestre... Coltrane, *Live at the Village Vanguard*.

— Não tocava no rádio — disse Jakob (Christian fumava em silêncio). — Pelo menos é o que eu suponho.

— Pode apostar — Carl assentiu. — Herbert von Karajan ou, hum, como era o nome dele, rapazes, lembrem-se...

— Freddy.

— Freddy, o marinheiro. E depois Connie... dois pequenos italianos que sonham com Nápoles. Aos domingos ficavam sempre perambulando na estação, porque —, ele sacudiu a cabeça — não havia nada para eles, cafés, bares... mas, sim, sorveteria Capri, sorveteria —, ele engolia as sílabas sorrindo — e eles *eram* pequenos, homens baixinhos com barba por fazer preta e olhos pretos, sicilianos, da Apúlia, provavelmente até mesmo de Nápoles. Grupos de italianos ou de espanhóis ou... talvez portugueses que se juntavam de domingo a domingo na praça da estação ferroviária... no fundo, bastante simbólico, uma... sensação ardente de trânsito e nós... ninguém se deu conta disso, com dezesseis, dezessete, do que estava acontecendo com eles, eram dois mundos completamente diferentes. Ninguém sabia onde moravam, para onde iam à noite, grupos de homens que conversavam em línguas estranhas, em nuvens de fumaça, sim... por que será que estou me lembrando disso agora?

— Rádio portátil.

— Blaupunkt e Nordmende, essas eram as marcas.

A música, esse sopro tênue, havia emudecido, assim como o barulho do trator, máquina de tração, pensou Christian, máquina de tração rural.

Todos os três na mesma postura, com os cotovelos sobre os joelhos.

Depois de Christian ter apagado o cigarro no degrau, ele o esfarelou entre os dedos e enfiou o filtro no bolso das calças. Como se ali não se pudesse simplesmente jogar fora a ponta do cigarro.

— Devo comprar, o que vocês acham?

— Compre — disse Christian em voz baixa, com certeza.

— Eu teria de...

— Uma festa de casamento para cem pessoas. A céu aberto.

Carl se inclinou à frente a fim de olhar para Christian, se desviando de Jakob.

Jakob se ergueu e olhou de cima para o amigo. E para Carl, que sorria para Christian, como se entre os dois houvesse uma ligação telepática. O que os dois estão pensando, que ideias são essas, assim de repente?

— Cem conseguimos juntar com facilidade.

— Comer debaixo daquele telhadinho, cortar a grama, a instalação na porta da lavanderia, e dormir pode ser no sótão. Ou fora de casa, num saco de dormir.

— Milhões de estrelas.

— Em agosto cairia bem.

— Ferragosto[29], que mais?

— Quem vai se casar?

Jakob olhava de um para outro, Christian abriu as mãos esboçando um gesto de que não sabia, enquanto Carl se fez sério de repente.

---

29. Do latim *Feriae Augusti*, feriado italiano, que cai em 15 de agosto. Também é festejado em algumas partes da Alemanha e em outros países católicos como Ascensão de Maria; na Itália é um dos feriados mais importantes. [N.T.]

— Eu vou me casar. E aqui — seu braço descreveu um semicírculo — vai ser uma festa e tanto.

— Parabéns — disse Christian.

— Você vai se casar? Com quem?

— Gerlinde me apoia muito e quer que eu compre alguma coisa, mas eu preciso perguntar a ela. Se a chácara *lhe* agrada. Assim como a mim.

— Faça uma surpresa — disse Christian.

— Você acha?

— Com certeza.

Carl se mostrava radiante, como se estivesse precisando da confirmação. Como se já estivesse pensando nisso havia muito tempo, sem resultado.

— Traga-a de olhos vendados até aqui. Na verdade eu iria, não sei, como presente de casamento... eu provavelmente, vamos dizer que eu provavelmente abriria o berreiro, chorando.

— Ora, mas Gerlinde é, desculpe... — Jakob se recobrava lentamente de seu estado atônito —, você nunca me contou... que vocês...

— Gerlinde já foi casada, nisso ela se adiantou a mim. Experiências com advogados. Já faz um bom tempo e acho que posso convencê-la a uma segunda tentativa. Trabalhamos anos junto com alguém, vemos a pessoa quase todos os dias, até que percebemos alguma coisa. Até que encontramos a coragem de fazer uma confissão. Para ser mais exato, foi no último outono, numa manhã qualquer, quando cheguei à minha sala e a vi sentada em sua escrivaninha, foi recíproco, por assim dizer. Nunca pensei nisso, ela também não. Não houve ataques, nada que passasse do flerte mais inocente do mundo. Por que não casar, nesse caso? Quando tiver chegado a hora, claro. Além disso, vocês acham que devo dar minha aposentaria de presente ao Estado? Caso eu fosse atropelado, caso eu fosse vítima de um ataque enquanto preparo o cimento. Gerlinde é quatro, cinco anos mais jovem, aí ela poderá torrar o dinheiro como viúva feliz e de algum modo abastada com quem bem entender.

— Oitenta por cento de todos os casais se conhecem no trabalho. Quando se tem um, claro.

Um olhar de soslaio de Carl para Jakob, como se estivesse lhe dando uma lição. E que também tinha algo de arrogante, como se determinada suspeita se confirmasse, como se certas suspeitas que sempre eram carregadas por aí, acabassem de ser confirmadas.

— Ela vai deixar o instituto —, disse ele. — Se não soasse tão paternalista, eu diria que ela é minha mão direita e minha mão esquerda. Que a filologia românica deve mais a ela do que a este ou àquele colega.

— É o seu primeiro casamento?

— Primeiro casamento, primeira casa comprada, primeiro testamento.

— Sem filhos.

— Gerlinde tem uma filha adulta. Parece que me transformarei imediatamente em avô com o casamento. Vou saltar uma geração.

— Parabéns, meu amigo —, disse Jakob. E realmente soou cordial o que ele disse, como se a sua irritação tivesse amainado, como se o ataque de mesquinharia que se apossara dele por alguns instantes fosse coisa do passado.

— Obrigado — e Carl bateu nas costas dele. — Vamos para a água. E depois um piquenique.

Subiram o rio pelo dique e ficaram nas proximidades da margem, nadando contra a corrente, se virando, mergulhando, batendo as mãos, até que suas roupas voltaram a ficar à vista, numa rampa de concreto que havia desmoronado como se o golpe da quina de uma mão titânica a tivesse partido ao meio. Um velho ancoradouro (ou algo assim), sobre o qual eles se sentaram, secando ao sol, suas cuecas, porque ninguém deles havia trazido roupas de banho. Do lado polonês subia, diante de um muro verde de arbustos e árvores, uma coluna cinzenta de fumaça, um carro de porta-malas aberto, uma churrasqueira que estava sendo montada, cabeças na água, música de rock, eram... os Smashing Pumpkins. Cento e cinquenta metros.

Com os cabelos compridos e molhados que caíam sobre seus ombros, Carl parecia um cacique de tribo, um xamã com barriga, uma tatuagem no braço que, com a camisa, ficava escondida; como se ele mesmo a tivesse feito, contornos cada vez menos nítidos ao longo dos anos, não maior do que uma dessas moedas de cinco marcos que não existiam mais na praça. Quando Christian lhe perguntou a respeito, ele disse que nos tempos em que estava na Itália era moda, pois é, moda, ele admitiu, sorrindo, num misto de tédio e de prova de amor, as pessoas cometiam, vamos dizer assim, isso contra si mesmas naquela época. Alfinete, cinza e tinta de caneta-tinteiro; estrelinhas, Mickey Mouses. O fato de ninguém conseguir reconhecer mais o que ele carregava consigo por aí era tranquilizador, afinal de contas em 1972 ele não era mais nem sequer estudante, e sim um bolsista de doutorado que encontrara um quarto numa república estudantil em Florença. Lavinia Lezzi, fora ela quem lhe aplicara a tatuagem certa noite, à luz de velas.

— Não passe a responsabilidade adiante — disse Christian. — Não a uma mulher.

— Eu não tinha a menor chance — disse Carl, e olhou para a mancha —, não tinha a menor chance, como aliás vocês também não teriam com Lavinia, quem disser outra coisa não sabe do que está falando.

Lá longe agora tocavam Dinosaur Jr., um segundo carro havia chegado.

— Daqui a pouco vai estar quente demais para mim — disse Jakob.

— E eu já estou com fome.

— Eu também comeria algo — disse Christian.

— Seu tripa-seca.

— Tudo músculo.

— No meu caso — e Carl bateu na barriga — lamentavelmente já era, não tem jeito.

Eles vestiram suas roupas e andaram de volta, penduraram as cuecas nos ramos da cerca viva, na chácara, para que acabassem de secar. Debaixo de uma das árvores frutíferas, estenderam um cobertor que Jakob trouxera numa das sacolas de sua bicicleta, e mais salame, pão, azeitonas, vinho e uvas, e Carl tinha trazido em sua caixa de isopor (além da cerveja), ainda queijo, presunto e ovos cozidos, tomates, uma bandeja de morangos, três peras.

— Eu não trouxe sequer uma faca — disse Christian. — E ainda digo que comeria algo.

— Foi assim que combinamos — disse Carl. — Sirva-se.

Às vezes, os olhares deles se cruzavam como se cada um esperasse do outro uma informação, um esclarecimento, uma explicação que ele mesmo não tinha. Sinais de garantia.

O que será que Jakob sabe? Em que medida a amizade dos dois é íntima?

— Bom vinho — disse Carl, e olhou para a etiqueta, segurando a garrafa bem longe dos olhos. — Um tinto leve de (ele forçou os olhos) Anjou, perfeito.

Christian só dava algumas bicadinhas, não queria turbulências com o vinho tinto naquele calor.

A cada pouco se ouvia as cegonhas matraquearem, um dos pássaros havia se erguido sobre suas pernas finas e compridas e esticava o bico, cabeça para trás, em direção ao azul do céu. Montes imóveis de nuvens. Na sombra dava pra aguentar, uma macieira, cheia de frutas verdes.

— Você não bebe vinho?

— Depois da comida.

— Se ainda sobrar alguma coisa.

— Um momento — disse Jakob, e enfiou a mão na sacola da bicicleta que estava atrás dele. Uma segunda garrafa do mesmo tipo, que ele apoiou ao tronco da árvore, em meio à grama alta.

— Ainda bem que temos mais.

Enquanto Carl descascava uma pera, ao que parece totalmente mergulhado no trabalho de descascar, disse:

— Lavinia era espontânea a ponto de parecer incoerente, numa... manifestação em Bolonha (no seu sacudir de cabeça, no seu tom, ainda agora continuavam claros, na mesma medida, a desaprovação e o respeito que sentia), ela arrancou das mãos de um *carabinieri* a pistola que ele acabara de sacar, uma Beretta, que depois disso ficou atirada pelo quarto dela em Florença durante dias. Totalmente imprevisível e isso, acho, isso era simplesmente demais pra mim, naquela medida exagerada.

— Mas pelo menos deixou que ela fizesse a tatuagem.

— Mergulhando a agulha num cartucho de tinta.

— E hoje?

— Lavinia? Carl levantou os olhos e lambeu o suco de pera que lhe escorria pelos dedos; Christian assentiu. — Advogada. (Um Buda gorgolejante em sua camisa aberta.) — Mas não me pergunte como é que ela faz isso, como se apresenta diante do tribunal. Se atirar no pescoço do juiz, nunca consegui vê-la como advogada.

Depois de ter comido um quarto da pera, ele secou a boca, bebeu e estendeu a garrafa a Christian. Inevitável, um gole vigoroso.

— Diferenças essenciais — disse Carl. — O pai de Lavinia foi da resistência na Segunda Guerra, era membro do partido e sua filha agia nos subterrâneos da comuna, coisa que aos olhos dele era radicalismo irresponsável de esquerda ou, visto por outro ângulo, ele era para ela, apesar de todo o amor, um esteio do sistema, antirrevolucionário. Estivemos juntos uma vez durante alguns dias, numa casa de campo que eles tinham, e os dois gritavam um com o outro como... Papa (em voz baixa, imitando os gritos dela), você não entende que isso é revisionismo, foi por isso que vocês lutaram, por isso... coisa que o deixava completamente fora de si, eu pensava até que eles começariam a se espancar. E era assim todas as noites.

— Resistentes — disse Jakob, mastigando —, entre nós houve bem poucos.

— E você se entendia com ele?

— Você se refere ao fato de eu vir da Alemanha? (Carl, numa espécie de posição de lótus.) Para dizê-lo do jeito menos patético possível... o homem era comunista, um comunista no funcionalismo público, para ele o que contava era a postura política, não a nacionalidade.

Mais um gole, uma tepidez agradável no estômago e na cabeça, perigoso. Queijo *brie* derretendo na faca, pão, uvas. Um zumbir só, ao redor.

— Afinal de contas, temos água?

— Teríamos água — disse Carl — se aquele troço ali fosse um poço e alguém arranjasse um balde e uma corda. Se é que há água ali dentro e se é que se pode bebê-la.

— Será que há alguma loja nas proximidades?

— Na viagem de vinda não vi nenhuma. Talvez em Sophiental. Fica (e Carl apontou em uma, depois em outra direção) lá pra baixo.

— Então vamos tomar cerveja pra matar a sede.

— Na sacola térmica ela fica bem fria.

— Antes que fiquemos desidratados.

— Eu não fico desidratado — disse Carl. — Antigamente ninguém ficava desidratado.

— Antigamente — disse Christian não sem escárnio. — *Muito, muito* antigamente.

— Você já ouviu falar de algum beduíno desidratado? Eu não.

— Coma uma pera — disse Christian a Jakob. — Eu vou comer uma pera agora.

— O suco dos morangos — disse Carl e mordeu um. — Melhor se estiverem meio empapados. Me empurram uma coisa dessas com facilidade.

— Porque você não é suficientemente crítico como consumidor. Não dá bola para essas coisas.

— Diferenças essenciais — seu rosto começou a enrubescer —, já falamos disso.

— E isso era normal, manifestações com pistolas sacadas? Seja lá quem for que as saque.

— O que é normal? Visto com os olhos de hoje em dia.

Será que as escalas eram tão diferentes? Será que para ele não havia mais padrões válidos para todo mundo?

— Padrões válidos é um conceito brilhante — respondeu Carl. — Quando se prepara um golpe militar e o lado contrário invoca diariamente o direito ao uso da força na televisão, isso significa um desequilíbrio que não pode ser eliminado com a referência a normas civilizadas de tratamento.

— Mas não quero justificar nada. Não retroativamente.

— Qualquer tentativa de explicação é uma espécie de justificativa.

Carl bebia e contestava. Um acontecimento tinha de ser inserido nas contingências históricas e políticas de sua época, do contrário não passa de parágrafos. Reflexões abstratas.

— Relativismo.

— De outro jeito não dá.

TERCEIRA PARTE

Jakob aceitou a garrafa que Carl lhe oferecia, segurou-a contra a luz (não havia mais muito dentro dela) e disse:

— Isso foi em meados dos anos setenta?

Carl cutucou Christian sinalizando para a segunda garrafa de vinho que estava apoiada ao tronco da árvore.

— Uma massa autônoma indirigível que achava que qualquer exigência para se distanciar dos grupos armados era um modo de submissão. Muitas pessoas, centenas de milhares.

— O Movimento de 77 — disse Christian, e lhe estendeu a garrafa e o saca-rolhas.

— Você andou pesquisando.

— Mas é claro. É minha profissão.

— Eu já estava de volta à Alemanha, eu lia os jornais.

Mais uma evasiva, pensou Christian, como se você não tivesse telefonado, não tivesse escrito cartas, encontrado velhos camaradas sei lá onde. Um ponto final para as perguntas. É bem possível que Carl jamais tivesse visto o desconhecido, mas pode ser também que seja seu melhor amigo; o tabelião que vai oficializar a venda da casa. Níveis da investigação que não precisam ser esclarecidos. De quem eram as armas que foram enterradas, por que motivos.

Plop e Carl suspirou aliviado; livrou o saca-rolhas da rolha, jogando-a para trás, na relva alta.

— Aqui.

Que seja. Então, vamos matar a sede com vinho.

— O presunto —, disse Carl — é... um poema —, enquanto enrolava uma fatia e a enfiava na boca.

As têmporas de Christian latejavam, estava cansado. Sobre o que queria conversar comigo? Teria preferido se esticar de costas sobre a relva.

Comeram e beberam em silêncio, observavam as cegonhas, as andorinhas que, em voos rasantes, se dirigiam a um ninho numa das construções anexas; secavam o suor de suas testas. De sobremesa os morangos, a segunda garrafa também já estava quase vazia, terminara mais rápido do que a primeira.

— Quem nos serve um café, agora? — perguntou Carl.

— Vou dar uma olhada pra ver se encontro o garçom — disse Jakob e se levantou. Para tirar água do joelho em alguma moita, provavelmente.

Christian acendeu um cigarro.

— Você me dá um?

Ele passou o fogo a Carl que, sem inalar, fez a fumaça sair pela boca e pelo nariz. Sua cabeça já estava de um vermelho vivo, hipertônica.

— Você tem dinheiro para ir a Paris?

Você precisa de dinheiro, tem dinheiro — em duas semanas duas perguntas parecidas por motivos bem diferentes. Desapareça, posso ajudar você, sim, sim. Ele assentiu.

— Vá até Château Rouge. Lá tem um mercado africano todos os dias.

— Se eu tiver tempo.

— Isso nunca se sabe antes de estar lá.

— Quero ir ao Palais de Tokyo. No Musée Maillol há uma retrospectiva de Basquiat. Essas coisas que a internet nos informa.

— Siga simplesmente as recomendações.

Você o conhece, está informado sobre todos os passos. Uma rede a ser ativada em poucas horas, mensageiros por causa da velha amizade, estruturas boladas nas cozinhas e camas de repúblicas estudantis e apartamentos clandestinos durante noites inteiras. Ou como é que devemos imaginar isso?

— Descobre-se o que é um erro muitas vezes apenas quando é tarde demais. Mas se curvar às mentiras dos vencedores seria uma traição à história. E não apenas à própria história.

— Deixar que a grama cresça por cima de tudo.

— Os mortos não estão mortos, este é outro erro. Nem estes, nem aqueles. Poder de definição e verdade nunca são a mesma coisa. O silêncio, isso sim é a morte.

Depois de uma breve pausa, ele acrescentou:

— Ser condenado ao silêncio. Ficar ouvindo apenas o lado oposto. Isso também é uma espécie de inferno.

Jakob voltou.

— Estou cambaleando — disse ele, e se deixou cair na relva.

— Por via das dúvidas, nem me atrevo a levantar por enquanto — disse Christian. Ordenar as palavras de Carl, conectores entre as frases, abreviações.

— Eu preciso descansar urgentemente, antes de irmos de novo a Küstrin. Ficar sóbrio.

— Até a estação de Wriezen é um pouco mais perto — disse Carl. — Atravessando o campo.

— Uma sesta a céu aberto.

— Enquanto você vem com a farinha, já estou voltando com o bolo — disse Carl. — Vou dar uma dormidinha agora mesmo.

— Uma pequena sesta.

— Cada um com uma árvore. Há árvores suficientes.

Christian cruzou seus braços atrás da nuca e olhou por cima da cerca até o céu, no horizonte. Estavam deitados comodamente na relva alta, o cheiro era paradisíaco. É esse o cheiro da natureza, ele pensou, flores e árvores, esse zumbir por toda parte, o gorjear dos pássaros. Gorjear e zumbir, o matraquear das cegonhas. De vez em quando. Nuvens que parecem não se mexer do lugar. De vez em quando, de vez em quando. Nem um milímetro do lugar. Em seguida ele adormeceu.

— Eu vou junto — disse Nelly.

O quarto lhe agradou. Caro demais, mas dinheiro ele tinha. No momento. Um apartamento com mezanino na Metzer Strasse; no andar superior, de uso conjunto, um ambiente amplo, muito amplo, com móveis e utensílios de cozinha, televisão de tela grande e prateleiras, nas quais havia centenas de discos e CDs. Uma poltrona, um aparelho de som. Ele poderia entrar já na semana seguinte, disse Gregor Conrad, que era fácil no trato como Vera o havia descrito. (Nenhuma centelha de potencial de relacionamento.) Simpático logo de cara, não era necessário falar muita coisa. Me diga quando você estiver de volta de Paris, mando fazer uma chave enquanto isso. Um homem, uma palavra, a papelada era dispensável.

Christian dirigia, Nelly apoiava seus pés descalços contra o painel do carro. Se não pudermos entrar em acordo no que diz respeito à música, ele dissera quando estavam em Beelitz, vamos ouvir rádio. Sugestões e sugestões alternativas. Bright Eyes, *The Story is in the Soil, Keep Your Ear to the Ground* ela colocou para começar. Antes de botarmos alguma coisa que eu escolher. Ela viera à noite até a casa dele com uma pequena sacola de viagem, dormira com ele (o futon mais mole do mundo) e, depois de um croissant no Letscho, às onze, haviam começado a viagem. Lata velha, disse Nelly no estacionamento do estádio Jahn; mas com CD player, replicou Christian, o que mais você quer? Se não fosse assim aí eu teria ficado em casa, disse ela, e o fuzilou com seus olhos verdes, com seus olhos luminosamente verdes, cor de turquesa.

Ela lia jornal, folheava o *Titan* (eu levo livros tão grossos quanto bem entender), fotografava de quando em vez com a máquina quina nova de Christian pelo vidro baixado até a metade. Christian não perguntava o que, por que, alguma construção qualquer, placas azuis de autoestrada, paisagem ocupada por uma casa aqui, outra ali. Porta Westfalica, ele disse, quando ela apontou para um monumento que aparecia numa encosta além das montanhas do Weser, ou o monumento a Armínio, o grande herói alemão, ele não sabia ao certo. Uma estátua de pedra num pedestal do tamanho de uma catedral — ao passar, sempre o propósito de pesquisar na enciclopédia para um quilômetro depois já ter esquecido de tudo. A batalha de Varo, com ela começou a miséria, cinco páginas de Tácito e você terá noção por que. E ele por acaso lera Tácito? Sim, na escola, obrigado.

— Você ainda sabe latim?
— Rudimentos de rudimentos.
— Quanto tempo estudou?
— Sete anos a mais do que o necessário.

Quando haviam subido o cume de uma elevação (no meio de dois caminhões, o Audi de Jakob já não era mais aquela coisa toda), dava para ver, sobre o verde denso do vale, uma usina, um reator de alta temperatura, respondeu Christian à pergunta dela, mas uma das torres de resfriamento, um cilindro de concreto gigantesco e côncavo, teria desaparecido. Será que havia sido desativada? Será que ela sabia disso? Ou será que ela poderia lhe explicar como um troço daqueles funcionava, por acaso? Alta temperatura, água leve, fissão nuclear.

— Não. Você pode encostar na próxima parada?

Eles estavam sentados no lugar destinado aos piqueniques, um ao lado do outro, sobre um banco bem parafusado ao lado de uma mesa bem parafusada ao chão e comiam as baguetes (a minha com queijo), que Christian havia comprado na banca enquanto ela ia ao toalete. Coca-Cola (para mim light) e barras de chocolate (Lion, por favor). Mais duas horas, ele disse, ou seja, seis horas ao todo, calculou Nelly, depois de olhar para o relógio, de perfil virado para ele.

— E o que vamos fazer hoje à noite?
— Vamos para o hotel.
— E depois?
— Check-in, a palavra é genial. Check-in e check-out, mesmo na pior das bibocas, parece que se está em Dubai.
— Depois, depois, depois.
— Andar por aí?
— Quero fotografar você. Sente-se lá.

Christian do outro lado da mesa, da esquerda, da direita, olhando com raiva, rindo.

— E agora eu vou fotografar você.

Quando Nelly hesitou, ele tirou a câmera das mãos dela. Ela cruzou os braços diante do peito.

— Você não precisa fazer carinha alegre. Não é necessário. Nenhum sorriso, não vale a pena.

Ela mostrou a língua para ele, mas então... o sorriso dela. Que ele amava tanto.

Quando eles, para-choque colado no para-choque, passaram por uma ponte, Nelly leu em voz alta a placa à beira da pista: Ponte da Boa Esperança. Brincando de estar estupefata — o que estavam pensando quando inventaram *isso* —, ela puxou para baixo as comissuras de sua boca.

— Fiz... sim, eu fiz... um poema sobre essa ponte.
— Você escreve poesia?
— Escrevia. Com dezoito anos a gente normalmente é poeta, eu fui... durante dois, três anos. O que você está vendo?
— Lá fora?

Christian assentiu.

— Eu estou vendo... tanques de gasolina bem grandes, hum, refinaria, montes de carvão... que estão tomados pelo verde, em parte, mais montes de carvão esverdeados, uma usina, tubos, tubo,

uma usina química, fábricas no horizonte, mais fábricas, chaminés, postes de iluminação, plataforma, núcleos habitacionais, casas, uma... parece um pátio de manobra de trens, trilhos, trilhos arrancados, sim... basta?
— Chega. Era nisso que consistia o poema.
— Uma enumeração?
— O esqueleto da realidade.
— Muito poética, tenho de dizer. Falta muito pra chegarmos?
— Meia hora.

A saída se encaracolava sobre estacas de concreto para a esquerda, bem acima da autoestrada, passando por uma segunda, que corria paralela ao longo de um trecho para em seguida baixar em uma curva larga até uma terceira que em vinte minutos os deixou na periferia da cidade. Passaram por um subúrbio industrial, por uma floresta, por um bairro cheio de mansões, até chegar a uma rua mais larga, com trilhos de bonde e sua fiação elétrica no alto, na qual Christian entrou. Construções de tijolo de dois ou três andares, cujos jardins eram envolvidos por cercas de ferro forjado, alguma loja aqui e ali (padaria, açougue, *delicatessen*, joalheria que Nelly fotografava pelo vidro aberto do carro), e casas com terraço que tinham sacadas compridas com quebra-luzes que nada deixavam ver lá dentro, um parque bem cuidado, salgueiros, corredores noturnos, um pavilhão. Ao Jardim Botânico. Christian passou a andar mais devagar e olhava para a esquerda. Será que sua memória o traía? Será que era uma esquina adiante, talvez do outro lado?

— Ali há um hotel —, disse Nelly. — E que hotel.
— É esse mesmo —, disse ele e ligou o pisca.

Hotel im Park estava escrito em letras cheias de enfeites numa placa iluminada à altura dos olhos, uma flecha apontava para uma alameda de árvores antigas, mostrando o caminho ao estacionamento. Sedãs azul-escuros e prateados, BMW, Mercedes, Jaguar, um Phaeton azul-escuro. Brilhante, pensou Christian, como se as palavras sedã e brilhante formassem uma unidade indissolúvel. Nelly olhou sobre os ombros para a entrada de um prédio elegante dos anos oitenta, de cinco ou seis andares, onde criados esperavam pelos hóspedes debaixo de um baldaquim.

— Estamos no lugar certo, aqui?

— Mais do que certo.

Ela estava tão surpresa que deixou um dos criados pegar sua sacola de viagem sem oferecer a menor resistência.

Não, ele não tinha cartão de crédito, disse Christian ao chefe da recepção em seu terno preto, só um cartão de banco, mas ele também pagaria o quarto reservado imediatamente, em dinheiro vivo. Se é que isso é necessário. Não, não é, a identidade. Enquanto isso, Nelly olhava o lobby que num dos lados deixava a vista aberta para o parque e um gramado que se inclinava de leve por trás de uma parede de vidros; por todo o lado, sofás de couro e tapetes persas. Tapetes chineses. Arte moderna.

Na porta, o criado enfiou o cartão com chip no aparelho e um diodo verde começou a piscar rapidamente. Christian lhe deu um euro. É assim que se faz. Ou será que não é assim? Quanto será que se dá, normalmente?

— Melhor não perguntar de onde você tirou o dinheiro pra isso.

No banheiro, havia um lavabo de mármore negro com duas pias, no qual a luz das lâmpadas embutidas no teto se espelhava, assim como nos azulejos também negros. Nas torneiras douradas, no box no qual ficava a ducha. Sobre uma bancada de mármore havia toalhas brancas e felpudas e, em cabides de roupa, roupões de banho em cujo bolso frontal estava gravado o nome do hotel naquelas letras cheias de enfeites, *Hotel im Park*. Nelly vestiu um deles e se olhou no espelho que ocupava toda a parede do lavabo. Os cabelos desgrenhados pelo vento. O botão que faltava em sua blusa demasiado aberta. O pingente de sua mãe. Ela tirou seu anel, a gargantilha e voltou para o quarto no roupão de banho. Christian havia se deitado na cama, *king size*, ele disse rindo, se esticando todo.

— Parece feito para você.
— Quanto custa tudo isso?
— Se o seu contador for bom, isso acaba não custando nada.
Ela tocou a cama com a ponta de seu pé.
— Você por acaso... num hotel tão...
— O que, dormir?
Ela sorriu.
— Ou fazer sacanagem?
Ela levantou os ombros envolvidos no roupão de banho e sorriu.
— Eu não. Com que... com que eu poderia começar?

Eles ouviam o rádio do carro. *Downtown*, disse a apresentadora, Petula Clark, os maiores sucessos dos anos oitenta, noventa e o melhor do passado. *Everything is waiting for you*. Atrás de uma cerca alta de traves, o terreno de uma caserna abandonada, portões escangalhados, janelas quebradas. Christian andava em velocidade mínima, a pedido de Nelly, que fotografa o que via no crepúsculo, restos da luz do dia. Se ela ainda conseguia ou não reconhecer algo no visor, ele duvidava, sim, claro, claro que conseguia. Capacidade para mais de trezentas fotos, mecanismo que controlava as tremidas das mãos. Vinham do grupo escolar no qual ele, Jakob e Martin haviam estudado, Nelly o quisera ver e ele não conseguira fazer com que ela desistisse. Entre os lençóis cheirosos daquela cama luxuosa, repentinamente tomado por uma tristeza que o deixava impaciente. Desamparado. Por mim.

Por uma rua que contornava metade da cidade até um amplo complexo com instalações esportivas e ginásio com piscina — no qual ele se recusava a entrar. Suba pela cerca, eu espero no carro. Depois de mais ou menos vinte minutos, ela estava de volta, disse ok, e o que você vai me mostrar agora? Eles não estavam fazendo uma visitação turística, disse Christian, ele, pelo menos, não. Hospitalidade, disse Nelly, e ele: eu também sou visita aqui. Visita ao hotel, visita a um enterro, se é que se pode chamar isso de visita. Como se ele a tivesse contagiado com seu humor, Nelly acabou se calando até chegarem à caserna e ela lhe pedir que reduzisse a velocidade para que pudesse fotografar, uma dúzia de construções vazias. E por quê? Christian estacionou. Na época eles logo haviam ido até ali para olhar, depois da aula.

— O IRA...

Ela se virou para ele, mechas de cabelo no rosto.

— Uma vez o IRA tentou mandar isso aqui pelos ares.

— A caserna?

— Ela era dos ingleses.

— E?

— Detonaram algumas bombas durante a noite. Foi... uma notícia e tanto.

— Alguém perdeu a vida?

Ele estacou por um momento, estava surpreso com a formulação dela.

— Acho que mesmo os danos materiais foram bem baixos. As bombas eram da marca "faça você mesmo".

— O que você quer dizer com isso?

— Nada. Acabou de me ocorrer.

Eles se olharam nos olhos por muito tempo, quase escuro lá fora.

— Logo desconfiaram que havia sido o IRA.

— Vamos comer alguma coisa?

— Que comida você está com vontade de comer?

TERCEIRA PARTE

— Na verdade, não estou com fome.
— Vamos passear um pouco pela cidade?
Ela assentiu.

A zona de pedestres estava às moscas, em lugar nenhum um passante, só um grupo de adolescentes que passaram por eles numa praça, fazendo barulho. Bancos trançados em arame e cestos de papelão e cubas de flores em cimento, ao clarão de luzes arredondadas, luminárias arredondadas, penduradas em buquês, dez ou doze mastros de aço.
Cada um deles tinha uma garrafa de cerveja nas mãos que haviam comprado numa lanchonete, de resto não havia nada aberto. Nenhum boteco de döner[30], de börek ou de lahmacun[31]. Nelly não pedia explicações, tampouco ela as dava. Ela por ela, ele por ele, nada de perguntas, histórias seladas. Será que não precisavam visitar alguém, já que estavam ali, por que escolher o hotel mais caro das redondezas? Quanto tempo faz que não vinha aqui? Por que, por que, por que. Retalhos de filmes que não se estava disposto a colar, num sentido mais profundo, anamnese. Como se assim fosse possível compreender melhor uma pessoa, como se não se fosse nada além de um passado que se foi há vinte, trinta ou cem anos. Uma sombra particular.
Sentaram-se no encosto de um dos bancos e olharam para as vitrines da Kaufhof, cujo prédio dominava uma das esquinas da praça. Nelly segurava a garrafa pelo gargalo, entre o indicador e o dedo médio, e fazia-a balançar para cá e para lá. Bebia, e fazia-a

---
30. Sanduíche turco que se encontra em cada esquina de Berlim. Originalmente feito de carne de ovelha, aglomerada num bolo ao longo de um espeto. [N.T.]
31. Também conhecido por "pizza turca"; feita de pão árabe com um molho bem temperado de carne moída, cebolas e tomates. [N.T.]

balançar de novo. Christian fumava, desde aquele dia no café ela não comentara mais o fato, por ela, ele pensou, ele largaria o cigarro. Promessas que se faz com amor, esperando o quê?

— O que — disse ela de repente, sem olhá-lo — você acharia do seguinte homem?

Que homem?

Ela bebeu e secou os lábios com as costas da mão.

— O homem tem uma mulher e duas filhas, uma das filhas ainda não é tão velha, vamos dizer que tenha oito anos. Eles moram todos numa casa bem grande que a mulher herdou de seus pais, uma família normal. Pode-se dizer que eles não têm nenhum problema mais sério. Certo dia, a mulher sente uma falta de sensibilidade em seu braço, perturbações na vista, sensações de vertigem e vai ao médico. O médico do lugar não sabe o que dizer e a manda pra uma clínica, digamos Güstrow. Ou para o hospital universitário em Rostock, tanto faz. Eles logo ficam sabendo o que está acontecendo com ela, ela tem esclerose múltipla. Você sabe o que...

— Uma paralisia nervosa.

— Os casos são bem diferentes, podem ser mais ou menos inofensivos, mas também podem ser fatais em poucos anos. Tremores, paralisias gerais, paralisia dos músculos visuais, depressões, incisão na traqueia, respiração artificial. E a comunicação passa a acontecer pelos olhos, se é que ainda se pode movê-los. Pois bem, se descobriu isso numa mulher... e que provavelmente é a forma mais grave. Alguns meses, ou talvez, talvez cinco anos. No começo, o homem se preocupa com ela, cuida dela, na medida do possível, ele abriu um negócio e há a filha mais velha, a irmã da mulher e uma enfermeira. Isso quem paga é o instituto de previdência médica e hospitalar, pagam quando se trata de casos assim extremos.

Um gole, secar os lábios.

— Certo dia, o homem diz que conheceu alguém. Isso acontece, mas... ele nem sequer o diz, e sim fica fora de casa à noite cada vez com mais frequência e por mais tempo. Até que um dia, e é a filha mais velha quem se encarrega disso, o questionam a respeito. E ela o faz só porque a mulher já está bem, já quase... ainda que tenha vivido mais dois anos. Pois bem.

Nelly coçou a nuca.

— Mesmo que seja absolutamente previsível, dois anos a mais ou a menos nos quais essa mulher em pouco morrerá, o homem não conseguiu se conter para tornar o tempo que sobrava a ela tão bom quanto possível... depois de mais ou menos, mais ou menos vinte anos de casamento. Mas não é só isso, ele depois inclusive se muda da cidade para uma cidade vizinha, onde mora a sua, a sua amante. Quando ele ligou, ele pela primeira vez não voltava para casa à noite, uma das filhas, aquela que já era maior de idade, logo desligou, era demais para ela, não conseguiu nem soltar um palavrão. Foi o que ela contou mais tarde à sua irmã mais nova. Que aliás ainda não conseguia entender muito bem o que estava acontecendo, tentaram esconder tudo dela, ainda que... isso naturalmente fosse em vão, porque as coisas eram tão claras. No fundo, também não tiveram a menor consideração com ela, quando impediram o homem de continuar tendo qualquer tipo de contato. Não perguntaram a opinião dela. Demorou anos até que o nome do homem voltasse a ser dito naquela casa, questões de herança e assim por diante. Até enfim ser permitido de novo falar no nome dele.

Ela esticou uma das pernas sobre o banco, depois alongou as costas.

— Mas isso são detalhes que na verdade desviam da história em si. Você é capaz de imaginar alguém assim? Um homem descarado desse jeito? O que... o que você acha de um homem assim?

— É um patife — disse Christian.

— Sim — disse Nelly —, é o que eu também acho.
Ela esvaziou a garrafa e a jogou na praça, longe, onde ela se quebrou fazendo barulho.

A imagem da televisão iluminava parcamente o grande quarto do hotel. Christian estava sentado na cama, apoiado ao travesseiro e mudava de canal para canal, cantores mudos, vendedor de frigideira, propagandas de sexo por telefone, documentários em preto e branco. Já passava das duas e ele ainda não conseguia dormir. Nelly estava deitada de bruços ao lado dele, sua respiração era o único ruído que podia ser ouvido.

Como se ele tivesse se retirado completamente para seu interior, para as regiões mais profundas de si mesmo. Já pela manhã, durante o café (uma mesa extra para hóspedes japoneses com arroz, sopa e algas), ao folhear um dos jornais que estavam jogados em pilhas por aí. E ainda mais profundamente durante a cerimônia no cemitério, nos dois discursos, quando eles se aproximaram em silêncio do túmulo. Pai e mãe e avó na primeira fila, cheios de lamentos.
Ela fizera questão de acompanhá-lo, não queria saber, iria junto. Observava Christian, sem que ele o percebesse, desde a entrada na sala de velório até o fim, quando ele pegara a pá e jogara terra sobre o esquife, apertara as mãos dos parentes, murmurando meus pêsames. E cumprimentara de volta com um aceno de cabeça a alguém cujo gesto (nós nos encontramos logo na saída), ele ignorara. Mais uma vez completamente mergulhado em si mesmo, um núcleo de recordações e sentimentos. Consigo, sozinho. Em que medida se pode estar sozinho?

TERCEIRA PARTE

Depois de tudo ter passado, ele pegara a mão dela e dissera, vamos embora daqui; quando chegaram ao carro, pedira se ela não queria dirigir. Melhor você fazê-lo, respondeu ela, eu quero tirar umas fotos.

A energia de impacto é de três toneladas. Um cilindro de aço maciço que possui uma peça sobreposta em forma de disco, via de regra preta, dezesseis quilos de peso. Uma empunhadeira protegida de estilhaços, na parte de trás onde fica o suporte, que se parece com o apoio de ombro de um fuzil automático. O ímpeto do impacto explode qualquer fechadura, quebra qualquer folheado, destrói até mesmo portas com blindagens internas; portas de prédios antigos voavam das molduras como um pedaço de papelão compacto quando eram atingidas pela força de um golpe daqueles.

O chefe da tropa levanta o braço e olha em volta à procura de seu pessoal — nos degraus entre as escadas, à esquerda e à direita da entrada. O homem que está bem na frente respira e segura o ar para em seguida expeli-lo numa explosão condensada de energia. Ele tem os joelhos levemente dobrados, o golpe pesado firmemente em seus punhos. O braço cai e — ataque.

Eberhard Seidenhut, que estava em pé com Oliver Damm lá em baixo, no saguão do prédio, conhecia bem esses procedimentos. Olhou para o relógio, segundos depois das seis, quando de uma hora para outra um estrondo monstruoso ecoou fazendo Damm, que estava a seu lado, estremecer; estavam tomando o lugar de assalto. Entrar em ziguezague pela porta, descobrir as posições do inimigo (que nesse casso provavelmente estivesse dormindo — não se sabia), tirar do caminho móveis e outros obstáculos (chutando-os, empurrando-os), arrancar tudo que pudesse impedir a vista (como por exemplo cortinas), berrar alto para aproveitar os efeitos do choque. Mãos ao alto (para o chão, bico calado). Em seus equipamentos, os funcionários pareciam cavaleiros medievais, capacetes de titânio, viseiras de policarbonato para neutralizar projéteis, debaixo das quais usavam toucas pretas, coletes de kevlar estendidos corpo abaixo através de placas enfiadas por trás da proteção (da genitália). P 7 da Heckler & Koch, radiotransmissores no capacete, spray de pimenta caso fosse necessário, na medida do possível não fazer uso de arma de fogo. Naquele dia, ao que tudo indica, um procedimento de antemão inútil, já que eles por certo estariam dominados antes mesmo de poder gritar um ai.

Ruídos metálicos, gritos que chegavam pouco nítidos até ali embaixo, depois passos pesados nos degraus. Polícia, fiquem em seus apartamentos. Informavam que o alvo estava seguro, dois suspeitos haviam sido detidos.

— Vamos subir — disse Seidenhut —, e ver a coisa de perto.

Provas materiais, pensou Damm, discos rígidos, papéis, cadernos de notas, pastas, celulares, que serão carregados num furgão e levados para o departamento.

Ao lado de uma cama rasa e ao que parece construída pelo próprio dono, estavam deitados, em roupas de baixo, um homem e uma mulher cujas mãos estavam presas às costas por algemas de plástico, o homem berrava sem parar: soltem, me soltem, parem com isso, grávida, ela está grávida; a mulher soluçava, muda. Colocaram-na de pé, ela dobrou os joelhos, mas conseguiu se conter e não cair. Pululavam de homens naqueles trajes marciais, alguns haviam levantado a viseira, chiado de radiotransmissores saindo de seus capacetes, a devastação nos dois quartos era enorme. Enorme para tão pouco tempo, pensou Oliver Damm, no máximo um, dois minutos. Eles foram levados embora, o homem tentava se defender, se virava para lá e para cá — coisa que não lhe ajudava em nada, algemado e aos cuidados de especialistas como estava.

TERCEIRA PARTE

Apertos de mão, uma piadinha de Eberhard Seidenhut e, às seis e trinta, Oliver Damm começou seu trabalho.

No porão, outros botavam mãos à obra, arrombando o tabique de madeira com o velho armário de cozinha. Produtos químicos hermeticamente fechados, rolos de arame, um extintor de incêndio vazio. Como alguém pode ser tão leviano, pensou Seidenhut, ao se despedir do grupo de ataque para voltar ao escritório.

Nelly tinha o mapa da cidade meio dobrado sobre os joelhos e lhe dizia a direção que devia seguir. Aquela tinha de ser a rue Lecourbe, disse ela, tentando ver depois de uma placa indicativa, é a rue Lecourbe, e depois de uma praça você tem de dobrar à esquerda. Ela ergueu o mapa e virou-o. Virou a cabeça e o corpo na mesma direção e em seguida voltou a olhar para a frente. Como se quisesse gravar fisicamente o percurso, um modelo abstrato de retas e curvas, ajustar os cílios de seu senso de equilíbrio. Virar toda à esquerda, ela disse, talvez também seja uma rotatória, há várias ruas saindo do mesmo lugar. Quando, no final de uma larga alameda, um edifício branco parecido com uma igreja com uma cúpula alta passou por seu campo de visão, ela exclamou: a Catedral dos Inválidos, agora para a esquerda, esquerda, esquerda, esquerda, e eles entraram numa rua no meio da qual corriam os trilhos do metrô suspenso, o boulevard Garibaldi, que uma sequência de hotéis margeava do outro lado, placas de neon lá longe, ela estendeu o braço por cima do volante depois de mal terem andado cem metros, ali está, Roby.

O africano na recepção pareceu ficar surpreso quando Christian mencionou seu nome, apontou para Nelly e para si mesmo e disse que havia um quarto reservado para eles a partir de hoje. Não há? *Monsieur* Eich, o rapaz franziu a testa, olhou para ele, olhou para Nelly, mas depois assentiu e pegou uma chave da tábua a suas costas. Uma chave com um chaveiro triangular de metal no qual estava escrito o número do quarto, *quarante-deux*, no quarto andar, o elevador ficava logo depois da esquina. E a ficha, pensou Christian, não era preciso preencher fichas ali? Parecia que não.

Apertado, tudo era apertado e cheio de ângulos e quinas, o elevador mal dava para duas pessoas, o corredor tão estreito que foram obrigados a caminhar um atrás do outro até a porta do quarto.

— Você quer abrir?

— Abra você.

Mas não estava trancado; à direita, junto à parede, uma cama; em frente, duas janelas; e ao lado um banheiro de azulejos alegres e claros, até mesmo uma banheira. Nada mal.

Nelly jogou sua bolsa de viagem sobre a cama e abriu uma das janelas, elas tinham grades na parte inferior, balaustradas baixas, como é obrigatório nas janelas de quartos de hotéis em Paris. Christian envolveu os quadris dela com um braço.

— O que você está vendo?

— Vejo prédios... prédios com mansardas e chaminés, sistemas de chaminés... árvores, muitas árvores, uma ponte de ferrovia com arcos, arcos de ferro que passam por cima de um cruzamento... e um céu azul, não, um céu já meio noturno, não mais realmente azul, e também vejo... é como num cartão postal, não é?

— Tem de ser assim.

— Por cima dos telhados retos, vejo a torre Eiffel, num quarto de hotel verdadeiro de Paris eu vejo a torre Eiffel verdadeira de Paris. Um cenário. Nada de cenário.

O telefone tocou. Christian se sentou na cama e ergueu o fone — *oui*. Ele sacudiu a cabeça.

— Não me disseram isso.

Ele olhou para Nelly que recuara da janela e o observava.

— A senhora... ela é minha mulher.
Ela sorriu e o cutucou de leve com o pé.
Ele disse mais uma vez *oui* e botou o fone no gancho.
— Idiotas.
— Eles perguntaram quem eu sou.
Eles devem jogar todos no mesmo saco, ligação direta com o quartel-general.
— Você deveria ter vindo sozinho.
— Mas não vim.
— E agora?
— Ou aceitam isso, ou nós pelo menos estivemos em Paris.
— Torre Eiffel diante da janela — disse Nelly. — Como deve ser.
— Minha sugestão é procurarmos alguns internet-cafés para amanhã. Comer alguma coisa.
— De acordo. Vamos lá.

Depois de uma olhada no mapa, decidiram descer o boulevard Montparnasse, passaram pela área verde que se estendia diante da Catedral dos Inválidos (isso são plátanos, disse Nelly), na rue de Sèvres passaram por um espigão de cimento que abrigava um hospital, Hôpital Necker – Enfants Malades, até enfim, de mãos dadas, serem envolvidos pelo barulho e pelo empurra-empurra do bulevar (que naturalmente era tão largo quanto se esperava, na condição de turista). Viram bistrôs, supermercados, estacionamentos, uma batida com danos superficiais num semáforo, mas nenhum internet-café, nada que fosse parecido com aquilo que conheciam em Berlim. Qualquer banca de jornais em Kreuzberg tinha internet, disse Nelly, uma questão de estilo de vida.

— Quanto mais rica a cidade, quanto mais abastado o bairro, tanto menor o número desse tipo de cafés — disse Christian, era o que ele acreditava, a negação da esfera pública por parte da burguesia, entrava-se na internet no escritório ou se tinha banda larga em casa.

— Vamos tentar amanhã cedo, na universidade. Onde há estudantes, há computadores e internet.

— Na Sorbonne?

— Em volta da Sorbonne.

— Vamos subir até lá? — disse Christian, e apontou para a rua.

— Sempre dá pra subir em algo assim.

Além de uma praça, havia um edifício com jeito de torre, um arranha-céu que suplantava em muito os telhados dos outros prédios, um monólito escuro com uma fachada marcada por uma quantidade incontável de janelas.

Nelly abriu o mapa da cidade, Tour Montparnasse, ela leu, com certeza seria bem caro.

— Isso vamos ver.

Para chegar ao caixa, tiveram de passar por um centro de compras, galeria Lafayette, um elevador expresso até o quinquagésimo nono andar custava oito euros. E quase ninguém na fila de espera.

— Eu tenho dinheiro — disse Christian.

— E de onde você o tirou? Se é que eu posso perguntar.

— Em que se baseia o capitalismo? Na culpa. Culpa que se tem de viver, culpa que se precisa para viver. Lei cinética número um. Lei cinética número dois, que a gente acumule culpa o máximo possível, de modo que não se consiga mais levantar. Trabalhar, trabalhar até a cova. Quem não tem trabalho real, faz algum trabalho espiritual na leitura diária do esgoto publicado na imprensa. Devoções eletrônicas no contêiner. Quem dá motivo para a menor esperança é disputado calorosamente. Nenhuma doença hereditária, limpo, capaz de alto desempenho e enfiam o dinheiro em seu bolso com bastante rapidez. Para que também você se torne parte da devota comunidade internacional. Da classe deficitária do mundo. Mais ou menos assim.

— Então pague — disse ela.

A torre Eiffel parecia pequena lá de cima, minúsculos os blocos de La Défense atrás dela, e a cidade em volta como o modelo em brinquedo de uma cidade, quase como se estivessem olhando de um avião para os prédios e ruas. Linhas de luz de postes de iluminação e faróis de carro, entre os quais pontinhos vermelhos se acendiam às vezes, no céu do lado oeste uma faixa alaranjada se desfiando que ainda separava o dia caindo da noite que chegava. Ventava no terraço aberto, ainda que lá embaixo não houvesse uma brisinha sequer. Turbulências mais leves em camadas mais altas.

— Onde está nosso hotel? — perguntou Nelly, ambos os braços em volta dele.

— Ali — disse Christian —, ou ali, ou ali.

— Bonito, não?

— Extraordinário.

— Assim, sobre o mundo.

— A meio caminho do universo infinito.

— O que vamos fazer amanhã? Quero dizer, se não entrarem em contato com você.

— No Musée Maillol há uma retrospectiva de Basquiat. Andar por aí. No Château Rouge há um mercado africano. No Palais de Tokyo.

— Quem é Basquiat?

— Um pintor. Um pintor morto. *Live fast, die young.* Eu gosto dele. Ou podemos ver isso depois de amanhã.

— Ou depois de depois de amanhã.
— O que você gostaria de fazer?
— Não sei — disse Nelly (será que é violação dos mortos se a gente for ao prédio de onde ele se atirou, voyeurismo?) — gosto de andar por aí.
— Isso é fácil, vamos andar amanhã até encontrar um maldito internet-café.
— Está com a câmera?
— Esqueci no hotel, merda.
— Dá só uma olhada.
— Estou vendo.
Uma chuva de raios coloridos saltava pela torre Eiffel, acima e abaixo, desenhava a forma triangular das barras no lusco-fusco, relampejando e faiscando, durante minutos.
— E agora, o que mais ainda pode acontecer?
— Não sei — repetiu Nelly, e o beijou.

Na sala do café da manhã, cujas paredes eram forradas com um papel discretamente floreado, mesas com pés de aço e toalhas de papel verdes, eram os únicos brancos, os outros hóspedes eram, em sua maior parte, mulheres usando roupas de cores intensas que conversavam em francês e inglês ou em línguas africanas, pastas e laptops a seus pés e, conforme dava para entender, eram delegadas de uma conferência da UNESCO, cujos edifícios marcados em vermelho no mapa da cidade ficavam uma quadra ao sul. Era impressionante como rapidamente se pode fazer parte da minoria; como no ônibus que, a caminho do Harlem, vai perdendo seus passageiros brancos de parada em parada até que no lado norte do Central Park você é o último. Enquanto comiam seus croissants, ele contou a Nelly a história daquela viagem de ônibus, do medo que ele sentira na primeira vez, ainda que seu amigo Paul lhe tivesse garantido que não havia o menor perigo, que tudo era nada mais do que imputações e projeções.

Paul era eslavista, ele disse.

Por que ele não poderia conhecer um eslavista em Nova York? Era apenas uma pergunta.

No boulevard St. Michel, perto da universidade, depois de uma caminhada de quarenta e cinco minutos, eles enfim descobriram pouco antes das onze o que procuravam, era uma filial daquela cadeia de *lan houses* chamada Easy, pintada por dentro e por fora na cor salmão. Nelly fotografou Christian num dos terminais — nenhuma mensagem.

No caminho, Christian olhara em volta discretamente algumas vezes, mas nada lhe chamara a atenção, ninguém que, a seus olhos, parecesse estar seguindo-o. Mas provavelmente ele não o teria percebido se fosse o caso, aquilo era um jogo de criança para eles.

— Quais são as opções que nós temos?

— Museu, ou primeiro ao Château Rouge. Uma sugestão do senhor professor Brenner.

— Vamos aceitar a sugestão.

— Ali em frente há uma estação do metrô.

Ao lado da entrada da estação, no boulevard St. Germain, havia uma grande loja de revistas em quadrinhos à qual Nelly o seguiu resistindo, eu achei que nós íamos ao mercado, o que custa para você dar apenas uma olhadinha? Indócil entre as prateleiras, enquanto Christian folheava os álbuns, até ela dizer:

— Se você não vem junto eu vou sozinha —, bastante decidida.

— Desculpe.

— Às cinco você precisa voltar para a internet.

— Vamos conseguir.
— Hoje é dia 27, não?
— Pelo menos segundo o calendário.
— Um momento — disse Nelly, e pegou seu celular da pequena bolsa de couro que ela carregava cruzada em frente ao peito. Ela discou um número e se virou um pouco para o lado. Apesar do trânsito no cruzamento, ele conseguiu ouvir o que ela dizia, era uma tia à qual ela dava os parabéns pelo aniversário. A irmã da mulher. Sim, disse Nelly, festejem bastante, eu agora não posso falar muito. Sim, tchau.

Eles estavam parados junto ao balcão de um café simples e tomavam expresso e Orangina. Diante da porta aberta, numa rua estreita de prédios baixos, o mercado, uma agilidade barulhenta no ato de comprar e negociar nas proximidades de estandes lotados de frutas, legumes e temperos. Negócios de importação e exportação, aparelhos eletrônicos baratos como se tivessem saído do bojo de um parque temático, vendido como se fosse Paris, e chegado a um outro continente, rostos árabes, africanos, um ambiente enfumaçado com jogadores de cartas, leitores de jornal em escritas desconhecidas (cambojanos?), homens mais idosos que fitavam o vazio, um bêbado cuja cabeça havia afundado no tampo da mesa. Serragem sobre o chão, papelotes de açúcar rasgados.
— Você nunca fumou?
— Nunca fui tão burra — disse Nelly e deu uma bicadinha no expresso. Ele vai esfriar se você demorar tanto para bebê-lo.
— Você sabe o que significa codependência?
Ela negou.
Uma história que ele queria ter contado desde a noite em que estavam na zona de pedestres, ou seja, desde a noite de anteontem,

mas de repente não conseguira mais. Quando ele fizera a pergunta. Um homem, uma mulher, uma filha.

— O que é isso?

Coisas que voavam das janelas fechadas para a rua. Naquela região isso pouco importava.

— Eu só tive assim uma ideia.

— A gente não tem ideias *só assim*.

— Eu sim. Uma ideia aparece e logo depois volta a desaparecer.

— Isso se chama fugir dos próprios pensamentos e tem de ser tratado.

— Isso se chama de imaginação fértil e imaginação fértil não é uma doença.

— Você conseguiu continuar seu romance?

— Na verdade, não.

— Você ainda não me deu nada para ler. Ainda que tenha prometido.

— Eu cumpro minhas promessas.

A prova disso ainda precisa ser dada, pensou Nelly, promessas nas quais se trata de tudo. Nada mais tinha importância, importância verdadeira, genuína, profunda.

— Quando estivermos de volta em Berlim eu lhe mando todos os arquivos.

— Esperarei.

— No mesmo dia.

— Esperarei.

O barman perguntou se eles ainda queriam alguma coisa. Não, ela não, disse Nelly, e sorriu com cortesia. O braço do bêbado estava pendurado, frouxo, abaixo do tampo da mesa. Na mesa ao lado, estavam jogando gamão.

— Não íamos ao Palais de Tokyo?

Ela tirou o mapa da bolsa na qual não cabia mais nada a não ser o mapa da cidade, um celular, um pacote de lenços de papel. Cédulas soltas.

As linhas corriam tortas e oblíquas como se uma mão trêmula as tivesse desenhado sobre a rede de ruas. Não podia ser reconhecido um sistema, nenhum ângulo reto. Como se quisessem dificultar a orientação a estranhos, dobras, a fim de que as trajetórias se perdessem por um detalhe. Encontrar o caminho mais rápido, uma tarefa de ginástica mental no país do racionalismo.

Três alas de edifícios em volta de um pátio interno com piso de lajes de pedra cinza claro, do qual as escadarias que alguns skatistas de vez em quando tentavam saltar com suas pranchas levavam a uma rua junto à margem do Sena. Ouvia-se o ruído das rodas, o estalo da aterrissagem, um som rascante quando caíam e seus skates resvalavam pela calçada. Dar um jeito de levantar e voltar ao ponto de partida passando pelas janelas que chegavam ao teto da cafeteria. Chegar até o teto significava que tinham dez metros de altura, aquele classicismo monumental dos anos trinta (do século passado), pisos de mármore cinza-azulado, colunas angulosas, parapeitos imponentes nos quais se refletia a luz de tubos de neon pendurados abaixo do hoje exposto teto de cimento, canos de abastecimento expostos, encanamentos de gás e de eletricidade. Tudo aberto para a apresentação de arte contemporânea, o esqueleto profano de uma intimidação arquitetônica.

Enquanto eles passavam pela exposição (*Alors, la Chine?*), Christian sentira como a rejeição de Nelly ia aumentando cada vez mais, seu corpo tenso que não expressava nada mais do que a irritação crescente. Podiam ser vistas fotografias, instalações e vídeos. Trens repletos de trabalhadores se deslocando, canteiros de obras em Xangai, minas em paisagens lunares, prostitutas num clube noturno, um caixote de vidro longo no qual havia condecorações, comendas, insígnias e brinquedos de criança da época de Mao, arranjados em torrões de metal e respingados com cera de vela e tinta. Massas de pessoas em estações ferroviárias, carregando suas parcas posses em trouxas gigantescas sobre as costas, cento e vinte milhões, conforme um texto explicava, pinturas estranhas com membros superdimensionados e algumas esculturas de animais de pelúcia e lixo que, assim como todo o resto, eram de formandos da academia de artes de Pequim, quase nenhum deles com mais de trinta anos.

Eles sentaram nos bancos de plástico da cafeteria em frente e ficaram calados. Nelly olhava pelas vidraças da janela para fora, onde os skatistas tomavam impulso, incansáveis, a fim de dar seus saltos sobre os degraus da escadaria. O que há, pensou Christian, quem fez alguma coisa a você? Eu? Porque fui eu que quis visitar essa exposição ou foi alguma outra coisa, o mundo, a situação na China, esse tipo de arte, o ambiente, as pessoas, o tempo bom, me diga. Mas Nelly nada disse, uma perna sobre a outra, os braços cruzados diante do peito. Já em Château Rouge, ele pensou, os primeiros sinais da mudança de humor dela. Como se fosse uma lei natural das viagens a dois, o humor de Carolin em Istambul, quando saíram do palácio Topkapi. Uma palavra errada.

— Não — disse Nelly (quase vociferou, na verdade), quando ele lhe perguntou se ela queria que ele lhe trouxesse algo do bufê; Christian pegou uma Coca-Cola e um bolinho para ele.

Será que fora por que ele não lhe mandara o romance e ela se lembrara disso há pouco? Coisa que ela talvez tenha entendido como uma deslealdade, como se um juramento tivesse sido quebrado. Sim, era sim para ela, e não, era não, lamento, acabei esquecendo de tudo no suor e na agitação das últimas semanas. Ela abriu um fecho de sua bolsa e puxou de dentro de um bolso anexo um pequeno bloco de anotações encadernado em tecido, uma caneta minúscula, e escreveu alguma coisa. Leu alguma coisa que estava escrita na caderneta e depois voltou a guardá-la junto com a caneta. Um som alto o suficiente para que ele pudesse identificá-lo como um torpedo chegando. Nelly manuseou o celular e Christian percebeu como ela começou a tremer. Como se encolheu por um momento sobre o banquinho, como se a mensagem a chocasse muito; ela levantou os olhos, leu o texto mais uma vez e depois desligou o celular. Guardou-o na bolsa que em seguida ajeitou energicamente junto ao corpo. Como se não fosse possível chegar até ela, ajudá-la. Suas mãos agarradas à correia da bolsa, ela parecia estar se contendo, a cor voltou ao seu rosto. Mas seus movimentos continuaram instáveis, olhar para lá e para cá, ajeitar os cabelos atrás das orelhas, abrir a bolsa e ligar o celular mais uma vez. Será que era hora de ir, Christian perguntou.

— Quero ir pro hotel — disse Nelly.

Ela sabia que ele ainda tinha de entrar na internet, já eram quase quatro horas.

— Eu vou na frente.

O café de hoje pela manhã ficava no caminho, ele viria atrás.

Nelly estava sentada sobre a cama, envolvendo as pernas com os braços, as janelas bem abertas.

— Nada — disse Christian. — *No message no cry*.

O celular dela estava sobre o criado-mudo.

Ele tirou seu casaco e o pendurou no armário ao lado da porta de entrada. Nelly continuava abraçando os joelhos. Ele se sentou na beirada do colchão. Não me toque.

— Eu vou junto — disse ela em voz baixa.

TERCEIRA PARTE

Ainda que ele soubesse o que ela estava querendo dizer (oh, Nelly), Christian perguntou:

— Você vai junto aonde?

— A essa entrevista.

— Eu acho que...

— O quê?

— Que você não pode ir junto.

Ela balançava para a frente e para trás, o colchão (ele) se embalava junto.

— Nelly, por favor.

— Nelly, por favor. Nelly, por favor. — Ela balançou com mais força, Christian se levantou e foi até uma das janelas. — Eu vou junto.

— Você está doida.

— Por que você está me ofendendo?

— Eu não estou ofendendo você, nem um pouco. Existem combinações. Caso você não saiba disso.

— Que tipo de...

— Merda que eu sou?

— Muito pior. Um deturpador profissional de fatos.

— Antes de eu conseguir deturpá-los, eu primeiro tenho de encontrá-los. Descobrir e deturpar são duas... são duas coisas bem diferentes.

— Pior ainda — se embalando com os joelhos abraçados —, você suga as pessoas. E depois vende isso como uma história.

— Algumas pessoas gostam de ser sugadas. Elas entregam seu sangue a mim por que querem.

— Porque não sabem fazer outra coisa. Porque foram encurraladas.

— Primeiro, eu não encurralei ninguém. Segundo, não estou encurralando ninguém. Terceiro, na verdade se trata de... —

Christian deu uma batidinha no maço de cigarros que estava no bolso de sua calça para tirar um de dentro dele, acendeu-o e soprou a fumaça pela janela — terceiro, qual é a acusação?

Uma gota (que gota?) que faz a tigela (que tigela?) transbordar. Um dia em Paris, fotografias de trabalhadores se deslocando, a lembrança de um arquivo não enviado. As solas dos pés de Nelly se tocavam, ela alisou a saia sobre as coxas encostadas ao colchão; enfiou o pingente na camiseta; sacudiu a cabeça como se não estivesse entendendo. Por que isso é tão difícil? Será que sou a única que ainda percebe alguma coisa?

— Ninguém foi obrigado a se encontrar comigo. Eu não estou me aproveitando de ninguém. Trabalho seguindo as condições que *me* são impostas, isso você sabe tão bem quanto eu.

— E depois disso até logo e a coisa está resolvida. O que acontecerá com essas pessoas não importa nem um pouquinho.

— *Essas pessoas* são pessoas que sabem o que fazem, o que fizeram e por que o fizeram. Elas não pediram ajuda, portanto nem sequer posso deixá-las na mão. Traí-las ou chantageá-las. Ou o que quer que possa ocorrer a você.

Ela olhou para ele, furiosa.

— Não sopre a fumaça dentro do quarto.

— Eu estou soprando a fumaça pela janela.

— Mas mesmo assim estou sentindo o cheiro.

Christian jogou o cigarro aceso na rua, Nelly usou as pontas das mãos para se abanar.

— Não exagere.

Ela estacou em meio ao movimento, depois baixou (em câmera lenta) o braço.

— Pessoas que arriscaram alguma coisa — disse ela, tranquila.

— E o que você está arriscando, você e seus iguais?

— Não sei o que eu deveria arriscar. Mas... imagino que...

— Você imagina algo, oh, que bom.
— Quer dizer então que é proibido entrevistar alguém?
— Como... como todos esses artistas, tudo farinha do mesmo saco.
— Quer dizer que é proibido...
— Nada é proibido —, ela gritou. — Eu não proíbo ninguém de fazer nada.
— Mas é nisso que acaba resultando isso que você diz. Proibição de imagens, proibição de representações, já tivemos o bastante no que diz respeito a isso, obrigado.

Nelly resvalou, usando os punhos cerrados, até a beira da cama e enfiou os dedos nas tiras de suas sandálias.

— Daqui a pouco os artistas vão pendurar plaquinhas em seus trabalhos: atenção, irregularidade, eu sou contra, isso é terrível, tenebroso.

— Você é um desses cuzões.

Ela deitou a testa sobre as palmas das mãos.

— Eu gostaria de saber do que você me acusa.

Ela atou as tiras de suas sandálias em volta dos tornozelos.

Quando ele quis se sentar ao lado dela, Nelly o afastou.

— Estamos falando da prática? Problemas do trabalho prático?

Ela levantou a cabeça e olhou para ele (sentindo pena, Christian pensou).

— Você não tem a menor ideia do que significa prática. Simplesmente vem atrás... atrás e suga seu mel das pessoas.

— Isso depois de vinte e cinco anos, claro.

Ela agora estava em pé diante dele, à distância de um braço.

— Não dá, Nelly.

— Assim não se suja as mãos.

— Sem querer —, disse Christian, escárnio na voz, como se agora fizesse questão de magoá-la — os imbecis acabam sujando as mãos.

Ela fixou a região no pescoço dele, seus maxilares rangiam um sobre o outro, dava para ver com nitidez.

— Seja artista, seja jornalista. Todos procuram suas vítimas. Importante é apenas que elas não o percebam cedo demais.

O golpe dela veio tão rápido que ele não conseguiu mais se desviar e a mão o acertou de lado na cabeça. Ele a empurrou sobre a cama, bata, bata em mim, ela berrou, e tentou chutá-lo, lágrimas de raiva nos olhos.

— Material — disse ele. — Para histórias que não caem no colo. Material bruto, massa de modelar, isso nunca foi diferente. A única diferença é que épicos heroicos hoje se tornaram mais raros, é preciso aprender a viver com as suas próprias derrotas e com as dos outros.

Nelly levantou de um salto, correu ao banheiro e bateu a porta atrás dela. Ele ouviu a chave girando na fechadura. Depois de um momento, Christian a seguiu e bateu na porta. Nenhuma reação.

— Não foi isso que eu quis dizer. Nelly.

Ele ficou à escuta, nada.

— Saia daí, me perdoe.

Ela rasgou papel higiênico do rolo e limpou o nariz.

— Por favor, saia daí, isso que eu disse há pouco... isso foi bobagem.

— Vá embora.

Christian foi até a janela e tentou em vão, curvado para a frente, ver dentro do banheiro. Acendeu um cigarro e soprou a fumaça no ar livre. Depois se sentou na cama de pernas esticadas.

— Nelly — chamou ele — saia daí.

— Me deixe em paz.

Ela ficou no banheiro e estava lá já havia meia hora. Ele já pegara o celular dela do criado-mudo uma vez, mas em seguida colocara-o de volta. Agora ele apertava o botão com o símbolo da caixa de correspondência, depois sobre mensagem, depois caixa de entrada, e depois em Jan: *onde vc está? a polícia revirou tudo, fique longe, não telefone.* Christian olhou para a porta atrás da qual ela se escondia. Botou o celular de volta, levantou, e bateu mais uma vez.

— Você não acha que precisamos conversar?

Nenhuma resposta.

— Posso ajudar em alguma coisa?

O que foi que a polícia revirou, por que ela deveria ficar longe?

— Você gostaria de ficar sozinha?

Ele não a entendeu.

— Não entendi o que você disse.

— Me deixe sozinha algumas horas.

Nelly, me conte a história, me deixe ajudá-la.

— Você quer que eu traga alguma coisa? Para comer, ou algo assim.

— Não.

— Então vou sair agora.

Não telefone, fique longe.

Quando ele voltou, ao anoitecer, ela estava deitada, enrolada no lençol como uma múmia, e dormia. Fazia de conta que dormia, mas suas pálpebras se mexeram à luz pálida de uma lâmpada que Christian acendeu do seu lado da cama. Ele não dirigiu mais a palavra a ela, se encobriu parcialmente com o cobertor de lã que Nelly havia lhe deixado. Fique longe, não telefone, polícia. O que significa isso? Ele desligou a luz e olhou para fora, pela janela aberta. Três, quatro silhuetas que se moviam na mansarda do outro lado da rua. A ponta iluminada da torre Eiffel acima dos telhados.

Nelly queria continuar dormindo (ela murmurou), Christian desceu sozinho para beber um expresso na sala do café da manhã. Um pouquinho de leite, obrigado. Na mesa ao lado, diante de um laptop aberto, três mulheres, três membros de uma delegação, uma delas usava um lenço colorido e brilhante em várias camadas bem alto em volta da cabeça. Não demorou muito e o recepcionista apareceu na porta, fazendo um sinal para que ele se aproximasse. No balcão da recepção, um telefone, *Monsieur Eich, oui.* Que ele por favor viesse até a área verde diante da Catedral dos Inválidos, agora, sem demora. Vamos lá. Christian subiu e acordou Nelly, que havia adormecido de novo. Ela ficaria no hotel, não sabia, estava cansada. Ele enfiou um gravador no bolso e se pôs a caminho.

Isso são plátanos, ela dissera, duas fileiras de plátanos que bordejavam um canteiro de grama alongado, ao final do qual se erguia a catedral que não era uma catedral, pensou Christian, o túmulo de Napoleão, ou será que era uma igreja? Por algum tempo, caminhou num dos trilhos à beira do gramado para cima e para baixo e, quando nada aconteceu, sentou-se num banco, dez minutos, vinte minutos. Será que o observavam de um dos prédios à esquerda ou à direita? Para ver se ele estava sozinho, quanta paciência ele tinha. Sem telefonar enquanto esperava, sem se comunicar com alguém, com Nelly, e lhe garantir que lamentava muito, que se desculpava pela briga (o que foi que a polícia revirou, afinal de contas?), que ele a... que ele a amava. Começou a ficar nervoso, uma impaciência estranha que não vinha da espera, mas ficava cada vez maior dentro dele. Depois de quarenta e cinco minutos, seu celular tocou, informaram-lhe curto e grosso que ele deveria estar num café em Belleville em uma hora, rue du Temple, Le Jean Bart. Desligar o aparelho e não ligá-lo mais. Nelly. Ele foi tomado pelo medo de que ela não estaria mais ali quando ele tivesse terminado a entrevista. Pelo medo de que eles não se veriam mais. Correu o meio quilômetro de volta ao hotel — Nelly estava sentada na sala do café da manhã e conversava com uma das africanas. Não, ela ainda não sabia o que faria durante o dia, talvez fosse a uma exposição, talvez a outro lugar, por mim, disse ela depois, podemos nos encontrar às cinco, nesse café. Ele escreveu o nome da rua que lhe haviam mencionado, numa das páginas de seu caderno de anotações, mais o nome do café, e a rasgou. E ela viria mesmo? Mas claro, disse Nelly, era isso que eles estavam combinando.

Antes de entrar no metrô, Christian comprou um mapa da cidade na banca e procurou a rue du Temple. Estação Belleville, era lá que ela começava, e terminava na place de la République. A rua não muito larga estava lotada de pessoas e carros, de coisas, de mercadorias que brotavam de dentro das lojas para cima da calçada. *Libre service*, ofertas especiais, tabuleiros de bugigangas em volta dos quais a clientela se empurrava; nas placas, letras árabes, chinesas, sinais gráficos, Kohinoor Textiles (tecido para sáris), Boucherie Tizi Ouzou, Shalimar Bazar. O café tinha uma marquise vermelha sobre a qual estava escrito Le Jean Bart, em letras maiúsculas amareladas; na fachada envidraçada para a rua estava colada, em letras vermelhas e azuis, a palavra *LOTO*; ao lado, *SALLE CLIMATISEE*.

Rapido Live era o nome do jogo nas duas telas abaixo do teto para as quais muitos dos clientes levantavam os olhos, as cédulas de jogo enfiadas em copos plásticos no balcão da tabacaria e do bar (*cochez 8 numéros*, ao que tudo indica uma espécie de bingo, campos de números a serem marcados), o piso do café estava coberto daquelas cédulas. Christian encontrou uma mesa livre, imitações de painéis de madeira nas paredes e, ao lado de um espelho, um quadro vistoso com a inscrição: *Etablissement protégé par système de vidéo-surveillance.* Ele olhou em volta, mas não conseguiu descobrir câmeras, no entanto era melhor acreditar, é possível até que isso fosse necessário ali. Atrás do balcão da tabacaria havia uma velha vietnamita que usava um casaco com galões de fio de ouro, na gola, nos botões, nos punhos; os dois garçons eram árabes, barba por fazer há muito tempo e, para aquele que se dirigiu a Christian por cima de várias mesas gritando *"Monsieur?"*, ele pediu (gritando) um *café crème* e um croissant. Na mesa ao lado estavam sentadas duas mulheres árabes de mais idade que acompanhavam concentradas os dois monitores, com maquiagem tão carregada que pareciam ter rebocado o rosto; num corrimão que dividia o ambiente, havia alguns adolescentes negros usando pulôveres com capuz, fumando, trocando olhares fugidios entre as telas e as cédulas de jogo em suas mãos.

E mais uma vez esperar, pensou Christian, quando tirou do maço o primeiro cigarro; se incomodou por não ter trazido nenhum jornal. Ao que parece, uma correspondência oficial que passava de mão em mão na mesa ao lado, comentada em árabe por um dos homens. *Etablissement protégé* e eu no meio dele, o que mais pode acontecer? Os monitores estavam mudos, nenhum anúncio informando os números sorteados. Enriqueça no bingo, mas antes era preciso pegar uma cédula. Como será que isso funciona, será que é preciso pagar antecipadamente? Quando quis acender, entediado, o cigarro seguinte, um dos garçons veio até sua mesa e disse que ele deveria ir até o telefone, nos fundos do corredor, perto dos banheiros.

No lusco-fusco havia um aparelho de moedas antigo, o fone estava no gancho. Christian o ergueu, e nada, não havia linha. Ele abriu o banheiro masculino, vazio, a cabine das mulheres estava trancada. Um corredor desagradável, ladrilhado, sujo, e agora? Ele girou sobre os próprios pés uma vez. Ali ainda havia uma terceira porta, uma porta de aço (*Sortie de secours*) — que de repente se abriu e se tornou visível: o desconhecido de Berlim. Pouco tempo para se mostrar muito surpreso, com um assentir de cabeça o homem deitou a mão sobre os ombros de Christian e o empurrou consigo para fora, no pátio havia um furgão com a porta de correr aberta pela qual ambos embarcaram.

— Se segure bem —, disse ele — esse troço sacode um bocado ao andar.

Caretas, homens-palito, garatujas. Às vezes eram letras e símbolos que predominavam nas telas, às vezes cores, borrões de tinta, pinceladas caóticas, depois eram objetos e figuras que voltavam a ocupar o primeiro plano, jogadores de basquete e de futebol em contornos pouco nítidos, um dragão de crista dourada, picareta, martelos, monstros, diabo. Vodu, Nelly pensou, uma Mona Lisa vodu diante da tinta amarela pingando como se fosse desenhada por uma criança má, que sobre a cabeça riscada ainda rabiscara com mão destreinada as palavras *Federal Reservenote*. Sequências sem sentido de números, pseudocirílico.

No setor de entrada da exposição havia fotos de Basquiat, de seus amigos, de sua família haitiana-porto-riquenha. Pai, mãe, irmã, Andy Warhol e Madonna, clubes noturnos e terrenos em escombros em Nova York nos quais ele posava com latas de spray na mão, um sujeito sempre jovem, sempre sorrindo, de bom aspecto, cabelo rastafári cortado curto. *Né à Brooklyn, le 22 décembre 1960, le 12 août 1988, Basquiat est retrouvé mort dans son appartement de Great Jones Street, décès certainement dû à une overdose d'heroïne.* Pelo número dos quadros, ela pensou, ele deve ter trabalhado como um louco durante sua breve vida, grandes telas cheias de sinais e demônios, diante dos quais naquela manhã havia uma dúzia de observadores. Nunca antes ouvira falar dele, um universo mágico, frequências além da realidade. THE KANGAROO WOMAN THAT MAKES THE RAIN, helicópteros e prédios como retículas grossas em preto e branco, uma fantasmagoria de dois por dois metros. Bonito, bonito, bonito.

Nelly alongou as costas, à noite sentira dores que a fizeram acordar. Um colchão de espuma, de algodão, insuportável. Christian não percebera nada disso, um braço sobre a cabeça, dormia profundamente, Christian. Ela fora ao banheiro para beber água e voltara a se enrolar no lençol. A polícia revirou tudo, fique longe. Será que a minha casa também, ela se perguntou, onde foi que encontraram os endereços, quem é o traidor? O nojento, quem mais, o estalar das costelas da moça. Ela enfiou as mãos nos bolsos da calça e foi até o vestíbulo para pegar sua sacola de viagem. Tinha visto o que queria ver, as coisas pelas quais ele se interessava. Bonito, ela também gostava, e daí?

Quando bebia uma xícara de chá no café, ela tomou a decisão de ir até lá. O barman tinha uma lista telefônica e na letra D estava registrado o endereço, mas, ao contrário do que acontecia nas informações da internet, ali ainda estava apenas o nome de sua mulher, Fanny; o endereço havia permanecido igual, boulevard Arago, o que significava que, depois do suicídio dele, a mulher não mudara do apartamento; parecia lógico. Ela abriu o mapa da cidade, uma rua longa, a estação mais próxima no outro extremo era Denfert Rochereau; eu caminho, ela pensou e, para eliminar qualquer dúvida, desço toda ela.

Arago (1786-1853), astronome, homme politique.
O *que é filosofia?* A única frase.

Uma fileira dupla de árvores formava um telhado sobre a calçada larga, diante de um escritório da *Agence nationale pour l'emploi* alguns desempregados aguardavam, um tipo barbudo de calças camufladas sentado no parapeito da janela do escritório, no térreo, e logo ela estava sozinha no bulevar, praticamente nenhum outro passante, uma velha senhora com carrinho de criança. Os números dos prédios lhe revelaram que a estação do outro lado teria sido mais próxima, na prática o problema da contingência. O que foi que ele dissera sobre prática no dia anterior? Não tinha ideia.

Do lado direito, um muro alto e grosseiramente rebocado atrás do qual aparecia uma construção cujas janelas se mostravam todas escuras; ao olhar com mais atenção, ela se deu conta de que se tratava de uma tela de arame farpado, uma cadeia, portanto, o mapa da cidade lhe deu razão, a Santé. Quer dizer então que ele morava, caso tenha morado ali, nas vizinhanças imediatas de uma prisão, instituições que deviam ser combatidas. Aulas contemplativas diárias.

Um prédio de um andar antiquíssimo da esquina do qual o reboco caía, a Faculdade de Teologia Evangélica.

De fato, uma rua bem longa.

Depois de meia hora, ela começou a se aproximar do número, ali estava ele.

Um prédio, ela contou, de onze andares, um bloco de apartamentos de construção sóbria e funcional; nas extremidades, sacadas pequenas; no meio, diante de largas portas de correr, sacadas mais longas, flores em lugar nenhum; no andar térreo havia lojas, um corretor de imóveis, uma concessionária Citroën. Ela tirou a câmera da sacola e começou a fotografar o prédio da esquerda para a direita, como se mais tarde quisesse voltar a juntar os quadros individuais numa única imagem. Uma doença incurável nos pulmões, a luta por ar. Põe-se um fim nisso, quem o decide é cada um consigo mesmo.

— Por que você está fotografando o prédio?

Ela se virou e se viu diante de um rapaz de terno marrom amarfanhado que carregava um saco de dormir enrolado às costas. Mais jovem do que ela.

— É proibido?

Cabelos desgrenhados, uma gargantilha de couro com uma pedra de pingente em volta do pescoço.

— De maneira nenhuma. Meu nome é Hervé.

Ele estendeu a mão para ela e a olhou com seriedade. Nelly deu a sua.

— Eu me chamo Nelly.

— Você é alemã?

Ela assentiu.

— É este o prédio, não é?

— Talvez.

Ele estendeu o braço, timidamente:

— Vamos beber alguma coisa ali?

Nelly se voltou. Uma placa em letras luminosas de neon vermelho, que apesar da claridade do dia já estava acesa, exatamente como a espiral em neon vermelho sobre a marquise, Café Marijan, cadeiras de palhinha no *trottoir*.

— Ok.

Ela pegou sua sacola de viagem e os dois entraram; não fora, Hervé havia pedido.

Ele estava há alguns dias em Paris, dormira em parques, ora aqui, ora acolá, vinha de La Rochelle, tinha dezenove anos e acabara de deixar o colégio para trás. Merda, ele disse, a escola. Trazia consigo um exemplar marcado pelo uso de *O que é filosofia?* e dizia, confessando, não entender ao certo o que lia, mas que já o lera tantas vezes. Havia frases nele que qualquer pessoa compreendia. Quem não as compreendia, já estava morto. Ali, ali estava a frase em francês, um xis a lápis, bem fraquinho, à margem: Nós não nos sentimos fora de nossa época; não paramos de fechar compromissos danosos com ela. Esse sentimento de vergonha é um dos motivos mais poderosos da filosofia. Não somos responsáveis pelas vítimas, muito antes perante as vítimas. *Les victimes. Responsable.*

O que ela faria agora?

Nelly deu de ombros.

Será que ela iria com ele a algum lugar, ele queria sair de Paris de novo hoje mesmo. Pelo menos era o que estava pensando em fazer.

Para onde?

Eles poderiam ir para a Gare du Nord ou para a Gare de l'Est e dar uma olhada, ele tinha um pouco de dinheiro.

Nelly fixava os olhos sobre a mesa, nos copos de cerveja. Fique longe.

— Certo — disse ela então, sem levantar a cabeça —, vamos dar uma olhada.

Marselha?

Bordéus?

Em Nancy morava um camarada dele, disse Hervé, que não teria nada contra se eles o visitassem.

Lyon também não seria nada mal, o cenário.

Nelly sentia vertigens, a grande praça diante da estação ferroviária, o burburinho do trânsito, o barulho. Hotel Terminus Nord. Estava quente. Como se ela não tivesse notado o dia inteiro o quanto estava quente. A sacola em sua mão agora pesava um bocado, pesada como uma mala, era o que lhe parecia. Enquanto eles bebiam um milk shake num McDonald's, ela olhou para o relógio.

Que tal Marselha, ele perguntou, ela já estivera alguma vez em Marselha?

Nelly fez que não. Ela se sentia mal. Merda de milk shake.

Ela já andara alguma vez de TGV?

— Eu preciso — disse ela, e limpou o nariz. — Eu preciso ir a um lugar antes.

Ele esperaria, disse Hervé, nenhum problema, o trem para Marselha partiria apenas às sete.

— Até já — disse Nelly — na plataforma —, pegou sua sacola e se foi.

Belleville

No lado de trás da cabine do motorista havia um caixote de metal preso ao piso, sobre o qual eles estavam sentados um ao lado do outro. O desconhecido de terno e gravata, com alfinete de gravata, abotoadura, como se tivesse sido convidado a algum lugar. Na melhor sociedade. Quando o carro dobrava uma esquina, os dois se agarravam às bordas do caixote, ombro a ombro, se apoiando com os pés nas ranhuras do fundo. No teto da carroceria havia uma lâmpada redonda e chata, acesa; nenhuma janela, naturalmente, através da qual se pudesse reconhecer alguma coisa lá fora. A viagem de ida lhe pareceu mais curta, mas Christian não arriscou olhar para o relógio. No último momento, estragar tudo por causa de um gesto que poderia ser mal interpretado. O gravador, eles lhe mandariam mais tarde, junto com uma transcrição autorizada da entrevista. Uma porta de prédio, uma escadaria, uma porta de apartamento no primeiro andar, mais do que isso ele não vira. Um prédio sem porteiro — será que eles ainda existiam, a não ser em filmes? Ele esperara ser revistado (como se imagina essas coisas), mas nada parecido aconteceu, um microfone no corpo para desmascarar o esconderijo deles. Como se as instituições não tivessem nada mais urgente a fazer hoje em dia do que caçá-los com tudo que tinham à mão, como haviam feito vinte e cinco anos antes. Desperdício de energia.

— *Belos perdedores* é o melhor romance — disse o desconhecido (depois de estimados dez minutos). — Os outros não são tão bons.

— Eu também gostei bastante de *Jogo predileto*.

— Até que é bom, sim.

Depois voltaram a ficar calados, enquanto o carro dobrava várias esquinas. Era impossível guardar as constantes mudanças de direção. À esquerda e à direita, duas vezes seguidas à esquerda, um trecho bem longo em linha reta. Ruídos como os de uma rua larga e bastante movimentada, uma sirene, uma motocicleta acelerando. Em algum momento, bateram lá na frente, o desconhecido bateu de volta. Pouco tempo depois eles pararam e o homem apontou para a porta de correr.

— Você agora vai descer, sem se virar.

O homem deixou a carroceria primeiro, Christian o seguiu, ouviu-se o furgão se afastando. Eles estavam em pé ao lado da entrada de uma estação de metrô que não tinha nenhuma placa indicando o nome, impossível de ser identificada. Um bulevar movimentado com trânsito constante.

— Você simplesmente vai descendo — ele fez um movimento de cabeça — e não se vire até eu não poder mais vê-lo.

Ele já terá desaparecido na estação de metrô, pensou Christian, antes mesmo de eu dar dez passos. Um companheiro por certo assumirá minha vigia.

— Então vou.

— Claro.

Ele contou seus passos e, quando chegou a cento e cinquenta, decidiu que bastava, que as condições haviam sido preenchidas. Perguntou a um passante pelo nome da rua (esta?), o boulevard de la Villette, perguntou qual a maneira mais rápida de chegar dali a Belleville, ao que o homem sacudiu a cabeça, caçoando.

— Mas o senhor está em Belleville.

Christian pegou o mapa da cidade, a rue du Temple tinha de ser num dos próximos cruzamentos. Era bem possível que o apartamento ficasse naquele mesmo bairro, que haviam circulado o tempo inteiro em volta de duas ou três quadras, seguindo os rastros imaginários do símbolo de infinito.

Tentou ligar para Nelly, o celular dela estava desligado. Talvez ela ainda estivesse em algum museu, olhando os quadros de um pintor americano já morto. Em que atividades, ele pensou, ela estará envolvida para receber um alerta por torpedo mandando que ficasse longe de determinado lugar? Será que havia sido na casa dela, uma batida policial? Engraçado que estivessem perguntando, preocupados, quase desesperados, onde ela estava no momento. Ele decidiu comprar um presente para ela e lhe pedir desculpas — por aquilo que dissera sobre as vítimas na briga do dia anterior, vítimas que todo mundo procurava para atingir seus objetivos pessoais.

Na rue du Temple, camelôs diante de mesas de camping com isqueiros, cigarros, chaveiros, cintos, pilhas de lenços de papel. *Boucherie Musulmane*, uma confusão barulhenta de carros e motonetas na rua de paralelepípedos, massas de gente que se empurravam na calçada estreita de loja em loja, de oferta em oferta. Ele suava, e nada encontrou. Bijuterias baratas, imitações de roupas de marca, tâmaras secas da Argélia. O medo que sentira pela manhã voltou e ficava mais forte de minuto em minuto, como se tudo dependesse de um presente que ele poderia dar a ela. Comprou um buquê de flores envolvido por uma folha de plástico transparente e com ele foi para o Le Jean Bart, até a velha vietnamita atrás de seu estande de tabaco e dos jogadores de bingo que, com as cabeças erguidas, acompanhavam os acontecimentos em ambos os monitores junto ao teto. Como se nada tivesse mudado desde pela manhã.

Ele tentou mais uma vez ligar para ela. Caixa postal. Faltava pouco para as cinco, ele olhava para a porta, para o relógio, para a porta. Onde ele estava sentado, Nelly já poderia avistá-lo da rua, pela vitrine, sem mesmo ter entrado no café. Ele digitou o número dela, nada, cinco e cinco. Talvez ela não estivesse encontrando o lugar, talvez tivesse andado uma estação a mais, se enganado com a distância? Talvez já estivesse ali e ele não tinha notado. Olhou em volta, levantou de seu lugar para enxergar melhor. Nenhuma mulher com o aspecto dela, nem mesmo parecida, será que ele ainda queria alguma coisa para beber, perguntou um dos garçons do outro lado do ambiente, *une bière*. Ele deixou um recado na caixa postal dela, descreveu o caminho até Belleville, onde ficava o bar, exatamente, na rue du Temple. Ao lado da Kohinoor Textiles, tecidos para sáris, na vidraça estava escrito, em letras bem grandes, a palavra LOTO, uma marquise vermelha, estou sentado bem no meio.

Eram cinco e vinte. Vinte minutos não são nada, ele tentou se convencer, bem tranquilo. Nenhum telefonema, nenhum torpedo. Ele bebericou a cerveja, cuja espuma já se desfizera totalmente, botou o copo de volta, perto do buquê de flores. Abaixou-se, a fim de pegar uma cédula de jogo do chão, 2 CHANCES TOUTES LES 5 MINUTES, que em seguida rasgou em pedacinhos e jogou no cinzeiro. A sensação de não mais sentir o próprio corpo, de apenas conseguir pensar em uma única coisa, em nada mais.

Não fique parado na porta.

Você está doido?

Pelo menos eles servem para alguma coisa, os livros.

Christian revirou em seus bolsos, casaco, calça, em algum lugar deveria estar o cartão que ele hoje pela manhã havia pegado na recepção durante o telefonema e enfiado no bolso; estava na carteira, Hôtel Roby, ele era o hóspede do *quarante-deux*, o quarto, por favor, vamos, vamos, e ele deixou tocar e tocar, mas ninguém atendeu.

Uma nova tentativa, a mulher do *quarente-deux*, por acaso ela não estava no saguão de entrada, não deixara o hotel, uma mulher loura, de óculos, meu Deus, essas coisas se percebe, não, uma alemã, eu sou o marido dela, não me enche, um momento, será que o senhor poderia transmitir um recado a ela, só pedir que ela me ligue assim que chegar, obrigado, só um instante, me ligue sem falta, por favor, se o senhor vir a mulher, meu número, sim, este é um número alemão, um número da Alemanha, meu Deus do céu, eu vou lhe pagar, sim, é, *c'est très urgent*.

Os números nos monitores mudaram, rodada seguinte, cédulas de jogo eram preenchidas. A cada cinco minutos, duas chances.

Você não pode me deixar.

Já eram quase seis horas, Christian botou o dinheiro sobre a mesa, pegou as flores e comprou um maço de cigarros com a velha antes de sair para a rua. Voltou e descreveu Nelly a um dos garçons, encarregando-o de dizer-lhe que esperasse por ele, que ele estaria de volta em no mais tardar duas horas.

Primeiro a rue du Temple, depois sistematicamente todas as ruas transversais, as ruelas, passagens, ele olhava para o mapa da cidade, levantava os olhos — uma confusão de carros, de pessoas, de rostos, que pareciam se fundir uns aos outros.

Aquilo era maravilhoso.

Botou uma mão sobre o buquê de flores para que ele não fosse amassado e abriu caminho de lado entre a multidão. Mulheres com sacolas plásticas à esquerda e à direita, com carrinhos de bebê sobre os quais amontoavam suas compras, grupos de adolescentes perambulando por aí, patos assados na vitrine de um restaurante vietnamita.

Acessos de pânico, de terror, abandono total.

PARTE DA SOLUÇÃO

Vê-se um rosto e no mesmo instante se o esquece para sempre. O rosto da mulher jovem e negra que agora está diante da loja de roupas, nada mais a descrever.
Nenhuma foto dela, apenas o endereço do e-mail no caderno de anotações, sem 'i-e'.
O senhor por acaso viu essa pessoa?

Nelly carregava a sacola de viagem no ombro, a câmera na mão. A câmera dele, cujo chip de memória já estava pela metade. Na exposição, era proibido fotografar, ela o fizera mesmo assim, escondida. THE WOMAN THAT MAKES THE RAIN; alguns metros distante da parede a fim de abranger a pintura inteira com o visor. Quando ela passou por um caminhão que estava sendo descarregado, parou e bateu algumas fotos. Homens em aventais sujos e brancos carregavam sacos para dentro do corredor sombrio de um prédio, sacos de plástico transparente nos quais não havia nada a não ser pés, pés de porco, barrigas de porco, rabinhos enrolados, tripas, Supermarché Ruixin, chinês. Ela se desviou do agrupamento de pessoas diante de uma fileira de tabuleiros de ofertas e acabou pisando na rua, onde uma motoneta passando em alta velocidade frente à calçada para escapar do trânsito quase a pegou. Idiota, gritou Nelly atrás dele, tenha um pouco mais de cuidado. Numa passagem, havia uma luz violeta acesa, persianas fechadas, um cibercafé, um elevador com grades cheias de floreios que estava trancado com uma corrente. La Java, era o que estava escrito numa placa. Duas fotos. Caminhando mesmo, ainda lá fora, uma foto de uma mulher jovem, negra e gorda que estava concentrada nas mercadorias expostas na vitrine de uma loja de roupas, tirada apenas com um movimento de mão, de modo que na foto parecia que os prédios acima de sua cabeça estavam se precipitando verticalmente para o chão. Ela se sentara sobre um corrimão e agora olhava as fotografias uma a uma, Ponte da Boa Esperança, o que você está vendo?

Já passava muito das cinco, ela sabia, sem mesmo olhar para o relógio. Deixar que a mandassem ir a um lugar qualquer, simplesmente, ah, isso não dava. Ela ainda tinha dinheiro suficiente para viajar até onde bem entendesse, aquele Hervé a esperava no McDonald's da Gare du Nord. Voltar ela não podia, não assim sem mais, antes disso tinha de ligar para o advogado cujo número Holger um dia lhe passara. As acusações que fariam contra ela. Haveriam de bastar para o parágrafo 129, excluída a possibilidade de pena condicional, pouco importando se ela participara do ataque à repartição de Treptow ou não. Não, não importava, não a favor dela. Negar a participação inventando algo, escapar fazendo algo desprezível. O que você acha de um homem desses? É o que eu também acho.

O que se pensa, diz-se, compromissos danosos.

Atravessar a rua agora ou não, adiar eternamente não era uma solução. No visor da câmera apareceu uma marquise vermelha, a vitrine espelhada de um café diante da qual as pessoas se movimentavam para lá e para cá, a maior parte delas carregadas de compras, sacolas, caixas, adolescentes usando pulôveres com capuz que sentiam calor demais. Apesar do barulho do anoitecer, o ruído do disparador podia ser ouvido com nitidez. Foi o que pareceu a ela. Estava com sede, saltou sobre a calçada e foi até a esquina seguinte, onde vira um bar, Le Relais de Belleville. Ao lado da porta, uma parede verde descascada na qual aparecia uma pintura azul. Ela pediu uma pequena taça de vinho branco no balcão e se sentou com um homem à mesa que espalhara cédulas de jogo diante de si. No alto de uma coluna havia um aparelho de televisão, no qual sequências de números mudavam a cada pouco. O homem, que poderia ser seu avô, sorriu para ela, faltava-lhe um dente incisivo.

— O senhor vem de onde? — perguntou Nelly.
— Da Costa do Marfim.
— Que jogo é esse?
— *Rapido* — disse ele, como se não houvesse mais nada a explicar.

Espalhados pelo bar, outros clientes que olhavam concentrados para a tela, árabes de certa idade e africanos.

— E o senhor está ganhando?

O homem sorriu, se sacudindo todo. Depois levantou o nariz e disse.

— Cem mil euros.
— O senhor já ganhou alguma coisa?
— Antigamente — disse ele. A senhorita me dá um cigarro?

Nelly se levantou, filou um cigarro no balcão e o trouxe para ele. O homem enfiou o cigarro atrás da orelha.

Sem se sentar mais uma vez, ela disse:

— *Au revoir.*

Ele assentiu e voltou a olhar para o monitor.

Nelly secou sua taça; na rua ela sentiu o álcool, uma sensação de estar cambaleando.

Ele vasculhara uma dúzia de cafés, perguntara aos garçons se eles não haviam servido uma mulher jovem e loura de óculos há pouco, dessa altura, no dedo médio um anel com uma pedra de selenita e no pescoço um pingente de prata. Havia colhido vários sinais negativos de cabeça, um dar de ombros aqui outro ali, olhares de pena para o buquê de flores em suas mãos. Havia ido até a estação de metrô e observado as pessoas que passavam nas roletas, os rostos dos que chegavam, costas e cabeças dos que deixavam Belleville. Carregados, apressados, esgotados.

Tinha certeza que Nelly estava em algum lugar nas proximidades, que ela poderia aparecer a qualquer momento em meio ao burburinho.

Pensou brevemente em voltar para o hotel, mas ela naturalmente não estaria no hotel esperando por ele. Como se ele voltasse para casa do trabalho.

Eu vou junto.

Pouco importa o que aconteceu; nada que não possamos resolver juntos.

Ele abriu seu caderno de anotações na página em que estava escrito o nome dela. Você às vezes fala tão baixinho, ela dissera, e ele segurava a bicicleta de Nelly enquanto ela lhe escrevia seu endereço na entrada da estação do metrô.

Ele perambulou pelas ruas, bebeu um conhaque num bar, deixou-se levar pela multidão de um PRIX K.O. a outro. Talvez ela veja isso, pensou Christian, um buquê de flores erguido para o alto, para protegê-lo do empurra-empurra — como se o tipo estivesse querendo chamar a atenção para si.

Ele resistiu à tentação de beber mais um conhaque e mais um, um homem babando de quatro na cozinha.

Numa passagem, na qual havia uma luz violeta acesa (como luz de raios ultravioleta), ele apertou a tecla de repetição de seu celular apenas para confirmar que o aparelho de Nelly continuava desligado... Mas você pode deixar sua mensagem depois do bip.

Mais uma vez a rue du Temple que ele atravessara diversas vezes nas últimas duas horas. Supermercados, pontas de estoque, uma videoteca cambojana. Ficar andando por ali mais tempo não fazia sentido, o que fazer, então? Christian não sabia. Quando entrou pela terceira vez naquele dia no Le Jean Bart, uma tristeza imensa dava um nó em sua garganta.

Na escadaria que levava para a estação de metrô ela deu meia-volta e mudou de lado na rua. Camelôs de cócoras diante dos produtos que estavam vendendo, peças de madeira, amuletos, carteiras de couro com ornamentos gravados. Nelly olhava tudo no visor de sua câmera que mantinha levemente esticada à sua frente, à altura do peito. Também ao caminhar, como se seguisse as imagens do pequeno monitor, uma descrição eletrônica do caminho. Imagens que ficavam paralisadas por alguns segundos quando ela fotografava. As letras em neon verde e azul da Pharmacie du Faubourg, a cruz de neon verde bruxuleando acima. Pessoas que passavam por ela, rápidas, passantes que de repente ficavam paralisados. Ela levava encontrões, batia ela mesma nas pessoas, seu olhar não estava voltado para a rua, mas sim dirigido ao visor. Cristal líquido, em corpo de metal prateado.

Quando do outro lado da rua apareceu a fachada do café no display, ela desligou a câmera e a enfiou em sua sacola de viagem.

Você confia em mim? E eu posso confiar em você?

Ela sentiu que lágrimas corriam por seu rosto, enquanto atravessava a rua em meio aos carros que se arrastavam, vagarosos. Simplesmente assim e isso desde o momento em que ela não entrara no metrô.

Agora ela se encontrava em pé diante das vidraças espelhadas. Protegeu seus olhos com ambas as mãos e encostou a testa no vidro. Ele fumava. Olhava, assim como os outros clientes, para um dos dois televisores junto ao teto, a teleloteria. Diante dele, sobre a mesa, uma xícara de *café crème* e um grande buquê de flores. Sem óculos, como se nem quisesse reconhecer os números que eram sorteados. Nelly enxugou as lágrimas de suas faces e respirou profundamente, quase gemendo. Ah, Christian.

E em seguida entrou.

SOBRE O TRADUTOR

Marcelo Backes é escritor, professor, tradutor e crítico literário. Natural de Campina das Missões, RS, é mestre em literatura brasileira pela Universidade Federal do Rio Grande do Sul. Doutorou-se em germanística e romanística pela Universidade de Freiburg, na Alemanha, com tese sobre Heinrich Heine. Traduziu diversos clássicos alemães, entre eles obras de Goethe, Schiller, Heine, Marx, Kafka, Arthur Schnitzler e Bertolt Brecht.

É autor de *A arte do combate* (Boitempo, 2003), *Estilhaços* (Record, 2006), *maisquememória* (Record, 2007) e *Três traidores e uns outros* (Record, 2010).

ESTE LIVRO FOI COMPOSTO EM SIMONCINI GARAMOND
CORPO 10,6 POR 15 E IMPRESSO SOBRE PAPEL OFF-SET
75 g/m² NAS OFICINAS DA GRÁFICA ASSAHI, SÃO
BERNARDO DO CAMPO — SP, EM NOVEMBRO DE 2010